光尘
LUXOPUS

埃塞克斯之蛇

Sarah Perry

［英］莎拉·佩里 著

张源 译

北京联合出版公司

蛇尾

献给斯蒂芬·克劳

如果一定要问我为什么那么爱他,
我只能说,因为他是他,因为我是我。
——米歇尔·德·蒙田,《论友谊》

目 录
Contents

跨年夜 — 1

第一部分
埃塞克斯奇闻 — 5

第二部分
全力以赴 — 117

第三部分
看好，别眨眼 — 191

第四部分
最后的叛逆时光 — 255

后记 — 355

跨年夜

清冷的满月下，一个年轻人走在黑水河岸边。他一直在觥筹交错中辞旧迎新，直到眼睛酸了、胃痛了、厌倦了那明亮的灯光和喧闹。"我要下水去了。"他吻了一下离自己最近的一张脸说，"钟声敲响之前我会回来的。"此刻，他翘首东望，回转的潮汐在黑暗中慢慢地流出河口，白色的海鸥在波浪上闪闪发光。

天很冷，他本来应该能感觉到的，但肚子里全是啤酒，身上还裹着厚厚的高档外套，让他产生了错觉。外套领子刮着他的后脖颈；他觉得自己晕乎乎的，肌肉发紧，舌头也干得厉害。我得下去游个泳，他想着，那样能让我放松放松；他沿着小路往下走，独自站在岸边，在那黑泥巴深处，所有的小溪流都在等待潮汐。

"友谊地久天长。"他用甜美的教堂男高音唱着，然后大笑起来，有人用笑声回应了他。他解开外套，拉向两边，但觉得还不够：他想体会寒风像刀一样在身上拉扯的感觉。他走到离水更近的地方，伸出舌头舔了舔咸咸的空气——是的，我要去游个泳，他想着，便把外套丢在了岸边的湿地里。以前他也曾这样做过，只不过那时他还只是个小男孩，而且有玩伴。午夜小游的无脑冲动随着过去的一年一起没入新年的怀抱里。潮汐退了下去，风小了，此刻的黑水河一点也不让人害怕。给他一杯，他就敢一饮而尽，管它是不是咸的，管它是不是有海贝、牡蛎还是什么其他东西。

但是，随着潮汐的回旋或空气的变化，有些东西发生了改变：河口水面不一样了，似乎（他往前走了几步）在有规律地脉动和抽搐，随即又变得光滑而平静；但很快又开始抽搐，仿佛是因为被触摸而退缩。他走得更近了些，仍然没有感觉到害怕；海鸥一只接一只地腾空，最后一只发出一声凄厉的尖叫。

冬日的寒冷仿佛给了后脖颈一记重击，他感觉到那种冷穿透了衬衫，深入骨髓。喝酒壮起来的胆子慢慢没了，站在黑暗中，他突然有些不安，转身去找外套，但云遮住了月亮，他什么也看不见。他的呼吸非常缓慢，空气像针扎一样，脚下的湿地突然浸满了水，仿若远处有什么东西迫着河水一下子涌了上来。没事，什么也没有。他一边想，一边给自己打气，但奇怪的事情再次发生，有一刻寂静得有些诡异，仿佛他眼前看到的是一张照片，然后是一阵疯狂的涌动，那绝对不只是因为月亮对潮汐的吸引。他觉得自己看到了——不，他确定自己看到了——某种巨大的可怕生物，身上满是粗糙的鳞片，正缩成一团缓缓移动，然后便消失了。

他站在黑暗中，瑟瑟发抖。他感觉到了，那边有什么东西正伺机而动，它残忍、可怕，出生在水中，一只眼睛一直紧紧地瞄准他所在的方向。它一直沉睡在水底，现在终于出来了。他想象着它拥抱海浪，贪婪地嗅着空气。一阵恐惧袭来，他的心脏漏跳了一拍，就在那一瞬间，他受到了指控、谴责和审判：哦，他真是个罪人——他的心多么黑啊！他感觉自己一下子被掏空了，一无是处，他没有任何理由为自己辩驳。他望着远处黑黑的黑水河，它又来了，有什么东西劈开了水面，然后潜入水里——是的，它一直都在，一直在等待，终于把他给找出来了。他感到一种奇怪的平静，正义终会到来，他愿意承认自己的罪孽——只有懊悔，没有救赎，他罪有应得。

但是随后又起风了，风把云彩拖走，露出了月亮那张害羞的脸。月亮自然不是很亮，但足以令人心安，他终于找回了外套，就在离他不到一码的地方，衣服边缘沾满了泥；海鸥回到了水面上，他觉得刚才的一切荒谬至极。上面的小路上传来笑声，一个女孩和男朋友一起穿着节日的盛装。他挥挥手，朝他们喊道："我在这里！这儿！"是的，我在这里，他想，在这里，在湿地上，他对这里比对自己家还熟悉，潮汐慢慢转向，没有什么好害怕的。真是荒诞！他一边想，一边自嘲地笑了笑，突然的放松让他有些眼花，那边好像什么也没有，只有鲱鱼和鲭鱼！

黑水河里没有什么好怕的，他自己也没有什么好后悔的，就是在黑暗中有那么一瞬间的恍惚，还有就是喝得太多了。水流到了他脚下，老朋友又回来了；为了证明这一点，他又走近了些，湿了靴子，展开双臂。"我在这里！"他喊道。所有的海鸥都以叫声回应。就下去游个泳，很快的，他想着，友谊地久天长，然后大笑着脱掉了衬衫。

时钟的钟摆从旧年摆到了新年，黑暗遮住了水底的那张脸。

第一部分

埃塞克斯奇闻

一月

  无比沉闷的下午一点钟,格林尼治天文台的报时球准时落下。本初子午线上覆了一层冰,繁忙的泰晤士河上,宽束驳船的索具上也结了冰。船长记下时间和潮汐,迎着东北风扬起暗红色的船帆;一大批铁被运往白教堂铸造厂,在那里,大钟撞击着铁砧敲响了五十下,仿佛在宣告时间的流逝。时间被纽盖特监狱的围墙挡在外面,被斯特兰咖啡馆里的哲学家们肆意挥霍;被希望活在过去的人遗弃,又被祈祷此刻快点过去的人厌恶。圣克莱门特的钟声奏着《橙子与柠檬》,威斯敏斯特的表决钟则装聋作哑。

  在伦敦皇家交易所,时间就是金钱,那里的人整个下午就看着骆驼穿过针眼①的希望更加渺茫,而在霍尔本楼的办公室里,母钟的长齿轮产生电荷,使十几个子钟同时敲响。埋头账本中的职员们抬起头,叹口气,又低下头继续工作。在查令十字街,时间把马车换成了疾速行驶的公交车和出租车,而在巴茨和皇家自治市医院的病房里,痛苦让每一分钟都变得更漫长。卫斯理教堂里,

---

① 源自《新约·马太福音》,引伸为"绝不可能"的意思。

人们唱着《玉漏沙残时将尽》，并且希望时间之沙流得更快；几码之外，邦希田园墓地里的冰正在消融。

在林肯律师学院和中殿律师学院，律师们盯着日程表，仔细查看最终期限；在卡姆登和伍尔维奇的房间里，恋人们不知时间为何如此残酷，才刚见面又要分别；而在适当的时候，时间却也如此友善，帮助他们抚平伤痛。在整个城市的各个露台和房间，在上流社会、底层民众和中产阶级中，人们或挥霍时间，或浪费时间，或争分夺秒，或希望时间走得更快一点；而冰雨则一如既往地下着。

在尤斯顿广场和帕丁顿，地铁站迎接着一批批乘客，他们如同原材料一般拥入，等待着被磨碎、加工、脱模成型。西行的伦敦环城线车厢里，明明灭灭的灯光下可以看出《泰晤士报》上并没有报道什么好消息，一袋坏了的水果摊在过道上。雨衣上还残留着雨水的气味，人群中，卢克·加勒特博士躲在翻起的衣领下，默默背诵着人体的心脏各部位。"左心室、右心室、上腔静脉"，他掰着手指头一个个数着，希望这枯燥的知识可以减缓自己焦灼的心跳。旁边的人抬头瞥了一眼，感到困惑，然后耸耸肩转身走了。"左心房、右心房"，加勒特屏住呼吸，他习惯于审视陌生人，但也知道没有理由过度这样做。大家都叫他"小鬼"，因为他身高几乎连别人的肩膀都不到，而且走起路来大踏步的样子，让人觉得他随时可能毫无预警地跳上窗台。即使是隔着外套，也能看到他的四肢蕴藏着一股爆发力，他的额头突起，似乎难以承载他广博而汹涌的智慧。他的刘海儿又黑又长，模仿的是乌鸦翅膀的边缘，刘海儿下面是一双深邃的黑眼睛。加勒特今年三十二岁，是一名外科医生，充满求知欲，内心桀骜不驯。

灯灭了又亮,加勒特离目的地越来越近了。一小时后,他将参加一位病人的葬礼,但他的穿着打扮实在不像是去吊唁的。

六天前,迈克尔·西伯恩死于咽喉癌,在此之前,他都对不断折磨他的疾病和医生的关心冷漠以待。不过,此刻加勒特关心的并非死者,而是他的遗孀,她(他笑着想)可能正在整理自己脏乱的头发,或是寻找漂亮黑裙子上遗失的一枚纽扣。

科拉·西伯恩对于丈夫去世的反应,是卢克所见过的最奇怪的事。不过,当他第一次踏入他们位于福里斯街的家中时,就已经意识到有些不对劲。那些高顶房间里的氛围证实了一种与疾病无关的不安感。虽然当时病人脖子上缠着将领巾对折后做成的绷带,但情况相对来说还不错。领巾全是纯白色的丝绸,而且经常有些许污渍——对于那个总是吹毛求疵的男人,很难想象这不是故意的,卢克怀疑他试图让自己的访客感到不安。西伯恩瘦得出奇,让人觉得他特别高,而且他说话很轻,必须凑近才能听清楚他在说什么。他的声音中总伴着嘶嘶声。他很有礼貌,指甲床是蓝色的。西伯恩平静地听完自己的第一次会诊,然后拒绝做手术。"我希望当我离开这个世界时,如当初来到这个世界时一样。"他拍拍喉咙上的丝绸说,"没有伤疤。"

"没必要这样受苦。"卢克主动上门劝说。

"受苦!"这个想法显然令他很开心,"那将是非常有益的经历,这一点我很确定。"随后,他似乎很自然地想到了下一个问题,问道:"告诉我,您见过我妻子了吗?"

加勒特常常想起他与科拉·西伯恩初次见面的情景,虽然实际上他的记忆并不可信,因为那都是根据后来的事情创造出来的影像。那一刻,科拉仿佛受到召唤一般翩然而来,站在门口打量着眼前的来访者。随后，她穿过地毯，弯腰亲吻丈夫的额头，站在他的轮椅后面伸出一只手。"查尔斯·安布罗斯跟我说，其他医生都做不了。他给我看了您那篇关于伊格纳兹·塞麦尔维斯的人生的文章，如果您的技术像文笔那样好，我们就都能长命百岁了。"这样舒适的恭维令人无法抗拒，加勒特只能笑笑，牵住她伸出的那只手弯腰鞠躬。她声音低沉，但并不微弱。起初他以为她是那种永远不会在一个国家逗留太久的流浪者的口音，她有一点语言障碍，会把一些辅音发得很长。她一身简单的灰色，但裙子上的织物却闪闪发光，仿佛是鸽子的脖子。她很高，不算单薄，眼睛也是灰色的。

接下来几个月，加勒特开始对福里斯街，以及檀香和碘那令人不安的气味有了些许了解。迈克尔·西伯恩虽然四肢疼痛，但仍然表现出与病人身份严重不符的恶劣影响。妻子总会为他准备好凉爽的衣服和好酒，并且十分积极地学习如何将针头插入静脉，让人觉得她可能已经把一本关于女人职责的指导手册一字不落地背了下来。但是，加勒特发现科拉与其丈夫之间从未表现出任何深情。他甚至怀疑她其实很希望这生命之火快些熄灭——有时候，加勒特很怕她会把自己拉到一边，在他准备注射时悄悄对他说："给他多打点，稍微多打点。"她俯身亲吻枕头上那饥饿的圣徒的脸时，会十分小心，似乎觉得他肯定会暴跳如雷，不顾一切地扭断她的鼻子。他们曾经雇了护工来负责给他换衣服、排尿、保持床单整洁，但几乎都没有人能坚持超过一个星期。最后一个护工（一个比利时女孩，非常虔诚）在走廊上遇到卢克，小声用法语对他说"他是个魔鬼"，然后给他看自己的手腕，但手腕上什么也没有。只有那只不知名的狗——忠诚、长满疥疮，却一直守在床前——毫不惧怕，或者说至少已经习惯了它的主人。

没过多久，卢克·加勒特便与西伯恩家的儿子——一头黑发、沉默寡言的弗朗西斯——混熟了，他跟保姆玛莎待在一起，玛莎总是喜欢站在那里，摆出卢克很不喜欢的一种占有的姿势——一只胳膊搂着科拉·西伯恩的腰。对病人的粗略评估很快出来（毕竟除此之外还能做什么呢？），卢克马上就会被拉去研究科拉在邮箱里收到的化石牙齿，或者被详细地询问他在推进心脏手术方面的野心。他曾对她进行催眠，并解释了催眠曾在战时用于缓解士兵截肢的痛苦；他们一起下棋，只是科拉最后委屈地发现，对手排兵布阵，把她打得落花流水。卢克对自己的诊断是陷入了爱情，并且无药可救。

他总能感觉到她的体内有一股能量蓄势待发；他觉得等迈克尔·西伯恩走到生命尽头的时候，她的脚能在地上拍出蓝色的火花。这一刻终于还是来了，卢克见证了西伯恩的最后一次呼吸，那呼吸声很大，用尽了全身的力气，似乎在最后一刻，病人早已放弃"死亡艺术"，只想再多活一会儿。但不管怎样，科拉还是老样子，既没有悲痛欲绝，也没有如释重负。只是听到有人发现那条狗也死了时，她的声音变了，但谁也不知道她是想笑还是想哭。签完死亡证明，把迈克尔·西伯恩的所有遗物都安放在别处后，加勒特便再也没有充足的理由去福里斯街了；但每天早上醒来的时候，他的脑子里都有一个目标，而且走到铁门前，会发现自己充满期待。

地铁驶入堤岸地铁站，他被人群裹挟着走到站台上。一阵悲伤在此刻袭来，既不是因为迈克尔·西伯恩，也不是因为他的遗孀。最令他困扰的是，这可能是他与科拉的最后一次见面——她在他眼中最后的形象将是丧钟敲响时回头看的那一眼。"可是,"他说,"我必须去,哪怕只是看着棺材盖扣紧。"检票口外,人行道上的冰雪已经融化,苍白的太阳正在下落。

科拉·西伯恩按照当天的要求穿好衣服,坐在镜子前,两只耳朵上各戴一只金丝珍珠吊坠,耳垂很痛,因为必须重新刺穿耳洞。"既然没有眼泪,"她说,"这些就必须做到位。"扑粉的脸显得有些苍白。黑帽子不适合她,但上面有面纱和黑羽毛,能适当地表现出一定程度的悲伤。黑色袖口上的包扣系不住,一抹白皮肤在袖子边缘和手套之间露出来。裙子领口比她想要的低了些,露出锁骨上一道拇指长短且差不多那么宽的显眼伤疤。这是银镜两侧银烛台上的银叶子的完美复制,当时丈夫把银叶子摁在她身上,仿佛将自己署名的戒指摁进熔化的蜡里。她曾考虑过遮住这伤疤,但后来慢慢喜欢上了它,而且她知道在一些圈子里,别人会羡慕她有文身。

她从镜子前转过身,打量着这个房间。所有来访者都会在门口困惑地止步,一方面是因为看到一个有钱女人又高又软的床和锦缎窗帘,另一方面则是因为看到了一位宝藏学者。最远的角落里贴满了植物照片和从地图集上撕下的地图,还有一些纸页上用很大的黑色大写字母写的名言警句(千万别把手放在舵上做梦!别背对着罗盘!)。壁炉架上是按大小排列的十二块菊石;再上面是一幅金边画像,画上玛丽·安宁[①]和她的狗望着一块正在下落的莱姆里吉斯的岩石碎片。现在这些全都是她的了吗?那条地毯、

[①] 玛丽·安宁(1799—1846),英国古生物学家与化石收集者。

那些椅子,还有那只仍散发着酒香的水晶玻璃杯?应该是的,想到这里,她突然觉得浑身一阵轻松,仿佛自己可以不受牛顿万有引力的束缚,恣意地在天花板上舒展。她体面地压抑住那种感觉,不过仍然知道那是什么:确切地说,不是幸福,不是满足,而是轻松。当然也有些悲伤,对于这一点她心怀感激,因为无论西伯恩到死为止有多令人厌恶,他仍然成就了她,至少是成就了部分——自我厌恶又有什么好处呢?

"哦,他成就了我——是的。"她说。此时,记忆如同蜡烛熄灭后的烟雾慢慢铺开。十七岁时,她和父亲一起住在城郊的房子里,母亲早逝(不过在死之前,她确保女儿不会沦为采样者或者说法语)。她的父亲——不知道该如何处理自己微薄的财富,租户们对他充满了蔑视——外出经商回来时旁边跟着迈克尔·西伯恩。他骄傲地介绍自己的女儿——科拉,赤脚,说着拉丁语——那位访客牵起她的手欣赏,然后责备她不该把指甲弄断。之后,他一次又一次地来到这里,直到他的到来变得自然而然。他带给她一些薄薄的书,还有一些又小又硬的无用玩意儿。他戏弄她,把自己的大拇指放在她手掌上抚摸,弄得她的手都不舒服了,而她所有的意识似乎也停留在了那块被触碰的地方。有他在的时候,汉普斯特德的水塘、黄昏的椋鸟、软泥上绵羊分叉的蹄印,一切似乎都显得那么单调、乏味,那么无关紧要。科拉开始感到羞耻,她的衣服太宽松、邋遢,头发太散乱。

有一天,他说:"在日本,人们会用熔化的金子修补破锅。如果我打破了你,然后用金子把你补好,那将是多么美妙的一件事啊!"但她当时十七岁,有青春做铠甲,从来没有感觉到刀刃刺入。她大笑起来,他也笑了。十九岁生日那天,她将鸟鸣换成了羽毛扇，草丛里的蟋蟀换成了点缀着甲壳虫翅膀的小外套；她被鲸须包裹，被象牙刺穿，用玳瑁别紧头发。她放慢语速来掩饰话语的不流畅；她再也不去任何地方。他送给她一个特别小的金戒指，一年后又送给她一个更小的。

头顶的脚步声把寡妇从回忆中唤醒，那缓慢的脚步声每一步似乎都经过丈量，如钟摆一般精确。"弗朗西斯。"她说。她安静地坐着，等待着。

父亲去世前一年，也许是父亲在早餐桌上首次发病（喉咙里的肿块妨碍了吞咽干面包）六个月之后，弗朗西斯·西伯恩便被转移到房子四层走廊尽头的房间。

虽然当时父亲并没有协助家庭议会通过住宅法案，但他可能也不会对家里的安排有什么兴趣。这个决定完全是由母亲和玛莎做出的，玛莎是他的保姆，从他小时候起就在他们家了，用她自己的话说，她早就想离开了。大家的感觉是，最好离弗朗西斯远一点，因为他晚上很不安分，经常出现在门口，甚至有一两次还出现在窗台。他从不像其他孩子那样要水喝或寻求安慰，总是拿着他诸多护身符中的一个站在门口，直到有人不安地从枕头上抬起头。

搬到被科拉称为"上面的房间"的住处后不久，他便对夜行失去了兴趣，转而满足于收集（没有人说过"偷"）任何激发他幻想的东西。他以一系列复杂而令人困惑的图案把那些东西摆放出来，每次科拉作为母亲去探望他时，那些图案都会改变；如果不是自己的儿子，科拉可能会欣赏那些美丽而陌生的图案。

今天是周五，父亲的葬礼，他已经穿好丧服。十一岁时，他就知道衬衫的一端与另一端的区别及其在拼写中的用处（"衬衫必须有一个领子、两条袖子"）。父亲去世对他来说是个噩耗，但并没有比前一天他丢了一件珍宝更严重（那珍宝是一片鸽子的羽毛，非常普通，但是可以卷成一个完美的环形而不会折断羽轴）。得知这一消息时，他注意到母亲没有哭泣，但整个人僵住了，好像还在燃烧，像是被雷击中了一样。他的第一个想法是，真不明白为什么这种事情会发生在我身上。但是羽毛没了，父亲死了，而且他好像还得去教堂。这个想法让他很高兴。考虑到现在的处境，他故作感慨地说："换个环境有益于休养。"

迈克尔·西伯恩去世后那几天，最痛苦的是那只狗。它朝着病房发出悲鸣，任谁也无法安慰；或许好好抚摸拥抱它一番会有效果，但没有人愿意俯身用手触摸它那油腻的皮毛，所以横陈的尸体（"在他每只眼睛上放个硬币给摆渡人，"玛莎说，"我不认为圣彼得会自找麻烦……"）旁一直伴着一成不变的高声哀嚎。当然，现在那只狗已经死了，弗朗西斯心想。他心满意足地拍拍从父亲袖口收集来的一小团皮毛，所以现在唯一的哀悼者就是被哀悼的那个人了。

弗朗西斯不知道人死后要经历怎样的仪式，但认为最好还是做足准备。他的夹克上有很多口袋，每个口袋里都装着严格来说不算神圣的东西，但他觉得那些东西很适合眼前的任务。碎裂的眼镜，可以看到事物破碎的影像；那团皮毛（他希望上面还有跳蚤或壁虱，如果够幸运的话，还有一串血珠），乌鸦羽毛，羽毛尖端有些发蓝这是他最宝贝的；以及从玛莎的裙角撕下来的一块布，他在上面发现了一块形状酷似怀特岛的顽固污渍；还有一块中心有完美穿孔的石头。弗朗西斯把东西装进口袋里拍了拍，一一清点，然后便下楼去找母亲。在通往她房间的三十六级台阶上,他每走一步便默念:"世——事——无——常,世——事——无——常。"

"弗兰基①——"她想起当初他是那么小。令人奇怪的是,他神情淡漠,脸上似乎找不到任何与父母的相似点,除了那双跟他父亲看上去一样毫无波澜的黑眼睛。他梳了头发,一绺绺头发紧贴在头皮上:他竟然不嫌麻烦把自己收拾了一番,这让她很感动。她伸出一只手,但又任其默默落在自己的大腿上。他站在那里,挨个儿拍拍自己的口袋说:"他现在在哪儿?"

"他会在教堂里等我们。"她应该拥抱他吗?他不看她,这绝对是在暗示他非常需要安慰。

"弗兰基,要是你想哭的话就哭吧,不丢人。"

"我想哭的时候会哭的。只要是我想做的事情,我都会做的。"她没有叱责他,因为他只是在陈述事实而已。弗朗西斯再次轻拍每个口袋。她温柔地说:"你把你的宝贝们都带来了。"

"是的,我带上了我的宝贝们。一个宝贝给你(拍拍),一个给玛莎(拍拍),一个给父亲(拍拍),还有一个给我自己(拍拍)。"

"谢谢你,弗兰基……"她有些不知所措,还好这时玛莎终于来了,她像往常一样照亮了整个房间,她只是出现在那里,就驱散了空气中那一丝紧张的气氛。她轻轻抚摸弗朗西斯的头,仿佛他跟其他孩子没有什么区别,然后用强壮的手臂环住科拉的腰;她身上散发着柠檬的清香。

"走吧。"她说,"他可不喜欢我们迟到。"

---

① 弗朗西斯的昵称。

两点钟，圣马丁教堂的丧钟敲响，钟声穿过特拉法加广场飘向远方。弗朗西斯的听觉十分敏锐，他用戴着手套的两只手捂住耳朵，坚持要等最后一声钟声消失才肯进门，这引得聚集的人群纷纷扭过头来望着姗姗来迟的寡妇和她的儿子，满意地感叹着："他们的脸色多么苍白！他们的衣着多么得体！瞧瞧那顶帽子！"

科拉假装饶有兴趣地观看了晚上的表演。在遮住了讲坛的中殿里，一口棺材放在一个类似屠夫肉架的东西上，里面躺着的就是她的丈夫。在科拉的记忆中，她似乎从来没有完整地见过丈夫的身体，只偶尔惊慌失措地瞥到过漂亮的骨头上薄薄地覆盖着非常洁白的肌肤。

这让她突然想到，其实她对公共生活中的他一无所知，她不知道在下议院那些一模一样的房间里、在他白厅的办公室里，以及因不幸生为女人的她无法参加的俱乐部里发生了什么。或许他在其他地方待人友善——是的，或许就是这样——或许她一直都是某种他原本应该在其他地方发泄那些残酷行为的清算所。如果仔细想想，这其实有些高尚：她低头看着自己的手，似乎期待这个想法会让自己出现圣痕①。

在她的上方，昏暗的空气中的高高的黑色阳台似乎悬浮在支撑着它的柱子上方几英尺高的地方，卢克·加勒特就坐在那里。小鬼，她想着，瞧瞧他！她的心似乎已经要朝她的朋友飞去，不断冲击着她的肋骨。对于这种场合，他身上的外套并没有比医生的白大褂更合适多少，而且她敢肯定，来之前卢克肯定喝了不少酒。旁边的女孩是卢克刚认识的，她的热情令他有些招架不住；

---

① 与基督被钉在十字架时相同部位的伤痕。

虽然光线很暗，虽然他们离她很远，但科拉只是在黑暗中瞥了一眼，便忍不住要笑出来。玛莎也发觉了，掐了一下她的大腿，以至于后来汉普斯特德、帕丁顿和威斯敏斯特的人们推杯换盏时，大家都说"当牧师宣布'西伯恩死了，但他仍活在我们心中'，的时候，他的遗孀悲痛得喘不过气来；从某种意义上来说，她的样子很美"。

旁边的弗朗西斯继续喃喃自语，他用大拇指摁住嘴巴，双眼紧闭，仿佛又变成了小孩子，科拉伸出一只手握住他的手。他的手静静地被她裹住，而且非常热，过了一会儿，她抬起手，再次放回自己的腿上。

之后，身穿黑色服装的教士像乌鸦一样在座椅之间穿梭，科拉则全程站在台阶上，与那些准备离开的会众寒暄，他们都很善良，很关心她——她必须让自己相信自己在这个镇上有很多朋友；她很受欢迎，有个帅气的儿子，无论是哪家，他们都会记得在晚餐前为她祈祷。她递给玛莎许多卡片、小花，以及许多纪念小书本和黑边绣品。要是哪个路人经过，肯定会以为这是在举行婚礼，而不是肃穆的丧礼。

还没到傍晚，台阶上已经结了一层厚厚的霜，在灯光下发出冷硬的光芒，雾气仿佛一个白色帐篷，笼罩着整座城市。科拉打了个寒战，玛莎往她身边靠了靠，科拉感觉到她那裹在她第二好的外套里的小身躯散发着温暖。弗朗西斯站在稍远处，左手在外套口袋里摸索着，右手不时地拢一拢头发。准确地说，他看起来并不是很痛苦，科拉和玛莎都无法将他拉到她们中间，喃喃地说出那些太容易说出口的安慰的话。相反，他似乎很得体地任凭自己宝贵的日常例程被打乱。

"愿主保佑我们！"加勒特医生说。与此同时，最后一批戴黑帽子的哀悼者起身离开。终于结束了，他们暗松一口气，转身投入夜生活和早晨的事务。随后，医生突然一脸严肃，激动地握住科拉戴着手套的一只手。"做得好，科拉。你做得很好。我可以送你回家吗？让我送你吧。我饿了。你饿了没有？我现在可以吃掉一匹马加一匹小马驹。"

"您可买不起一匹马。"玛莎一如既往地、略带恼怒地揶揄这位医生。"小鬼"可是她给他起的外号，不过现在已经没人记得这事了。在福里斯街的房子里，他的存在——起初是出于职责，后来更像是奉献——令玛莎很恼火，让她觉得自己的牺牲还远远不够。他抛弃了自己的同伴，在胸前的口袋里放了一块黑边手帕。

"我现在最想要的就是多走一会儿。"科拉说。弗朗西斯仿佛发现了她突然的疲倦，并且在其中窥见了一个绝佳的机会，他迅速站到她旁边，要求坐地铁回家。一如既往地，这并不是一个孩子的幼稚请求——得到满足就能令他开心的那种，而是赤裸裸地陈述事实。加勒特还没有学会如何让固执的男孩改变主意，"我今天已经受够了。"说着他便朝一辆经过的出租车挥手。

玛莎大胆地拉起男孩的手，令她意外的是，他没有挣脱，任自己的手被她握在戴手套的手里。"我带你去，弗兰基，地铁上会暖和点，我都快感觉不到自己的脚指头了，不过科拉，你肯定不能一路走回去吧，至少得有三英里呢。"

"三英里半。"医生说，好像路上的石子是他亲手铺上去似的，"科拉，我陪你走吧。"出租车司机做出一个不耐烦的手势，但没人理他。"你不应该这样。你不能一个人……"

"不应该？不能？"科拉脱下手套，现在手套不比蜘蛛网暖和多少。她把它塞给加勒特。"把你的手套给我——真不知道为什么会有人做这种手套,为什么女人会买这种手套?我可以走,而且我要走。你没看我这身衣服就是专门为了走路穿的吗?"她撩起下摆,露出一双似乎是小学生穿的靴子。

弗朗西斯转过身背对着母亲,不再对这个晚上可能发生的变化感兴趣;他还有很多事情要做,他要回楼上房间,还有些新玩意儿(拍拍)需要他的关注。他把手从玛莎手里抽出来,开始朝市里走去。玛莎不信任地看看加勒特,又同情地看了她的朋友一眼,然后便大声告辞,快步走进了雾里。

"别管我。"科拉戴上借来的手套说。加勒特的旧手套并没有比她的暖和多少。"我现在脑子里乱得很,起码得走个一英里甚至更远才能厘清。"她摸摸加勒特口袋里的黑边手帕,"要是你愿意的话,明天来墓地吧。我说了我想一个人走,或许这就是重点;或许我们总是孤身一人,无论身边有谁。"

"你应该找个书记员跟着你,把你这些至理名言都记下来。"小鬼松开她的手,揶揄道。他深鞠一躬,上了出租车,在她的笑声中使劲关上了车门。

令科拉惊讶的是,她的心情莫名地好了起来。她没有朝西边家的方向走去,转而去了斯特兰。她喜欢寻找舰队河被转入地下的地方,就在霍尔本东边,那里有一种特别的格栅[①],安静的日子里,能听到河水奔向大海的声音。

到了舰队街,科拉以为如果她凝神细听,或许能穿过灰色的空气,听到河水涌过那长长的墓穴似的河道的声音,但周围只有

[①] 处理污水的辅助设备。

城市的喧嚣，任何霜雾都无法阻挡人们工作或娱乐。除此之外，有人告诉过她，那里现在就是个水沟，膨胀的不是汉普斯特德荒野浸出的雨水，而是岸边黑压压的人群。她又站了一会儿，直到双手冻得生疼，冻透的耳垂开始突突跳动。她叹了口气，开始往家走，发觉福里斯街上那所高大的白房子曾经带来的不安已经被她遗忘，丢在了教堂那黑色座椅下面的什么地方。

玛莎正焦急地等科拉回来（她已经等了一个多小时，白色粉底下的雀斑显眼地露出来，黑帽子也摘了），她愉快地看着她的朋友吃着煎鸡蛋和吐司，认为胃口好就是心情好的表现。"等这一切都结束了，我会很高兴的。"她说，"所有那些卡片啊，握手啊。我真的厌倦了那些葬礼的繁文缛节！"

母亲不在的这段时间，男孩在地铁上逐渐平静下来，到家后一言不发地端着一杯水上了楼，手里握着一个苹果核睡着了。玛莎站在他的房间门口，望着他黑黑的睫毛贴在白皙的脸蛋上，心里有种说不出的温柔。那只可怜的狗的一小片皮毛跑到了他的枕头上；她想象着那东西上面全是跳蚤和虱子，便俯身上前想把它抽走，好让男孩安然入睡。但玛莎的手腕一定是碰到了枕套，他突然被惊醒，吓得她大气不敢出；看到她手里的狗毛，他发出一种无声的咆哮，她只得丢下油腻的狗毛从房间里跑了出去。下楼后她又想：我为什么要怕他，他不过是个没了父亲的孩子！然后，她又迟疑地返回，坚持要弗朗西斯把那个令人恶心的小纪念品交出来，或许甚至愿意让她亲他一下。就在这时，钥匙插进锁眼里的声音响起，科拉回来了。她要了火盆，丢掉手套，伸出双臂与玛莎拥抱。

那天深夜，玛莎最后一个上床睡觉，她在科拉门口稍微停了一下,这是她过去几年来的习惯,只有像这样确保她的朋友一切安好,她才放心。科拉房间的门半开着,一本烧着的日记在壁炉里发出噼啪声。玛莎站在门口问:"你睡了吗?我能进来吗?"没有人回答,她便走到了厚厚的白地毯上。整个壁炉架上都是名片和悼念卡,都是黑边的,写得密密麻麻;一束系着黑色丝带的紫罗兰落在炉边。玛莎弯腰捡起那束花,但花朵似乎缩了回去,藏在心形的叶子底下。她把花放进一小杯水里,又把水杯放到她朋友醒来后第一眼就能看到的地方,然后俯身吻了吻她。科拉说着梦话翻了个身,但没有醒。玛莎想起自己初到福里斯街的时候,以为将要面对的会是一个满脑子八卦和时尚的傲慢主妇,当那个完全不一样的人从门后走出来时,自己简直有些手足无措。她令人愤怒又令人着迷,玛莎很快便发现,她刚刚适应了一个版本的科拉,另一个版本的科拉立马又会冒出来:这一刻她仿佛还是一个为自己的聪明才智而沾沾自喜的女学生,下一刻就变成了多年的闺中密友;她会把晚餐办得井井有条、奢华时尚,但又会在最后一位客人走后立刻破口大骂,散开头发,伸展四肢在火炉旁大笑。

就连她的声音都让人既困惑又欣赏——那声音很奇怪,带着愉悦又有些口吃,会在她累了时出现,并且被辅音困扰。那睿智的光芒(玛莎小心翼翼地发现,这种光芒竟然可以像浴室的水龙头一样随时打开或关闭)背后,看不见的伤痕让她变得更加珍贵。迈克尔·西伯恩对玛莎态度冷漠,在他眼里,玛莎可能跟门厅里的衣帽架没什么不同——她完全无关紧要,在楼梯上遇到她的时候,他甚至连眼皮都不会抬一下。但玛莎小心翼翼地不错过任何细节,她偷听每一句道貌岸然的侮辱,观察每个被掩盖的伤痕,她要努力克制自己才能忍住不去策划一场谋杀，而她甘愿为那场谋杀接受绞刑。来到福里斯街不到一年的时候，一天凌晨，两人都没有睡，科拉来到她的房间里。虽然那天晚上很暖和，但科拉不知道经历什么了，整个人抖得厉害，浓密凌乱的头发都是湿的。玛莎没有说话，只是掀起自己身上的衣服，把科拉搂在怀里；她分开膝盖完全包住她，然后紧紧抱住她，让那个颤抖的女人贴在自己身上。没有了束胸衣和服装的束缚，科拉的身材显得高大强壮了不少，玛莎感觉到她窄窄的背上，肩胛骨一直在动，软软的肚子抵在她手臂上，还有她大腿上紧实的肌肉。玛莎紧紧抓住的仿佛是一只再也不会这样安安静静地躺着的野兽。她们安然地相拥而眠，醒来后互相亲吻道别。

令她欣慰的是，她看到科拉并没有悲伤地上床睡觉，而是像往常一样进行她所谓的"学习"，就像是个努力复习要考大学的学生。旁边的床上是一个老皮革文件夹，那是科拉母亲留给她的，字母图案上的镀金早已脱落，玛莎甚至还闻到了（她坚持这样认为）许久以前的动物味道。然后是科拉的笔记本，上面是她娟秀小巧的字迹。笔记本镶了边，纸页与压扁的植物茎秆交织在一起。此外还有一张用红墨水做了标记的海岸线地图。几张纸散落在科拉身旁，她手里抓着多塞特菊石睡着了。但她睡着以后抓得太紧，菊石已经被捏碎，变成了她手中的碎片。

二月

"我的意思是,打个比方,比如茉莉花。"卢克·加勒特医生把办公桌上的文件一把扫开,似乎期望文件下面会有白色的花蕾正在绽放,但下面只有一套用来卷烟的烟具,"它的气味很甜,既让人喜欢也令人讨厌;人们缩后一下又凑近一点,缩后一下又凑近一点;他们自己也不确定到底是讨厌多一点还是被吸引多一点。如果我们能承认痛苦和快乐不是相对的两极,而是一个整体,那我们终会明白……"思路突然断了,他努力寻找着措辞。

早已习惯了这些演说的男人站在窗边喝着啤酒,温和地说:"上周你还说所有痛苦的状态都不好,所有快乐的状态都是好的呢。你说的话我可是记得一清二楚,因为你说了很多次,实际上还给我写下来了,怕我忘记。搞不好我还带在身上呢——"他讽刺地拍了拍每个口袋,然后红了脸,他似乎一直都没有学会如何不失分寸地揶揄别人。加勒特不具备的品质乔治·斯宾塞都有:高大、富有、帅气、腼腆,思维敏捷但心思更缜密。对从在学校起就认识的两个人来说,斯宾塞就是小鬼的良心,不知为何要为他服务,并且一直在努力追赶他。

加勒特坐在扶手椅上往后靠了靠。"当然,这似乎看起来完全矛盾而且毫无道理,但那些最聪明的头脑可以同时保持两个截然相反的想法。"斯宾塞皱了皱眉,这个表情使得他的眼睛几乎消失在乌黑的眉毛和更黑的刘海儿下,然后举起酒杯一饮而尽,"我解释一下……"

"我很想听你解释,但是我约了朋友一起吃饭。"

"你根本就没有朋友,斯宾塞。连我都不喜欢你。听着,引起或经历痛苦是最令人排斥的人生体验,这一点无可否认。在我们将病人弄晕之前,外科医生会因为他们将要做的事情而恐惧得想吐。理智尚存的男人和女人宁可少活二十年也不愿意挨刀子——你也是这样。我也是!但有一点我们都一样——很难说清楚痛苦到底是什么,或者痛苦到底是什么感觉,或者让这个人痛苦的是不是也会让另一个人痛苦。痛苦更多的是关乎想象而非身体,所以你明白催眠有多重要了吧?"他眯眼瞧着斯宾塞,继续说道,"如果你告诉我,你被烧伤了并且很痛苦,我怎么知道你所说的感受跟我也受了那样的伤时的感受是否一样呢?我唯一能确定的就是,对于相同的刺激,我们每个人都会经历一些身体上的反应。没错,我们可能都会大喊大叫,用冷水冲洗,等等;我跟你大喊的声调可能完全不一样,可是我怎么知道你的实际感受跟我不一样呢?"他喝了一大口啤酒,露出牙齿继续问道,"有什么区别吗?这会改变医生可能给予的治疗吗?如果你开始怀疑痛苦的真实性——或者应该说是痛苦的价值,那你如何忍住不会根据那些你自己都承认,完全是你自作主张的措施来保守治疗或给予护理?"

加勒特对这个话题已经失去兴趣,他俯身从地上捡起散落的文件，开始把它们整齐地码放起来。"对于所有实践目的来说，这一点也不重要。我就是突然有这么个想法，仅此而已。我突然想到一些事情就想说出来，而且除了你，我也没人可说。我真应该养条狗。"斯宾塞注意到他的朋友突然陷入忧郁，他的朋友拿出香烟，无视手表的嘀嗒声，坐在光秃秃的椅子上开始打量这个房间。房间里一尘不染，微弱的冬阳无论如何尝试，也无法激起一丝灰尘。房间里放着两把椅子、一张桌子，以及两个翻过来凑合用的货箱。钉在窗户上的一块布已经洗得又薄又白，白石头砌成的壁炉闪闪发光。屋子里散发着浓郁的柠檬和防腐剂的气味，炉火上放着伊格纳兹·塞梅维斯和约翰·斯诺的黑框照片。小小的书桌上方钉着一幅画（署名是卢克·加勒特，十三岁），画上是一条蛇缠绕在粗粗的手杖上，吐出分叉的舌头，嗅探周围的空气——这是医术之神阿斯克勒庇俄斯的化身，传说阿斯克勒庇俄斯是在母亲被火化时从其肚子里剖出来的，长大后成了治愈之神。斯宾塞在那三层架子上看到过的唯一的食物和饮料，就是廉价的啤酒和雅各布饼干。他低头看看他的朋友，意识到自己又像往常一样被激起了那种熟悉的挫败与友情之间的挣扎。

斯宾塞依然非常清楚地记得他们第一次在皇家自治市医学院的教室里见面的场景，还有那家教学医院，加勒特在那里证明了自己无论是在理论上还是理解能力上都超越了那些老师，学习心脏解剖和循环系统的时候，他极不情愿地接受老师的指导，那时的他那样孩子气，那样志得意满，导致老师们常常怀疑他是在讽刺他们，所以他经常被赶出课堂。斯宾塞知道，隐藏并突破自己智力极限的唯一方法就是学习，所以他一直对加勒特敬而远之。他觉得被人看到他跟加勒特在一起肯定没什么好事，而且，加勒特眼神背后幽深的光芒令他有点不寒而栗。有天晚上，正常来说实验室里早该没人了，门也应该早就锁了，但他却在那里遇到了加勒特。他的第一个想法是，他肯定遇到了什么难事。加勒特耷拉着脑袋坐在一张有刻度的本生灯试验台上，出神地盯着自己摊开的双手，好像在看手上的什么东西。

"加勒特？"他问，"是你吗？你没事吧？这么晚了你在这儿做什么？"

加勒特没有回答，只是抬起头，脸上已经没有了平时那种冷笑的神情。相反，他对斯宾塞露出一个十分开心灿烂的笑容，令斯宾塞一度怀疑加勒特是不是错把自己当成了哪个朋友。但加勒特朝他挥挥手说："瞧！过来看看我的成果！"

斯宾塞的第一个想法是，加勒特开始学刺绣了。这并不是多么奇怪的事，外科的毕业生每年都有比赛，看看谁能在白色的四方丝绸上绣出最漂亮的针脚，有人甚至声称自己拿蜘蛛网练过手。令加勒特如此着迷的是一个类似迷你日本扇子的漂亮小物件，手柄缀有精致的编织流苏。那物件还没有他的拇指宽，浓郁的淡黄底色上是异常精巧的红蓝相间图案，他甚至都看不出线是怎么从丝绸上穿过去的。他俯身凑近更仔细地瞧了瞧，眼神瞬间一紧，随即移开视线，他知道那是什么了。那是非常巧妙地切下来的一部分人体胃壁，薄如纸，注入了墨水以显现血管的轨迹，安放在两个载玻片之间。没有哪个艺术家的创作能匹敌人体静脉和动脉那精细的扭结和回路，虽然完全不成图案，但斯宾塞却在其中看到了春天尚未长出枝芽的树木的样子。

"哦！"他迎上加勒特的目光，两人交换了一个欣喜的眼神，那是他们都不曾体会过的兴奋。

"这是你做的？"

"对，是我做的！我小时候看到过一张类似的图片，是爱德华·詹纳制作的，我想告诉父亲我也要做一个，不过我怀疑他根本就不相信我，然后就是现在我们看到的这个啦。我偷偷去了太平间。你不会告发我吧？"

"不——绝对不会！"狂喜的斯宾塞说。

"我相信对于大多数人来说——当然尤其是我——皮肤底下的东西远比外面的东西更值得看。要是把我的皮肤翻过来，我肯定是个超级大帅哥！"加勒特把载玻片放进一个纸板盒里，然后用绳子拴住，放在胸前的口袋里，样子虔诚得像个牧师，"我要把它裱起来，放在黑檀木框里。黑檀木贵吗？松木，或者橡木也行。我希望这辈子能看到有人像我一样欣赏它，觉得它很漂亮。——要不要去喝一杯？"

斯宾塞看看自己从房间里带来的练习册，又看看卢克的脸。他第一次意识到，卢克确实很害羞，甚至可能很孤独。"好啊。"他说，"要是考试注定要挂，那就干脆不管了。"

另一个男人笑了。"希望你身上带了钱，因为我从昨天开始就没吃过东西了。"然后，他自嘲地笑了笑，大步朝走廊走去，抑或是在笑斯宾塞，抑或只是突然想起了什么老掉牙的笑话。

显然加勒特还没有找到懂得欣赏他手艺的合适受众，因为多年之后盒子里的载玻片还恭恭敬敬地摆放在壁炉架上，白色的纸板边缘已经发黑。斯宾塞将烟卷好夹在两指间，问道："她走了吗？"

加勒特抬起头，想假装说他误会了，但发现自己已经被看穿了。"你说科拉？她上周走了。福里斯街那儿百叶窗都放下来了，家具也盖上了防尘布。我知道,因为我去看了。"他皱起了眉头,"我去的时候她已经走了。那个老巫婆玛莎还在,但是不肯告诉我科拉的新地址,说她需要静养,等她好转以后会给我写信的。"

"玛莎只比你大一岁,"斯宾塞温和地说,"而且你必须得承认,加勒特,平和与安静经常是你欠缺的两个品质。"

"我是她的朋友!"

"是的,但不是一个平和且安静的朋友。她去哪儿了?"

"科尔切斯特。科尔切斯特!科尔切斯特有什么?就一片废墟和一条河,脚上黏糊糊的农民和泥巴。"

"他们在岸上发现了化石,我看到了。聪明的女人都戴着镶银的鲨鱼牙齿做的项链。在那里,泥巴没到膝盖,科拉会像个孩子一样快乐。你很快就会见到她的。"

"很快有什么好的?科尔切斯特有什么好的?化石有什么好的?都快一个月了。她肯定还很伤心。"说到这儿,两人都没看对方的眼睛,"她应该跟爱她的人在一起。"

"她跟玛莎在一起,没有人比玛莎更爱她。"斯宾塞没有提弗朗西斯,弗朗西斯曾经在棋盘上数次打败他。出于某种原因,说那个男孩爱她的母亲似乎不大妥当。手表的嘀嗒声更响了些,他看到加勒特的暴脾气慢慢开始燃烧。想到等着他的晚餐、红酒,还有铺着厚地毯的温暖房子,他好像突然想起什么似的说:"我是想问,你的论文写得怎么样了?"对于加勒特来说,获得学术认可的愿景犹如悬在狗面前的新鲜骨头,最近很少有什么事能将他的注意力从科拉·西伯恩身上移开。

"论文?"加勒特说出这个词的时候,仿佛吞下了什么不好吃的东西,随即语气也略微缓和下来,"有没有可能更换主动脉瓣?

是的,对了。"他看都没看,灵活地从一堆笔记中找到六张写得密密麻麻快变成黑色的手稿,"最后期限是星期天。可能还有时间继续研究一下。请您出去吧,好吗?"他转过身,趴在桌子上开始用削笔刀削铅笔。他铺开一大张纸,上面是硕大的人体心脏横截面放大图,用黑色墨水做了各种看不懂的标记,有些地方被划掉了,然后用一些感叹号做了修正。图纸边缘的什么东西吸引了他的目光,他要么很兴奋,要么很生气,嘴里骂骂咧咧的,开始各种涂画。

斯宾塞从口袋里拿出一张纸币默默丢在地板上,那样他的朋友可能会认为是自己什么时候不小心掉的忘了捡起来。随后,斯宾塞走出去,带上了门。

完成了寻找翠鸟之河和乌鸦城堡的探索之后,科拉·西伯恩和玛莎一起走在科尔切斯特的路上,玛莎挽着科拉的胳膊,撑着一把伞遮住两人。这里并没有翠鸟("在尼罗河的游轮上可能会看到——玛莎,我们要不要去找一下?"),但城堡要塞上全是阴沉的秃鼻乌鸦在她们周围徘徊。"相当不错的废墟,"科拉说,"不过我还以为能看到绞刑架,或者被啄掉眼睛的恶棍呢。"

玛莎对过去没什么兴趣,一直关注后面更光明的时代。"要是你真的下决心要找到它的话,那可有罪受了。"她指指一个膝盖以下都没了,驻守在咖啡馆对面的男人,这确实是一个能让大腹便便的游客感到愧疚的好方法。玛莎从没掩饰过从城里来到这里后的不适感,虽然漂亮的大粗辫子和强壮的胳膊让她看起来像是个喜欢奶油的牛奶场姑娘,但她从来没有去过比绍普斯盖特更东边的地方,并且认为充满橡树味的埃塞克斯田野充满凶险,埃塞克斯粉红色的房子里住的都是些不大聪明的人。她惊讶于这穷乡僻壤竟然也有咖啡，但手上苦涩的液体只让她觉得厌恶，她对遇到的每个人都特别彬彬有礼，但那种礼貌原本是针对蠢孩子的。尽管如此，离开伦敦到这儿两周后，弗朗西斯也离开了学校，他的老师们虽然没有说出来，但明显松了一口气。玛莎几乎开始喜欢上这个小镇在她朋友身上产生的影响：摆脱了伦敦的目光，科拉卸去本分之内的悲痛，仿佛年轻了十岁，变成了原来那个更快乐的姑娘。她想，迟早有一天，要温和地问问科拉打算在她们那商业街上的两间房里住多久，就这么什么也不做，无聊地四处走走，钻研书籍，不过目前来说，她还是很乐意看到科拉这么快乐。

她调整了一下伞，其实打伞也没什么用，只不过是把毛毛雨更集中地导向她们大衣的衣领里罢了。科拉顺着玛莎的手看去。那个残疾人显然比她们更善于利用天气，从他翻过来帽子检查里面的东西时脸上那满意的表情来看，今天应该收入不菲。科拉原本以为他坐的地方是个石凳，但走近再看却发现是一块落石。石头至少三英尺宽，两英尺厚，乞丐的左手边露出残留的几个拉丁文。看到马路对面有两个衣着不凡的女人正在观察自己，乞丐脸上立刻换成一副畏缩凄苦的表情。这迅速的转换过于明显，而且立刻代之以一种穷且益坚的神态，似乎在暗示，虽然他知道自己的职业令人不齿，但你绝不能指责他逃避生活。喜欢故事的科拉甩开玛莎，躲过一辆正在行驶的公交车，严肃地走到男子脚边，微微躲在一道浅浅的门廊后面。

"下午好。"她伸手去掏钱包。男人抬起双眼望向天空，此时的天空突然裂开，露出令人惊讶的蓝色。"已经不是下午了。"他说，"不过你仍然可以这么说。这个给你。"短暂的光照亮了他身后的建筑，在科拉看来，仿佛是那栋建筑爆炸了。左边的一段或多或少地保留着最初的建筑意图———栋可能曾作为豪宅或市政厅的多层建筑——但右边的一部分早已分崩离析，陷入地下几英尺。由于有铁杆和厚木板做成的壁垒支撑，这部分没有倒在人行道上，但仍然很危险，她总觉得在那缓慢的车流上方，能听到碎裂声以及铁在石头上摩擦的声音。玛莎出现在她身旁，她本能地握住玛莎的手，不确定是该后退还是提起裙子凑得更近一点观察。那种为了寻找菊石而促使她逐一敲碎石头，直到空气中弥漫着火药味的欲望再次推着她向前。她看到远处的一个房间，里面的壁炉完好无损，一块猩红色的地毯碎片像条舌头一样耷拉在破损的地板边缘。再往上看，一棵橡树苗从楼梯旁边钻出来，白色真菌如许多手指一般在石膏天花板上定殖。

"冷静点，小姐！"男人大惊失色，抓住科拉的衣摆，慌乱地在他的石头座位上挪动着，"您这是要干什么？不不，您退远一点，不然我会觉得……再远一点……好了，够了；请不要再像刚才那样了。"他庄严的样子仿佛是个守门人，这使得科拉简直无地自容，忙说道："哦，抱歉。我无意冒犯您。只是我好像看到了什么东西在动。"

"那是家燕，它们绝对不会招惹您的。"有一会儿，他忘记了自己的职业，用力拽了拽自己的头巾，说道，"托马斯·泰勒，很乐意为您效劳。我猜您是第一次来这里？"

"来了几天了。跟我朋友一起来的，"科拉朝玛莎打了个手势，玛莎站在稍远处打着伞，抗拒地僵站在那里，"我们还要在这里待一段时间，所以我想可能最好还是打个招呼。"科拉和残疾人都细细想着这句话的逻辑，然后发现根本没有逻辑。

"你是为了地震来的？"泰勒指指身后的废墟说。他的样子像极了最后看一眼笔记准备上课的讲师，而科拉——一个非常乐于受教的人——则暗示这正是她此行的目的。"您能给我们说说吗？"她问，"如果您有时间的话。"

在他的记忆里，那是八年前的事了，准确地说是当天的九点十八分。大家都记得很清楚，那是一个四月的早晨，后来大家都觉得是老天保佑，因为那天大部分人都不在家。埃塞克斯的大地突然隆起，仿佛要把上面所有的村镇甩掉；地震持续了二十秒，一秒也不多，然后一系列动乱突然停止，像是吸了一口气后屏住，然后又重新开始一样。在外围的科恩河和黑水河河口，海水聚集成满是泡沫的海浪，海浪冲上海岸把岸上洗劫一空，把水面上的所有船舶都拍成了碎片。传说中闹鬼的朗根霍教堂几乎被震成碎片，维文霍和阿伯顿那两个村庄几乎只剩一片废墟。连比利时的人都有感觉，那里的茶杯直接从桌子上掉了下来。埃塞克斯有个小男孩在桌子底下的小床里睡觉，直接被落下的灰泥压扁了，还有个在市政厅清洁大钟的男人，直接从梯子上被砸落下来，胳膊被生生切断。在马尔登，大家都以为是恐怖分子在镇上投了炸药，人们疯狂地在街上逃窜尖叫，而维尔利教堂则再也无法修复，再也没有聚会者，只有狐狸，没有长凳，只剩大片大片的荨麻，果园里的苹果树花全落了，再也结不出果实。

说起这个，科拉想，她还真看到过一些文章，而且曾经一度觉得有点有趣（因为想到那偏远的小埃塞克斯，一个地貌上几乎没有任何起伏的地方，竟然会发生地震且遭遇大破坏！）"太令人难以置信了！"她欣喜地说，"我们脚下全是古生代的岩石，想想看，这部分世界是五亿年前沉积下来的，它抖抖肩膀，就可以把教堂的尖顶抖下来!"

"这我倒是不知道。"泰勒与玛莎交换了一个眼神,玛莎显然已经对此有所了解。"无论如何,科尔切斯特的应对很差,如你所见,虽然没有出人命。"他再次用大拇指指着已经断裂的废墟说,"如果您决定要走近些更仔细地看看,麻烦注意下我的腿,毕竟我的腿距离那边不到十五码。"他拉拉自己的裤子,把空空的裤管又往里塞了塞;科拉的同情之心溢于言表,俯身将一只手搭在他肩膀上,说道:"真的很抱歉勾起你伤心的回忆——虽然你可能从来也没有忘记过,但我还是觉得很抱歉。"她伸手去掏钱包,但不知道怎样做才能让他知道,这不是施舍而是他应得的报酬。

"现在没事了。"泰勒取了一枚硬币,以一种施恩者的口吻说,"还有呢!"讲师范儿褪去,他又换上了一副表演者的样子,"我敢说,你一定听说过埃塞克斯之蛇?它曾经是亨汉姆和沃明菲特最恐怖的东西,而且有人在那里见到过它。"科拉兴奋地说她没听说过。"啊,"泰勒同情地说,"那我真不应该告诉你,给你徒增烦恼,女士们都比较脆弱。"他注视着面前的访客,显然断定这种衣着打扮的女人不会被怪物吓到。"好,那我开始说了,一六六九年,叛徒国王的儿子登基,所有人走不到一英里就会遇到一个钉在橡树或门柱上的警告牌,上面写着'奇闻',内容是关于一条巨蟒,它的眼睛像绵羊一样大,自埃塞克斯水域出来,来到了白桦林和公地!"他用袖子把硬币擦亮,"那是埃塞克斯之蛇的时代,可能就是鳞片和筋肉,或者木头和帆布,抑或什么也没有,只是一些疯子的胡言乱语。孩子们都被家长拦着不能去河岸边,渔民都向它祈祷能有个好收成!后来它就消失了,如来时那样无影无踪,在长达两百年的时间里,没有人发现它的踪影或任何蛛丝马迹。直到地震那天,水底有什么东西挣脱了束缚——有什么东西重获自由了!大家都说是一条巨大的爬行动物,更像龙而不是蛇,在水中、陆上行动自如,还会在天气好的时候晒翅膀。第一个在波因特克利尔看到它的人疯了,再也没有恢复正常,不到六个月就死在了收容所里,死后留下十二幅用炉膛里的炭灰画的画……"

"真是奇闻!"科拉说,"不过天下之大,无奇不有……那请问那些画留下来了吗,有人想过要研究一下吗?"

"据我所知没有。"他耸耸肩,"我也很关注这件事,但完全没有头绪。埃塞克斯人对这种事情特别热衷,比如什么切姆斯福德的巫师啊,吃厌了萨福克郡的肉到处闲逛的黑魔鬼啊。"

他审视了她们一会儿,似乎突然有点厌倦了她们的陪伴。他把硬币放进口袋里,轻轻拍了两下。"好了,我今天的饭钱已经挣够了,更重要的是,我得赶快回家享用大餐。还有,"他面带嘲讽地看着玛莎,而玛莎此刻正躲在雨伞的辐条下不耐烦地发抖,"我觉得你们最好赶紧去要去的地方吧,不过小心人行道上的裂缝,就像我女儿说的,谁也不知道裂缝里有什么。"他像是一个政治家挥走秘书那样夸张地朝两人挥了挥手,远处一对年轻情侣的笑声穿过潮湿的空气传来,他们转过身,还在模仿乞丐讨钱的样子。

"我们要去的地方就是那里。"科拉回到玛莎旁边说,"全是瓦砾和尘土的地方,有一双他的鞋子,可能还有他断掉的腿骨……"

"你说的我一个字也不信。你看,灯都亮了,已经五点多了。我们得回去看看弗兰基了。"这倒是真的。她们是趁弗朗西斯睡觉的时候出来的,弗朗西斯把自己裹得像个木乃伊一样,房东在照顾他。房东自己有三个儿子,他认为科拉本质上是善良温顺的,自己的热心早晚能焐热科拉的冰冷。弗朗西斯有些慌乱地看着眼前的男人,他目光里不仅没有任何怀疑,甚至可以说是没有任何兴趣,他默许了这种唐突的善意,那是他母亲永远也不会表现出来的。有人看到他给了房东一件自己的宝贝(一块黄铁矿,他有些私心地希望房东会当成黄金),还被房东带去看福尔摩斯。科拉不知道应该如何为儿子担心(他生病的时候,小脸通红,像个小女孩,她心都碎了),这种被迫的分离竟然让她觉得松了口气。住在那两个小房间里,弗朗西斯把他所有的小玩意儿全带到了房间门口,无论她生气与否,他都无动于衷,这也令她难以忽视;这一天在城堡要塞和科恩河寥寥的几棵垂柳下的时光是如此自由快乐,她不愿就这样结束这一天。科拉的想法甚至还没有成形,玛莎就已经看透了,她说:"可是你看,你的大衣在水洼里拖脏了,头发也湿透了,我们找个咖啡馆等雨停再走吧。"她朝一个滴雨篷点点头,篷子底下是两个凸出来的窗户,里面摆着蛋糕。

科拉试探性地说:"而且,弗兰基现在还在睡觉吧,你说呢?他肯定会生气的,要是他醒来……"达成一致后,两人穿过被夕阳照亮的湿漉漉的人行道,来到篷子底下。就在这时,科拉听到了一个熟悉的声音。

"有人喊西伯恩太太,我确定!"她眯眼望了望昏暗的街道说,"有人看见我们了?"

玛莎讨厌其他人侵者介入她们独处的时光,她使劲拽了拽背包背带。"这儿哪有人认识你啊?我们才到这儿不到一个星期。你就不能当没听见吗?"

声音再次传来。"科拉·西伯恩,我的老天爷!真的是你!"科拉高兴地大喊一声,一下跳到人行道上,举起一只手。"查尔斯!过来!过来看看我!"查尔斯·安布罗斯和凯瑟琳·安布罗斯各撑着一把伞朝她走来,那两把伞大到已经将人行道完全遮住,甚至遮挡了他们的视线。查尔斯曾是迈克尔·西伯恩的同事,是他们在福里斯街时家里的常客,他在白厅任职,他的工作科拉一直都搞不太明白,好像是有政治家双倍的权力但完全没有义务。光鲜的马甲和对一切事物的求知欲,掩盖了他身上不易察觉的精明,但科拉在第一次见面时就指出了这一点,因而使查尔斯多多少少对她有些另眼相看。或许令人有些惊讶,他对妻子死心塌地,她身材娇小,这显得他十分高大,而且妻子一直觉得他十分有趣。这对夫妇大方、仁慈,对别人的生活很感兴趣。所以当他们说除了加勒特,谁也救不了生病的西伯恩时,似乎让人根本无法反驳。

科拉安抚地捏了一下玛莎的腰。"你知道的,我更喜欢只有你和我,还有书籍。可这是查尔斯和凯瑟琳啊。你见过他们,后来还挺喜欢他们——不,真的,你喜欢他们!——查尔斯!"科拉深深地行了个大礼,如果不是脚上穿着满是泥巴的男人靴子,这个礼倒是很优雅,"你认识玛莎吧?"身旁的玛莎直起身子,淡淡地点了点头。"还有凯瑟琳——我都不清楚你竟然知道英国延伸到了帕尔默格林之外。你是迷路了吗?需不需要我把地图借给你?"查尔斯·安布罗斯嫌弃地看着她满是泥巴的靴子、肩部裁得过宽的哈里斯粗花呢外套,以及指甲被啃秃了的结实的双手。

"我要说的是,很高兴见到你,不过我从未见过谁比你更像是个要开疆拓土的野蛮女王。有必要这样吗?到了爱西尼人的地盘就必须得入乡随俗,什么都学他们?"科拉并没有生气,她一直拒绝穿任何束缚腰身的衣服,头发用手一拢就塞进帽子里,自从一个月前拽下耳朵上的珍珠耳环后,她就再也没戴过任何首饰。

"我敢肯定,要是布狄卡①被人看到穿成这样肯定羞死了。我们进去喝点咖啡,等乌云散掉吧?对于我们来说你已经很漂亮了。"她挽起凯瑟琳·安布罗斯的臂弯,两人彼此眨了眨眼,看着身着天鹅绒的查尔斯在她们前面大摇大摆地走进咖啡馆。

"不过说实话,科拉,你还好吗?"凯瑟琳停在门口,双手捧起这个年轻女人的脸,迎光瞧着。她审视着那张颧骨高耸的脸,还有那双石板般灰色的眼睛。科拉没有回答,因为她害怕无论怎样回答都会泄露她可耻的幸福。对于迈克尔·西伯恩对待妻子的行为,凯瑟琳的质疑比科拉原本想的更深刻,她已经知道了她的答案,于是踮起脚尖在科拉额头上轻轻一吻。身后的玛莎假装咳嗽了一声,科拉转过身,弯腰拿起她手上的帆布手提袋,小声说"就半个小时,我保证",说着便把同伴推进了屋里。

"对了,你们怎么来这儿了?我觉得你们俩就该待在白厅和肯辛顿,所以好难想象你们消失在边境小镇!"科拉满意地研究着桌子。查尔斯命令一个穿白围裙、有些畏怯的女孩拿来了至少十几块科拉最喜欢的蛋糕,还有一加仑茶水。科拉显然非常喜欢椰子。盘子里放着蛋白杏仁饼干、麻点酥饼和淋了覆盆子酱且裹了椰蓉的菱形蛋糕。她早上已经徒步走了好几英里,此刻心满意足地啃着一块玛德琳蛋糕最中间的部分。

"对啊,"玛莎的眼神中露出一丝刻意的寒光,"你们来这里做什么?"

"拜访朋友。"凯瑟琳·安布罗斯说。她的肩膀在小外套下灵活地抖了抖,随后便充满好奇地凝视着昏暗且香气弥漫的房间内

---

① 布狄卡是英格兰东英吉利亚地区古代爱西尼部落的王后和女王,她领导了不列颠诸部落反抗罗马帝国占领军统治的起义。

部。绿色流苏布上有什么东西掉到了他们腿上,这令她很开心;她摆弄着流苏布,强忍着笑意说:"不然还能是为什么?这里也逛不了街,连个商场都没有。本地人到底是从哪里买酒和奶酪的?"

"从葡萄园和牛棚里吧,我猜的。"查尔斯递给妻子一个盘子,里面放了一块色泽鲜艳的糖霜小蛋糕。从来没有人见过她吃蛋糕,但他总是时不时地要捉弄她一下。"我们想说服霍华德上校代表议会参加下次选举。他快退休了,而且……"

"……真是个好消息。"科拉用查尔斯的口头禅来回敬他。旁边的玛莎突然激动起来,可能准备强烈谴责一番公共卫生设施,或是慷慨陈词房屋改革的必要性。(帆布手提袋里塞着一个蓝色纸袋,里面是一本美国小说,描述的是令人非常满意的城市公共生活,未来乌托邦。玛莎为了看英国版已经等了好几个星期了,现在迫不及待地想回家研读一番。)科拉虽然欣赏朋友的这种意识,但懒得看一场推杯换盏的战斗。她往凯瑟琳的盘子里放了一块玛德琳蛋糕,但玛莎一把推开,换上了放在桌布上的地图。

"可以吗?"凯瑟琳打开地图页,翻到黑白色的科尔切斯特,上面已经标记过并用图片加以说明了感兴趣的地点。科拉用手在城堡博物馆上画了个圈,茶渍沾在了圣·尼古拉教堂的尖顶上。

"好了。"凯瑟琳说,"我想我们得去拜访上校了,得赶在别人前面。他并不掩饰自己的野心,只是从未言明这野心要放在什么地方。我认为查尔斯会说服他,下次选举政府会有变化,会告诉他我们都必须使劲砸钱。那个老家伙的力气顶得上一个年轻小伙,而且非常固执,很难被说动。我们可能还得去拜访最年长的首相。"她完全不必说出格莱斯顿的名字,对于安布罗斯家来说,格莱斯顿既是一位特立独行的圣人,也是一位可敬的亲人。科拉曾经见过他一次——她僵硬地站在丈夫旁边,丈夫尖尖的指甲嵌入她上臂的肉里。格莱斯顿略微俯身,与一众客人打招呼,科拉被他大喊着要一把剪刀时眉毛下那燃烧着的野蛮智慧镇住了。从他跟迈克尔·西伯恩打招呼时冷淡的语气可以很明显地看出,这位发言人对他丈夫甚是不喜,虽然跟她打招呼时也是一样冷淡,但这些年来,她一直觉得格莱斯顿是盟友。

"他还整天跟妓女瞎混吗?"玛莎故意失礼地说。查尔斯虽然暗暗吃了一惊,但表面上若无其事,微笑地抿着茶杯。

凯瑟琳连忙说:"我们的事说得差不多了——那你呢,科拉,你来科尔切斯特做什么?要是你想去海边的话,可以住我们在肯特的房子。这儿就是个小地方,只有数英里的泥巴和湿地,这里的景色连小丑看了也得抑郁。除非你是想从驻军里头找个新丈夫,否则我真不知道这里到底有什么吸引力!"

"那我就给你介绍一下。"科拉把地图往自己这边拉了拉,用凯瑟琳看来不太干净的食指,从科尔切斯特向南到黑水河河口画了一条线,"上个月,有两个男人走在摩西悬崖下,差点被塌方埋了。他们很聪明地看了一眼砾石,发现了化石遗迹——当然,是四处散落的一些牙齿,还有常见的粪化石——但除此之外,还有一种小型哺乳动物的化石。这些化石已经被带去大英博物馆做进一步细分,谁知道他们是不是发现了什么新物种!"

查尔斯警惕地看着地图。虽然崇尚自由且决心要探索野外世界,但查尔斯内心深处是保守的,他不会将达尔文或莱尔的作品留在书房中,因为担心它们会带坏其他健康的书籍。他不是一个特别虔诚的人,但他认为仁慈的上帝忽视了一个共同的信仰,那就是阻止社会结构像破旧的床单一样被撕裂。黎明前的几小时,他总是被一个念头折磨着,那就是人类毕竟不存在本质上的贵族,而他自己的物种也不是被神抚摸过的天选之民;与大多数令人烦恼的事情一样,他选择忽略这个念头,直到它消失不见。更重要的是,他觉得科拉对地质学家玛丽·安宁的崇拜要归咎于自己:她从未表现出对于在岩石和泥巴间挖来挖去的丝毫兴趣,直到有一次在安布罗斯家举行的晚宴上,科拉不知不觉坐在了一个年长的男人旁边,那个男人与安宁有过一面之缘后,便热衷于了解关于安宁的一切。那次,他给科拉讲述了很多有关安宁身世的事——这个木匠的女儿在被雷击后奇迹般生还,并且愈发强大;她在十二岁时第一次发现了化石;她的清贫以及最终殁于癌症这些事,都让科拉着迷,并且在之后的几个月里,嘴里谈论的只有蓝色石灰岩和胃石。查尔斯疲惫地想,要是有人觉得她的热情会逐渐减退,那他肯定是不了解科拉。

他盯着桌上最后一块杏仁饼说:"现在最好还是留给专家去做。我们又不是身在黑暗时代①,需要靠穿裙子的女疯子带着一把大头锤和画笔闯天下。不是有那么多学校、社团和政府补助什么的吗?"

"嗯?那你希望我做什么?待在家里规划晚餐,等着迎接一双新鞋?"科拉生气了,她慢慢爆发,灰色眼睛里迸发出冷冽的火花。

"当然不是!"查尔斯感觉自己触到了她的底线,忙说,"了解你的人都不会那样想。可是现在你的时间和头脑应该用在更重

---

① 中世纪的别称,指代从公元5世纪后期到公元15世纪中期,其特征是经济、知识和文化的衰落。"中世纪=黑暗时代"的说法最初是14世纪30年代文艺复兴思想家彼得拉克提出的。

要的事情上,而不是浪费在那些活着时毫无意义,死后更没有价值的动物的残骸上!"查尔斯发现自己的歇斯底里有些太明显了,于是朝玛莎做了个手势,"你不能参加玛莎的社团吗,叫什么来着?——去白教堂清理一下水暖设备,或者去佩卡姆照顾孤儿,或者去参加任何她最近在参加的活动?"

"对啊,科拉。不行吗?"玛莎朝查尔斯笑笑,她知道他对科拉的政治信仰就像对她满是泥巴的鞋子一样厌恶。玛莎的蓝色眼睛里充满了期待。

"毫无意义!"科拉屏住呼吸,准备好好科普一下她最爱的动物遗骸有什么意义。但凯瑟琳仿佛完全没有注意到刚刚过去的几分钟发生了什么,她把一只冰冷白皙的手放在科拉手上说:"那你是打算去那里寻找自己的野兽吗?"

"是的!而且我肯定会找到。等着瞧吧!迈克尔从不——"她颤抖着说出这个名字,下意识地摸了摸脖子上的疤,"他认为这是在浪费时间,认为我最好看看《女士》杂志,好知道应该穿什么样的裙子去萨沃伊饭店。"她厌恶地推开盘子,"好了,现在我想做什么就做什么,不是吗?"她依次看着他们每个人。凯瑟琳开口道:"宝贝儿,你当然可以,而且我们都为你自豪。是不是,查尔斯?"查尔斯微微点了点头,"还有,我们能帮上忙。我认识一家人,他们正好能帮到你!"

"我们认识这样的人?"查尔斯充满怀疑地看着她。他在科尔切斯特唯一的朋友就是那位暴躁的霍华德上校,而且他十分确定,科拉的眼神可能会给上校那饱经风霜的健康最后致命的一击。

"查尔斯!兰索姆一家啊!那些漂亮的孩子和那座超棒的房子,还有斯特拉和她的大丽花!"

兰索姆一家！想到这个，查尔斯的心情瞬间好起来。威廉·兰索姆是安布罗斯夫妇非常喜欢的一位自由党议员不成器的弟弟。说他不成器，是因为在他很小的时候就确定自己志不在法律或议会，甚至不在医疗服务，而是要投身于教会。更糟糕的是，一个有才华的人通常都有的天然野心在他身上完全找不到，过去十五年中，他心安理得地在黑水河口附近一个偏僻的小村庄里养着一小群牲口，还跟一个金发女孩结了婚，养了几个孩子。有一次，原本打算去哈里奇的查尔斯和凯瑟琳遇到了点麻烦，就在那里住过一阵，并且爱上了兰索姆的小家，后来离开时，凯瑟琳手里抓着一个纸包，里面是大丽花种子，这玩意儿据说会开出黑色的花。她转向科拉。"我跟你说，绝对不会有哪个家庭像他们那样完美。善良的兰索姆牧师和小斯特拉，个头还没个小仙女大，却比仙女还漂亮。他们住在凛冬村，那地方基本上跟它的名字一样糟糕——不过在晴朗的夜晚，能看到对面的波因特克利尔，早上还能看到泰晤士河上的驳船，载着小麦和牡蛎起航。要是有人能给你指明去海岸边的路，就是那里了——不要用那种眼神看我，亲爱的，你非常清楚光有一张地图不足以带你行万里路。"

"那里是国际海岸，一定要记住。你可能需要一本常用语手册。那里有仅容一人通行的窄门和克罗地亚人，还有数英亩的滩涂，他们称之为盐碱滩。"查尔斯舔了舔食指上的糖，考虑再来一块糕点，"威尔有一次带我穿过凛冬村的墓地，给我看了那些墓碑已损坏的坟墓。村民们认为，如果你死于肺结核，泥土就会渗到棺材里。"

科拉试图克制自己的怒气。某个粗脖子的乡野牧师，满嘴的加尔文和感化，还有他小家子气的妻子！此刻，她想不到有什么比这个更糟糕，而且从旁边玛莎僵硬的姿态可以看出，她也是同样的感觉。尽管如此，多了解一些埃塞克斯本地的地理知识毕竟还是有用的。更重要的是，那位教士大人也不一定对现代科学一无所知。她最喜欢的书籍中有一本，就是一位埃塞克斯的匿名教区牧师写的关于地球远古时代的论文，其中明确摒弃了从《旧约》系书籍中计算创世日期的概念。

她试探性地说："也许这对弗朗西斯有好处。你知道的，我跟卢克·加勒特聊过他。我并不是认为他有什么问题！"科拉脸红了，因为没有什么能比儿子更让她羞愧。有弗朗西斯在场的情况下，科拉敏锐地意识到大多数见到他的人都与她一样不安，她无法为自己开脱。他的孤僻、奇怪的癖好肯定都是她的错，不然还能怪谁呢？加勒特异常安静，说话也很温和，他说："你不能说他有病，你不能试图做出诊断。并没有针对怪癖的血液测试，也没有什么客观度量能够衡量你的或他的所爱！"或许，他承认，做一些鉴定可能对弗朗西斯有好处，不过这对于孩子来说非常不推荐，因为他们的心智还没有发育完全。她什么也做不了，只能尽自己所能继续看好他、爱他，只要他允许。

安布罗斯夫妇交换了一个眼神，凯瑟琳忙说："我觉得新鲜空气对孩子来说可能是最好的东西。要不要查尔斯给那位牧师写封信打个招呼？凛冬村离这儿不到十五英里，我知道你走过更远的距离！你们至少可以在那里待一下午，尝尝斯特拉泡的茶。

"我会写信给威廉，把你的地址给他。你们现在是住在乔治酒店吗？你们很快会成为朋友的，我敢肯定，并且会找到一堆堆可怜的化石。"

"我们住在红狮旅馆，"玛莎说，"科拉认为那里看起来很真实,而且还为地板上没有稻草,木杆上没拴着山羊很失望呢。"兰索姆牧师,她不屑地想,好像那个头脑迟钝的牧师和他一脸婴儿肥的孩子们能够吸引她的科拉似的!但任何人对她的朋友表现出善意都会赢得玛莎的信任,所以她把剩下的蛋糕全倒在查尔斯的盘子里,相当诚恳地说:"真的很高兴能再次见到你们。在我们走之前,你们还会回埃塞克斯吗?"

"可能会吧。"他打破了伤感的气氛,"到时候我们可盼着你发现并解剖一个完整的新物种,准备好在城堡博物馆开辟个西伯恩展厅呢。"他朝妻子微微做了个手势,示意他们该走了。查尔斯伸手去拿外套,将它搭在手臂上的时候,突然"啊!"的一声,随即转过身来面带微笑地看着科拉:"我们怎么忘了呢!你有没有听说那个令本地人谈之色变的怪兽?"

凯瑟琳大笑起来:"查尔斯,不要吓唬她们,那不过就是三人成虎,越传越离谱。"

安布罗斯挣扎着穿上夹克,没理妻子。"现在,我要给你讲一个科学之谜——把那顶可怕的帽子放下,好好听着!大约三百年前,一条龙住在此处西北方向二十英里外的亨汉姆。去图书馆找找,他们会给你看当时钉在镇子各处的传单:有许多农民的目击证词,还有张大海兽的图片,它的翅膀像皮革一样,咧开嘴露出牙齿。它喜欢在阳光下躺着晒太阳、用自己的鸟嘴(它有鸟嘴,记住这一点!)大力咀嚼,起初大家并没有很在意,直到有个男孩断了腿。之后不久那个大海兽便消失了,但关于它的传说却从未停止。每当农作物歉收或日光暗淡,或蟾蜍遍地时,就会有人在什么地方看到那个野兽出现在河岸边或潜伏在村中的绿地上。听,它回来了!"查尔斯十分得意,仿佛是他为她亲手创造了这个怪兽似的。于是科拉给他泼了盆冷水说:"哦,查尔斯,我知道。我早就听说了!刚刚有人给我们详细讲述了埃塞克斯大地震——是不是,玛莎?——还有地震导致河口放出了什么东西。我现在唯一能做的就是忍住带上笔记本和相机,跑去那里亲眼看一看的冲动!"

凯瑟琳给了丈夫一个安慰的吻,然后平静地说:"这些都是斯特拉·兰索姆写信告诉我们的。新年那天,有个断了脖子的本地男子在凛冬村被冲上了岸。我猜他应该是喝多了,被卷进潮汐里,但整个村子都已经武装起来了。岸上有几个人看到了,还有人发誓说午夜的时候他们看到有什么东西从黑水河里上来了,眼睛像是能杀人。瞧,查尔斯,你说得对。你见过谁这么兴奋吗?"

科拉扯着一绺头发,像个孩子一样在座位上挪来挪去。"就像许多年前玛丽·安宁的海龙!每隔半年就会有论文发表,设定已经灭绝的动物可能仍然在某些地方以某种方式存活,想象一下,想象一下!要是我们在一个像埃塞克斯这样无趣的地方遇上一个!想象一下这意味着什么。这是进一步的证据,证明我们生活在古代世界,证明我们该感谢的是自然进程,而不是某种神学——"

"好吧,这我还真不知道。"查尔斯说,"但毫无疑问,你会很感兴趣。要是你去凛冬村,一定要让兰索姆给你展示他们的埃塞克斯之蛇:教区教堂的一条长椅上有一条长翅膀的蛇向上延伸到扶手上,不过自从上次见过之后,那位善良的牧师就喊着要用凿子把它凿掉。"

"我决定了,"科拉说,"你写信吧,愿意写多少就写多少:为了一条海龙,我们甘愿忍受一百个牧师的折磨,是不是,玛莎?"

查尔斯被留下买单,并且忍痛给了不菲的小费,女人们则出门去了商业街。雨已经停了,逐渐落下的夕阳将圣·尼古拉教堂的影子投在她们所走的路上。凯瑟琳指了指对面敞亮的白色建筑,那里就是她住的酒店了。"我马上上楼去找些带抬头的信纸,提醒他们你这个带着伦敦想法、穿着难看外套的女人很麻烦。"她扯了扯科拉的衣袖说,"玛莎,你就不能做点什么吗?"

鉴于自己这样随意搭配衣着的快乐有一半是建立在朋友的嫌弃之上,科拉立起衣领挡着风,像男孩一样一歪帽子,两个大拇指插进皮带里。"说实话,作为一个寡妇,最棒的地方就在于,没有人再要求你多像女人——不过查尔斯过来了,从他的表情就能看出,他晚上需要喝一杯。亲爱的,谢谢你们。"她吻了两人,十分用力地握了握凯瑟琳的手。她本来还想再说点什么,向他们解释这些年的婚姻如何降低了她对幸福的期望,以至于捧着茶杯坐在那里,不去想福里斯街的窗帘后面等待她的是什么,似乎就是个短暂的小奇迹。她笑着道别,脚步轻快地穿过马路朝红狮旅馆走去,不知道弗朗西斯的脸是否会出现在窗前,看到她会不会开心。

查尔斯·安布罗斯
嘉里克文学俱乐部
中西区
2月20日

亲爱的威尔:

相信你们一定都很健康,期待我们能很快再见面。凯瑟琳要我转告斯特拉，她的大丽花长得很好，只是开的花是蓝色的而不是黑色的——或许是土壤的原因？

我写这封信是为了向你们介绍我们一个非常好的朋友，我认为与你们见面会让她受益颇丰。她是迈克尔·西伯恩的遗孀，迈克尔今年年初去世了（可能你们还记得，曾虔诚地祈祷他康复，但神显然是在其他地方显灵了）。

我们与西伯恩太太已经相识多年。她是一个不同寻常的女人。我认为她有惊人的智慧——真的，我甚至敢说是男性的智慧！她算是个博物学者，凯瑟琳跟我说这是上流社会女性中的新风尚。这似乎无伤大雅，而且似乎在她经历了一段巨大的悲痛后带给她快乐。

最近她与儿子和女伴一起来到了埃塞克斯，打算研究这里的海岸线（我记得应该是要在纳兹河畔沃尔顿找什么鸟类化石），现在一直住在科尔切斯特。当然，我告诉了她有关埃塞克斯之蛇的传说与回归的传闻，以及诸圣堂奇特的雕刻，她非常感兴趣，并且打算前往拜访。

如果她真的去了凛冬村（以我对科拉的了解，她肯定已经在计划行程了！），能麻烦你跟斯特拉接待一下吗？她已经同意我把她当前地址的详细信息给你们，随附我的良好祝愿，永远——

您忠诚的，

查尔斯·亨利·安布罗斯

凛冬村的教区牧师威廉·兰索姆将信塞回信封里，若有所思地把信封靠在窗台上。想起查尔斯·安布罗斯，你脑内浮现的永远是他那一副笑模样——这个男人总是对交友乐此不疲，而且常常（尽管不一定总是）真诚地欣赏别人，所以他对一个寡妇如此上心丝毫不令人意外。不过，尽管想起了他的笑脸，这封信仍然令人不安。并不是说这位来访者不受欢迎，而是其中的几个词（社会女性……男性的智慧……）肯定会令所有勤勉的教会牧师头疼，他脑海中已经准确描绘出了她的样子，如同信里附了她的照片似的：人生进入孤独的暮年，只能靠塔夫绸和对新科学浅薄的热情来支撑。儿子肯定是牛津大学或剑桥大学毕业，有某种不可告人的恶习，要么给科尔切斯特带来震荡，要么使其完全无法适应文明的同伴。她很可能为了节食只吃煮土豆蘸醋，期待拜伦的减肥方式能改善她的身材，而且几乎肯定会有盎格鲁天主教的倾向，并因诸圣堂的祭坛上没有华丽的十字架而感到悲痛。在五分钟的时间里，他已经将她想象成了一条令人讨厌的哈巴狗，一个皮包骨头的斜眼马屁精。

唯一值得欣慰的是，凛冬村绝对不是一个风景如画的目的地，他无法想象一位上流社会的女性，即使是一个无聊的喜欢多管闲事的寡妇，会来拜访。每年春天都有一些热心的博物学家跑到这里，记录为数不多的穿过盐碱滩的海鸟，但即使是这些海鸟也往往是你可以想象得到的最单调乏味的品种，它们沾满泥的羽毛与周围的环境难以区分，常常还没有被注意到就飞过去了。凛冬村只有一个小旅馆和两家商店，尽管村中的绿地被认为是埃塞克斯最长（如果不是最大）的绿地，但即使是对于本地居民来说，也没什么好介绍的。除了教堂里那些古董——其实对于每一位继任者来说都略微有些尴尬——方圆五英里内唯一能让人感兴趣的事情,就是快船的船体会变黑。黑水河河口退潮时就可以看到,村里的孩子们用异教徒的仪式装饰每一个收获物,对此他尽职地表达了不满。铁路线的终点距离这里有七英里,所以农民们仍然依靠驳船将燕麦和大麦运送到圣奥西斯的磨坊加工,然后再运到伦敦出售。对于凛冬村来说,或许最好的地方在于,虽然它既不富裕也不美丽,但不至于太过贫穷。埃塞克斯人骨子里不会悲惨地屈服于变化和没落,当大麦约翰[①]受到廉价进口商品的威胁时,一两个佃户就开始尝试种植葛缕子和香菜,并且分担脱粒机的租金,这不仅给他们带来了惊人的产量,还使整个村子欢乐起来。孩子们争相观看,感叹它个头那么大,声音那么洪亮,脱粒那么快。

　　威尔感觉一股怒气蹿上来,他克制住将信封扔到火里的冲动,把它藏在小儿子约翰早晨给他的一张纸后面。纸上画的可能是一只长翅膀的鳄鱼,不过也可能是一只吞下飞蛾、身体膨胀的毛毛虫。孩子母亲坚信这是他才华横溢的最新表现,但威尔可不这么想。他还记得自己小时候曾在笔记本上画满了各种引擎和设备,那些东西非常复杂,以至于他翻过一页就完全忘记它们是干什么用的了,可是那又有什么用呢?

　　令他烦心的不仅是那个可能看起来人畜无害的寡妇的威胁,还有最近教区里发生的一些麻烦事。他仔细看了看约翰的画,这次更像是一头长着翅膀的海龙正逼近村庄。自从跨年夜那天黑水河河口发现一具溺死的男尸后——裸体,头几乎拧了一百八十度,眼睛惊恐地瞪着——埃塞克斯之蛇不再只是大人吓唬小孩子的工具,关于它的传闻开始笼罩在街头巷尾。周五晚上,去白兔酒吧

[①] 制酒的麦芽或啤酒等含酒精饮料的拟人化名称。

喝酒的人纷纷声称看到过它，大人们催促在盐碱滩上玩耍的孩子们必须在天黑之前回家，理智的威尔根本无法说服他们，那个溺亡者不过是酒精和潮汐的双重受害者。

他决定围着教区转一圈散散心，一边走一边找几个人，把关于海龙的谣言压下去。他拿起帽子和外套，听到书房门口有人在低声说话（孩子们被禁止进入书房，但不包括折腾门把手）。他大声威胁他们接下来两个星期只有面包和水，然后便习惯性地从窗户逃走了。

那天的凛冬村恰如其名：坚硬的土地上满是霜冻，黑橡树用力伸向苍白的天空。威尔双手插在口袋里，动身出发。身后的红砖房在他第一次跨过那道门槛时还是崭新的，斯特拉捧着隆起的肚子，沿着铺了地砖的小径缓缓前行，乔安娜身后牵着一只看不见的宠物（都是从未发现过的物种）。两层房间的凸窗让人觉得好像是前门两边的小塔楼，再上面是装了彩色玻璃的扇形楣窗，每天下午都有一小时的光照。这是这条街上最大的房子，房子的视野穿过村庄，从科尔切斯特向南延伸，一直到现在只有一艘驳船停靠的小码头。房子明亮冰冷的外观与村里的其他房子截然不同。他从未想过这房子有什么特别的，除了隔热效果还不错，有一个足够大的花园，孩子们可以在大人的眼皮子底下玩几个小时而不会有危险；至少他的一个同龄人还得忍受看起来像是沉入地下的房子，餐厅偏僻的角落里甚至长出了巴掌大小的蘑菇。

走到因为海拔略高于海平面而被称为"高巷"的地方，威尔左转朝穿过公地的方向走去。几只绵羊在凛冬村的橡树下无精打采地吃着草，据说这棵树曾经庇护过忠于叛徒查尔斯的部队，所以被称为"叛徒橡树"。树看起来很黑，可能曾经被烧成炭。下面的树枝因为自重而下压,弯曲向下用力插入大地,过了一段时间又长出来,所以到了春天,这棵树看起来就像是被树苗包围了。夏天,向下弯曲的树枝则成了恋人们的座椅。威尔经过时,一个女人铺开红裙子,向鸟儿们扔了一些面包屑。橡树那边,离开马路一定距离处有一堵长满青苔的墙壁,墙壁后面就是诸圣堂,那里的塔楼庄严肃穆,像往常一样在召唤他。确实,他应该在硬邦邦且冰冷的教堂长椅上坐一会儿,等待他的怒气平息,但暗处可能有人在等待祝福或谴责。过去的一年里,随着埃塞克斯之蛇的到来(他不愿让谣言有名字,所以只肯称它为"麻烦"),他越来越没有自己的空闲时间。有一种感觉大多数时候大家心照不宣,至少在他面前——那就是大家都要经受审判,而且毫无疑问罪有应得,只有他能拯救他们。可是,他要提供什么样的安慰才能避免再次印证他们突然的恐惧呢?他无能为力,能做的只是像约翰一次次从梦中惊醒时那样说一句:你和我一起,在午夜杀掉你床底下的怪物。建立在欺骗的基础之上,无论出于怎样的善意,终将不堪一击。明天,当主日的太阳升起,他将有足够的时间在教堂里;此刻,他迫切地想要去看看盐碱滩,让自己体内充满膨胀的空气,他忍不住跑了起来。

　　他跑过白兔酒吧("亲爱的曼斯菲尔德,我想你也应该知道,穿着那样的衣服怎么能跑那么快!"),跑过窗沿上开着仙客来的一排排小村舍("她很好,让我谢谢您:'流感已经好了,感谢上帝……'"),一直跑到高巷下坡延伸到码头的地方。当然,这里并不单是黑水河的一处水湾,已经用石材加固,但石材似乎只能坚持一季,然后每年春天都要用称手的东西再次重建。亨利·班克斯每天开着他的驳船在河口来来回回地忙活,将成袋的玉米和大麦下面不知道是什么的东西运到不知道什么地方去。此刻，他正盘腿坐在甲板上补帆，双手冻得跟布一样青。看到威尔，亨利远远地朝他打招呼，"牧师先生，还是没有它的踪迹，没有任何迹象"，然后伤心地举起一个小酒壶。几个月之前，班克斯丢了一艘划艇，保险公司拒绝理赔，理由是他没有迅速将船停到码头，而且当时很可能喝醉了。班克斯为此非常痛苦，跟所有人都说船在晚上被默西河那边过来采牡蛎的人偷走了，而且他一直是个老实人，这一点格蕾西可以证明，要是她还活着的话，上帝保佑她。"没有吗? 真遗憾，班克斯，"威尔诚恳地说，"没有什么比承担不公更难的了。我会帮你留意的。"他拒绝了班克斯递来的朗姆酒，可怜地指指自己的罗马领，然后继续前进——过了码头，低水位一直在他右边，前面的小斜坡上有一排光秃秃的灰树，像是很多灰色羽毛插在地上。灰树那边就是凛冬村的最后一栋房子，从他记事起，那里一直被称作"世界尽头"。青苔和地衣将弓形墙绑在一起，经年累月，不断增加的青苔和地衣使得斜度和附加尺寸都已经加倍，像是某个活物在坚硬的土地上大快朵颐。周围的那部分土地三面被围起来，第四面直接通向盐碱滩的草地，然后从那里一直延伸到灰白的泥地，泥地里有许多小溪，在微弱的阳光下闪闪发光。

威尔走近"世界尽头"时，这里唯一的居民几乎完全融入房子的墙壁里，以至于当这个人突然出现时，好像是施了什么魔法。克拉克内尔先生似乎和他的房屋是用同样的材料制成的：他的外套像青苔一样绿，甚至还一样湿，胡须跟屋顶上掉下来的陶土瓦一样红。他右手抓着一只灰色的小鼹鼠，左手握着一把折叠刀。"牧师先生，为了您的外套，麻烦退后一点。"他说。威尔听了立刻照办，然后便看到整个篱笆上串了十几只——甚至更多鼹鼠,只是这些鼹鼠都已经被剥了皮,兽皮像影子一样从后腿垂下来。它们苍白的爪子像极了孩子的手,挣扎着伸向大地。威尔观察了一下最近的那只,说:"真壮观!一便士一个?"尽管人类是小动物的主宰,但他一直很喜欢这些穿着丝绒外套的小绅士,并且希望这种农田里的消耗战能够以更温和的方式结束。

"对,一便士一个,而且是新鲜出炉的。"他把小东西摊开,灵活地在它手腕和脚踝上割了一圈。

"虽然我来凛冬村已经二十年了,但你的做法还是让我感到惊讶。除了屠杀同类来吓唬它们,就没有更好的办法让鼹鼠远离农田吗?"

克拉克内尔皱了皱眉。"哦,牧师先生,我这样做是有目的的。您知道的,您早就看出来我是有目的的!"男人兴奋地将食指滑到鼹鼠肉与皮之间,测试是否容易分离,"我知道从某些方面来说,他们都认为我是个傻子,虽然我最近连一个先令都没见着,只能满足于生活中可能时不时出现的这些小便士。"他顿了一下,直勾勾地盯着威尔的口袋,然后继续手上的活儿,"然后,牧师大人您就站在那里,问我是不是有什么目的!"

"我知道了,"威尔严肃地说,"能感觉出来了。"兽皮像纸一样从肉上被撕下来。克拉克内尔举起自己的作品检查,对自己的技术很满意;一股蒸汽从热乎的裸露尸体上升起,在冷空气中盘旋。

"吓唬它们,哦,是的——"他快活的情绪突然消失,忙着用一段电线穿过动物粉红色的鼻子,从一个鼻孔穿到另一个鼻孔,然后围着栅栏柱子缠三圈。"吓死它们,"他说,"虽然我敢说,可能被我吓到的东西一直都不知道我在吓唬它,但当听到为我们的孩子哭泣哀悼的声音时——想到他们已经不在了,我们也不会得到安慰……"他放在电线上的手微微颤抖,威尔惊讶地发现他的下嘴唇也在颤抖。威尔的第一反应是上前安慰,这既是长期训练的结果也是出于本能,但紧接着却是一股愤怒。所以,这个老人也已经屈服于笼罩着整个村子的假象!威尔想到自己的女儿可能被从上游爬出来的什么东西吓得哭着跑回家,想到塞进募捐箱里的那些字条,都是催促他带领大家,为需要接受审判的罪行而忏悔。

"克拉克内尔先生。"他语气轻快,甚至带着一丝幽默。要让对方看到没什么好害怕的,除了冬天有点长,春天来得有点迟,仅此而已。"克拉克内尔先生,我可能不是很适合当主教,但如果有人对经文断章取义,我马上就能听出来。我们的孩子现在所面临的危险并没有比以前更多!你的脑子呢?你的脑子都用来干吗了?"他伸出手,做了个拍对方口袋的动作,"你不是打算告诉我,你把这些可怜的小东西穿起来是为了吓唬那个——那个传说生活在黑水河里的海蛇吧!"

克拉克内尔被逗笑了。"牧师先生,您这样的绅士竟然会跟我提脑子,也不想想有人觉得我有过脑子吗。"他得意地拍拍被剥了皮的鼹鼠后背,"不过话说回来,我确实说过,而且一直在说,小心驶得万年船;如果有人或者动物想接近这里,进入世界尽头,我这些小辟邪兽会让他们知难而退。"他跷起大拇指指向屋子后面,两只拴了绳子的山羊正卖力地啃着一圈草,"有戈格和梅戈格在这儿陪我呢,您知道的,而且兰索姆太太好尔享用的那些羊奶和奶酪也是它们提供的,我可不能冒险失去它们!我也不允许!我可不想只剩下孤零零一个人!"他又开始抖了,但此时的威尔感觉自己的立场更坚定了:三年里,他三次陪同克拉克内尔站在墓地里。第一次是他的妻子,第二次是他的妹妹,第三次是他的儿子。

他紧紧抓住老人的肩膀:"你也不会的;我有我的群体,你也有你的群体,我们都被同一个'牧羊人'照看。"

"可能是吧,谢谢您这样说。不过我明天还是不会去教堂。牧师先生,我有我的立场。还记得我说过的话吧,既然带走克拉克内尔太太,那上帝没有我也能凑合过日子了;不管怎样我都不会改变主意的。"

他脸上倔强的表情像个固执的孩子,但好歹还没哭出来,威尔忍不住想笑,但想到与上帝讨价还价的代价,他还是一脸严肃地说:"你有你的立场,而我也没有权利让一个男人违背自己的誓言。"

远处的盐碱滩上,水悄悄流向房屋,夕阳西下,天气愈发寒冷。湿地那边,从凛冬村望去,黑水河对岸并不是其他村庄,而是河口与北海相接后的一片汪洋。威尔看到一艘亮灯的渔船正往家走,不由得想起斯特拉——她现在肯定累了,手上一直在忙活孩子的事情——她正拉开窗帘,望向叛徒橡树,盼着他回家。他渴望见到她,渴望听到孩子们在书房门口恶作剧的声音,这让他突然开始讨厌这陷入土中、长满青苔的房屋;他又想起当日在墓地里,克拉克内尔朝小松木棺材上丢了个土块,然后在门口站了好长一段时间。"等一下,牧师先生,"克拉克内尔说,"我有东西要给你。"他再次消失在房屋侧面,过了一会儿拎着一对刚抓来的兔子,兔子很漂亮,眼睛亮亮的。他把兔子塞给威尔。"请替我送给兰索姆太太,克拉克内尔太太曾经说过,生那么多孩子,血液会变稀的,这个正好补一补。"

馈赠的喜悦令他整个人都亮起来。威尔大方地接过兔子,感觉喉咙里有什么东西堵住了。这两只兔子非常适合做馅饼,约翰尼[①]最喜欢了,一向如此。似乎是为了做些什么作为回报,他像农夫一样把兔子挂在腰带上,说:"克拉克内尔先生,告诉我你看到了什么,因为我不知道什么时候能相信什么人。一个可怜的家伙淹死了,可是冬天溺水说到底也不是什么特别罕见的事。有人跟我说一头羊被吞掉了,但那也可能是狐狸在猎食。他们说有个孩子失踪了一夜,但第二天早上却发现他在橱柜里偷吃妈妈的甜食。班克斯从圣奥西斯和马尔登的驳船上带来了一些奇怪的消息,可是我们都知道他是个骗子,不是吗?然后,小旅馆门口和外面总有人窃窃私语,说船上有个婴儿在波因特克利尔被抓走了,可是现在白天这么短,又这么冷,谁会带着婴儿出海呢?要是你跟我说你目睹了一些令人恐惧的事物,或许我会相信。"他盯着老人,但老人似乎在躲避他的目光;他的目光越过威尔的肩膀,落在后面空旷的地平线上。

　　威尔深知沉默的力量,因而并没有说话。过了一会儿,克拉克内尔叹了口气,耸耸肩,继续拿刀忙活着,开口道:"重要的并不是我看到了什么,而是我感觉到了什么;虽然我看不到天空,但能明确感觉到它来了又走了。我觉得肯定要发生什么事;这是迟早的,记住我的话。以前它曾经来过,你也知道,而且还会回来。如果我看不到,你会看到,如果你看不到,你的孩子会看到,如果你的孩子看不到,你的子孙总会看到。所以,牧师先生,我要未雨绸缪。如果可以斗胆说一句,我建议您也这样做。"威尔想到教堂里那个关于古老传说的雕刻遗迹,特别想(当然不是第一

[①] 约翰的昵称。

次了）明天早上拿着锤子和凿子把它毁了。

"我一直很重视您说的话，克拉克内尔先生，而且以后也会继续这样做。或许你可以把自己看作凛冬村的守夜人，就在这世界尽头，在花园里建个灯塔作警备用。主会保佑你的，无论你是否需要！"说完，威尔便在主的光辉中转身朝家走去。

他想着自己走路的速度应该比天黑下来的速度稍微快一点，这样就可以在天黑之前赶到家。克拉克内尔的那些辟邪兽和溢于言表的恐惧让他停下了脚步，并不是因为他觉得黑水河里有什么奇怪的东西正在静待时机，而是因为自己的教区竟然屈服于这种不相信主的迷信传说，这让他觉得很失败。虽然大家对它的大小、形状和起源各执一词，但似乎都认为它喜欢河流和黎明。虽然所有的袭击都没有目击者，但自夏末以来的数周里，但凡有被遗弃的孩子或是断臂残躯，大家都会将其归咎于那个看不见的东西。他甚至听到有人说它的尿有毒，污染了下游健康村的抽水泵，导致许多人生病，光跨年夜就死了三个。斯特拉温柔地建议他直接在讲坛上说开，但他不愿意，而是选择干脆拒绝承认那个麻烦的存在，哪怕发现每个礼拜日早上，教众们都心照不宣地避开那张雕刻着蛇的长椅——好像只是靠近长椅，就会让他们从内到外不寒而栗似的。

天马上就要黑了，他继续往前走，途中回了一次头，发现半边白白的月亮已经升起来。芦苇丛中的风声越来越大，夹杂着一丝哀号，威尔感觉到自己肋骨后面的心跳得越来越快，那感觉像极了恐惧，他大笑起来。瞧！人们多么不愿意面对阴影啊。如果真的无法忽视，好好利用那个麻烦或许更明智——没有什么比恐惧更能使人坚定地信仰永恒。凛冬村的灯光出现在前方，其中就有他家的一盏，家人们正在等着他。他们的身体结实、温暖，有肥皂的香味，每个人脸上都洋溢着笑容，他小时候也是那样，完全真实、无法否认、从未有过片刻的止息，以至于根本没有什么阴影可以影响他们。他感到一阵欢喜，忍不住低吼一声（或许这也是警告或挑衅？万一真的有只没人管的野狗之类的），然后剩下的半英里直接跑回了家。约翰正在等着他，他穿着白色睡衣，一只脚踩在门槛上，看到威尔立刻大叫起来，"我的手指划破了"，然后一头扎进父亲的外套里。突然，他感觉到了脖子上的兔毛："你真的做到了！你给我带宠物回来了！"

科拉·西伯恩

红狮旅馆

科尔切斯特

2月14日

亲爱的小鬼！

你还好吗？穿得暖吗？吃得饱吗？伤口怎么样了，已经痊愈了吗？真想亲自看看。伤口很深吗？你的手术刀一定要保持锋利，但你的头脑要比手术刀更敏锐。哦，亲爱的，我好想你！

我们都很好，玛莎说她也爱你——你肯定不相信，是不是？弗朗西斯没有说爱你，不过我觉得他应该不介意再次见到你，如果你来的话，这也是我们大家所希望的。你来吗？这里很冷，但是海边的空气很棒，埃塞克斯根本不像他们说的那样糟糕。

我已经去过内兹岬的沃尔顿了，也去了圣奥西斯，但是还没有找到我要找的海龙，甚至都没看到长着海百合的海！不过你知道的，我绝不会轻易放弃。这里五金店的店主跟帽子商一样，认为我疯了，我从他店里买了两把新锤子和一条小山羊皮带用来挂锤子。玛莎说这是我有史以来最奇怪、最丑的造型，不过你知道，我一直认为美貌是种诅咒，我非常乐意让自己看起来一点也不美。有时候我都忘了自己是个女人，至少我忘记了将自己看作一个女人。所有那些女性的义务和享受现在似乎都与我无关。我不确定自己如何才算举止得当，但即便知道，也不确定自己会照做。

　　说到与众不同：你绝对猜不到当我们想找个像样的地方躲雨时在商业街遇到了谁？是查尔斯·安布罗斯，他看起来就像一只误入鸽子群的鹦鹉，穿着天鹅绒大衣四处奔忙！他坚定地认为我需要一个埃塞克斯的朋友，以免我在泥滩里跑断腿或者更糟糕（他说黑水河里有可怕的野兽，下次见面的时候我会跟你详细说）。他威胁说要把我的联系方式给一个乡村牧师，虽然我很想接受他的提议，只是单纯地为了吓唬一下他脑子里的老古董，但我更愿意自力更生。你真的不来吗，亲爱的？我想你。没有你我真的不习惯。我也不知道为什么会有这种感觉。

爱你，
科拉

卢克·加勒特博士
彭顿维尔路
北一区
2月15日

科拉：

  我的手好多了，谢谢。感染很有用——我测试了新的培养皿并进行了一些细菌培养。你肯定会喜欢的。是蓝色和绿色的细菌。

  我可能下周跟斯宾塞一起过去。回头见。
  如果可以，让老天爷不要下雨吧。

卢克

PS：实际上，那天是情人节。不要否认了。

  蒙蒙细雨中，科拉走到了科尔切斯特以东五英里的地方。她出门的时候并没有什么特别的目的，也没想过如何回家，只是想离开红狮旅馆冰冷的房间。弗朗西斯为了数清枕头里的羽毛，已经把枕头剪破了。她和玛莎都跟他解释不清楚为什么不应该这样做（"嗯，但是你可以付钱，这样整个枕头就都归我了……"），只能听着儿子耐心地数数——关门的时候，他已经数到了一百七十三——她系好外套冲下楼，冲玛莎喊了一句："天黑之前我会回来的，我身上有钱——我会找人带我回来的。"玛莎叹了口气，回头继续照看男孩。

  她大概半个小时就出了科尔切斯特，然后一直往东走。她几乎相信自己能在走累之前到达黑水河河口。她从一座小村庄的外围绕着走，既不想被人看到也不愿与人搭话，而且她更喜欢一直延伸到橡树林边缘的长满草的小路。行人车辆稀少而缓慢，没有人注意这个走在边缘的女人。雨又开始下了，她钻进树林更深处，转头望向毫无特色的天空。天空是清一色的灰色，没有移动的云层或是突然露出的蓝色裂缝，也找不到太阳的一丝踪迹。它就像一张白纸，凸显出向上伸展的光秃秃的黑色树枝。这本该是很沉闷的，但科拉却觉得很美——桦树的树皮绽开，像长长的白布，脚下是湿滑的树叶。到处都是亮得晃眼的青苔，它们用厚厚的绿毯包裹着脚下的树木，在铺满小径的断枝上也长出细密的一层。她两次被荆棘丛绊倒，荆棘上还残留着白色的羊毛和尖端灰色的小羽毛，她也毫不客气地咒骂那些荆棘。

令她震惊的是，白色天空下的所有东西都由相同的物质组成，不完全是动物，也不仅仅是泥土。这里的树枝从树干上被砍下来，留下显眼的伤口，路上看到被砍断的橡树和榆钱残枝在跳动，她也不会惊讶了。科拉大笑着，想象自己也是其中的一部分，她倚在树干上，听到一只画眉叽叽喳喳，忍不住伸出一只手臂，想看看指间的皮肤上会不会有鲜活的绿色地衣点缀。

它一直在这里吗？这淹没了她脚踝的神奇的黑土地，还有脚边这生长在树枝边缘的珊瑚色真菌。鸟儿总是在唱歌吗？雨总是这样温柔，让人觉得可以安心地待在雨里吗？她觉得是，而且这些一直都离她不远。她肯定曾在某些时候对着湿树皮一个人开怀大笑，感叹蕨类植物展开的细腻程度，只是她不记得了。

过去的几周并不总是那么开心。有时她会想起自己的悲伤，并且在很长一段时间里，她必须自己学会如何喘口气，她能感觉到肋骨后面有个空洞。那是一种逐渐被掏空的感觉，好像那个死去的男人跟自己共用了什么重要的器官，而这个器官正因使用不当逐渐衰竭。在寒冷的几分钟里，她想起的不是这些年忐忑不安，从来没有一次成功地读懂他的情绪，或避开他的伤害的日子，而是他们最初相识的几个月，那也是她最后的青春时光。哦，她曾爱过他，没有人曾像她那样爱过他：那爱让年幼的她无法承受，像个喝了一口酒就酩酊大醉的孩子。她的眼里曾经全部是他，就像看了一眼太阳，闭上眼睛仍能看到黑暗中射出一缕光一样。他总是那么忧郁，所以当他被她轻率的举动逗得哈哈大笑时，她觉得自己是个统领军队的女王。他那么严厉，又那么冷漠，以至于他第一次抱她，都让她觉得像是打了一场大胜仗。那时她还不知道，这不过是普通骗子惯用的伎俩，以此来阻止小冲突，然后再把她毁掉。之后的几年里，她对他的恐惧就像当初的爱，同样心跳加速，同样在夜里心碎难耐，同样警觉地听着他在大厅里的脚步声，这些都让她沉入其中无法自拔。没有别的男人碰过她，所以她不知道该如何表达那种既痛苦又欢愉的奇怪感觉。也没有别的男人爱过她，所以她无法判断他收回自己的认可，是否就像潮起潮落那样自然且不可缓和。等她终于明白自己应该跟他离婚的时候，已经太晚了。那时候，弗朗西斯甚至连改变午餐时间都忍受不了，任何改变都有可能摧毁他的健康。这个男孩虽然有那么多麻烦的习惯，脾气让人捉摸不透，却成了科拉生命中唯一让她觉得没有任何疑惑的存在：他是她的儿子，她知道自己的责任；她爱他，有时候甚至怀疑他也爱她。

　　微风渐止，橡树林渐渐陷入寂静，科拉又回到了二十岁，儿子紧握双拳来到这个世界。助产士想把孩子带走，把他裹进白布里；她怒吼着不让他们抱。他闭着眼睛从科拉肚子那儿一直爬到胸前，开始贪婪地吮吸。助产士感到惊奇，说这是个乖孩子，而且还很聪明。可以肯定的是，他们已经互相对视了好几个小时。夜色中，他用一双深雾蓝色的眼睛专注地望着她。我有盟友了，她想，他永远也不会赶我走。日子一天天过去，她感觉自己像是从中间被劈开了，那伤口永远不会愈合。因为他，她的心总是阴晴不定。他那些充满爱的小举动令她欣喜不已，她惊讶于他神奇的小脚丫，皮肤就像是抱枕外面的薄丝绸；她能连续好几个小时用指尖轻轻抚摸他的小脚丫，看着他开心地慢慢张开脚趾——他可开心了！这种快乐是她给予的！他握起来的小手像是被太阳晒得暖乎乎的海扇，她抓起来亲了亲他的小手、他的小脚，他一切的一切都包罗万象，令她震惊。但没过几周，这种盲目的爱便消失了，那双眼睛甚至已经蒙上了阴霾。被她照顾的时候，他似乎很痛苦，或者至少会忍不住发脾气；如果她抱他，他会挣扎，使劲扑腾，用拇指上的小指甲划破她的眼睑。那些充满爱意的日子似乎早已远去，再也不会出现。这是人生中第二次有人拒绝她的爱，这令她很茫然，出于羞愧，她开始克制自己的爱意。迈克尔觉得她的失败很好笑，还说被自己的孩子逗乐很低级，最好将孩子交给保姆和家庭教师。多年过去，她已经熟悉了他的方式，他也了解了她的。如果说他们之间的关系就像她看到的其他母子之间那种淡漠的温暖，那就足够了，而且这是属于他们的。

科拉继续往前走，虽然冰冷的雨水和黑色的土地应该已经让她失去了斗志，但她还是无法像个寡妇那样悲伤。她喉咙里咯咯咯咯，发出一阵毫无羞愧的笑声，吓得沉默的鸟儿也开始叽叽喳喳。她当然也会感到羞愧，但已经习惯了在这种耻辱状态下生活的感觉，况且，除了玛莎，别人应该都没有发现她更开心了。想到她的朋友（毫无疑问，肯定是坐在咖啡店里皱着眉头，试图躲开最近变得很缠人的弗朗西斯，或是痴迷地望着红狮旅馆的老板，以此打发时间),科拉不笑了,她略微抬高双臂,想象着玛莎从滴雨的树下朝她走来的样子。夜里,她们会背对背躲在一条薄被子下面,抱着膝盖抵御寒冷,有时她们会转身悄悄说一些刚想起来的八卦或是道声晚安,有时醒来会发现自己躺在对方的臂弯里。在科拉被其他事情搞得遍体鳞伤时,就是这件简单的小事让她坚持了下来,如果说玛莎曾担心现在没有人需要她了,科拉可以很坚定地说,她错了。

走了快八英里的时候,科拉累了。她发现自己正在爬一个小坡,树木开始变得稀疏。毛毛雨已经停了,空气很清新,没有一丝阳光穿过低矮的白色树冠射下来,整个世界都变成了一种泛红的色调。到处都是发红的浅滩,那是去年的蕨菜长出来了,再往上是金雀花丛,满是初绽的黄色小花。一小群屁股上溅了紫色墨点的绵羊漫无目的地吃着草,迅速抬头看了一眼,然后不屑地转身走了。此刻她脚下的这条小路是埃塞克斯发光的泥巴路,斜坡再远处是一棵倒下的树,上面已经长满了厚厚的青苔。景色的变化就像海拔的变化;她屏住呼吸,然后停了一会儿,以适应这种情况。寂静中,她听到一个奇怪的声音,有点像孩子在哭,但听那孩子的年龄应该已经懂事了。她说不出话来,只是感到一阵奇怪的窒息,她听到一种难听的嘶嘶声,那声音停了一会儿,然后又开始了。然后另一个声音加入进来,是一个男人的,像是低吟,充满耐心,声音低沉,同样无法形容,不过也不完全是。她更加努力地听:"现在……现在……现在……"暂停之后——这段时间她的心怦怦直跳,虽然后来她声称自己根本没有害怕——男人的声音再次响起,只是这次音量更高、声音更尖。她听不太清他在说什么,但那疯狂的催促让她觉得他说的应该是:"哦,该死!该死！"然后,传来一个重重的东西撞到什么软东西上的声音,随后又是一声窒息的低声嘶鸣。

就在这时,她猛地提起外套,循声追去,因为外套太长,下摆上已经沾满了厚厚的泥巴。泥巴路起起伏伏,路两边是高大的浅绿色树篱,当她经过时,树上弯曲的黑色皂荚嘎嘎作响。再往下走一点,一英亩的赤褐色蕨菜在她面前展开,几只绵羊低头在土里嗅着。左手边,一棵光秃秃的橡树俯瞰着一汪浅浅的湖水。水面上有厚厚的泥,被雨点砸出一个个小坑;没有芦苇,河岸上也没有鸟儿飞来飞去。真的是毫无特点,只是在较近的地方,一个男人正弯腰抓住什么白色的东西,那白东西疯狂地挣扎,又发出一声微弱的哭喊。那声音击中了她,令她一阵恶心。那可怜的哀求和挣扎让她觉得有点熟悉,所以她加快脚步,开始冲过去。她本想让自己显得蛮横一些,但一开口却成了尖叫:"住手!不要!"

男人可能听见了她的叫声,但也可能没听见,他既没有抬起头,也没有停下手中的动作。他压低声音,再次发出她第一次听到的那种令人好奇的深沉的低吟声,只是现在似乎很可怕,这个男人怎么能在做着这么残忍的事情时这么温柔?等到慢慢走近,她看到他双脚牢牢地扎在泥水中,从背后看,他的深色厚外套上溅满了泥点。虽然隔得很远,她仍能看出他衣衫破旧、长相粗鄙:与他有关的一切都是脏的,不管是衣服厚厚的湿布料,还是落在衣领上的湿鬈发。如果老故事是真的,她想,男人是用一把土做的,那这位就是亚当本人了:全身泥巴,外形粗鄙,语言能力不强。"你在干吗?住手!"听到喊声,他半转过身,她发现他大约中等个头、体格健壮,脸上挂着一些泥点,像是留了胡子,一双眼睛透过污泥敏锐地盯着她。他可能已经六十岁，但也可能是二十岁。他把袖子挽到了胳膊肘，前臂上全是肌肉线条，他盯着她看了一会儿，似乎确定她既不会帮忙也不会妨碍他，于是转身继续忙活自己的。没有什么比被忽视更能令科拉愤怒了，她歇斯底里地大叫一声，冲过了最后几码。到了水边，她才发现男人身子底下一直在挣扎的白色东西是一只绵羊，它正在浅滩里无声地挣扎。她顿时松了一口气，虽然她想象过会有多可怕，但绝对不是这个。

绵羊抬起愚蠢的眸子望了一眼新来者，咩咩叫了几声。它的屁股、后腿，一直到腰都被泥巴染成了黑色，由于后腿疯狂挣扎，身体又往下陷了一些。男人右臂钩在羊的左前腿下方，环住它的背，左臂试图抓住另一侧，好把羊拉到安全的地方，但地面太滑，他脚下找不到可以站稳的地方。这一举动导致那只绵羊更加害怕，有一刻它闭上了眼睛，似乎打算认命了；随后又咩咩叫起来，再次奋力挣扎，左前腿使劲摆动，踢在了男人脸上。他大叫一声，科拉看到泥巴面具下面出现了一个伤口。

看到血的一刹那，她突然清醒，忙说："我来帮你。"男人上气不接下气地哼了一声，表示同意。男人都不大聪明！她心里想，随即琢磨着如何讲述这个故事才会让朋友们开心。绵羊再次没了力气，长长地叹了一口气，搅得空气一阵波动，也让男人趁机用两只胳膊抱住了它的背。一人一羊抱在一起陷入泥巴里，男人急躁地回头大喊："好了，快点啊！"好吧，还不算太笨，虽然有埃塞克斯口音，元音说得很慢。科拉伸手去拿皮带，皮带很宽，是男士用的。她手指僵硬，动作迟缓，摸索着解开皮带扣，此时，叹气的绵羊再次下滑。她用力扯开皮带，冲上前用皮带围着羊背绑了一圈，这样就能抓住前腿下面的圈，做成缰绳一样。男人松开手，一把从她手上扯过皮带。感觉到他松开了手，那牲口开始恐慌，它一阵扑腾，把科拉拽进了泥里。男人一点也不关心她，只是一个劲地喊"拉！往上拉"，然后示意她应该抓住皮带，他自己则再次抓住羊的身子。过了很长一段时间，他们配合发力，慢慢脱离了泥潭。科拉感觉自己肩膀上的骨头在使劲往肩窝里顶。突然，羊的后腿露出水面，然后它自己用力向前划到了岸边。科拉和男人向后一倒，科拉连忙别过身子，掩饰自己上气不接下气的样子。如果不是这个男人那么白痴，这只羊那么无知，她不会介意泥巴，也不会介意手腕这么疼。稍远一些的地方，绵羊的同伴们警惕地抬起头来，没有表现出任何愉悦，静静地等待掉队的绵羊归队。科拉本来应该感觉像是打了个胜仗，但是相反，今日的快乐已经消失了，甚至连岸边的蕨菜也黯然失色。

转过身时，男人正把袖子摁在脸颊的伤口上止血，同时目光从袖子上方射过来审视着她。他头上戴着一顶做工很差的针织帽，自己拿红线头随便接一接可能也能做一个。帽子被拉到了眉毛处，眉毛上满是泥巴，几乎遮住了眼睛。他简单地说了一声"谢谢"，元音仍然发得很平，那是乡下人的口音。原来是个农夫，她想。她没有接受这不情不愿的感谢，而是指着那只筋疲力尽的羊说："它会没事的吧？"羊冲着空气张了张嘴，然后又翻了个白眼。

他耸耸肩道："应该没事。"

"那是你的羊吗？"

"哈！不，不是我的羊。"这个想法显然激起他有些迟钝的幽默感，他开始轻声笑起来。

那就是个流浪汉，可怜的家伙！本质上，她习惯把别人往好的地方想,除非他们让她有理由不这样做。而且,她很快就要回家找玛莎了,还有那洁白的床单,而他,谁知道呢,可能只能去蕨菜丛里睡一觉,跟一个差点溺死的牲口做伴吧。她微笑着,决定跟他说话时还是不能忘了伦敦人的礼貌。"好了,我必须回家了。很高兴见到您。"她朝湿淋淋的橡树那边做了个手势,水塘里,他们之前挣扎过的地方还残留着一些小漩涡。她故作大方地说:"埃塞克斯,真是个好地方。"

"真的吗?"仍然摁在脸上的袖子让他的声音变得很轻,她看到袖子上已经有血跟污水混在一起。她想问问他没事吧,能安全回家吗,有没有什么她能帮忙的,但这里是他的地盘,不是她的。当看到黄昏第一缕昏暗的阴影时,她突然发现两人之中,自己才是更无措的那个。这里离她的床有好几英里,而她只模模糊糊地知道自己大概在哪儿。她竭力保持自己残存的一点优越感,开口道:"麻烦问一下,这里离科尔切斯特远吗?在那里是否可以打到出租车回家?"

男人似乎不知道惊讶为何物。他向对岸点点头,可以看到那边的橡树林开了一道口子,后面有一块延伸的空地。"走到那条路上,左转,继续走五百码,会看到一个酒吧,那里的人会帮你叫出租车的。"

然后,像极了一个终于甩掉包袱的人,他转身慢慢蹚着泥水走了。因为太冷,他的肩膀缩在一起,再加上脏兮兮的外套,看起来特别像个驼背的人。作为一个笑点比怒点低得多的人,科拉忍不住笑出声来。男人可能听到了,因为走在路上的他突然停下,半转过身来对着她,后来可能又觉得没必要,便继续往前走了。

科拉裹紧外套,听到周围所有的鸟儿都已经聚集起来准备晚裤了。那只绵羊又朝岸上挪了一两码。它把身体撑起到跪地的姿势，轻轻拱着土地寻找草叶。天色逐渐变暗，白色的薄雾从寒冷的大地上升起，洒在靴子边缘。最后一棵橡树外，草丛的边缘略微蔓延至路边，不远处有一间半木结构的酒馆，窗户透出的明亮灯光招呼着过往的旅客。看到闪闪发光的窗格，又想到自己还离家很远，而且不认识路，一阵疲倦顿时袭来，差点把她击垮。到了门口，科拉看到一个女人靠在吧台上，顶着一头又高又亮的鬈发打招呼。科拉停下来整理了一下衣服，把外套掸平。她的腰带扣上还挂着几根白色的羊毛，而羊毛上是一摊血迹，在灯光下闪闪发亮，好像才蹭上去不久。

乔安娜·兰索姆还不到十三岁，个子已经跟父亲一样高。她裹上自己的新外套，一只手放到火苗上。她把手掌尽可能地靠近闪烁的火苗，然后尽可能优雅地慢慢收回来。弟弟约翰严肃地看着她，很想把手插进口袋里，但姐姐命令他要把手尽可能长时间地放在外面，直到冷得受不了。"我们是在牺牲。"姐姐把他带到世界尽头外的空地上，对他说。这里的湿地已经消失了，取而代之的是黑水河的河口，再远处就是大海。"而且，我们必须受苦才算是牺牲。"

那天早些时候，他们躲在寒冷的角落里，她小声对他解释说，凛冬村有点不正常。一是有个人淹死了（据说光着身子，大腿上有五道很深的划痕！），健康村疾病肆虐，许多人都在梦中被湿湿的黑翅膀惊醒。还有，夜晚现在应该更亮才对，花园里早就应该有雪了，母亲不应该晚上再咳醒了。早晨应该有鸟鸣声。他们不应该还在床上冻得瑟瑟发抖。这都是因为他们做了什么坏事但自己忘记了,从未忏悔,也有可能是埃塞克斯地震把黑水河里的什么东西放出来了,或者他们的父亲撒谎了。(他说过他不害怕,因为什么也没有。可是他为什么再也不在天黑以后去海边了?为什么他不让我们去船上玩?为什么他看起来很累?)不管是什么原因,无论要报应到哪里,他们都得做点什么。很久以前,为了让太阳升起,他们曾在另一个地方把心挖出来。为了救整个村子,他们稍微使用一点咒语当然不算太过分,对吧?"我都研究好了。"她说,"你们相信我,对吧?"

他们站在一艘快速帆船的两条肋骨之间,这艘帆船已经在这里放了十来年,从来没有离开过岸边。恶劣的天气已经将它磨损成十几根弯曲的黑柱子,看起来特别像是被淹死的野兽张开的胸腔,游客都叫它"利维坦"①。船离村子足够近,孩子们跑来这里玩也不会被骂,但又足够远离别人的视线,没有人会注意到他们在上面做什么。夏天,他们会把自己的衣服挂在骨架上,冬天,他们点起小火堆在里面避寒,总是担心船会被烧掉,但没有烧掉时又有点失望。孩子们用小刀在木头上刻下山盟海誓和恶毒的诅咒;柱子上堆满了硬币,但从来没有人拿走花掉。乔安娜的小火堆就在帆船残骸不远处,用一圈石头圈了起来,烧得正好。她围了几段散发着清香的墨角藻,摁进去一些粗沙砾和她最喜欢的七个贝壳。

"我饿了。"约翰抬头看着姐姐,但立刻为自己缺乏决心而后悔。快到夏天的时候他就七岁了,他坚定地认为,现在正是增加勇气以匹配日益增长的年龄的时候。"不过我不介意。"说着,他

---

① 古代传说中象征邪恶的海怪。

围着火堆跳了两下。

"我们必须忍受饥饿,因为今晚就是饿月之夜,对不对,约翰?"红头发的娜奥米·班克斯背对着利维坦蹲下,恳求似的望着她的朋友。在她看来,牧师兰索姆的女儿应该有女王的权威和上帝的智慧,如果那个女孩要求,她会很开心地光脚踩在火堆上。

"你说得对,饥饿之月,春季前的最后一个月圆之夜。"乔安娜意识到应该恩威并施,她想象着父亲站在讲坛上的样子,模仿着他的姿态说。这里没有讲坛,她便抬起双臂,用练习了好几个星期的吟诵腔说道:"饥饿之月这天,我们聚集于此,恳求珀尔塞福涅①打破冥王哈迪斯的铁链,将春天带回我们心爱的土地。"她不知道自己说的词对不对,而且还有点担心进行得有些许快,忘记了父亲一直坚持的教养,于是迅速瞥了一眼娜奥米。娜奥米双颊绯红,眼睛发亮,一只手按在喉咙上。乔安娜继续坚定地说:"我们已经忍受了太久冬季的风!我们过够了黑夜笼罩河流的恐怖日子!"虽然下定决心要勇敢,但想到那个怪物很可能正潜伏在这冬日里一百码之内的某个地方,约翰还是很害怕。姐姐皱了皱眉,略微提高了声音。"珀尔塞福涅女神,请听我们说!"她飞快地朝同伴们点点头。大家开始合唱:"珀尔塞福涅女神,请听我们说!"他们向多个神祈祷,每说到一个名字都虔诚地跪拜。娜奥米的母亲曾信奉旧教②,她学着母亲的样子疯狂地画十字。"而现在,"乔安娜说,"我们必须做出牺牲。"亚拉伯罕把儿子送到祭

---

① Persephone,宙斯与农业女神德墨忒尔之女,被冥王劫持娶做冥后。其本身是种子女神,当她在冥界时,代表沉睡于黑暗泥土的种子。当她在春天回到地面上时,代表德墨忒尔的力量唤醒了种子,种子开始苏醒萌芽。
② old religion,即古德鲁伊教,是西方世界最古老的信仰之一,是分布在英国及欧洲大陆的古老民族凯尔特人的宗教,信徒崇拜大自然,以魔法教导民众。

坛、拔出切肉刀的故事一直令约翰难以释怀,他再次尖叫起来,两下跳到火堆外。

"回来吧,愚蠢的孩子,"乔安娜说,"没人会伤害你的。"

"埃塞克斯之蛇可能会。"娜奥米张牙舞爪地朝那孩子扑过去,约翰狠狠地瞪了她一眼,她不由得脸红了,伸手抓住约翰的手。

"我们以忍受饥饿作为牺牲。"乔安娜说。就在此时,她的肚子不争气地咕咕叫起来(她把早餐藏在餐巾底下,后来悄悄喂了狗,午饭时她说自己头疼吃不下)。"我们以忍受寒冷作为牺牲。"娜奥米突然颤抖起来。"我们以燃烧作为牺牲,我们以自己的名字作为牺牲。"乔安娜停了一下,突然忘记了准备好的流程,于是从口袋里掏出三页纸。那天早些时候,她把每张纸的纸角都在父亲教堂的洗礼盆里蘸了一下,而且想到父亲可能会发现,她早就准备好了一整套说辞。潮湿的纸角已经干了,皱巴巴的,当被她交给"司仪神父们"时,纸明显发出了窸窸窣窣的响声。"我们必须专心念咒语,"她冷静地说,"必须放弃我们天性中的一部分。我们必须写下自己的名字,并在同时向任何听到我们声音的神发誓献出身体和灵魂,只求村子的冬天结束。"她一边说一边斟酌,对自己的措辞非常满意,并且突然有了个新想法。她弯腰捡起一根折断的树枝,把它放进火里烧了一会儿,然后吹灭火焰,用木炭在纸上写下自己的名字。火并没有完全熄灭,还把纸烧破了,离得这么远,恐怕女神得开天眼才能看清除了首字母之外的其他字母。不过,这一举动震撼力十足。她把木棍递给娜奥米,后者在自己的那张纸上写下一个大写字母"N",并帮助詹姆斯留下自己的记号。男孩觉得自己写字很好看,于是快步过去用胳膊肘推开女孩,表示要自己写。

"好了,现在,"乔安娜一边说,一边把纸收起来,随后撕成碎片,"跟我一起去火堆那儿。你们的手冷吗?冬意刻骨了吗?"冬意刻骨,她想,多好的词!等她长大了,或许可以像父亲一样做个教区牧师。约翰看看自己的指尖,想知道那里是不是很快就会出现第一个冻疮。"我现在什么感觉也没有。"

"哦,会有的。"娜奥米笑着说。她的头发是红色的,外套也是红色的,约翰一点都不喜欢她。"你会感觉好起来的。"她拽着他站起来,一起过去跟乔安娜守在火焰旁。有人踩到了墨角藻,发出噗的一声响,远处的某个地方,潮汐已经改变了方向。

"现在,"乔安娜说,"你一定要勇敢一点,约翰,因为会很疼。"她把纸屑丢入火中,然后又撒了一些从母亲的银色搅拌器里拿来的盐。有一下,火焰短暂地变成了蓝色。乔安娜抬起双手朝火焰伸去,并且严厉地示意同伴们跟她一起做,她闭上眼睛抓住他们,手掌朝下放在火焰上方。一段湿木头溅出火花,烧焦了她戴在胳膊上的父亲的套袖;她缩了一下,想到弟弟白皙的皮肤,连忙抓着他的手往上抬了一英寸多。"不用烧得太厉害。"她急忙说,"我们只需要让手迅速升温就行了,然后它们就会像刚从雪里出来时那样烧起来。"

娜奥米咬着一绺头发说:"瞧:都能看到我的血管了。"确实如此,她的每根手指之间的位置深处都缠着一点带状的肉,并且她对自己的这个缺点深感自豪,因为她曾经听说安妮·博林[①]也是这样,但还是俘获了一位国王。火光下,红光穿过薄薄的肉,浮现出一两条蓝色的血管。乔安娜十分惊讶,但意识到自己不能失

[①] 英格兰国王亨利八世的王后(1532—1536年在位),彭布罗克女侯爵,也是英国历史上最著名的王后之一。

了主控权,于是说道:"糯米,我们来这里是为了让自己的肉体受苦,不是以它为傲。"乔安娜用小时候的外号叫她,以表示她并没有做什么丢脸的事。作为回应,娜奥米弯了弯手指,神情肃穆地说:"哦,我跟你说,真的很痛。好像被荨麻扎了一样。"

两个女孩看看约翰,他的手因想要勇敢坚持住而颤抖。显然是有什么事情,因为他的手指是鲜红色的,乔安娜想,甚至指尖都肿了。要么是火堆低旋的烟熏着了他的眼睛,要么他正在努力忍住不哭。乔安娜左右为难,一方面,她确定神会慈悲地观察这位小司仪的牺牲,另一方面,她确定母亲一定会暴怒。她轻轻推了推约翰:"高一点,傻孩子,再高一点,你是想把自己烧残吗?"听到这话,约翰强忍的泪水扑簌簌地掉下来。正在此时(或者像乔安娜后来所说的,当时她跟娜奥米一起窝在桌子底下,娜奥米一个劲地点头,敬畏地蹲在她脚边),一轮满月穿过低低的蓝色云彩露出来。周围的沙地上,一块块砾石都染上了一层苍白的阴影,而大海在他们转过身时悄悄越过了盐碱滩,闪闪发光。

"快看,有反应了!"说着,乔安娜缩回放在火上的手,然后匆忙放在娜奥米抬起的眉毛上,"是预兆!女神显灵了!"她努力想着她的名字,"是女神福柏,她听到我们的请求了!"

约翰和娜奥米转向月亮,盯着它低垂的脸看了好长时间。在那高高的光影斑驳的圆盘上,所有人都看到了一个目光忧郁、嘴角下弯、陷入悲伤中的女人。

"你们觉得这样有用吗?"娜奥米不敢相信自己的朋友可能会在召唤春天这样的大事上犯错。此外,她觉得手很疼,自从昨天晚上吃过面包和奶酪后,她就再没吃过其他东西;她是不是还看到那张写了自己名字的纸烧成了一团火?她扣上外套上的扣子,望着远处的盐碱滩和大海,有些期待朝阳升起,一群雨燕飞向天空。

"哦,娜奥米,我不知道。"乔安娜漫无目的地踢着沙子,恨不能找个地缝钻进去。刚才她竟然还挥舞双臂,高唱赞美诗!她的行为真是太幼稚了。"别问我,"她抢先一步阻止他们继续发问,"我不也是第一次做吗?"但因为愧疚,她还是跪在弟弟旁边,郑重其事地说:"你今天非常勇敢。如果真的没用,那也不是你的错。"

"我想回家。要是我们回家太迟那就麻烦了,晚饭也没了,那可都是我最喜欢吃的。"

"不会太迟的。"乔安娜说,"我们说的是天黑之前回家,现在不是还没黑吗?天还没黑呢。"可是基本上已经黑了,而且,她想,似乎有什么东西穿过河口那边的海过来了,看样子像是个黑乎乎的有固体表面的东西。要是她想试试的话,大概可以踩在上面。她从出生起就一直生活在这世界的边缘,也从来没想过质疑这不断变化的领地:咸咸的海水穿过湿地悄悄漫上来,泥泞的海岸和溪流一直在改变形状,还有河口的潮汐,她几乎每天都要拿着父亲的历书比对,这些跟她的家庭生活模式一样,都不会让人烦恼。在认识那些字之前,她早就能骑在父亲的肩膀上,指出福内斯和波因特克利尔、圣奥西斯和默西这些小岛,还有城墙上的圣彼得教堂的方向。他们家有个小游戏,就是让她转十二圈,一边转一边说:"她最后总是面朝东边,那是入海口的方向。"

但是在这个仪式进行的过程中,有什么东西已经变了。她总是有一种好奇的冲动想往后看,仿佛会突然发现潮汐改变方向,或者海水像传说中迎接摩西那样从中间劈开。当然,她也听到了那个谣言,说现在有什么东西生活在河口深处,有只羔羊丢了,还有个人瘫了，都是拜它所赐，不过没什么好在意的，童年本来就充满了恐惧，相比这件事更相信那件事也没什么意义。为了再看一眼月亮上那个面容苍白、一脸悲伤的女人，乔安娜再次抬起头，但湿地上方只有浓密的云。像许多个黄昏一样，风没那么大了，上面的路上会结一层硬硬的霜。约翰的不安越发明显，他已经忘记了自己不断增长的年龄，把手放进姐姐的手里。甚至连娜奥米这个从不露怯的人也焦虑地咬着一绺头发，一个劲往她朋友身上靠。他们默默地走过快要熄灭的火堆，走过利维坦，夜幕下，利维坦往土里扎得更深了，然后一次又一次地看向身后穿过泥巴地漫过来的黑水。"男孩女孩出来玩，"娜奥米开始唱歌，虽然声音控制不住地颤抖，"月亮亮得像白天……"①

很久以后——而且只有在迫不得已时，因为这一切似乎都是那个令孩子们无端感到羞耻的仪式的一部分——每个人都声称在某个特定的地方看到了河水奇怪地变化、升高，在盐碱滩消失。没有任何声音，也没有想象中长长的四肢或不停转动的眼睛；只是这变化非常迅速且没有方向，绝对不是海浪造成的。约翰声称它看上去有些发白，但乔安娜认为那只是月光出来以后照在表面造成的。娜奥米是第一个发声的人，她添油加醋地说看到了夸张的翅膀和长鼻子，所以大家都认为她其实什么也没看到，而她的证词也没人信。

"还要多久才能到家，乔乔？"约翰紧张地推了推姐姐的手，他想跑回家找妈妈，也怕桌子上的晚饭凉了。

"马上，瞧，看到烟囱里冒出来的烟和船上的帆了吗？"

---

① 童谣《男孩女孩出来玩》，出自英国著名的《鹅妈妈童谣集》。

他们已经走到了路上，因为突如其来的寒意和不安，牙齿上下打战，前方世界尽头的窗户里透出的灯光像圣诞树一样让人心安。他们能看到，巡夜的克拉克内尔把戈格和梅戈格拴到了围栏上，然后在门口停了一下，跟它们说晚安。

　　"男孩女孩出来玩，"听到他们走近，克拉克内尔一边唱，一边故意重重地放下门柱，"虽然我注意到今天是满月，但也不会像白天那样亮，月亮的光只是借来的，作为利息，它必须月复一月地损失一些价值，所以越来越暗。是不是？"这个想法让他觉得很满意，不由得笑起来，然后他招呼孩子们上前，再靠近一些，于是大家都闻到了他外套口袋里冒出来的湿土味，还看到剥了皮的鼹鼠尸体，它的后脚被拴住吊了起来。

　　"他很着急回家，是不是？"克拉克内尔朝约翰点点头。他们俩是老朋友了，约翰一般都不会拒绝骑着戈格和梅戈格巡视小屋，然后品尝从蜂巢里直接取来的蜂蜜。但约翰想到自己的晚餐可能已经喂了狗，不由得面露怒气，或许正因如此，老人也变得怒气冲冲，还揪住了男孩的耳朵。"听好了，你们三个，这个时候出来玩的可不止男孩女孩，虽然我很怀疑，但希望这是最后一次，我对自己说的话负责。主耶稣啊，我愿您快来！① 每次涉及这个话题，我可能都会这样说……携朋带友游大街，就像歌里唱的那样，但黑水河的黑水里可是藏着一个奇怪的伙伴，别以为我不知道，别以为我没见过，月亮很亮的时候，我可是见过两三次的……"克拉克内尔揪住约翰耳朵的手有点重，疼得他大叫起来。克拉克内尔惊讶地看着自己的手，似乎他并没有授意手这样做，然后便

---

① 《新约·提摩太后书》3:1-7；《启示录》22:16-21。

放了约翰。约翰搓了搓脸,开始哭起来。"哦,好吧。好了,好了。哭什么呀?"克拉克内尔拍遍自己的几个口袋,却找不到任何能安抚孩子的东西,现在能安抚他的只有妈妈的大腿和一顿热饭。"我只是想好好跟你们说,好好说,就像我一直希望的那样,我不愿意看到你们哭或者害怕或者那样看我。"约翰还在哭,有一瞬间,乔安娜真怕老头也跟着哭起来,不管是出于愧疚还是出于其他什么原因,她怀疑很可能是恐惧。她把手伸过挂着鼹鼠的篱笆,拍了两下他油腻的外套袖子,开始酝酿说点什么安慰他一下。就在这时,克拉克内尔突然身子一僵,猛地抬起一只手臂怒吼道:"好了,停!那是什么?"

孩子们吓了一跳,约翰把脸埋在姐姐腰里;娜奥米脚后跟一转,开始大口喘气。一个黑乎乎、样子很奇怪的东西沿着小路朝他们逼近,它移动得很慢,从喉咙深处发出一种低沉的怪声。它并不是爬行,而是后腿着地直立行走,样子几乎跟人差不多——双臂展开——可能是一种威胁,但它发出的声音很像笑声。现在可以肯定的是,那确实是个人;实际上,那不疾不徐的步伐好像还有点熟悉;再靠近一些,它已经走到了克拉克内尔的灯光下,停住了,乔安娜看到它厚厚的外套上满是泥巴,还有一双厚重的靴子。它的脸被拉到眉毛的帽子遮住了,还有一条很厚的围巾——这个生物完全被泥巴裹了起来,泥巴湿的地方是黑色,干了的地方是白色,只有脏乎乎的帽子上有几处露出原本红色的羊毛。

"你们不认识我了吗?至于这么稀奇吗?"男人再次伸出双臂,一把扯下针织帽,一绺脏兮兮的鬈发落下来,是跟她的长辫子一样的黄褐色,在灯光下闪闪发光。

"爸爸！你去哪儿了？干什么去了——脸怎么受伤了？"

"约翰，小家伙，不认识爸爸了吗？"牧师威廉·兰索姆一边一个搂住俩孩子，然后伸手和蔼地拍拍娜奥米的肩膀，又朝克拉克内尔点点头。此时，克拉克内尔开口道："牧师先生，您每次出现都这么让人惊喜。不知道您能否接受我的建议，把这些小家伙带回家，好好待着，我想跟你们每个人道声晚安。"他朝众人鞠了一躬，尤其是向约翰深深地鞠了一躬，便回到世界尽头，把门闩上了。

"我能不能问一下，你们为什么这么晚了还在外面？我们都得跟你们的母亲交代一下；至于你，班克斯小姐，我该怎么跟你父亲说？"他捏捏娜奥米的脸，推着她朝俯瞰码头的灰色石头屋走去，那就是她的家了。女孩回头望了一眼她的朋友们，匆匆进去了，而后便传来了锁门声。

"是的——不过爸爸，你去哪儿了？脸怎么弄的？需要缝针吗？"她说得很急，因为私底下，乔安娜非常渴望像外科医生一样挥舞手术刀。"不用，没什么事儿。约翰为什么哭，他可是个男子汉了啊！"威尔用力搂了搂男孩，男孩忍住了最后一声抽泣，"至于我嘛，我是出来拯救绵羊的，还有吓坏了的女士们，而且我必须得说，"他们已经走到了花园的格子小路上，围墙边的雪花在黑暗中闪闪发光，"我好久没有这么开心了。斯特拉！我们回来了，而且，我们需要你！"

三月

斯特拉·兰索姆
诸圣堂教区长住宅
凛冬村
3月11日

亲爱的西伯恩太太：

　　希望你收到这封信时不会觉得这是一封陌生人的来信，因为查尔斯·安布罗斯告诉我，你希望能收到来自埃塞克斯凛冬村的兰索姆家的来信——所以瞧，我们的信来啦！

　　但是首先，对于你最近痛失至爱，请接受我和我丈夫最诚挚的哀悼。虽然我们对伦敦的事情几乎一无所知，但经常听查尔斯提起西伯恩先生的名字，有时甚至能在《泰晤士报》上看到！我们知道他是一个令人钦佩、备受爱戴的人。我们已经在为你祈祷，我祈祷得最多，因为我觉得自己最能对一个痛失丈夫的妻子感同身受。

　　现在，我手头的事情是查尔斯和凯瑟琳·安布罗斯下周六要来这里吃晚饭，如果你们能加入，我们将无比荣幸。我知道你和你的儿子，还有一个查尔斯赞不绝口的同伴在一起，如果他们能一起来，我们会更开心。不要当成什么大事，只是一个与老友相聚、结识新朋友的机会罢了。

我们的地址如信上所写，从科尔切斯特过来很方便，恐怕没有火车，不过坐马车过来也很惬意。当然，一定要住下来，我们有房间，而且你们肯定也不想那么晚回家。我会等待你的回信，同时好好想想，要用怎样的美食招待一位有伦敦胃的女士！

你真诚的，
斯特拉·兰索姆

另外，正如你看到的，我忍不住要给你寄一朵报春花，不过我太心急了，没太压好，把信纸都弄脏了。我总是学不会静待时机！——斯特拉

卢克·加勒特博士不动声色地审视着科尔切斯特乔治酒店的房间，内心非常满意：斯宾塞显然花了大价钱。指尖扫过每样东西的表面，一尘不染。"我都可以在这里做阑尾炎手术了。"卢克说。听到这个，他的朋友适时地望向路人，希望谁突然得个病。确认这里足够干净后，加勒特打开行李箱上的黄铜卡扣，取出几件皱巴巴的衬衫、几本折页的书和一沓纸。他把这些东西放在梳妆台上，最上面恭谨地放上一个白信封，信封上用整洁利落的笔迹写着他的名字。

"她在等我们？"斯宾塞朝信封点点头。他对科拉的笔迹了如指掌，因为最近他的朋友有了一个新习惯，就是把她写的每一封信都拿给他看，以期更好地研究每句话背后是否有别的含义。

"等我们？当然在等我们！不然按我自己的意思，是不会来的，我有太多事情要做。我不想说得太细，斯宾塞，可是那个女人恳求我来。'我想念你，亲爱的，'她说，"他露出贪婪的笑容，两只黑眼睛里闪烁着光芒，"'我想念你，亲爱的'！"

"我们今晚会见到她吗？"斯宾塞漫不经心地说。他这么不耐烦是有原因的，但他掩饰得很好，甚至躲过了加勒特那法医般的凝视，他不愿意表现出来。而此刻，他的朋友再次入迷地读着科拉的信（自言自语地说了两次亲爱的！），显然什么别的也没注意，只是说："是的，他们住在红狮旅馆。八点——以我对科拉的了解，绝对是八点整——就能见到他们了。"

"那我先去散个步，这么好的天气可不能窝在屋里，我想去看看城堡。他们说还能看到埃塞克斯地震的遗迹——你去吗？"

"当然不去，我最讨厌走路了。我这里还有一份苏格兰外科医生的报告要看，他坚信可以通过对脊柱施加压力来缓解瘫痪，你知道吗，我经常想，要是我待在爱丁堡，肯定比在伦敦过得舒服。那里的医务人员都很有勇气，恶劣的气候也非常适合我……"加勒特早已把斯宾塞和城堡抛之脑后，他盘腿坐在床上，面前摊开十几张标注着精细黑色小字的脊椎解剖图。斯宾塞获得了一下午的自由时间，他微微松了一口气，扣上外套扣子起身离开。

乔治酒店外面呈白色，颇为高档，可以俯瞰宽阔的商业街。业主显然认为这里是镇上最棒的建筑，并通过一排吊篮宣示这种地位，吊篮里的水仙花和报春花密密麻麻，争先恐后地抢夺生长空间。天气晴好，天空似乎后悔冬天退去得太慢，高高的乌云正匆匆忙忙地赶往下一个小镇。前方，圣·尼古拉教堂的尖顶闪闪发光，鸟鸣声不绝于耳。如果不仔细分辨，斯宾塞是分不出麻雀和喜鹊的叫声的，他发现自己有些迷糊，但这种迷糊和整个欢乐的小镇又让他有些开心。人行道上方是明亮的条纹雨篷，点点樱花散落在他的外套袖子上。路上遇到一处破败的屋子，门口坐着一个残疾人，像是放下了戒备的哨兵，这景象在他看来竟也十分迷人：房子里面已经长出了常春藤和橡树苗，那人脱下外套晒着太阳，像只沐浴在阳光下的猫。

　　斯宾塞突然为自己的富有感到尴尬，这让他变得出奇地大方，因为想要分享一点今天的喜悦，他掏空自己所有的口袋，把钱放进那残疾人倒置的帽子里。硬币的重量削弱了破旧感，男人拿起帽子举到与视线齐平处瞄了一眼，似乎怀疑这是个恶作剧，但随后显然很满意，咧嘴笑了，露出一排整洁的牙齿。"看来我今天可以收工了。"他伸手从坐着的石凳后面拉出一辆有四个铁轮子的小木质手推车，然后熟练地把自己荡进推车里，戴上皮革手套保护自己的手掌，灵活地朝人行道划去。斯宾塞发现那辆手推车做工十分精致，凿刻的时候加入了编结工艺设计。就算是给凯尔特战士在战场上使用，这辆车也绝对能胜任，这使得他之前因男人残疾而自发产生的怜悯似乎变成了一种羞辱。

　　"想进去看下吗？"男人抬起下巴，朝身后敞开的破屋子示意了一下，似乎在暗示，自己对这残垣断壁有着绝对权威。"让我告诉你吧，这是地震中最可怕的废墟，对人的生命和肢体都会造成威胁，其破坏力没有任何人能做到。但他们在法院吵得不可开交，因为无法决定费用该由谁承担，而且餐厅里还有仓鸮。"两块掉落的大理石板上残留着一些罗马字母,上面青苔聚集,男子领着斯宾塞绕过大理石板,来到房子门口。前面的墙壁大部分已经被切掉了,露出房间和楼梯。除了够不着或者搬不走的,这里已经空无一物。下面的地板已经空了,只剩密密麻麻长起来的紫罗兰,像垫子一样铺成一张大地毯,中间点缀着几朵小兰花。上面的画和小饰品还留着,窗台上有什么银色的东西在闪闪发光,楼梯头上有个枝形水晶吊灯,可能是为了迎接晚上的活动,在那天早上被打磨过。

"还挺好看的,是不是?盖世功业,敢叫天公折服。[①]"

"你真应该在门口卖票,"斯宾塞一边说,一边期待着能看到仓鸮,"路过的人肯定都想进来看一看。"

"他们确实想进来,斯宾塞先生,不过并非总能如愿。"传来的不是男人的声音,而是一个带有埃塞克斯元音口音的温柔声音,是从下面传来的,是个女人的声音,还是个伦敦女人。斯宾塞肯定在什么地方听到过这个声音,从废墟中转过身来时,他知道自己脸红了,但他控制不住。

"玛莎,你怎么在这儿啊?"

"是的,而且我看到你也在这儿,你肯定已经见过我的老朋友了?"玛莎微笑着弯下腰,伸手握住那残疾人的手。他握了握玛莎的手,并晃了晃满满的帽子:"我觉得这些足够买一两条腿了!"随后便挥挥手告别,划着小车回家了。

"这里没有仓鸮。他就是为了哄游客开心瞎编的。"

"好吧,我确实挺开心的。"

[①] 出自雪莱的十四行诗《奥兹曼迪亚斯》(*Ozymandias*)。

"什么事都能让你开心,斯宾塞!"她穿一件蓝色短外套,肩上挂着一个伸出几根孔雀毛的皮包。她左手拿着一本白色杂志,斯宾塞看到上面用精致的黑色字体印着"一个英国女性对社会和工业问题的评论"。他颇为绅士地伸出手说:"哦,至少看到你我很开心。"不过,这一招对玛莎可不管用。她扬起眉毛,卷起杂志拍了一下他的手臂。

"够了,快去见见科拉吧。她看到你来会很高兴的。我猜小鬼跟你一起来的吧?"

"他在研读关于瘫痪的论文,真拿他没办法,不过他过会儿就来找我们。"

"很好,我想跟你说点事情,"她晃了晃杂志,"有那个男人在屋里,谈什么事情都严肃不起来。你们的旅程怎么样?"

"有个小孩儿从利物浦街一直哭到切姆斯福德,直到加勒特跟他说,再这么哭下去,他身体里的水就会流干,然后身体枯萎,到不了曼宁特里就死了。"

玛莎哼了一声。"我实在理解不了你和科拉是怎么受得了跟他在一起的。这是你们的酒店吗?"她审视着乔治酒店的外立面和吊篮问。"我们住在红狮,还要往前走一点。我本来也没想着能住这么久,只是弗朗西斯很喜欢房东,而且最近的生活确实很平静。羽毛是最新的时尚,你会认为他想给自己做一对翅膀,虽然那个孩子实在没多少地方像个天使。"

"科拉呢,她还好吗?"

"我从来没见过她比现在更快乐,虽然有时她会想起自己不该这么快乐,然后就穿上黑色连衣裙坐在窗边,看起来像是个忧郁的艺术家。"路上,他们遇到一个正准备收摊的卖花姑娘,她的水仙花卖一便士一把。斯宾塞从口袋里掏出最后一两个硬币，买下了她所有的花，然后抱着十几枝黄色的花说："让我们把春天带给科拉吧。我们要把春天装满她的房间，让她忘了曾经为何伤心。"他迅速瞥了一眼同伴，生怕自己多事。或许最好维持一个体面的女人体面地哀悼的假象。

但玛莎笑着说："她会感谢你的；这一整个月她天天出去寻找春天的迹象，结果每次都一身泥泞地回来发脾气；后来有一天，春天突然来了，恰好是正午钟声敲响的时候，仿佛有人在召唤它似的。"

"在埃塞克斯找到化石了吗？我在报纸上看到冬季的暴风雪过后，诺福克海岸出土了一些新物种。有时候我会想，我们肯定是走在尸体堆成的浅滩上而没有察觉，其实整个地球就是一个墓地。"斯宾塞很少说出自己这些异想天开的想法，他微微红了脸，做好了被玛莎搪塞过去的准备，但结果并没有。

"找到了一两块蟾蜍石，"她说，"但仅此而已。不过她对埃塞克斯之蛇有很高的期待——瞧，我们到了。"不远处，斯宾塞看到一个木结构的旅馆，外面挂一个铁牌子，牌子上印着一只凶猛的红狮子。

"埃塞克斯之蛇？"说着，斯宾塞往脚下一瞥，似乎认为人行道上会出现一条蝰蛇。

"最近这些天她一直在说这个，她写信的时候没跟小鬼说吗？就是村里的白痴们一直在传，说是有一条长翅膀的蛇从河口出来了，威胁着岸上的村庄。她总觉得那可能是大家说的物种灭绝之后幸存下来的某种恐龙，你有没有听过类似的说法？"他们走到旅馆门口，透过厚厚的杂色玻璃窗格，看到壁炉地面上烧着火。

屋子里有一股浓浓的啤酒味,还有不知道从什么地方飘出来的烧烤味。"这些穷苦的乡巴佬不会读也不会写,你能指望他们干什么?"她毫不掩饰自己那种伦敦人的蔑视,包括圣·尼古拉教堂的尖顶、毫无价值的地震、红狮旅馆,以及这里所有的人。"不过科拉在自己的帽子里弄了一窝蜜蜂,她说那很可能是个活化石,还是让她告诉你叫什么名字吧,我老是记不住,而且她下定决心一定要把它找出来。"

"加勒特总说,她不会轻易消停的,除非到她的名字挂在大英博物馆的墙上那一天,"斯宾塞说,"现在我也相信会有那么一天。"

听到那位医生的名字,玛莎不屑地哼了一声,然后推开门。"去上面我们的房间里看看弗朗西斯吧,他会记住你的,以后你再来就没事了。"

卢克来晚了,因为他想用制型纸板复制一套人类的脊椎骨。等他到的时候,发现他的朋友们正坐在薄薄的地毯上,衣服上到处插满了羽毛。玛莎坐在窗边一边翻看杂志,一边看着弗朗西斯一声不吭地把海鸥和乌鸦羽毛插到斯宾塞的外套上,直到他看上去像个因坠落人间而沮丧的天使。科拉的装饰相对少一些,裙子后面粘了一根孔雀羽毛,肩膀上散落了一些枕头羽毛。没人注意到小鬼来了,于是他转身出去,又重新走进来,还故意弄出一些声响,"发生什么事了?我这是到了疯人院了吗?我的翅膀在哪儿呢,还是我只能留在地上——科拉,我给你带书来了。斯宾塞,给我弄点喝的吧——你的外套上有东西。"

科拉有些雀跃地轻呼一声,跳起来吻了吻这位新客人的双颊,然后一把挽住他的胳膊:"你终于来了!长高了没?高了半英寸——不，太残忍了，对不起，你知道，这是因为你来晚了。弗兰基，打个招呼——你看到了，弗朗西斯又有了新爱好，我们都得非常耐心才行——还记得卢克吗？"男孩并没有抬头，但是因为感应到来不及适应的气氛变化，开始默默地捡起地毯上落下的一根根羽毛，一边捡一边倒数。

"三七六——三七五——三七四……"

"好了，不玩了。"科拉沮丧地说，"不过等他数到一就会安静下来。"

"你看起来糟糕极了。"卢克说，他真想用手一一拂去她额头上新长出来的那些雀斑，"你是用木棍梳头吗？你的手真脏。还有，你身上穿的是什么？"

"我已经把自己从努力变得美丽并保持美丽的义务中解放出来了。"科拉说，"我从来没像现在这样开心过。我都不记得上次照镜子是什么时候了——"

"昨天，"玛莎说，"当时你在欣赏自己的鼻子。晚上好，加勒特博士。"

她的语气冷冰冰的，卢克忍不住打了个寒战，要不是房东突然进来，他可能都要条件反射性地采取自卫措施了。房东令人钦佩地无视满屋子的羽毛和默默嘟囔的男孩，托着几杯啤酒放在边桌上。接着是一盘奶酪和一块带好几条黄色肥肉的冷牛肉，外加一条白面包和一盘撒了盐的淡黄油，最后还有一块插着樱桃的蛋糕，散发出白兰地的香味。在这样的美食面前继续发脾气太难了，于是，卢克冲玛莎露出一个他自认为最迷人的微笑，然后塞给她一个青苹果。

斯宾塞和玛莎一起坐在窗边，看楼下的行人走过湿黑的人行道。他拿起玛莎的杂志说:"这个你得跟我说说——我可以看吗?——你在看什么?"他翻看着书页,里面是一些令人眼花缭乱的关于伦敦人口过剩的统计数据,以及城市拆迁的可怕后果。

微醺的玛莎审视着他。说实话,他激起了她一种本能的厌恶,她努力克制才没有表现出来。当然,他看起来非常友善、绅士。她看到他努力跟弗朗西斯相处,从来没有哪个客人能做到他那样(所有的棋类游戏都迅速以斯宾塞输掉而结束!),而且她佩服他能降住小鬼。最重要的是,他对科拉恪守朋友的本分,从来没有逾越,也从来没有试图比自己应该知道的了解更多。但她发现他的财富和特权就像皮毛一样裹住了他。她对他的生活知之甚少(钱多到不知道怎么花,在女人们对拥有便盆和肉汤便感到满足时,他却可以自由地选择学习医学作为自己的爱好),这使得玛莎将他归类于这辈子都只能是敌人的那种人。

玛莎的社会主义思想如同所有带着童年狂热的继承信念一般根深蒂固。社区会堂和纠察线是她的庙宇,而安妮·贝桑[①]和艾琳娜·马克思[②]就站在神坛上。她没有圣歌集,只有愤怒的民歌,把英国人的痛苦写进英国的旋律中。在白教堂教区的房间里,她的父亲——手被砖屑染成红色,指尖指纹已被磨平——清点着自己的工资,留出工会会费,然后认真地写下诉求,与大家一起请求国会制定工作日每天工作不得超过十小时的计划。她的母亲——曾经缝制带金色十字架的披肩和法衣,以及啄食心脏的鹈鹕——

[①] Anne Besant,英国社会主义者、教育家和妇女权利活动家,因在印度推动自治运动而闻名。
[②] Eleanor Marx,马克思的三女儿,曾任马克思的秘书,著名翻译家和活动家,国际工人运动的优秀鼓动家。

裁出做横幅的布,高挂在警戒线上,并且动用家庭预算,做了牛肉汤送给"布莱恩特和梅"①那些罢工的火柴女孩。"一切坚固的东西都烟消云散了,"②父亲曾虔诚地引用他的信条,"一切神圣的东西都被亵渎了!玛莎,不要因为事情如此且一向如此就低头,能打倒整个帝国的只有常青藤和时间。"他在小锡盆里洗衬衫,令水也变成了红色,一边哼着歌一边将亚麻布拧干,"当初亚当耕田夏娃织布,哪有英国人?"③当玛莎从莱姆豪斯④走到考文特花园时,她看到的不是高高的窗户和多立克柱,而是背后辛勤劳作的劳动者。她觉得这座城市的红砖都是用市民的鲜血染红的,砂浆是他们的白骨化成的;城市的地基深处,埋葬着一排排妇女和儿童的尸体,他们首尾相接,扛起了这座城市。

到科拉家里谋职纯粹是生活所迫。在那里,她可以拥有一定程度的社会认可度和可观的薪水。并且,这份工作使她牢牢地置身于她所鄙视但永远也无法彻底摆脱的那个阶级之外。不过,她没有跟科拉·西伯恩讨价还价。可是话说回来,谁能在她面前张得开这个口?

斯宾塞修长忧郁的脸变得通红,她突然意识到他渴望表现一下,这激起了她恶作剧的欲望。"一切坚固的东西都烟消云散了。"她试探着他的勇气,说道。

"莎士比亚?"他说。

玛莎笑笑,语气缓和了些:"不对,是卡尔·马克思,虽然

---

① 19世纪末,一度成为伦敦最大的生产火柴的工厂。
② 出自《共产党宣言》。
③ 欧洲中世纪农民起义的口号,原文是:"当初亚当耕田夏娃织布,哪有淑女绅士?"
④ 英格兰伦敦东部区名,旧时以贫穷肮脏而著名。

他在某种程度上也算是吟游诗人吧。是的，我想告诉你一些事情。"——一个可悲的事实，那就是对于斯宾塞这种人，无论你怎样鄙视他们，仍然不能否认他们有非常有用的影响力和收入来源。她把书页摊开，给他看一张地图，地图上伦敦最穷的住宅区已经被新的发展规划覆盖。这里将变成干净卫生的房子，而且很宽敞：有孩子们玩耍的绿地，租户们也不用忍受反复无常的房东。但是（她轻蔑地翻着书页），要获得住房资格，租户必须表现他们的优良品德。"他们必须生活得比你或者我更讲究，才能获得让孩子健康成长的房子。不能酗酒、不能扰民、不能赌博，上帝派了太多父亲来管着孩子，天天不让做这个，不让做那个。而你，斯宾塞，因为你的财产和血统，可以尽情地用红葡萄酒和波特酒把自己灌醉，完全不用担心会有人剥夺你住在自己任何房子里的资格；可是别人呢，哪怕是用口袋里的一点点钱买了些廉价啤酒，或是把这点钱拿去赌狗，以他的道德水平就没有资格睡在一张干燥的床上。"

除了吸引眼球的标题，斯宾塞对于这场首都的住房危机并不曾深入思考，与此同时，玛莎的话语中也透露出对他的财富和社会地位的深切鄙视。但生气的玛莎看起来比以往更恳切，仿佛被她的怒气传染，他感觉自己肚子里也升腾起一种类似生气的感觉。"如果你分到了一套房子，但后来有人发现你在街上用一品脱的玻璃杯砸了旁边人的脑袋，会怎么样？"

"那你就留在大街上吧，还有你的孩子，反正你活该。贫穷是对我们的惩罚。"她推开面前的盘子说，"如果你又穷又惨，表现得也完全是一个又穷又惨的人，因为确实也没什么别的能打发时间，然后你就只会更惨、更穷。"

他很想问问自己能做什么,但又觉得自己的特权仿佛口袋里满是冰冷的金子一般令人尴尬,因此,他只能支支吾吾地随声附和、谴责——当然必须采取一些行动、提问题……

"我会采取行动的。"她傲然道,随后,仿佛是为了阻止他进一步询问细节,她抢先提高了音量说,"好了,科拉,你跟小鬼说了可怜的埃塞克斯牧师和蛇的事吗?"

科拉一直坐在卢克脚边,给他讲述自己如何从一个埃塞克斯恶魔手中救下一只迷途羔羊的故事,讲述了他们偶遇查尔斯·安布罗斯,并且了解到黑水河的怪兽逃出来引发地震的事。她给他看在莱姆里吉斯发现的蛇颈龙的照片,并且特意指出它长长的尾巴,而且它的鳍状肢很像翅膀。"玛丽·安宁称它为海龙,你能看出来为什么这样叫吧?"她啪的一下把书合上,神色颇为得意,然后又告诉他自己打算一直走到科恩河和黑水河在河口交汇入海的地方,查尔斯·安布罗斯把他们强行介绍给一位毫无戒心的乡村牧师和他的家人。卢克乐得哈哈大笑,那笑声差点把撑着屋顶的黑屋梁震成两半。他笑得直不起腰来,一边笑一边指了指她脚上的男士皮靴、指甲里的泥土,还有窗台上无神论者的小书架。那封甜蜜的邀请信在他们之间传来传去,报春花都蔫了。他们都认为,斯特拉·兰索姆真是个可爱的女人,应该不惜一切代价把她保护起来,不要被科拉祸害了,科拉可是比任何海蛇都可怕多了。

"希望那位善良的牧师信仰够坚定。"他说,"他会需要信仰的。"只是,一直坐在窗边默默观察的斯宾塞,却看穿了他兴高采烈的外表下掩饰的那种不安,他想让科拉一直只是他一个人的,不愿意她有任何朋友或密友,即使是戴着狗项圈的笨蛋也不行。

过了一会儿，玛莎望着窗外的斯宾塞带着他的朋友回到不远处的乔治酒店，说："我喜欢他，虽然我觉得他很蠢，但他确实很善良。"

科拉说："这两者有时候很难区分，有时甚至就是一回事——能麻烦你带弗朗西斯回房间吗？我把羽毛收拾一下，不然女佣会以为我们在做黑弥撒呢，那我们的名声可就毁了。"

斯特拉·兰索姆站在窗前扣着蓝色连衣裙的扣子。眼前是她最喜欢的景色：镶着蓝铃花边的格子小路向远处延伸，远处是房舍商铺林立的大路，然后是坚固的诸圣堂塔，再然后是新砌了红砖墙的学校。再也没有什么比周围的一切都生机勃勃更能让她感到高兴的了。她喜欢初春，这是叛徒橡树上的绿芽迅速萌发的时候，也是村子里的孩子们不必再裹得厚厚的待在屋里，可以轻松地出门自由玩耍的时候。漫长压抑的冬天过去，她总是忍不住高声欢呼。这个冬天漫长无雪，只有单纯的寒冷，让人觉得甚至连圣诞节都那么难熬。随着天气越来越暖和，一直折磨得她睡不着觉的咳嗽也渐渐停止，疲惫的眼睛下面重重的黑眼圈也几乎消失。这也让她觉得开心。她并不虚荣，对自己外表的欣赏，也不过是像看到草坪上黑色花坛里盛开的红色山茶花那般小小的欣喜。镜子里的淡黄色头发、心形脸蛋和一双三色堇蓝眼睛确实是赏心悦目，但她认为这是理所当然的。的确，威尔再也无法张开手圈住她的腰了，但她却很开心自己最近长胖了。这是她生过五个孩子的证据，其中有三个活了下来。

听到他们在楼下早早地准备晚餐，她闭上眼睛，他们的身影一一闪过，如同自己已经进了厨房一般。詹姆斯正弯腰画他那些神奇的机器,在他画完新的齿轮或飞轮之前绝对不会吃任何东西,而最大的乔安娜则严厉地盯着最小的约翰,他肯定正要拿第三块蛋糕。晚上有客人(查尔斯·安布罗斯,所有的小孩都会喜欢他,因为他的口袋里总有掏不完的东西,他还有各种颜色的外套)要来,孩子们都很兴奋,把家里的所有银器和玻璃杯都摆在晚餐桌上,看到母亲在餐巾上绣了勿忘我花,忍不住惊呼起来,当然,那不是给他们用的。只有乔安娜还保持清醒,知道跟客人问好,她答应收集一些八卦,供另外两个孩子吃早饭的时候消遣。"我觉得那个寡妇会胖得跟拉货的马一样,哭完的眼泪直接当汤喝,"她说,"她的儿子帅气多金,但很愚蠢,他会向我求婚,不过我会拒绝,然后他伤心地开枪自杀。"

斯特拉像往常一样,被幸福弄得头晕目眩,她觉得自己获得了巨大的恩典,但是并没有付出什么。她对威尔的爱——在她十七岁时像发烧一样突然降临,而且同样令人头晕目眩——在他们十五年的婚姻中丝毫没有减少或消磨,哪怕是一刻。对生活各方面失望透顶的母亲曾经告诫她,应该降低自己对幸福的预期。男人可能会对她提出一些令人不愉快的要求,为了孩子,她应该勇敢地承受;他会很快厌倦她,但在那之前,她应该心存感激。他会长胖;他只是乡村教区的牧师,永远都不会很有钱。但威廉·兰索姆只是站在那里,带着他深沉的目光、他的真诚、他深藏不露的幽默,对于斯特拉来说就是一个奇迹,就像他们当初在卡纳的婚礼时那样。她控制不住地对着母亲傻笑,亲吻其面颊。她当时,甚至现在,仍然为那些没能带着这种感觉嫁给自己的"威尔"的女人惋惜。母亲与他们同住了很长时间,直到最后失望地看到自己的女儿并没有失望。斯特拉对婚姻生活的各个方面表现出令人羞耻的快乐,一个孩子刚生完就盼着再生一个。甚至失去两个孩子的打击也没能挫伤夫妻之间的爱,反而让他们的基础更牢固。斯特拉承认,她时不时地会想,他们如果在伦敦或者萨里可能会更快乐,在那里,要是没认识个新朋友,可能连马路对面也不会去。但她是个善良又喜欢乐此不疲地打听八卦的人,在凛冬村,她发现了足够的秘密让自己对周围的人保持兴趣,但从未说过别人一句坏话。

吃完早餐后,威尔就一直待在书房里没出来过。周六白天不见任何人,这是他的习惯,晚上一出来就得喝一杯好酒。虽然朋友和家人都不理解他为何甘愿自我流放到这个小教区(很多人都说他熬不过一年),但他对礼拜日的职责恪尽职守,仿佛是在燃烧的荆棘①上接受了指示似的。他不是那种拘泥于规矩和规则的宗教人士,就好像他是职员,而上帝是天上政府部门的常务秘书一样。他的信仰深入骨髓,尤其是在户外的时候感受最深,那时,穹顶似的天空就是他的大教堂中殿,而橡树则是耳堂的柱子。当信仰不起作用时,他就抬头望望那彰显上帝荣耀的天空,听听岩石的呐喊。

早上,他会读祈祷书,祈祷凛冬村村落安宁、人民安康,同时听着过道对面房间里孩子们的吵闹声。那是颇为讨厌的提醒,提醒他平静的独处时光即将结束。壁炉架上的钟敲了六下,还有不到两个小时,门铃就会响起,打破此刻的宁静。

威尔不是一个冷漠的人,虽然他从未像妻子那样渴望时刻有人陪伴。他对查尔斯和凯瑟琳·安布罗斯的喜欢已经超过了对自

---

① 神在燃烧的荆棘中向摩西说话,《旧约·出埃及记》3:1-4:17

己亲兄弟的喜欢，而对于焦急的教区居民们频繁且不合时宜的拜访，也总是热情接待。他也喜欢看到别人对斯特拉满是欣赏，她温暖、睿智地在餐桌上张罗一切，以至于都忽略了客人的满心欢喜。可是，一个伦敦寡妇和她的老太婆女伴，还有一个被宠坏的儿子！他摇了摇头，猛地合上笔记本。他会尽到自己的职责，因为他一向如此，但却不会纵容一个在自然科学领域有所涉猎的富婆，那很可能会损害她的精神健康。如果她要求自己陪她去做一些愚蠢的事，试图找到她所认为的那个埋在埃塞克斯的黏土底下，或者仍然生活在河口那边的什么东西的话，他只能礼貌但坚定地拒绝。都是因为那个"麻烦"，他想着，一如既往地拒绝用怪兽或蛇来形容村里的恐怖谣言；真金不怕火炼，是金子总会发光的。"赞美上帝。"他说，但是喉头有些酸，于是起身去寻茶。

"你跟我想的一点也不一样！"

"你也是——哪有你这么年轻的寡妇，还这么漂亮！"

八点十分，斯特拉·兰索姆和科拉·西伯恩并排坐在离火炉最近的沙发上。不消一会儿，两人便交谈甚欢而且相见恨晚。玛莎早就习惯了朋友这种来得快去得也快的热情，所以并未十分在意，转而看乔安娜羞涩地洗着扑克牌。女孩很认真，看面相也很聪明，她那小辫子自己也很喜欢，玛莎便凑到她身边提议一起玩游戏。

"哎呀，我哪里漂亮了，一点也没有好不好。"科拉说，但显然对这善意的谎言很是受用，"母亲以前总是说，我最多也就是脑子比别人好使一点，还真说对了。不过说实话，我现在穿得可比平时正式多了。要是你看到我今天下午的样子，真怕你不让我跨进你们家门槛。"这倒是实话，在玛莎的坚持下，她才用一条白丝巾遮住了锁骨上的伤疤,终于穿了一次女鞋。她的头发在玛莎梳了上百次之后用发卡夹了起来,其中有几根已经掉到了地毯上。

"威尔知道你们要来,很高兴,但抱歉得晚点回来。他刚才被人叫去看一个住在村子尽头的教民,不过不会太久。"

"我很期待和他见面!"这也是实话,科拉断定,如果与她一起生活的是一个扁平足的畸形牧师,这个讨人喜欢、脸蛋漂亮、一头淡金色头发的女人不会看上去这么幸福。她已经做好喜欢他的准备了,拿着葡萄酒杯开心地靠在靠垫上。"谢谢你们邀请我儿子,不过他不太舒服,我不想让他在路上颠簸。"

"啊!"另一个女人泪光盈盈,蓝色的瞳仁更加明显,她迅速抹掉泪水,"失去父亲确实是件很残忍的事,我为他感到难过,当然,我不会认为他是因为不想跟陌生人共度这个夜晚才不来的。"

作为一个实诚的人,科拉再也无法忍受别人因为可能压根儿不曾存在过的悲伤而落泪。她说:"他完全能承受——弗兰基是个……不寻常的孩子,而且我觉得,他对事物的感受可能没有你们预期的那么深刻。"在女主人不解的目光下,科拉很高兴此时门口传来一阵匆忙的脚步声,还有刮鞋板刮擦靴子的声音,这使她免于继续解释。一大串沉沉的钥匙凑上了锁眼,斯特拉·兰索姆一下子跳起来。"威廉——是克拉克内尔吗?他生病了吗?"

科拉抬起头,看到门口有个男人低头在金色头发分缝的地方亲了一下。斯特拉非常娇小,以至于虽然男人不是特别高,却似乎完全把她罩住了。他穿着一件考究的黑色外套,外套肩膀处剪裁得体,显得宽阔有力,与里面职业的小白领形成了奇怪的对比。他的头发除非剪到贴头皮,否则看起来永远不整洁:都是浅棕色的鬈发,在灯光的照耀下微微发红。拥抱了妻子之后,他的手轻轻地放在她的腰上,手指又粗又短。他转身对着门口说:"不是,亲爱的。克拉克内尔本人没事,看看我在路上碰到了谁?"他往旁边一站,扯下脖子上的白围脖往桌子里一塞。随后,穿着红色双排扣大衣的查尔斯·安布罗斯便进来了,跟着是凯瑟琳,一束温室鲜花被她藏在身后。这花的香味可真不好闻,科拉想,一直往人胃里钻,她也不知道为什么,直到后来突然想起,她上次看到百合花是在摆放丈夫灵柩的架子上,摆了一整圈。

大家一阵热情地寒暄,科拉此时很高兴被遗忘,而看着玛莎和女孩沉浸在一个考验耐心的游戏里。"女王进计票室了。"乔安娜说,然后又发了一张卡片。短暂的平静随即被打破,那一小群人进来了。查尔斯和凯瑟琳拥抱了科拉,拍拍她的脸颊,感叹她的衣服真漂亮,鞋子上竟然没有泥巴。她没事吧?瞧瞧她的头发,真是干净闪亮!哦,玛莎在那边,他们想知道她最近有什么计划吗?还有弗兰基,对乡村的环境还适应吗?海龙怎么样了?科拉到底有没有在《泰晤士报》上看到自己的名字?他们是不爱斯特拉了吗?她到底是怎么培养出这么优秀的威尔牧师的?

就在这时,一个低沉的声音响起——很幽默,但是科拉认为绝对缺乏热情。"我还没见过我们的客人们呢——查尔斯,你的光芒把我的眼睛都晃瞎了,我什么也看不到了。"查尔斯·安布罗斯退到一边,抬起手臂将主人带到科拉坐的沙发前。黑色衬衫敞开的领口上方,科拉看到那人的嘴角露出微笑,眼睛有着橡木一般的纹理,脸颊似乎是因为剃须时太用力而被划伤了。这么多年的社交生活下来,她最引以为傲的就是能敏锐地洞察遇到的人的身份、地位和性格。这边,这位富有的商人因为自己的成功而尴尬,那边,一位家境贫寒的淑女手持一杯凡戴克酒站在楼梯上。但面前的这个男人她却不知道该归于哪一类,虽然她已经盯着他锃亮的鞋子和稍稍挽起的袖子看了半天。他身材魁梧,不像是个每天伏案工作的牧师,但同时目光睿智,不像是一个满足于田园牧歌的男人;他笑得过于礼貌,谈不上真诚,但眼睛里却闪烁着幽默的光辉;他说话时(这个声音她是不是在哪里听过?可能是在曼彻斯特的大街上,或是伦敦的地铁上?)有埃塞克斯口音,但说话的姿态却俨然一位学者。虽然胃里仍然因为百合花的香气而翻腾不已,但她还是起身站起来,竭力表现出和蔼可亲的样子,伸出一只手。

在威尔这边,看到的是一个帅气的高个子女人,鼻子精致小巧,有些雀斑,青苔色的礼服(他信心满满地猜测,价值应该是斯特拉整个衣橱的两倍)给基本上全灰色的眼睛蒙上一层绿影。她脖子上围了一条薄纱样的丝巾(真是荒唐,难道她真的以为那样可以保暖吗?),手上戴着结婚钻戒,光照在钻石上又被折射到墙上。她虽然衣着华丽,但还是有点孩子气。除了戒指,她没有佩戴任何珠宝,脸上没有擦粉,但被埃塞克斯的海风吹得泛红。当她站起来时,他发现她并不像女儿预言的那样像拉货的马,不过也不苗条,她身形高大,有内涵。他觉得,她是那种无论如何都无法忽视的存在。

不知道是因为她抬手的动作,还是因为意识到她跟自己差不多高,但就在那一刻,他突然认出了她。她就是那天在科尔切斯特的小路上,突然从薄雾中大叫着冲出来的悍妇,就是那天,他们一起把陷入泥沼的绵羊拖出来,他脸上的伤痕也是那时候造成的。她还没有认出他,这一点他非常确定。她笑意盈盈,虽然可能有点屈尊。威尔顿了一下,突然握住她的手,动作快到别人都没来得及反应，但科拉却不由得更加仔细地端详这位主人。威尔自从穿着糊满泥巴的外套回家的那天晚上起，就没有停止过对湖边那次荒诞相遇的回忆，此刻他不再掩饰，开始大笑起来，还轻轻摸了摸脸上被那畜生弄伤后留下的红印。

科拉一向能够迅速评估周围人的情绪变化，但此刻却毫无头绪。他把手放在她的手中，或许是因为威尔抓得太用力，她再次看了看他脸颊上有伤疤的位置，还有脖子上的鬈发，她深吸一口气——"哦！是你！"——随即也开始大笑。玛莎（以一种非常类似于恐惧的感觉关注着他们的交流）看到她的朋友和主人双手紧握，心中难以自抑地升起一种莫名的欢乐感。科拉想起应该注意礼数，于是努力忍住笑意，想向迷茫的斯特拉解释他们为什么突然笑个不停，但却做不到。最后还是威尔松开她的手，夸张地鞠了一躬——伸出一条腿，仿佛在大殿上参拜女王似的说："很高兴见到您，西伯恩太太，我能邀请您喝点东西吗？"

科拉冷静下来，说："我非常乐意再喝一杯。不过你见过玛莎了吗？没有她陪着，我可是哪儿都不去。"这个礼节有点过头了，她用力抿着嘴才没有再次笑出声来，随后她轻声道："我真的很害羞的。"男人忍不住再次爆发出一阵笑声。她看着他，也乐了。

斯特拉虽然也被逗乐了，但从来不甘于置身事外："所以，我可以认为你们之前见过吗？"

威尔听到她的声音，终于平静下来，一把把她拉到科拉跟前说："还记得上上周的时候，有一天我回来得很晚，满身是泥吗？我不是从湖里拉回来一只绵羊，当时还有个陌生女人过来帮我吗？瞧，那个女人来了。"他转向科拉，突然非常严肃地说："我觉得我应该向你道歉。我当时太没礼貌了，要是没有你，我可真不知道会怎么样。"

"你当时确实很吓人，"科拉说，"不过，看在你给我的朋友们提供了那么多欢乐的分儿上，我已经完全原谅你了——这是玛莎，她说什么也不信我，因为我说你是从泥里爬出来的怪兽，肯定还会爬回去。玛莎，过来见见威廉·兰索姆牧师。兰索姆先生，这是我的朋友。"她伸手搂住玛莎的腰，突然觉得自己需要找个熟悉的东西依靠，然后便看到她的朋友迅速瞥了一眼牧师，几乎立刻认定这个牧师有问题。

就在这时，查尔斯鼓起掌来，似乎这一切的安排都是为了让他开心地看戏。随后，他突然想起今晚是来干吗的，于是可怜兮兮地用手捂着肚子，对斯特拉说："听说今晚上有野鸡，还有苹果派？"他直起身子，让妻子挽住左臂，女主人挽着右臂。玩卡牌游戏的乔安娜突然想起自己的任务，一下跳起来，推开通往餐厅的门。灯光散落成水晶玻璃杯里的碎片，照亮了抛光的木质餐桌，餐巾上，斯特拉绣的勿忘我绚烂绽放。餐厅不大，他们必须排成一列沿着高背餐椅走进去。绿色墙纸和壁炉上方的水彩画都不够时尚，但科拉却觉得从未见过如此温馨的家。她想起福里斯街的房子，高高的灰泥天花板，长长的窗户，迈克尔从不允许她挂窗帘，她真希望永远也不要再回到那里。

这个穿着绿裙子、放声大笑的女人令乔安娜心生敬畏，她胆怯地指指一张卡片，那上面是约翰十分卖力写的科拉的名字。

"谢谢。"客人低声说着，轻轻拉了拉女孩的辫子，"我看到你打牌的时候赢了玛莎，你可比我聪明多了！"（后来，乔安娜端着一盘巧克力去找弟弟们，回忆起这天晚上时说："她不老，但是很有钱，拎着鳄鱼皮手提袋，不知道为什么，她让我想起圣女贞德。

还有——约翰,别全吃了——她的声音有点奇怪,带着哪里的口音。不知道她是哪里人,不过肯定是很远的地方。")

今晚的客人令斯特拉特别好奇,她一直透过长长的眼睫毛关注着科拉。她原本想象的是一个神色忧郁、小口吃菜、时不时默默地转转婚戒,或者打开个小吊坠盒,凝视逝者遗像的妇人。但令人困惑的是,眼前这个女人吃饭确实很优雅,但吃得很多,还抱歉地笑着说自己胃口这么好是因为今天走了十英里,明天还得走十英里。由于她的存在,饭桌上的话题令人应接不暇,从威尔的布道训诫("这个我熟——'所以地虽改变,我们也不害怕'①,诸如此类?你的会众真有福气,你真是太聪明了!")转到查尔斯·安布罗斯及其政治计划("霍华德上校让步了,查尔斯——牧师先生,您喜欢新的国会议员吗?"),稍作停顿又聊起她沿着海岸搜寻化石的事。

"我们把你们这边埃塞克斯之蛇的事都告诉科拉了,"查尔斯撕下巧克力的包装纸,说道,"实际上,两个都说了。"

"我只知道一个,"威廉十分沉得住气地说,"如果我们的客人有兴趣,当然可以明天早上跟我一起去看看。"

"那个很漂亮,"斯特拉往科拉身边一凑说,"是一条蛇盘绕在教堂一个长椅的扶手上,蛇背后长着翅膀。威尔认为这是对上帝的亵渎,每周都说要拿把凿子把它凿掉,但是他肯定不敢。"

"我很想看看,谢谢您!"感觉对方热情不高,科拉握住杯子抱在胸前说,"还有,麻烦告诉我,他们说的河里的那个怪物,还有更多消息吗?"斯特拉知道丈夫不喜欢任何人提起那个"麻

---

① 《旧约·诗篇》46。

烦",焦急地瞥了他一眼,准备用咖啡打断这个话题。

"没有,因为根本就没有什么怪物。不过,恐怕我们教区的某个教民可能并不这样认为!我去看了克拉克内尔,"威尔转向斯特拉说,"戈格还是梅戈格死了。"

"哦!"斯特拉不开心地噘起嘴巴,决定明天早上一定要带点吃的去看看那位老人家,"可怜的克拉克内尔,他失去的还不够多吗?"她递给客人一杯咖啡,说,"克拉克内尔住在湿地边上,他的最后一位家人才下葬不久。戈格和梅戈格是他养的山羊,也是他的骄傲和快乐所在,我们的黄油和奶都是他供应的。到底发生了什么事,威尔?"

"照他说的,你会觉得是什么怪物跑到他家门口,从他怀里抢走其中一只羊,没有人比他更相信蛇的事了。但事实是,它只是晚上偷偷溜出了羊圈,结果陷在湿地里,接着就涨潮了。"他叹了口气,继续说道,"他说,找到羊的时候,它已经因为恐惧被冻僵了,是被吓死的。他原话就是这么说的!恐怕这会让他们更加相信那些胡说八道。我要怎么才能让他们明白,我们的大脑会玩一些小把戏,要是信仰不够坚定,很容易会看到。"他攥起拳头,仿佛在搜索措辞,然后再次尝试,"我认为这很有可能会让恐惧更加真实,尤其是在我们背弃上帝的时候。"意识到科拉正平静地盯着自己——她的目光中有笑意,不过不是轻蔑——他埋头让咖啡杯里升起的热气挡住自己的脸。

"那你认为他疯了吗,你觉得他说的那个东西根本不存在?"对那位老人的同情丝毫压抑不了她的好奇心。这也算是某种证据啊!

教区长冷哼一声。"一只山羊,被吓死了?真是荒谬。那些愚蠢的畜生对恐惧的理解根本到不了这种程度，它们最多也就是能分辨出那所谓什么海龙的，与漂浮在湿地的木头不是一样的东西。吓死了！不可能。它只是在奄奄一息的时候溜出羊圈跑到外面冻死了。根本就没有什么可怕的巨蟒，除了刻在教堂里那个——那个我们也会除掉的，如果我妻子允许我（哪怕一次！）按照自己的方式做的话。"

一向毒舌的科拉开口道："但你是神的仆人，肯定会向神的子民们传达神迹奇事。不过话说回来，如果我们把这个看作上帝提醒我们忏悔，会很奇怪吗？"她的声音中流露出掩饰不住的怀疑论者的挖苦，威尔听得很清楚，不由得皱了皱眉。

"听着，你跟我一样，并不相信这样的事。我们的神是理性之神和秩序之神，而不是夜访者！这无非是个对造物主不够虔诚的谣言。我的责任是引导他们回归舒适和安定，而不是向谣言妥协。"

"那如果这既不是谣言，也不是号召忏悔的神迹，只是一个未被检验分类和解释过的生物呢？达尔文和莱尔——"

威尔不耐烦地推开杯子。"啊，这些名字可真是好久都没有听到了。聪明人，我毫不怀疑，这两个人的作品我都看过，他们的很多理论可能都会被后代证实。但明天又会出现新的理论，然后又是一个。这个怀疑的，另一个却在颂扬；一个理论热度下降，十年后再次复兴，还加了许多注解，有了新的版本。一切都在变化，西伯恩太太，而且大部分变化都是好的。但是试图站在流沙上有什么用呢？我们跌跌撞撞，成为愚昧和黑暗的猎物，那些关于怪物的谣言，无非证明我们已经放弃了维系美好安定的一切。"

"但是，您的信仰不也充满奇闻和神秘吗——所有那些炼狱之苦——在黑暗中所有人都看不见,跌跌撞撞用双手摸索?"

"您说得像我们仍处于黑暗时代,埃塞克斯还在焚烧女巫似的!不,我们的信仰是启蒙明智。我并没有跌跌撞撞,我是在耐心地跑步完成比赛,我的路上有明灯指路!"

科拉笑了。"也不知道这话是你自己说的还是学别人的,不过你赢了!"她喝掉最后一口咖啡,让舌头上留下一层苦味,然后说道,"我们都在说照亮世界,不过我们的光源不同,我是说你和我。"

威尔莫名地有些兴奋,感觉这个灰色眼眸的奇怪女人在自家饭桌上挑衅自己似乎应该激起他的斗志,但他还是笑了笑,然后又继续笑着说道:"那我们就看看谁先把对方的蜡烛熄灭。"说着,举起了酒杯。听着他们你来我往,斯特拉乐死了,这比去剧院买张票看戏都不亏啊。她举起双手,好像要鼓掌,但喉咙里突然有什么东西卡住了,她开始咳嗽起来。这么娇小脆弱的身体发出这样的声音似乎过于深沉,她咳得身子直晃,紧紧抓住桌布,掀翻了一个酒杯。本来幽默感十足的威尔被吓了一跳,立马起身弯腰,轻轻拍打她小小的后背,同时小声地安慰她。

"得给她拿杯热水,让她吸一下蒸汽。"凯瑟琳·安布罗斯说,但水刚拿来,咳嗽就停止了。

女人直起身子,蓝色的眼睛泪眼婆娑地望着众人:"真抱歉,太失礼了,现在你们可能都要得流感了,得好长时间才能好!能原谅我现在上床去躺会儿吗?今天已经很开心了。"她伸出双手握住桌子对面的科拉的手,"明天早上你还会来吧,我知道有一条蛇,我们肯定可以带你去看看。"

第二天早上，科拉发现诸圣堂的蛇不过是一个看似无害的东西，刻在复辟时期一把长椅的扶手上。那是在埃塞克斯之蛇基本上销声匿迹的时候刻上去的，当时谣言已经止息，只留下传说，橡树和汽车上的警告牌也已经拆除。当然，喜欢恶作剧的工匠对这个怪物毫不恐惧，它的尾巴绕着中心轴缠了三圈，鳞片锐利交叠，既没有爪子也没有牙齿。看到翅膀，科拉笑了，她承认有点邪恶，那东西看起来好像是哪只蝙蝠被迫与麻雀交配的产物。阴影从它笑着的脸庞上掠过，使之看起来像在眨眼睛，不过说实话，这确实不是什么神迹。经历了会众两百多年的抚摸后，它的脊柱已经十分光滑。

陪科拉和父亲一起出来的乔安娜用一根手指摸了摸木头上一道比较新的凹痕。"就是这里，"她说，"他想用凿子把它凿掉，但被我们拦住了。"

"他们把我的工具箱藏起来了，"他说，"不肯告诉我在哪里。"那天早上，威廉·兰索姆很严肃，完全不是科拉记忆中在那个暖烘烘的小房子里吃晚餐时的样子。他戴上罗马领的那一刻似乎就进入了工作状态。那罗马领并不适合他，黑色的牧师礼服也是，他早上没有刮脸，脸上的疤痕暴露无遗。尽管如此，他疲惫的目光深处仍有光芒闪烁。当他向科拉介绍这个小村庄，还有那低耸的教堂（被夜雨打湿的燧石墙壁在清晨的阳光下闪闪发光）时，她试图慢慢诱出那光芒。

科拉把自己的小指尖放在蛇的口中，心想：咬我，我可以忍受。"要是你有任何感觉，那可厉害了，你自己就能散布谣言，站在讲坛上招来雷电，然后冲到门口去看那怪物。"

"我觉得可能得换个新窗户，不过埃塞克斯已经够恐慌的了，我们可比不上海德斯托克①和丹麦人皮门②。"见她皱着眉头,他说:"那里的教堂大门上装满了铁螺钉,钉子下面是一块人皮。他们说叛教的丹麦人被抓住剥了皮,他的皮可以用来挡雨。"她兴奋地一激灵。为了给她多讲一些,他最后的一点严肃也不要了,开口道:"也许他们对他施行了维京海盗的血鹰之刑,把他的肋骨从脊柱劈开,掰成翅膀的形状,然后把肺一个一个挖出来——哦,你脸都白了,乔乔③快被我说吐了!"

女孩不屑地看了一眼父亲——"你让我失望了,真的"——便扣上小外套走出去,跟早上值班的敲钟人打招呼去了。

"你们真幸运。你可能会说,全靠上帝保佑!"看到女孩在墓碑之间穿梭,站在墓地门下挥手,科拉脱口而出,"你们似乎都已经找到了幸福的真谛。"

"你不是吗?"他坐在她旁边的长椅上,摸着那条蛇说,"你总是开怀大笑,这是会传染的,就像打哈欠一样!"我们都怕你,他想,而且,瞧瞧你!"你跟我们原先想的不一样。"

"哦,最近确实是。最近我总是笑得不合时宜。我知道我给人的印象不是应该有的样子……过去几个星期,我翻来覆去地想了很多遍,其实我应该的样子和真实的样子从来就没有很大区别。"与一个陌生人这样无所顾忌地畅聊似乎有些荒谬,但毕竟他们都已经见过对方最糟糕的样子,聊什么都不会比当日在科尔切斯特路边的小湖里更难堪。"我的状态很可耻,我知道。但我其实一直

---

① 埃塞克斯西北部的村庄,据说那里的教堂门上钉了丹麦人皮。
② 传说一名丹麦武士试图抢劫教堂,但是随后被当地人抓住并剥皮,他的皮被钉在了教堂门口(后考证为动物皮)。
③ 乔安娜的昵称。

都是一个可耻的人,只是没人发现罢了。"看到她突然陷入悲伤,他有些惊讶,而且她灰色的眼睛里有些闪亮,他摸了摸罗马领,说道(以主持葬礼时的语气,这语气十分适合此时的场景):"我们受到的教育是——而且我也相信——当我们最迷茫、觉得自己最没有廉耻时,就是我们离舒适之源最近的时候……请原谅,我并不是要强迫你接受我的观点,只是不说这些,就好像是明明看到你渴了却不给你水一样。"最后一句话完全不像是他平时的风格,他惊讶地低头看着自己的双手,似乎在确认那句话之前是不是存在于这个躯体里。

她笑了,说:"我很渴,一直都很渴。我渴望一切,一切!但是很久以前,这些都被我放弃了。"她指了指白色石头砌成的高屋顶,穿过屋顶的横梁,还有蒙着蓝布的讲坛。"有时我觉得好像出卖了自己的灵魂,所以必须活下去。哦,我不是说没有道德、没有良知地活。我只是想说可以在想法出现时自由地思考,想到哪儿算哪儿,而不是按照别人设定好的轨迹去想,只能这样或者那样……"她皱着眉头,用大拇指摩挲着蛇的脊骨说,"这些我从来没有跟别人说过,虽然都是实话。但是,是的,我已经出卖了我的灵魂,不过恐怕没卖出什么高价。我有信仰,就是那种我觉得可能是天生的信仰,但是我已经见识过它的力量,愿意用灵魂来换它。这有点盲目,或者说是个疯狂的选择,背弃所有新奇的东西,不肯承认显微镜带来的奇迹没有福音书里多!"

"你认为——你真的认为——非此即彼,要么是信仰,要么是理性?"

"不只是理性,那还不足以与我的灵魂相比!还有我的自由。有时我也怕自己会因此受到惩罚,但我知道什么是惩罚,我早就学会了如何忍受……"他不太明白,但也不敢问。就在这时,乔安娜走了进来,站在教堂中殿,身后,敲钟人猛拉绳子,远处的钟声隐隐传来。

"你跟我们想的不一样。"他再次说道。

"你也是。"科拉说。她直直地盯着他,竟莫名地一阵羞怯。他的罗马领在她看来并不比铁匠的围裙威严多少,但即便是铁匠,在锻铁炉前也是老大。"你们跟我们想的都不一样。我以为你大腹便便、傲慢自大,斯特拉非常瘦、弱不禁风,孩子们都虔诚得可怕。"

他咧嘴一笑。"虔诚!"他说,"是啊,早上带着他们的虔诚溜达着去教堂、争前恐后地去拿《圣经》!"就在这时,乔安娜在讲坛前行了一个大屈膝礼(她在学校有个女生朋友是信天主教的,乔安娜对他们的仪式和念珠非常眼红),并且在胸前画了三次十字。她的头发像光环一样盘在耳朵上面;一身白衣,表情一本正经,以至于嘴巴都看不见了。那样子俨然一个牧师的可怕女儿。科拉和威尔乐得互相看了看,然后一起大笑起来。

"我找不到我的祈祷书了。"乔安娜庄严地说。她不明白自己做了什么好笑的事,认为自己被冒犯了。

会众进来时,他们还在笑,把会众吓了一跳。威尔走到门廊迎接他们,科拉则像个调皮的学生似的,想要盯上他的眼睛一两次,但未能如愿。他已经把"吊桥"收起来了,无法逾越。刻着蛇的长椅在一个昏暗的角落里,不会被别人看到,科拉也不愿意离开这清冷安静的教堂,所以想着或许可以再留一会儿。

这个小村庄里聚集了一群热心的会众,几乎像是在过节,或者是因为将要面对共同的敌人,所以有种善意的幽默。隐藏在座位上,她听到他们关于那个"麻烦"和蛇的窃窃私语。还有,前一天晚上满月血红时,有人看到了什么东西;什么地方的庄稼早早地枯死;谁又扭了脚腕。一个年轻男子像兰索姆一样身着黑衣,一脸严肃,向任何经过他的座位的人伸出手,说着一些关于审判和末日的言论。

钟声停止,人们也安静下来。威廉穿过中殿,左胳膊下夹着一本《圣经》,有些害羞地走上讲坛。门突然被推开,克拉克内尔就站在门口。他身前是一道长长的黑影,身上有浓浓的潮味和泥巴味。有个女人太过吃惊,眼镜都掉了,尖叫着"他来了!",然后把手提包紧紧抓在胸前。老人显然很享受这个反应,在门口停了一下,直到肯定所有人都看到他,才走到教堂前面,叉着手坐下来。除了平常总穿的那件苔藓绿外套,他外面又罩了一件外套,外套上有一条皮领子,其上有惊慌逃窜的蠼螋,还有许多青铜扣子。

"早上好,克拉克内尔先生,"威廉仿佛早已预料到了,"还有,大家早上好。'人对我说,我们往耶和华的殿去,我就欢喜'①。克拉克内尔先生,等您准备好了,我们就从《诗篇》102开始,我知道你们都喜欢这一首。我们都很想念你,也想念你的声音。"他把手放在讲坛上扣住,说,"请起立?"

克拉克内尔皱着眉头,想赖在座位上生闷气,拒绝这一请求,但大家一直对他甜美的男高音推崇备至,而他也无法抗拒那熟悉的旋律。他曾发誓永不踏入教堂门口,以表示对主的抗议,但现在既然已经打破了这个誓言,破一次也是破,破十次也是破。几

---

① 出自《旧约·诗篇》122,也称"大卫上行之诗"。

天前,他失去了戈格(被发现时,它身体侧翻,黄色的眼睛惊恐到破裂,身上没有找到任何伤口),这让他坚定了新的决心:"麻烦"绝不是无中生有,而是有血有肉,趁夜晚来临时悄悄逼近的。就是那天早上,班克斯说他看到水面下有个黑色、滑溜溜的东西,圣奥西斯那边,前一天天气晴好的时候,有个男孩溺水了。克拉克内尔这辈子也不会将一个小村庄的小罪与神的审判联系在一起,但这确实是神的审判。如果这位教区牧师不肯号召大家忏悔的话,那只能他自己来做了。

对于兰索姆牧师来说,幸运的是,克拉克内尔选择了一个被一道阳光照得暖烘烘的座位,再加上春天的温暖和两件外套的加持,他直接睡过去了。集会间隙,他的鼾声和呓语清晰可闻。

躲在昏暗角落里的科拉看着会众们鞠躬祈祷,然后站起来歌唱。她冲被母亲们抱在肩上、对后座的孩子挥舞着小手的宝宝们笑笑,听着从祈祷转到诗歌时,牧师声音的微妙变化。旁边的墙上有一块磨损的牌匾,上面写着:"戴维·贝利·汤普森,唱诗班少年,1868—1871,愿灵安息。"科拉想:他是只住了三年还是只唱了短短三年?脚下的镶木地板仿照人字形铺设,苍白的木头闪闪发亮,彩色玻璃上的所有天使都有一对松鸦似的翅膀。第二首赞美诗有什么地方,也许是旋律,或者童年的些许记忆,触及了她自以为已经结痂的地方,让她不由得大哭起来。她没有手帕,因为她从来不带手帕。一个孩子惊讶地看着她的眼泪,推了推自己的母亲,母亲转过身,什么也没看见,便又转了过去。眼泪一直停不下来,科拉找不到东西,只能用头发擦眼泪。只有站在白石台上的牧师看到了她,也看到她为了忍住哭泣大口吸气,想要藏起自己的脸。他迎上她的目光停了一会儿,在她的记忆里,那是从来没有人给予过的目光。那目光不是嘲笑，不是贪婪，也不是震惊，那目光中没有傲慢、没有残忍。她觉得这应该是詹姆斯或乔安娜陷入困境时他看他们的目光。但也可能不是，因为他的目光不着痕迹地继续游走，恰好音乐也停了。反正已经被看到，科拉也就不再遮掩，任眼泪肆意流下。

　　礼拜结束时，她良好的幽默感已经恢复大半，能够嘲笑自己和裙子前面的泪痕了。科拉一直坐在座位上，直到威尔安全地被祝愿者和孩子簇拥着走到门口。她其实并不反感别人看到她悲伤，只是怕他们同情心泛滥，所以宁可花点时间平复，然后回家去找玛莎，在自己的菊石和笔记里寻找安全感——它们从来不会让她哭。认定自己可以安全离开后，她从昏暗的长椅上溜下来，然后遇到了克拉克内尔，他穿着皮领子外套，显然在等她。

　　"哎哟，"他很高兴吓到了她，"我看到了有个陌生人坐在我们之中。你穿着那双绿靴子在这儿干吗呢？"

　　"我可能是个陌生人，"科拉说，"但至少我没有迟到！另外，我的靴子是棕色的。"

　　"果然如此，"克拉克内尔说，"果然如此。"他掸掉袖子上的一只蠼螋，"希望你已经听说过我了，而且我希望你听到的都是实话。那边那位牧师是我一个很特殊、也很珍视的朋友，虽然我已经没什么其他东西可珍视了。"他向她伸出一只手，报上自己的名字。

　　"啊，克拉克内尔先生！"她说，"我当然听说过您，还有您昨晚的损失，我很遗憾。是只绵羊，对吗？"

　　"她说绵羊！绵羊！"他轻笑着，想找个人一起分享她的愚蠢，结果只发现头顶上长着松鸦翅膀的天使在朝他们大喊"绵羊！"，于是又笑了一会儿。然后他停下来，好像想起了什么事情，俯身一把抓住她的胳膊肘。他压低了声音，她不由得往前凑了凑，好听得更清楚："他们告诉你了吗？你都听清楚了吗？黑水河那边月夜发生的事？最近我觉得它白天也会出来，因为圣奥西斯那个男孩是大中午出事的，当时天上连一片云都没有。他们告诉你了，或许你自己也已经看到、听到、闻到了，就像此刻我的外套和你皮肤上的感觉，我肯定……"他凑得更近了，呼吸中有鱼腥味和腐烂味，他继续把她逼回黑暗中，"哦，我看出来了，你知道，哦，我看出来你知道了。你害怕了，是不是？你想梦到它、听到它，你在等它、盼着它……"在最意想不到的地方发现真相后，他的嘴巴已经凑得非常近，低声道，"哦，多么邪恶，知道审判即将来临，知道最终还是无处可藏，你干脆开始盼着它来了是不是？你盼着它，只要能见到它，你什么都愿意忍受——或许它此刻就在这里呢，你是不是想着，它已经在我们低头的时候爬过了门槛？"阴影加重了，空气骤然变冷，科拉听到威廉·兰索姆的声音在不远处响起。她循着声音找去，却看不到他。克拉克内尔在她面前晃来晃去，挡住了她的视线，他再次低声道："哦，他看不到，感觉不到，也帮不上忙——朝那边看也没用，不会有人来救你的。"

"让我走。"科拉摸摸脖子上的伤疤，想起了刚才跟那位教区牧师一起坐在她此刻站的地方时她曾说过的话：我知道什么是惩罚，我早就学会了如何忍受。她在寻找的是惩罚吗，迈克尔已经把她虐待到想要找别人求虐了吗？被压迫影响了这么久，她已经变态、心理畸形了吗？还是说她真的出卖了灵魂，所以必须遵守交易规则？"让我走。"她把手放在长椅上稳住身子，却发现手上全是汗。她手一滑,跟跟跄跄地撞向克拉克内尔,摸到了他外套上油腻的毛皮,一股盐和牡蛎的气味涌入鼻腔。他也跟跄了一下,伸出两只胳膊稳住身形。他的长外套开向两边,像拍打翅膀似的,露出里面的皮衬里,又黑又油。"让我走!"她说。门突然开了,乔安娜站在门口,阳光照了进来,玛莎和她走在一起,两人正在说:"这是谁关的门?"克拉克内尔跌坐在长椅上,口中连连道歉,说这几个月过得太不顺了,不是这个事就是那个事。"我这就来。"科拉说了两遍,生怕自己的声音被谁打断,"我这就来,我们最好快点跑,不然就赶不上火车了。"

斯特拉站在教区长住宅窗前,看着孩子们穿过公地,藏在叛徒橡树的枝杈之间。昨天晚上她一直在咳,基本上没怎么睡着,还梦到有人在她咳嗽时走进房间,把屋里的一切都刷成了蓝色。墙是蓝的,天花板也是蓝的。地毯没了,取而代之的是蓝色的地砖,被透过窗户的光照得发亮。天空是蓝的,树上的叶子也是蓝的,树上还结了蓝色的果子。醒来后,她失望地看着依然画着玫瑰的墙壁,依然是淡黄色的亚麻窗帘,便打发詹姆斯去花园里摘些蓝莓。斯特拉把蓝莓和开春时压好晾干的紫罗兰,还有威尔之前放在她枕头上的薰衣草梗一起放在窗台上。她觉得有点热,虽然并不是热得不舒服,这时钟声敲响,她自己做了礼拜。她用拇指抚摸着一片片花朵,吟唱似的一遍遍说着:"青金、钴、靛蓝、蓝。"但后来,她自己也说不清楚为什么要这样做。

第二部分

全力以赴

四月

乔治·斯宾塞
写于乔治酒店
科尔切斯特
4月1日

亲爱的安布罗斯先生：

如您所见，我正在科尔切斯特一个名字很特别的地方给您写信。我跟卢克·加勒特博士要在这里待一段时间。您可能还记得，去年秋天在福里斯街，最近去世的迈克尔·西伯恩家举办的晚宴上，就是卢克介绍我们认识的。

希望您原谅我冒昧给您写信寻求您的建议。上次见面时，我们曾简单地聊过最近的《议会法案》准备改善工人阶级的生活条件的事。如果我没记错的话，您当时对《议会法案》落实成政策的速度表达了不满。

最近几个月，我有机会了解到伦敦住宅问题的一些详情，尤其是外地房主造成的严重的租赁问题。据我所知，博爱的慈善机构（诸如皮博迪信托公司）在解决人口过度、生活困难和住宅短缺的问题上发挥着越来越重要的作用。

  我很想为斯宾塞信托寻找一个良好的用武之地，我知道，父亲对我的期望也绝不是纸醉金迷地生活，所以我特别想咨询一下更懂这些事的人。相信您对这个问题早就十分熟悉，不过还是附上伦敦城市房屋委员会的宣传页供参考。

  最近，我了解到有些提案旨在为伦敦的穷人补充新住所，不对居民强加道德枷锁，不带任何附加条件地帮助他们摆脱贫困，而不是用安全、健康的房屋奖励"好人"，让其他人自生自灭。我一两周后就回伦敦，如果您有时间的话，我们可以谈谈吗？像大多数事情一样，我深知自己对于这件事情知之甚少。

  期待您的回信。

您真诚的，

乔治·斯宾塞

科拉·西伯恩

写于红狮旅馆

科尔切斯特

4月3日

我亲爱的斯特拉:

  距离我们上次见面真的只有一个星期吗？怎么感觉像是至少一个月了。再次感谢你们的盛情和好意，真不敢相信我竟然吃得那么好、那么开心。

我写信是想撺掇你抽出一个下午的时间来趟科尔切斯特。我想去参观城堡博物馆，想着孩子们可能也想去。玛莎可喜欢乔安娜了，我都嫉妒了。那里也有一个漂亮的花园，还有很多蓝色的花，你一定会喜欢的。

随信附上给善良的牧师先生的信，还有一张宣传页，希望他感兴趣……

尽快回信！

爱你，
科拉

尊敬的兰索姆牧师：

希望您一切都好，写这封信是想感谢大家的盛情款待。很高兴在这样前所未有的欢乐祥和的气氛中见到你们。

我们见面后不久就发生了一件很奇怪的事，真想当时就告诉你。我们去了萨伏伦沃尔顿，想去看看市政厅并参观那里的博物馆。小镇非常漂亮，绝对可以在任何人眼中挽回埃塞克斯的形象：我差点就信了街道上盛开着香气四溢的藏红花。你猜我找到了什么？在一家书店里，一个洒满阳光的角落，就是这个（见附件）——飞蛇的警示小册子原稿的传真件。上面写着："埃塞克斯奇闻：真实的故事，绝无虚构！"一个叫米勒·克里斯蒂的人不嫌麻烦地复制了这个小册子，所以我们真得感谢他。里面甚至还有插画，不过说实话，没一个特别吓人的。

你会当心的吧?一个连羊都打不过的人对上这样的敌人可没什么胜算。

真诚的,
科拉·西伯恩

威廉·兰索姆
诸圣堂教区长住宅
凛冬村
4月6日

亲爱的西伯恩太太:

谢谢你的小册子,我笑着看完了,现在还给你(约翰以为又是本涂色书,詹姆斯自娱自乐地设计了一把十字弓来保卫我们家)。我以我的罗马领郑重起誓,如果我看到长着像伞一样翅膀的蛇,在公地上空咔嗒咔嗒地张着嘴,我一定立马用渔网把它抓住,给你送过去。

很高兴认识你。礼拜日早上我总是很紧张,而你恰好可以让我适当地分分心。

你会在科尔切斯特待很久吗?凛冬村随时欢迎你。克拉克内尔和我们所有人都很喜欢你。

以基督徒之爱,
威廉·兰索姆

四月的最后一周，峨参和黑刺李花已经把埃塞克斯的矮树丛变成了白色，科拉带着玛莎和弗朗西斯一起搬进了凛冬村公地旁的一栋灰色房子里。他们已经厌倦了科尔切斯特和红狮旅馆，弗朗西斯已经把房东的《福尔摩斯全集》看完了（并且用红笔标出了不准确的地方，绿笔标出不合理的地方），而科拉也对小镇上文明的小河很不满意，那地方顶多能藏条梭子鱼。

与克拉克内尔偶遇的记忆，他衣领上的海盐味，他描绘的黑水河里蛰伏的怪物从黑暗的角落里冲出来的样子，一直令她心烦意乱。她觉得凛冬村有什么东西在等她，但她要找的东西是死是活她自己也说不好。她常常觉得自己十分幼稚、草率，竟然想在埃塞克斯河口（世界上那么多地方呢！）寻找活化石。可是，如果查尔斯·莱尔相信种群可以逃脱灭绝，那么她也可以。挪威的北海巨妖原本不也一直只是传说吗？直到一只巨大的乌贼出现在纽芬兰的海滩上，并被摩西·哈维牧师在锡槽中拍下，大家才相信它真的存在。除此之外，她脚下是埃塞克斯的黏土，里面藏着什么谁也不知道，只能静待时机。大衣的下摆已经沾满泥土，雨水打在脸上，她继续前行，嘴里说着："为什么不能是我？为什么不能是这里？在滑坡杀死小狗之前，玛丽·安宁也是一无所知。"

关于公地上这栋空旷的灰房子的消息，是斯特拉·兰索姆在科尔切斯特买蓝布上的螺钉时告诉她的。她说："等你们厌倦了这座小镇，来凛冬村怎么样？盖恩斯福斯夫妇已经找了好几个月租客了，但只有完全不认识的人会去那里住！那栋房子很不错，有花园——夏天就快来了。你可以雇班克斯的船去河口那儿，在商业街可找不着你的蛇！"她拉起科拉的手，继续说，"我们都希望你们离我们近一点。乔安娜想玛莎，詹姆斯想弗朗西斯，我们都想你。"

"我一直想学开船来着,"科拉拉着斯特拉的小手,微笑着说,"你能安排我跟盖恩斯福斯夫妇联系吗?还要为我的人品作保。天哪,斯特拉,你的手好烫,快脱了外套,你没事吧?"

弗朗西斯正在他最近最喜欢的位置——餐桌底下听着,立马表示完全同意。搬到科尔切斯特让他有了新的王国可以征服,现在他已经准备好继续开疆拓土了。他已经把镇上的那点宝贝搜罗一空(包括吹掉蛋清和蛋黄后保留下来的海鸥蛋,泰勒同意他从商业街的废墟上捡回来的银叉子),而且同母亲一样,他也笃定黑水河的湿地里有什么东西在等他。在父亲去世后的这几个月里,他觉得自己或多或少算是个男子汉了:科拉和玛莎都不再试图纵容娇惯他,当然他也从来没有这样要求过。他在深夜或凌晨不请自来、警惕地站在窗前或门口的行为也早已成为历史。他也不知道之前自己为什么要那样做,只是现在不需要了。相反,他变得越来越沉默寡言,越来越喜欢一个人待着,凛冬村之行的表现也很得体。教区长的儿子对他彬彬有礼但又不卑不亢,令他十分受用。之前两次见面的时候,男孩子们穿过公地,几个小时里没说几句话。"凛冬村。"他念叨着,他喜欢"凛冬村"这三个字,喜欢那种抑扬顿挫的调子。母亲低头瞥了他一眼,如释重负地说:"你喜欢,弗兰基?好,那就这么决定了。"

彭顿维尔路的房间里,喝醉了的卢克·加勒特博士睡着了,但突然被窗下的一阵骚动惊醒。一个男孩跑来送了封信,并且固执地站在门口等着回信。加勒特打开字条,上面写着:

建议立即回病房。患者第四根肋骨上方左侧出现刺伤切口（已通知警察）。测量伤口约为一英寸，穿透肋间肌到达心脏。初步检查显示心肌未受损；切开心包囊（？）。患者为男性，二十多岁，有知觉和呼吸。一小时内可能需要手术干预。在您来之前我们会做好相应准备。

——莫林·弗莱

他兴奋地大叫一声，把旁边等待的男孩吓了一跳，小费也不要了，匆匆溜回人群中。医院的工作人员之中（当然除了斯宾塞），护士长莫林·弗莱一直是加勒特的拥护者和知己。因为自己无法实现拿手术刀的愿望，她把加勒特颠覆性的强烈野心视为自己的寄托。凭借长期的服务经验和过人的智慧，以及面对傲慢无礼的男人时镇定自若的态度，她如同承重墙一般成为医院不可或缺的存在。加勒特已经习惯了她在手术室里近乎沉默的陪伴，并且怀疑正是因为有她当助手，他才敢去尝试一些被认为风险太高的手术，他从未如此确定应该感谢她。而从未有一台手术像今天这台这样棘手：到目前为止，还没有哪个医生有成功闭合心脏伤口的前例。这样做的可能性已经成了浪漫和传奇的象征，好像这是女神设定的任务，谁也不指望自己能成功。不到一年前，爱丁堡医院最有前途的外科医生之一相信自己可以从伤兵的心脏里取出子弹，结果患者死在了手术台上，他在羞愧和悲痛中辞职回家，随后开枪自杀。（当然，他的目标也是心脏，但因为手抖误判了目标，导致患者感染而死。）

卢克·加勒特没有想这么多，他只是站在洒满阳光的门阶上，抓着那张纸贴在胸口。"上帝保佑你！"他大喊一声，路人有些不知所措，这话既是对病人说的，也是对护士说的，同时也是对所有那些经常挥舞手术刀的人说的。他穿上大衣，拍了拍口袋，钱都用来买酒了，他现在连打车的钱都没有。他笑笑，跑了一英里到医院门口，一步步把寂静的深夜甩在身后。到达的那一刻，他发现已经有人在等他。一位胡子颜色和形状都很像园艺铲的资深外科医生挡在了病房入口，强打精神地靠在门框上。旁边是像往常一样焦躁不安的斯宾塞，他站在那里，抬起双手作安抚状，还时不时地指一下手上拿着的字条，卢克清楚地看到，那也是弗莱护士长写的。在他们身后，一扇门突然被打开又迅速关上，但卢克还是瞥见了白床单下伸出来的一双又长又瘦的脚。

"加勒特医生，"老医生揪着胡子说，"我知道你在想什么，你不能去，绝对不能。"

"我不能去？"他说得很温和，斯宾塞却警觉地后退几步。他很清楚，卢克跟温和绝对没有半毛钱关系。"他叫什么名字？"

"我的意思是，你们俩都不能去，绝对不行。他的家人与他同在，让他安息吧。我就知道肯定会有人给你送信！"老医生拧着手说，"我不会允许你让医院蒙羞的。他的母亲陪着他呢，从进来之后话就没停过。"

加勒特又走近一步，闻到手术室里一种类似熟洋葱的味儿，但是被碘酒那安慰性的臭味掩盖了。

"告诉我他的名字，罗林斯。"

"你非得知道他的名字干什么，反正已经没用了。等我找出来是谁给你送的信……你不能进去。我不会让你进去的。从来没有治疗心脏伤口的病人还能活下来的先例，那些比你强的人都做不到。而且，他是一个人，不是你的死亡玩具，想想医院的名声！"

"我亲爱的罗林斯,"加勒特礼貌得有点瘆人,这让斯宾塞十分惊恐,"如果我非要试的话,你拦不住我。只要他们同意,我免费给他做。他们会同意的,因为他们很绝望。而且皇家自治市医院的名声可全靠我!"

罗林斯在门口挪来挪去,似乎想要膨胀到填满每个角落并且变成钢铁。此刻,他的脸涨成了猪肝色,斯宾塞凑上前去,生怕他晕过去。"我现在说的不是制度,"他说,"是人命。那是不可能的,你会毁了自己的名声——那可是他的心脏啊!心脏!"

加勒特并没有动,在昏暗的走廊上,他并没有变得更高大,却让人觉得更压抑、更厚重。他没有发脾气,但怒火似乎已经快压不住了,随时准备爆发。罗林斯无助地在墙边,知道自己败了。加勒特近乎友善地看了他一眼,然后迅速跨入那个严格灭菌过的小房间。空气中有清爽的石炭酸消毒水味,还有薰衣草香,是坐在病人旁边的女人手上手帕的味道。女人不时俯身,趴在躺在白床单下面的人耳边小声嘟囔着:"不要以为你会休息很久,我们不会麻烦他们的。"

莫林·弗莱穿着一件浆洗得像卡片一样笔挺的裙子,戴着薄橡胶手套,正在调整棉布窗帘,好让夕阳照进来。她转身朝两人平静地点点头。很明显,就算听到刚才门外激烈的争执,她也不会承认的。"加勒特医生,"她说,"斯宾塞医生,下午好。在检查病人之前,你们得做下准备,病人的情况目前还不错。"她递给斯宾塞一个小文件夹,上面记录了脉搏下降和峰值体温。加勒特和斯宾塞都没有被这些说给病人母亲听的敷衍话迷惑。他的情况并不好,很有可能会丧命。"病人名叫爱德华·伯顿,"她说,"二十九岁,身体健康,是保诚保险公司的职员。家在贝思纳尔格林，回家路上遭遇陌生人袭击，被人发现的时候躺在圣保罗大教堂的台阶上。"

"爱德华·伯顿。"卢克转身看着床单下躺着的人说。

他很瘦，白床单盖在身上几乎撑不起来，但个子很高，所以露出了脚和肩膀。锁骨高耸，锁骨中间的喉咙向下倾斜处明显在颤动。斯宾塞想：他好像吞了只蛾子，然后一阵恶心。患者整个面颊呈深红色，他的颧骨又宽又高，脸上有一些黑色的痣。他的头发有些早秃，前额处有一片没有头发，此时渗出了许多汗珠。他看起来可能是二十岁，也可能是五十岁，真到了五十岁他可能比年轻时还显得好看些。他有意识，周身有一股集中全力的感觉，好像呼气是项后天技能，需要好多年才能学好似的。他十分认真地听母亲说话，间歇时也插一两句，但说的都是乌鸦和秃鼻乌鸦之类的。

"几个小时前他还好好的。"母亲十分抱歉地说，仿佛他们没看到他的最佳状态，失望之余转身要走似的。"他们给他打了石膏。能给他们看看吗？"护士先是抬起他细瘦的胳膊，然后掀开床单。斯宾塞看到一块方形石膏固定在他的左胸前，并向下延伸了几英寸。没有血迹也没有化脓，像是有人在他睡着时给他盖了块布。他的母亲说："刚送来的时候他还好好的，还在说话。他们给他稍微收拾了一下。没有流很多血，也没有别的很明显的症状。他们把他送来这个没人看见的地方，我以为他们把我们忘了。他只是累了。为什么没有人来？为什么我不能带他回家？"

卢克轻声道："他快死了。"说完，他沉默了一会儿，想看看她是否明白他的意思，但她只是怯怯地笑笑，仿佛这是个低俗的笑话似的。卢克俯身蹲在椅子前，轻轻摸着她的手说："伯顿太太，他快死了。到不了明天早上。"

斯宾塞知道卢克多么渴望处理这样的伤口，他曾看到过切开并被刺穿的狗的尸体。为了练缝针，他曾经让卢克多次缝合他自己的长伤口。看到朋友这样有耐心，他既惊讶又感动。

"胡说！"女人说。随后，众人听到手帕在她手上被撕开的声音。"你胡说！你看看他多精神！他睡一觉就会好的！"

"他被割到了心脏。出血都在这里，都在这里。"加勒特捶着自己的胸口，"他的心脏越来越弱了。"为了让她听明白，他努力寻找措辞，"就像森林里受伤出血的动物一样，心脏会越来越弱，直到最后完全停止，到时候他身体里就没有血液可用了，然后其他所有器官，包括肺和大脑，都会因为缺乏血液而衰竭。"

"爱德华——"她说。

卢克看到这些话奏效了，他的"猎物"已经十分虚弱，他一只手放在她的肩膀上说："我的意思是——他会死，除非您肯让我帮忙。"

有一刻，她挣扎着不愿接受事实，随即开始大哭起来。在这哭泣声中，卢克用一种斯宾塞从未听过的安静但不容置疑的声音说："您是他的母亲，是您把他带到这个世界来的，您也可以留住他。您愿意让我做手术吗？我……"他对成功的信心与他的诚实激烈斗争，最后暂时达成妥协，"我很厉害。我是这里最好的外科医生，我可以不收费用。虽然还没有人做过这种手术，他们会跟你说根本做不了，但凡事总有第一次，最宝贵的是时间。我知道，您想要个承诺，可是我给不了，但至少，希望您能信任我，好吗？"

门外一阵短暂的骚动。斯宾塞怀疑罗林斯已经向各个行政部门发出警报，并且正叉着手靠在门上。他望了护士一眼，那眼神似乎在说"哦,我们现在正处在风口浪尖啊"。随后,骚动平息了。

女人大喘着气说:"你要对他做什么?"

"真的,没那么糟糕,"卢克说,"心脏是有一个袋子保护的,就像子宫里的婴儿一样。伤口就在袋子上,我看到了。伤口就在那里,长度不超过小拇指。我会把伤口缝起来,那样就能止血,他就可能会好起来。如果我们什么都不做……"他沮丧地摊了摊手。

"会痛吗?"

"他不会有任何感觉。"

她开始一点点地振作起来,从脚开始。放在地上的脚微微分开得更大一点,最后是头,她把头发往后拢了拢,似乎在彰显自己刚刚下定了决心。"好,"她说,"按你的想法去做吧。我先回家了。"她没有看儿子,只是在经过床边时抓住了他的一只脚。斯宾塞送她出去,同时像往常一样,安慰她,开导她,带着财富和地位赋予他的权威,保护朋友,避免他为自己的行为付出代价。

与此同时,加勒特趴在床前轻快地说:"你很快就要好好睡一觉了。累了吗?我想你应该累了。"随后,他抓住男人的手,傻傻地说:"我是卢克·加勒特。希望你醒来时还记得我的名字。"

"一只乌鸦是乌鸦,"爱德华·伯顿说,"两只乌鸦是秃鼻乌鸦。"

"意识混乱是意料之中的。"加勒特抓起男人的手腕放回白床单下面,然后转向弗莱护士长,问道:"你能参加吗?"他问得很没礼貌,因为她不可能不参加。她点点头,这沉默的回应表明她对加勒特的技术很有信心。加勒特的脉搏从跑到这里开始就一直跳得很快,现在终于开始放缓。

当他和斯宾塞洗完手进入手术室时，护士已经收拾好离开了。爱德华·伯顿躺在高高的床上，眼睛一直盯着弗莱护士长。弗莱已经换了一套新的工作服，正熟练地拿出一堆瓶子和器械放到钢托盘上。

斯宾塞很想给病人解释一下接下来会发生什么——氯仿会缓慢起效，这个过程有点难受，不要扯面罩，不过他在适当的时候会清醒（会吗？），通乙醚的管子会导致喉咙疼。但加勒特要求大家保持沉默，斯宾塞和护士全靠点头和轻推猜测他接下来要什么，以及白色口罩下那犀利的眼神代表什么。

病人一动不动，橡胶管拉扯着他的嘴唇，仿佛在冷笑，加勒特去掉石膏并检查了伤口。皮肤的张力使伤口张开，像是没有眼球的眼睛。伯顿身上脂肪很少，因此在被切断的皮肤和肌肉下面可以清楚地看到灰白色的肋骨骨头。开口不够大，加勒特首先用碘酒清洗了伤口，然后拿起手术刀，将伤口向每个方向扩了一英寸。斯宾塞和弗莱帮着抽吸和擦拭，使加勒特保持视线清晰。他认为必须先去除一部分肋骨，因为这些肋骨把受伤的心脏挡住了。他用细骨锯（他曾经用细骨锯给一个女孩切掉粉碎的脚趾，虽然她极力反对，说如果只剩四个脚趾，她就没法穿着细跟鞋跳舞了）将肋骨切短了四英寸，放到旁边的托盘里。然后用一个钢牵开器打开胸腔探进去，那牵开器就算是放到铁路工程师手上也不会显得突兀。我们的身体可真紧凑，斯宾塞想，像往常一样感叹它的明亮和美丽。红色和蓝紫色的血管像极了大理石花纹，黄色脂肪沉积物不多，这些都是自然里没有的颜色。开口周围的肌肉缓慢地收缩了一两次，就像张口打哈欠一样。

然后就是心脏，在光滑的外壳中怦怦跳动着，似乎并没有受到很大伤害。加勒特说过，伤口只到外壳就没有了，而且也相信自己说对了，现在用一根手指探测，确实是这样。腔室和阀瓣都没有损伤。他微微松了一口气。

斯宾塞看着卢克的手微微滑动，手腕略微倾斜，手指弯曲，尽可能地呈杯形捧住心脏，去感受它，因为这是最亲密、最愉悦感官的事情（他总是这样说，即使是对死去的人），通过触摸了解到的东西跟看到的一样多。他用左手稳住心脏，右手从弗莱那里取来带肠线的弯曲针，线非常细，都可以用来缝新娘的嫁衣了。

很久以后，总有人在病房里和走廊上拦住斯宾塞，问他："花了多长时间？缝了几针？"而他总是回答："一千个小时，一千针。"不过事实上，在听到牵开器螺钉的研磨声、移除器械的湿滑声之前，他几乎没敢喘气。开口腔边缘的肌肉一下合上，然后在原来是肋骨，现在已经空了的位置上方缝合皮肤。

那一个小时过得特别慢，他们在病床边走来走去，用鸦片代替氯仿麻醉止痛，敷上敷料，紧张地关注着血压是否突然放慢或飙升。莫林·弗莱挺直身子瞪大眼睛，似乎可以兴奋地一遍遍地做这个手术。她给大家拿来水，但斯宾塞喝不下，卢克一饮而尽，却差点吐出来。门外的人来来往往，好奇地围着门口往里瞅，期待胜利或灾难或两者皆有，但没有看到或听到任何动静，只好失望地走开。

第二个小时刚到，爱德华·伯顿睁开了眼睛，大声喊道："我当时正好经过圣保罗教堂，就这么简单，我在想这穹顶是怎么立起来的。"他的声音低了下去，"我喉咙好疼。"在那些见惯生死的人眼中，他脸上的颜色和试图抬头的动作，如同任何一张认真记录了一天的脉搏和血压图。太阳已经落山了，他会看到它再升起来。

加勒特转身离开,找到一个存放亚麻布的柜子,在黑暗中蹲了好久。他突然一阵战栗,身体剧烈摇晃起来,只能紧紧抱住胳膊才不至于整个人栽倒在关闭的门上。随后,战栗逐渐消失,他开始放声大哭。

威廉·兰索姆走在公地上,身上没穿大衣,看到科拉朝他走过来。隔着老远他就知道是他们的客人来了。她步伐很大,像个男孩,似乎随时准备停下来瞅瞅草里有什么东西,或者把什么东西藏到口袋里。夕阳照着她披在肩上的头发;看到他后,科拉笑着举起一只手。

"下午好,西伯恩太太。"他说。

"下午好,牧师先生。"科拉说。他们停下来笑了笑,并没有把打招呼太当回事,仿佛已经认识了很多年,繁文缛节都变得很可笑似的。

"你这是去哪儿了?"他问。他能看出来科拉肯定走了好几英里,大衣扣子是解开的,衬衫衣领处是湿的,上面还有青苔,手上拿着一棵峨参。

"我也不确定,我已经在凛冬村住了两周,可还是觉得这里很神秘!我只知道自己是往西走的。我买了些牛奶,那是我喝过的最好喝的牛奶。后来,我闯进了一个大户人家,吓到了那里的野鸡。还磕破了鼻子。你看!我被一个台阶绊倒了,膝盖还在流血呢。"

"我觉得应该是科宁厄福德庄园,"他并没有看她的伤口,"那儿是不是有炮塔?还有一只可怜的孔雀被关在笼子里?你能安全离开,没被当成偷猎者一枪打死已经很幸运了。"

"这么说，那里住的是个坏地主了？我应该把那只孔雀放掉的。"她平静地打量着他说。从未见过比他更不像牧师的牧师：衬衫松松垮垮的，袖口很脏，指甲里有泥土。礼拜日那天还很白净的脸颊上已经长出胡楂，羊蹄子踢过的地方留下一道弯弯的伤疤，没有胡须长出来。

"那种最坏的地主！要是有只兔子跑到他的地盘上，早上就会变成他的盘中餐。"

他们迈着一致的步伐，轻快地一起往前走。在威尔看来，他觉得他们俩的腿肯定是一样长，身高也一样，或许连胳膊摆动的幅度也一样。樱花随风飘散。科拉觉得自己有好多话想说，而且控制不住地絮叨起来："就在我看到你之前，有一只野兔停在路上盯着我。我忘了它的毛是什么颜色了，好像是刚去壳的杏仁色，它的后腿特别有劲儿，而且个头很大，后来好像突然想起什么事要去做，蹦跶着跑到田野那边去了！"她瞥了他一眼，乡下人可能会觉得她这就开心成这样太幼稚？但是没有，他歪头微笑着。"还有一只苍头燕雀，"她说，"还有个黄灿灿的东西，可能是黄雀。你对鸟熟悉吗？我一点也不熟。到处都是裂开的橡子，已经生根发芽了。一个白色的东西在去年枯叶腐烂的地方钻进土里，然后开始长出绿叶！以前我怎么没见过呢？真希望能带一个来给你看看。"

他困惑地望着她伸出来的空手掌。她可真奇怪，竟然会注意这种事情，还想着要告诉他。这件事神奇地发生在这个女人身上，一个穿着男士大衣，但依然露出丝绸衬衫和珍珠耳钉，手上戴着钻戒的女人。"虽然我很有兴趣，但我对鸟也不是很了解，"他说，"不过我可以告诉你，蓝山雀戴着强盗面具，大山雀戴着法官的黑帽子,早晚绞死它!"她乐得哈哈大笑起来。然后,牧师有些不自信地说:"希望你能叫我的名字。还记得吗?兰索姆先生永远是我的父亲。"

"如果你愿意的话,"她说,"威廉。威尔。"

"你听到啄木鸟的声音了吗?我总是在听它们的声音。还有,你找到埃塞克斯之蛇了吗,你过来找我们是因为太害怕吗?"

"一点踪迹都没有!"科拉生气地说,"当我提起它的时候,连克拉克内尔都看起来很开心。相信你已经告诉那个可怜的家伙我要来了,而且把消息一路传到了萨福克。"

"哦,没有,"威尔说,"我向你保证,谣言比比皆是!可能因为你是女的,所以克拉克内尔才故作勇敢,但是他没有蜡烛从来不敢离开窗户。他现在都把可怜的梅戈格拴在屋里,它的奶都快没了。"她笑了。他继续说:"而且,要么是圣奥西斯那些人对牲口不够上心,要么是什么东西把两头小牛从母亲身边带走了,之后再也没有人看到过它们。"更像是小偷所为,他想,不过还是让她继续做她的白日梦吧。

"嗯,至少这听起来令人鼓舞。我想,应该不会,"她严肃地说,"还有人淹死吧?"

"没有,西伯恩太太。科拉?虽然我很不想打击你。好了,你打算去哪儿来着?"

俩人不约而同地一起走向教区长住宅的大门。身后的公地上是叛徒橡树拉长的影子,前方是蓝色的风信子围出的格子小路。风信子很香,科拉有些头晕,她觉得太失礼了。那花香仿佛激起了她不曾有过的欲望,脉搏也不由得加速。

"我打算去哪儿?"她低头看了看自己的脚,似乎它们没有经过她同意就带她走了,"我想应该是回家。"

"一定要回吗?不进去了吗?孩子们都出去了,斯特拉见到你肯定很高兴。"确实如此,门是开着的,不用敲,仿佛在等他们似的,斯特拉就站在那里,身上的所有色彩在昏暗的客厅里熠熠生辉。她散着淡色的头发,目光明亮。

"西伯恩太太——真有意思,吃早饭的时候我们还聊起你呢——是不是?我们盼着你快点来呢!威廉·兰索姆,别让客人待在门口了,把她带进来,随便坐。你吃饭了吗?喝不喝茶?"

"我随时都可以吃,"科拉说,"随时!"她看到威尔俯身亲吻他的妻子;他的手指轻轻滑过她耳朵上方细碎的鬈发,她感叹他们竟然如此温柔。(我要在你的伤口里填上金子,迈克尔曾经这样说着,把她脖颈后面的头发一根根拔下来,留下一块一便士大小的地方。)

不一会儿,他们便坐在一个阳光明媚的房间里吃着蛋糕,欣赏桌子上绽放的水仙花。"告诉我,凯瑟琳还好吗?查尔斯还好吗?"斯特拉对他人生活的关注使得她成为一个特别容易相处的伙伴,因为她只想简单地听别人讲故事,不太喜欢动脑子。"你搬来这里都把他们惊到了。查尔斯说他要寄一箱法国葡萄酒,够你喝一个月。"

"查尔斯那么忙,哪有空想酒的事,更别说法国葡萄酒了。你们等着瞧吧,他已经变成个大慈善家了!"

威尔皱皱眉头,端起茶水一饮而尽。这个想法似乎不太可能,查尔斯确实很善良,但他只关注自己以及他喜欢的人的幸福生活,因为觉得不需要付出太多。他致力于为那些被他戏称为"下层民众"的人谋福祉,这件事情确实出人意料。"查尔斯·安布罗斯?"他说,"没有人比我更喜欢他,但他是那种自己的衬衫破个口子都看得比国家大事重要的人!"

"这倒是实话!"科拉笑着说。(她本想替查尔斯辩护一番,但知道,如果是他本人坐在加里克丝绒座椅上打盹儿时偷听到这些话,肯定会点头,大笑着表示同意。)"是玛莎在做。"她转向斯特拉,"玛莎是个社会主义者。好吧,有时候我觉得,如果我们还有一点良知,事情真到了那一步的话,我们都应该是。不过对于玛莎来说,这是她的生活方式,就像这位善良的牧师大人每天要做晨祷和晚祷一样。伦敦的住房问题是她最烦心的事(说实话,确实很麻烦)。工人们必须证明自己配得上拥有住房,否则就只能沦落到贫民窟,与此同时,房东却靠房租和恶毒养肥了自己,国会议员们则坐在用房东们的硬币塞满的坐垫上。她是在白教堂长大的,父亲是一名工人,也是一个好人,生活还算富裕,但她永远忘不了门外的一切。一两年前,伦敦的报纸上是怎么说的来着——'伦敦弃儿'!还记得吗——你们看到过吗?"

很明显,他们并不知道。而科拉显然忘记了她并不在贝斯沃特或骑士桥,而伦敦那几个月甚嚣尘上的八卦可能也越不过泰晤士河水。她情不自禁地谴责似的看了每个人一眼。"我这么清楚可能是因为玛莎,我相信她到现在还能背下来。前几天报纸上一遍遍地刊登,搞得大家打开炸鱼和薯条就觉得应该看到。"

"到底是什么,上面怎么说的?"斯特拉问。伦敦弃儿!听到这个词她就已经同情心泛滥了。

"我记得应该是一群牧师制作的小册子——《伦敦弃儿的恸哭》,读过一次就不会轻易忘记。我自以为已经看过这座城市所能提供的一切,从最好的到最坏的,但从未见过那样的事。有一对父母带着孩子和猪一起住在地窖里；有个婴儿死了，验尸官就把他剖开放在桌子上，因为太平间里没地儿了！女人每天工作十七个小时，缝制纽扣和纽扣孔……吃饭休息匆匆忙忙，却赚不够取暖费，所以她们缝的何尝不是自己的寿衣呢？我记得玛莎曾经很多年都不买新衣服，她说不能在自己的姐妹们受苦的时候穿好衣服。"

斯特拉的眼眶湿了。"我们怎么从来没听说过呢？威尔，这不是你的职责吗？去了解，去帮助。"

科拉看出了他的不适，要是没有别人，出于恶作剧或自己的原则，她可能会继续挪揄他一番。但在妻子面前贬低丈夫是不对的。因此，她说："对不起，让你们伤心了！这就是那本书的作用，我们听到了他们的哭喊，贫民窟已经拆了，虽然他们告诉我，新盖的地方也好不到哪里去。玛莎已经找到办法。她得到我们的朋友斯宾塞的帮助，斯宾塞是个富豪，他又去找了查尔斯。我听说甚至成立了委员会。好了，祝他们好运。"

"希望如此！希望如此！"斯特拉说。令科拉沮丧的是，她擦擦眼睛说："我突然有点累了。科拉，你介意我去床上躺一会儿吗？我的流感还没好，你们可能会觉得我很虚弱，但其实直到刚刚过去的这个冬天，我几乎从来没有在床上躺过一天，生孩子的时候也没有。"她站起身，科拉也跟着站起来，吻了她，感觉到她湿湿的脸颊很烫。

"不过你还没喝完茶呢，我知道威尔有东西要给你看，能再待一会儿吗？威尔，你现在是主人了！或许，"她朝他们露出两个酒窝，"你可以说说你准备的训诫，让科拉评判一下？"科拉笑了，说她无权发表评论。威尔也笑了，说他无论如何都不会跟她说这个。

斯特拉走后,门也关上了。外面传来她上楼的脚步声,两人似乎都觉得气氛略有不同。并不是说房间一下子显得小了,阳光更暖和了——尽管确实如此,因为太阳又下沉了一些。桌子上黄色的花朵像是在花盆中燃烧的火焰。那是一种自由的感觉,仿佛刚才一起穿过公地时那奇怪的自由又回来了。威尔还意识到自己有点委屈,他从来没想过科拉是打算让他出丑才来的,但结果如此。她只看了他一眼,就让他觉得自己被指责了,而且是罪有应得。他的良心什么时候萎缩到只在教区边界范围内了?"恩典,"他突然说,"礼拜日我要谈恩典的质量,我觉得这是一种礼物,是被低估的意料之外的仁慈和怜悯。"

"可以,适合你的训诫。"她说,"这就足够了。让他们早点回家,去森林里寻找上帝。"这几乎是他偏爱的礼拜方式,所以威尔的恼怒一下子消失了。他往扶手椅上一坐,示意她也应该这样做。

"你要给我看什么?"斯特拉在场的时候,科拉坐得很淑女、很规矩,脚踝交叉放在裙子底下。但此刻,她蜷缩在沙发角落里,斜靠在扶手上,一只手托着下巴。

"说实话,"他说,"真希望她没提这件事,就是我上周在盐碱滩上找到了点东西放在我的口袋里,想着你可能想看看。跟我来吧!"

他当时并没有想过,除了斯特拉还没有人进过他的书房。这里既不干净也不整齐,而且任何人看到桌子上和地上那些凌乱的书籍和笔记都会猜想主人是什么样的人。这里甚至连孩子们都不能进,除非得到他的明确同意,按顺序进来受罚或被教育;允许别人跨过那道门槛对于他来说,无异于大中午跑到叛徒橡树下暴晒。但今天，当他打开门，后退一步请她进去时，完全没想过这些，也没有因为她一进来就在看桌子，或是她的信就放在文件旁边，因为一次次打开，折缝处都变薄了。"请坐。"他指着父亲留下来的皮革扶手椅说。她铺开裙子坐了下来。他伸手从书架上拿下一个白色纸包，放在桌子上小心翼翼地打开，取出一块比孩子的拳头略大一些的白色物体。其中有几块黑色的凹坑小碎片，像是有谁打破了一个粗糙的盘子，然后出于某种原因把它藏在一块黏土里。威尔把它拿起来，趴在椅子旁给她看。科拉低头往下看——他的头发在头顶后部有个发旋，几根很粗的白发如电线一般闪亮。"其实也没什么，我敢肯定。"他说，"但是被我看到了，可能是从某个岸边冲到小溪里被打碎了。我经常去那里，但从来没见过这种东西，不过如果不是你来，我压根儿就不会注意！你有什么想法，要不要联系科尔切斯特博物馆，捐给他们？"

　　科拉并不能完全确定。她对菊石和蟾蜍石了如指掌，还有鲨鱼牙齿咬穿黏土后留下的那令人震惊的白色螺旋。如果看到膨化和多刺的甲壳类动物，她一眼就能认出，还有三叶虫扩张的肋骨，并且相信有一次在莱姆里吉斯，她发现了一个裂缝，里面藏着小型脊椎动物的骨头。但是她已经学会学者的谦卑：知道得越多，未知就越多。威尔弯曲手指，土块在他手掌上滚动，一块泥土掉了下来，从他的指缝滑落到地上。"那么，"他说，"专家鉴定结果如何？"他看上去既热切又害羞，像是确定自己没什么值得看的东西拿给她，但还是心存侥幸。她用拇指指甲在黑色表面上划了划，土块已经被他的手焐热了，而且十分光滑。"我怀疑，"她庆幸自己想起来了，"可能是一种龙虾，我总是记不住它的名字！——古剑虾，对，就是这个。我不记得是什么年份的，不过应该有几百万年了。"(他会反驳吗?说那时候的地球自诞生之后温度几乎没有下降过?)

"当然不是!"他说,虽然他极力掩饰,但还是难掩兴奋,"当然不是!好吧,如果您非要这么说的话,西伯恩太太,我向您的博学致敬。"实际上,他确实站起来鞠躬了,同时把手里那块脆弱的泥巴虔诚地放到壁炉架上,但这只是为了嘲笑罢了。

"威尔,"科拉说,"你怎么来这里的?"她那种亲切、傲慢的语气像极了一个小皇室成员在图书馆门口接见达官贵人。两人听到后都笑了。

"这里,你的意思是?"说着,他看向没拉窗帘的窗户,望着外面的草坪,想到漏水的钢笔筒,还有除了转啊转,并没有其他用途的几张机械设备的图稿。

"我说的就是这里!这里,凛冬村——其实别的地方更适合你,曼彻斯特、伦敦、伯明翰,而不是距离乡村教堂不过五十步远、周围没有同类人的地方!如果在其他地方遇见你,我会觉得你是律师、工程师或政府大臣。为什么?难道是你十五岁年少无知时发誓要效忠上帝,后来担心如果自己违背誓言会遭雷劈吗?!"

威尔靠在窗台上,对客人打量一番,皱起了眉头。"我真的那么让你感兴趣吗,还是你之前从未见过神职人员?"

"哦,对不起,冒犯您了吗?"科拉说,"我见过的神职人员多到记不下来,但你让我很惊讶,就是这样。"

他故意耸了耸肩。"你是个唯我独尊的人,西伯恩太太,难道您真的无法想象我就是选择了一条与众不同的路并且乐此不疲吗?"

是的,她想,我无法想象。

"我并没有什么与众不同或者特别让人感兴趣的。你要是这么想肯定是有什么误会。有段时间我想成为一名工程师,崇拜普里查德①和布鲁内尔②,曾经逃学坐火车一路到了铁桥,还画过铆钉和支柱的图纸,坐在教室里无聊的时候,我会规划箱形梁桥。但最终,我想要达到的只是目的,而非成就。你知道这两者的区别吗?我的脑袋够聪明,如果我这一手牌打得够好,现在可能正坐在长椅后面跟别人争论法条上某个不起眼的点;考虑晚餐要不要吃大菱鲆,帮安布罗斯找到另一位国会议员候选人,去德鲁里巷或购物中心吃晚餐。但这些事情让我不寒而栗。给我一下午的时间,引导克拉克内尔回到从未抛弃他的上帝身边,胜过在德鲁里巷吃一千次晚餐。给我一个晚上,在盐碱滩上读读《诗篇》,看天空变幻,胜过在摄政公园里走一千次。"对于自己的事情,他好像从来没有跟别人聊过这么多,也不知道她是如何诱导自己说出这些的。"而且,"他有点生气地说,"斯特拉就是我的同类人。"

"我觉得很遗憾,仅此而已。"

"遗憾?!"

"是的,遗憾。一个现代社会的人,竟然埋没自己的聪明才智,满足于神话和传奇故事,竟然如此心安理得地背弃全世界,沉浸在连你的父亲都会认为过时的旧思想里!没有什么比穷尽自己的才智更重要!"

"我没有背弃任何东西,恰恰相反,难道你觉得一切都可以用方程式和土壤积层来解释吗?我是向上看,而不是向下看。"气氛

---

① Thomas Farnolls Pritchar (1723—1777),英国建筑师,英国大铁桥的设计者。
② Isambard Kingdom Brunel (1806—1859),英国工程师,皇家学会会员,英国大西部铁路的总工程师。

再次发生微妙的变化，仿佛气压突然降低，暴风雨即将来临。他们都意识到对方惹自己生气了，但又不确定为什么。

"但你确实没有向外看，至少这一点我是知道的！"科拉发现自己靠在椅子扶手上，想要更尖锐一些，"你了解现在的英格兰吗？知道路是怎么修的，都通向哪里吗？在那些城市角落，孩子们从未见过泰晤士河，从来没见过一片草坪。你肯定很满足，对着空气吟诵《诗篇》，带着漂亮的妻子和三百年前印刷的书一起回家！"这么说很不公平，她知道。科拉有些迟疑，既不想退缩也不想欺人太甚。如果说她想激怒主人的话，只能说她成功了。他开口了，那尖锐的语气让她觉得自己会被刺伤："您可真是明察秋毫啊，才见了三次面就把我的性格和动机描绘出来了。"两人四目相对。"反正跑到泥巴里翻死尸碎片的人不是我；从伦敦跑出来，痴迷于连自己也搞不懂的科学的人也不是我。"

"实话，"科拉说，"哦，确实是大实话！"她笑了，这一举动也彻底瓦解了他的防御。

"所以，"他说，"你来这里要干什么？"

"我也不确定。我想，可能是为了自由吧。我被束缚了太久。知道我为什么喜欢在泥巴里挖东西吗？因为我记得小时候就是那样。连鞋子都不穿，摘金雀花做果汁饮料，看着满是青蛙的池塘。后来就是迈克尔了，他是个文明人，会在每片林地上铺路，将每只麻雀都安装在底座上。然后把我也装在一个底座上。我的腰被夹住，头发被烫成卷儿，脸上被涂上颜色，之后再涂、再涂。现在，只要我愿意，就可以再次沉入泥土中，让自己身上长满青苔和地衣。或许人类并不比任何动物高级这个观点会让你觉得很震惊；或者至少，如果人类确实比动物高级的话，也不过是高了梯子上的一个档。但是不，不——它给了我自由。既然别的动物都不必遵守规则，为什么我们必须遵守？"

即便威尔能够暂时搁置他的公共义务，它们也从未远离。在她说话时，他摸了摸自己的喉咙，似乎希望摸到让他安心的罗马领。他竟然开始相信她想做一个动物一样的女人，没心没肺，没有灵魂，或许还期望失去或救赎？更重要的是，她动不动就自相矛盾。像动物一样的科拉和但凡看到新鲜事物就迫不及待地攫取的她是无法调和的。突然的寂静给混乱冗长的谈话画上了句号，但并没有打乱时间的脚步。随后，科拉故作轻松地看了一眼时钟，笑了笑，因为她无意冒犯谁，也不想被谁冒犯："我该走了。虽然弗朗西斯并不是特别需要我，但他盼着六点钟晚餐准时出现在餐桌上，我会跟他一起用餐。而且我确实也饿了！我总是很饿。"

"我已经发现了。"威尔说。科拉站起来。他开了门："我跟你一起走吧，我得去巡视一下，就跟医院里的医生查房似的。我得去看看克拉克内尔，还有马修·埃文斯福德，跨年夜那天发现尸体的时候，他发誓要戒酒来着，还穿上黑色衣服，仿佛大蛇和世界末日来了似的。第一次来诸圣堂的时候你可能见过他，一身黑色，看上去特别像个抬棺人。"

走到外面的公地上，夕阳西斜，没有风。他们走得很愉快，意识到彼此僭越了未知的领地，但没有造成严重伤害。科拉羡慕地谈到斯特拉，或许也是顺便道歉；威尔则向她请教如何通过化石所在的岩层判断其年份。阳光从诸圣堂塔楼上洒下，照在燧石上。小路旁，谦恭的水仙花在他们经过时纷纷点头。"说真的，科拉，那你还认为在黑水河河口这样沉闷浅薄的地方可能找到活化石（你叫它鱼龙？）吗？"

"我觉得能,我相信能。其实我一直都不太清楚'觉得'和'相信'有什么区别,或许哪天你可以教教我。毕竟,这个想法也不算是我提出的,查尔斯·莱尔坚信鱼龙会出现,虽然我必须承认,根本没有人特别重视他的话。瞧,我的自由还剩十分钟,让我送你到世界尽头的水边吧。我确定我们很安全,四月对于海龙来说太暖和了。"

他们到了水边,潮汐已经退去,泥土和粗砾石在微弱的光线中闪闪发光,有人把黄色的金雀花枝缠在了利维坦的骨架上。柔软的白色莎草一丛丛地生长,随着微风轻轻摇曳;远处传来麻鸦低沉的叫声,似乎有些不太真实。空气清爽微甜,仿佛美酒一般。

两人不确定到底是谁先护着眼睛,透过晃眼的水花看到了那边的那个东西,也不记得是谁兴奋地朝对方大喊"看——快看!",只是两人突然就呆若木鸡地站在盐碱滩的小路上,目光凝视着东方。地平线上,天水相接处有一条淡淡的薄纱。薄纱中,一艘驳船航行于水面之上,在低沉的天空下缓慢移动。深红色的船帆若隐若现,似乎在顶着强风前进,可以很清楚地分辨出甲板和索具,以及深色的船头。它鼓足船帆,在河口上方很高的地方飞驰而过;它若隐若现,一会儿又重新恢复原样;甚至又一会儿,可以看到它的图像正好在下面倒转,仿佛铺了一面大镜子似的。空气逐渐变冷,麻鸦又在低吼,他们都听到彼此呼吸加速,并非因为恐惧,虽然确实有点像。随后,镜子消失了,小船独自航行,一只海鸥飞到黑色的船体下面,在闪闪发光的水面上掠过。然后,一个幽灵似的船员拉紧了绳子,或是放下了锚——船停了,寂静、美妙,一动不动地悬在天空中。威廉·兰索姆和科拉·西伯恩忘记了世俗规范，甚至被剥夺了说话的能力，他们紧紧握着彼此的手并肩站定——地球之子，迷失幻境。

阅览室
大英博物馆
4月29日

亲爱的西伯恩太太：

如您所见，我正在大英博物馆的阅览室里给您写信。罗马领成了我的通行证，虽然我走到桌前的时候，他们将我上下打量了好久，因为我种蚕豆的时候残留在指甲里的土还在，我本是来临时抱佛脚找些材料，写些《诗篇》22里关于与基督同在的东西，却发现自己决心要找出昨天晚上我们看到的到底是什么。

还记得我们一致认为（等我们能开口说话之后），我们看到的不可能是飞翔的荷兰人[①]，也不可能是其他任何超自然的幻象吗？你怀疑是某种海市蜃楼，就像出现在沙漠中的湖泊，用水的幻象来欺骗垂死的人。好吧，你猜得差不多。准备好上课了吗？

相信我们看到的应该都是莫佳娜海市蜃楼[②]，这种幻景是以传说中亚瑟王的姐姐仙女摩根命名的，她在海上建起空中的冰城堡，把被迷得神魂颠倒的水手们带向死亡。科拉，这里关于这个的资料多到令人惊讶！随信附上一个叫多萝西·伍尔芬登的人发表的日记的部分摘抄（请原谅我潦草的笔迹！）："1864年4月1日，

---

① 传说中一艘永远无法返乡的幽灵船。
② Fata Morgana 是意大利语的海市蜃楼。

卡拉布里亚，今天早早起床后，我站在窗前目睹了一个神奇的现象——我当然不认为这与我有任何其他关系——天气晴好，在墨西拿海峡上方的地平线上，我在薄雾中渐渐看到一座波光粼粼的城市。一座宏伟的大教堂在我眼前拔地而起，上面有尖顶和拱门，一片柏树纷纷弯腰，仿佛在对抗狂风，只是片刻之间，一座巨大闪亮的塔楼便完成了，上面还有许多高窗户。随后，面纱落下，幻象消失了，那座城市不见了。我惊讶不已，跑去告诉同伴，可他们都睡着了，什么也没看到。不过，相信这就是臭名昭著的莫佳娜海市蜃楼了，传说它会引诱人走向死亡。"

那位仙女不只造了船和城市，天空中还有参加韦尔维耶战役的军队的幻影，北欧人称其为"希林加尔"海市蜃楼，据说在平原上能看到悬崖。

当然也有一些平淡无奇的解释，但在我看来，跟着我们落到盐碱滩上的那个东西可以说跟仙女摩根一样神奇。根据我的理解，这种幻觉是冷暖空气以特定方式组合，形成了一种折射透镜。到达观察者的光线向上弯曲，使地平线以下或地平线之外的物体在远高于其实际位置的地方被折射（我想象你现在应该正在记笔记，是不是？——希望如此！）。随着冷暖空气带移动，透镜也随之改变，明白了吗？就像我看到的，船好像在它自己的倒影上航行。物体不仅发生错位，而且重复出现、变形——非常细微的东西可能会被复制很多次，形成用来建造整个城市的砖头！

所以，当我们茫然而不知所措地站在那里时，我猜在我们看不到的地方，班克斯其实一直在运送小麦去克拉克顿码头。

我知道这很像说教，但我好像没法放任这件事就这样不了了之。我们的感官完全被欺骗了。我们在那里站了一会儿才清醒过来，就好像自己的身体密谋扼杀了理智。我一直睡不着觉，不是因为被那艘幻影飞船困扰，而是因为我突然意识到自己的眼睛并不可信。或者至少说，我的大脑对眼睛看到的东西的解读并不可靠。早上去火车站的时候，我看到地上有只垂死的鸟，它在路上盲目扑腾的样子让我有点恶心。随后，我意识到那不过是一团被风吹动的湿漉漉的树叶，但那种恶心的感觉过了一会儿才消失。我突然想到，如果我的身体把它当成鸟作出反应，那我对它的感知是假的吗，即使那只是树叶？

　　我在脑子里想了一遍又一遍，进而像往常一样想到了埃塞克斯之蛇，直到开始看到它可能以各种伪装出现在我们所有人面前，真相可能不止一个，而是有好几个，任何一个都无法被证实或证伪。真希望哪天早上你在海滩上找到它的尸体，给它拍照，并给图片加上注释给别人看。到时候我们肯定可以确定一些事情，对吧？

　　但想到当时我们站在一起，我还是很高兴的。我肯定不够虔诚，不过我宁可被骗的是我们两个而不是我一个。

此致，
威廉·兰索姆

手写

我就在那里！我看到了你看到的，感觉到了你感觉到的。

一如既往，
科拉

五月

　　五月，温暖的天气让花圃里的玫瑰花也忍不住早早地发了芽。娜奥米·班克斯凝望着月亮，对这绵绵细雨和温暖的清晨心怀感激，但仍然不开心。她想起他们在盐碱滩上召唤春天的那个下午，但她看到的不是乔安娜笼着她的手放在火焰上烤，而是水里有什么东西在伺机而动。作为班克斯的女儿，她比谁都清楚，潮汐变幻莫测，水可能会在沙洲上激荡，或者在湍流中裹挟一些橡树的断枝。尽管如此，她对黑水河越来越警惕，决不会踏上驳船的甲板，绕过码头走，似乎确信那里有什么东西会在她经过时抓住她的脚踝。

　　老师骂她太懒散，罚她抄书，可是她写在纸上的字像苍蝇一样歪歪扭扭；相反，当她用炭笔画素描时，图上的一条海蛇——长着黑色的翅膀、并不尖锐的嘴巴，逼真得似乎要从纸上跳出来。她低头看着连在自己指间的肉蹼，脑中闪过同学们第一次看到它时的情景，她那么害怕，被他们不停地辱骂，直到高大的乔安娜带着她父亲的权威进行干预。可是它就在那里，她抬起手，透过灯光看着皮肤上小肉囊中的血管。她是畸形的，不自然的。埃塞克斯之蛇会一直追踪她，把她找出来，或许她跟那蛇之间有什么关联。有一段时间，她拒绝喝杯子里的水，坚信液体里有蛇背上蜕下来的蛇皮碎片。

一天晚上，在寻找父亲无果、回家的路上，她穿过白兔酒吧敞开的大门。里面酒味很浓，仿佛呼吸到了父亲呼出来的气似的，她在门口逗留了一会儿。几个男人招呼她进去，夸她的红头发好看，说她戴的小锡盒很漂亮（里面装着一块她出生时的胎膜，可以保佑她不被淹死）。她逐渐意识到自己拥有一种不具名的力量。她在他们的要求下踮起脚尖旋转，嘲笑他们痴迷于她的脚踝、她发白的膝盖骨。被别人欣赏的感觉如此美妙、如此奇特，以至于她甚至允许他们拉扯她的鬈发，查看她戴着的小盒子。是的，她笑着说，她身上全是雀斑。她飞快地跑开，又被他们叫回来，一回来，他们便说"真漂亮、真漂亮"，后来她觉得自己可能确实很漂亮。随后，她被拉到一群人中间，她突然意识到有什么地方很不对劲，既害怕又愤怒，却发现自己动不了。在她身后看不到的地方，有个男人吼了一声，仿佛野兽发现了食物。

那天晚上，她梦见枕头底下只露出埃塞克斯之蛇那湿漉漉的尾巴尖，她闭着眼睛，感觉到它在她的眼皮上冰冷地呼吸。醒来的时候，她以为下面的床单已经被海水浸湿。这个梦似乎跟几年前去世的母亲有关（虽然当时窗帘紧闭，母亲走得很安详，而且离黑水河一点也不近），导致她焦虑得吃不下饭。

埃塞克斯之蛇似乎并不满足于拜访一个孩子。接着就是马修·埃文斯福德，他在翻阅《启示录》时发现一个十角七头的怪兽，每个头上都有亵渎之名。大雨倾盆，它在狂虐的东风中拍打克拉克内尔家的门。在班克斯修补船帆时，它在等着他，令他想到去世的妻子、被偷的船和他不愿相见的女儿。它在长椅的蛀虫扶手上朝威廉·兰索姆眨眼,让他明确看到自己一败涂地——他慷慨激昂地宣读短祷文,借以振奋会众:主啊,恳求你照亮我们的黑暗;用你的仁慈,保护我们免受一切危险。它让特斯拉发起低烧,但这对她来说根本不算什么——她对它唱歌,可怜它不过是个懦弱的爬虫。在摆放着加里克椅的餐厅里,查尔斯·安布罗斯吃得太丰盛了,一只手摸着肚子,跟同伴开玩笑说埃塞克斯之蛇把爪子伸到他体内了。更广泛意义上的神的审判随处可见:花园里杜鹃的呕吐物引发瘟疫,一只猫在壁炉旁意外流产。埃文斯福德听说圣奥西斯有人死了,但验尸官也无法解释他的死因。礼拜日那天,他存了一些鸡血,当晚出去把凛冬村每家的门楣都涂了一遍,希望神的审判能越过他们。日出之前下了一场大雨,没有人知道。

  玛莎一直留意她的同伴有没有想回福里斯街的迹象,但一点也没有,因为科拉已经开始觉得,她的快乐就扎根于凛冬村的黏土中。有天下午,她跑去东摩西快活地散步,觉得自己总有一天会因此受到惩罚。赤褐色的悬崖被小河打湿,水流过的地方长出了黄色的款冬。她在岸边弯腰查看海岸边的水流推上来的石头和砾石,没有发现菊石,也没有蟾蜍石,只有一块光滑的琥珀,完美地停留在她掌心的褶皱里。有时她会回忆自己在埃塞克斯度过的日子——沉默挣扎的绵羊,克拉克内尔在诸圣堂走廊里对她说的悄悄话,斯特拉亲密地挽起她的手臂,还有那艘悄无声息划过天际的船——这些让她觉得自己已经在这里生活了很多年,她想不到还有其他的生存方式。此外,她还会想起那条蛇——她乘船围着摩西岛转了一圈,去了小山村亨汉姆,阅读了朗纳尔·洛德布罗克的《死亡颂歌》,传说他杀死了巨蛇,赢回了自己的新娘。她一直以玛丽·安宁的精神鼓舞自己,如果是她,必然会追寻带翅膀的海蛇的传说,直到地老天荒,直到自己生命的尽头。

她经常带着给兰索姆家的孩子们的礼物去教区长住宅:给乔安娜的书、给詹姆斯的雅各布天梯玩具(他立马就拆了)、给约翰的一些糖果。她认真地亲吻斯特拉的两边脸颊,然后去书房找正在等她的威尔(那块琥珀就放在他的书桌上),而且第一眼总是带着喜悦和惊喜——你果然在这儿,两个人都会想。

他们并排坐在书桌旁,书打开放在一边;她会问他这个看了没有,那个看了没有,有什么看法。他当然会说已经看了,但没有什么想法。他试图勾勒出让他们看到莫佳娜海市蜃楼的折射光,她则画出三叶虫的各个部分。他们彼此磨砺,轮流当刀和磨刀石。一聊到信仰和理性他们就会争吵,以惊人的速度暴跳如雷("你不懂!""你连话都说不清楚,让我怎么懂?")。一天下午,因为争论绝对的善是否存在的问题,两人差点大打出手。科拉否认存在绝对的善,并且援引偷窃的喜鹊作为示例。威尔则傲慢地往椅子上一靠,端起牧师的腔调。随后她又兴奋地提起埃塞克斯之蛇,他说只是谣言和神话而已,而她绝不认同。难道威尔不知道1717年有个十四英尺长的野兽被冲上莫尔登海岸的事吗?而且他也是埃塞克斯人啊!他们都觉得对方的理论体系存在致命缺陷,他们应该绝交,但又困惑地发现根本没有发生这种事。他们写信的次数比见面的次数更多。"我还是更喜欢写信的你。"科拉说。她的脖子上仿佛自带一圈恒定光源,要么是装在一个口袋里,要么是用螺丝拧在上面的。

斯特拉穿过敞开的门,笑得恣意放纵。她自己总是有许多同伴热情陪伴,所以很高兴看到丈夫也能有这样一个志同道合的朋友。凛冬村里有个八卦的主妇曾经问她不怕出丑闻吗,她几句话云淡风轻地带过:"哦,我从未见过比他们更坚定的朋友,他们真是越来越像了。上周回家的时候,她走到半路才发现自己错穿了他的靴子。"早上,她站在镜子前,一边梳头一边有点可怜科拉,可以肯定的是,当那种罕见的情绪上身时,她确实是一副潇洒贵气的样子,但总的来说,绝对不会被人当成美女。她胳膊有点疼,放下了梳子。流感使她有些虚弱,不愿出门。黄昏前的忧郁时光,她更喜欢坐在窗前看草坪上长出来的黄花九轮草。

卢克·加勒特震惊地发现自己成了名人。外科医学生中掀起了一股短暂的潮流,模仿他那些曾被人疯狂嘲笑的特殊习惯。他们支起了手术室里的镜子,戴上白棉布口罩。前辈们仍然让他觉得丢脸,他们竟然担心走廊上会挤满街头斗殴的受害者,扯着衣服要求缝针。斯宾塞——虽然很大方,但也极力避免自己的财富被朋友无休止地征用——授予他一条配有沉重的银色带扣的皮带,而且找人在带扣上雕刻了缠绕在手杖上的阿斯克勒庇俄斯之蛇,以纪念这一医学上的胜利。

卢克不确定,如果事实证明心脏伤口确实无法缝合,现在会怎样,但其实现在也没什么不一样。他仍然只能勉强负担房租,依靠斯宾塞的接济生活,他怀疑斯宾塞可能在房间里藏了很多钱。他仍然是个皱着黑眉头蹲在一旁的家伙,多年来人生累积的耻辱并没有随着十二号房间残留的最后一点氯仿一起散去。他其实并不算碰到心脏,两把刀都在心室外停止。说实话,他觉得这根本不能算是成功。

他只在斯宾塞面前承认过,这可能会提高科拉对他的评价:

她爱他（或许只是声称爱他），并且仰慕他；他觉得自己是与众不同的。她结识了新朋友，写信告诉他牧师的妻子有张可爱的脸蛋，如果她走过，花儿也会羞愧地枯萎，还有他们的女儿已经接纳了玛莎，就连弗朗西斯都能跟他们在一起待一两个小时。她搬到凛冬村的举动令他十分震惊，之后他便想象她只是陷入了寡妇应有的低落情绪之中，并因自己能抚平这种伤痛而感到高兴。但是当他们在科尔切斯特见面时，她说起威廉·兰索姆时立马变得生机勃勃，灰色的眼睛亮得发蓝。真的（她说），好像上帝可怜她没有兄弟，在最后一刻送给她一个哥哥似的。她说起那个人时落落大方，没有脸红也没有转移视线。但当加勒特抬头看到玛莎的目光时，却发现两人第一次站在统一战线上。发生了什么事？他们默默地问。这到底是怎么了？

斯宾塞忙于伦敦的住宅问题。起初仅仅为了取悦玛莎，现在却已经无法自拔。他仔细研究了《英国国会议事录》和《委员会纪要》，穿上最差的外套走过德鲁里巷。他发现议会特别喜欢制定政策，然后盲目地与工业联手。目光所及之处的贪婪和恶毒有时令他极度震惊，斯宾塞觉得自己肯定是看错了。等他更加仔细地去看，却发现比他原先想的更糟糕。地方当局拆除了贫民窟，并根据租金损失赔偿房东。没有什么比恶习和人多更能提高房租，所以房东像站大街的皮条客一样努力地为他们提供便利，而政府也给予其丰厚的回报。然后，租户们发现自己被视为道德败坏者，不配住新建的皮博迪住宅，只能去找公寓房。有时，街道上到处都是火光，那是租户在烧掉太差而无法出售的家具。斯宾塞想起自己在萨福克郡的家——母亲最近刚发现一个他们从来不知道的房间——不由得一阵恶心。

此时的世界尽头,克拉克内尔小心翼翼地看着河口。他的栅栏上挂满了剥了皮的鼹鼠,窗边燃烧着一支蜡烛。

一天下午的晚些时候,威廉·兰索姆一边走一边吟诵《诗篇》,路上遇到科拉的儿子。他试图在那张神秘的小脸上搜寻科拉的一些特征,但什么也没找到。然后,他觉得那双眼睛应该是随了她爱的那个男人,还有那平平的脸颊和下巴。但这个孩子的眼睛充满了好奇,并不狠毒,他想象中西伯恩的目光应该是狠毒的,不过准确地说,这并不像是一双孩子的眼睛——弗朗西斯从来都不像个孩子。

"你在做什么,一个人在这儿吗?"威尔问。

"不是一个人。"男孩说。威尔以为有人站在瓦板上,但谁也没看到。

弗朗西斯双手插在口袋里站着,仔细打量面前的这个男人,好像他是一个有待解决的问题,随后开口问"什么是罪",好像这个问题是在他们交流的时候自然而然出现的。

"罪?"威尔说,他惊讶地发现自己竟然结巴了,伸出一只手像是要扶一下讲坛的门。

"我在计数,"弗朗西斯走到他旁边说,"这个礼拜日您说了七次。上个礼拜日是五次。"

"我不知道你去参加礼拜了,弗朗西斯。我在那里从没见过你。"还有科拉,难道她也坐在阴影里听着?

"7+5=12。可是你还没告诉我那是什么。"

走到利维坦时,威尔庆幸他们在这里停下了,他弯腰捡起漂到骨架上的小石子。做了这么多年牧师,从来没有人问过他这个问题,他惊讶地发现自己有些不知所措。并不是他不知道答案,他有很多答案(所有的必备书目他早就研究过),而是因为户外没有讲坛也看不到长椅,只有河口舔舐着河岸——问题和答案都让他觉得很荒谬。

"什么是罪?"弗朗西斯语气没有任何起伏地重复道。上帝啊!请赐予我力量吧。威尔一边虔诚又有点儿亵渎地想着,一边递给男孩一块小石子。

"后退一点,"他说,"这里,站在我旁边——再走一步——就是那儿。现在扔石头,打利维坦——那根肋骨,那里,就是我们刚才站的地方。"

弗朗西斯盯着他看了一会儿,似乎在判断是不是被捉弄了。显然,得出的结论是:不是。他把石子扔了出去,但没扔多远。

"还有,"威尔将一块蓝色石头放在他的手掌中,"再试一次。"他再次扔出去,但还是没打中。

"就是这样,"威尔说,"犯罪就是尝试了,但失败了。当然,我们不可能每次都对,所以我们会再试。"

男孩皱了皱眉。"但是,如果利维坦不在那里呢,如果你没有告诉我站在这里呢?如果我站在那里,利维坦在这里,我可能第一次就打中它了。"

"是的,"威尔说,他觉得自己进入了比预想更深的水域,"我们认为自己知道自己瞄准的是哪里,或许确实如此。但清晨来临时,光线变化时,我们会发现自己应该从不同的方向尝试。"

"可是,如果它变了,我应该做什么,不应该做什么,我怎么知道应该瞄准哪里?如果失败了,为什么是我的错,为什么我应该为此受到惩罚?"男孩的黑色眉毛微微皱起来,终于有点像科拉了。

"有些事情,"威尔小心翼翼地挑选措辞,"我认为我们所有人都必须尝试去做,或者尝试不要去做。还有一些事情我们必须自己搞清楚。"手里的最后一块石子光滑圆整,他背对着利维坦,朝退去的潮汐扔去。石子跳了一下,留下一道浅浅的水花。

"你本来不是要做这个的。"弗朗西斯说。

"对,"威尔说,"不是做这个。但是在我这个年龄,对失败早就习以为常了。"

"所以你是有罪的。"弗朗西斯说。威尔笑了,说他希望被宽恕。

男孩皱着眉头,盯着利维坦研究了一会儿,嘴唇动了动。威尔猜他可能正在计算石子的正确轨迹。之后,他转过身对威尔说:"谢谢您回答我的问题。"

"我回答了吗?"教区长说,他希望自己能落脚在信仰与理性之间的某个地方,而且不要伤害他。

"我还不太懂。我会好好想想的。"

"很好。"威尔说。他想跟男孩说,不要告诉他母亲他们之间的谈话,要是知道他教导她的儿子什么是罪,她会作何反应?威尔可是知道她那双灰色眼睛里会出现怎样的暴风雨。

他们互相审视了一番,都觉得教区长在不太理想的环境下做出了最好的解释。弗朗西斯伸出手,威廉与他握了握,然后两人便一起走在商业街上。走到公地,男孩突然停下,开始拍自己的口袋,威尔怀疑他是不是有什么东西落在盐碱滩上了。然后,弗朗西斯先是拿出一颗蓝色骨纽扣,接着是一根弯成圈后用一点线系起来的黑羽毛。他皱着眉头,用食指抚摸着羽毛梗,叹叹气又把它们放回口袋里。"不行,"他说,"恐怕我今天没什么多余的东西了。"说完便抱歉地看了威尔一眼,挥手告别。

自从与玛莎建立了友谊——就像她们的纸牌屋耐心且小心翼翼地被搭建起来一样,乔安娜·兰索姆在学校的座位已经快搬到卡芬先生的鼻子底下了。她本来就是个聪明的孩子,喜欢在父亲的书房里看书,尤其是够不到的那些书,她的精神世界一下被诺里奇的朱利安填满,一下又飘到了《金枝》。她可以一口气讲完克兰麦的殉道,接着又开始描述克里米亚战争。但在遇到玛莎之前,她并没有明确的方向,只是想看那些比她大的孩子恐慌的样子,她也从未想过跟一个几乎是文盲的渔夫女儿交朋友是什么可耻的事。现在,她可以说出除埃塞克斯以外的任何地方都可能找到的女外科医生和社会主义者、讽刺作家和演员、艺术家、工程师和考古学家的名字,而且下定决心以后要成为她们中的一员。我要学习拉丁文和希腊文,她想。想起几周前自己在利维坦的骨架旁作法施咒的样子,她恨不得找条地缝钻进去。我要学习三角学、力学和化学。为了给她布置周末的作业,卡芬先生最近的日子十分不好过。斯特拉也说:"小心不要戴眼镜。"似乎没有什么比遮挡她漂亮的紫罗兰色眼睛更糟糕的事了。

娜奥米·班克斯感觉到乔安娜的疏远,为此感到难过。她听过很多次玛莎的名字,基本上没见过。但她恨玛莎,强烈地感觉到此人就是个二十五岁、无所事事的成年人,成天没事干就想着抢走她的乔。娜奥米很想让乔看看那幅蛇的画,跟乔说说自己为什么睡不着,向她坦白白兔酒吧发生的那些事,问她是否应该生气或羞愧。但这似乎不可能了。乔开始用怜悯的目光看她,这比讨厌更可怕。

五月的第一个星期五，娜奥米早早地来到学校。老师告诉他们今天上午科拉·西伯恩太太会来，她曾经住在伦敦，是非常重要的客人。她收集化石，按卡芬先生的话说，还有其他值得关注的标本。之前已经见过西伯恩太太的乔安娜早就被众人羡慕得不行（"我们跟她很熟，"她说，"这条围巾就是她送给我的——不，她不漂亮，不过这不重要，因为她很聪明，还有一条全是孔雀图案的裙子，还让我穿来着……"），预计会有越来越多的同学喜欢科拉。没有人不喜欢科拉。

发现乔安娜旁边的座位空着，娜奥米悄悄递给另一个女孩一张字条，上面写着她们几周前编的咒语。但乔安娜现在的心思都在代数上，早就忘记了那些乱画的符号是什么意思，拿起字条直接揉成了一团。接着，西伯恩太太走进来，衣着朴素得令人失望，穿着一件一看就是男士穿的花呢外套，还梳了个大背头。她肩上背着一个大皮包，左胳膊下夹着一个文件夹，经过时掉出一张好像木头虱子的小画。说到闪光点，娜奥米唯一能看到的，就是她左手上戴的钻戒又大又亮，肯定是假的，还有一条漂亮的黑丝巾，上面绣着小鸟。卡芬先生十分恭谨地说："早上好，西伯恩太太。同学们，向西伯恩太太问好。"

"早上好，西伯恩太太。"他们一边说，一边用略带质疑的目光打量着她，科拉也向他们致意，但似乎有点紧张。她一直都不知道该怎么对待孩子：弗朗西斯让她彻底陷入慌乱，以至于她觉得孩子是一种令人愉悦但喜怒无常的物种，跟猫差不多。但乔安娜也在这儿，她们是老熟人了，她的眼睛像妈妈，嘴巴像爸爸。乔安娜旁边是一个满脸雀斑的红发女孩。她们都双手交叠端坐，充满期待地打量着她。她开口道："很高兴能来到这里。现在我要给你们讲一个故事,因为所有值得了解的事情都要从很久以前讲起。"

"搞得好像我们是小宝宝似的。"娜奥米嘟囔了一句,被乔安娜飞快地踢了一脚,但她很快发现,在学校听西伯恩太太讲故事比其他时候好玩多了。她讲的是一个女人曾在泥巴里发现搁浅的海龙的故事,以及整个地球就是一个墓场,我们脚下埋葬着各种神灵和怪兽,它们在静静地等待合适的天气或一把锤子和刷子,一朝重获新生。必须足够认真地观察才能发现岩床中伸展的蕨类植物,她说,还有蜥蜴用后腿行走时留下的脚印;有一些牙齿非常小,如果不仔细看很容易错过,也有一些牙齿非常大,人们会把它当成抵抗瘟疫的护身符戴在身上。

她伸手从包里拿出菊石和蟾蜍石给学生们传阅。"这些石头已经有几十万年了,"她告诉他们,"也有可能是几百万年!"作为一个头二十年在威尔士卫理公会教堂中度过的人,卡芬先生咳嗽了一声,说:"你当趁着年幼,牢记造你的主……"[①]并且表情有些悲愤,"有什么问题要问西伯恩太太吗?"

那些鸟是怎么到岩石里的?她们问,它们的蛋去哪儿了?在那些蜥蜴和鱼的化石里,有没有发现人类的踪迹?肉和骨头是怎么变成石头的?以后她们也会变成石头吗?如果现在带上铲子出去挖,会找到校园地底下等待的东西吗?她最喜欢的化石是什么,在哪里找到的?她现在在找什么?有没有受过伤?有没有去过其他国家?

然后声音降低了一点——黑水河呢,她听说了吗?跨年夜淹死的人,有人发现的死去的动物,还有他们晚上看到的那些东

[①]《旧约·传道书》12:1。

西？克拉克内尔是什么情况？他现在已经疯了，成宿地坐在利维坦旁边警惕怪兽。那里有什么东西吗？会出来吗？

卡芬先生发现现在严重跑题，努力想把话题扯回来，于是说道："好了，姑娘们，别用那些胡说八道的事情叨扰西伯恩太太了。"然后转身擦去黑板上菊石的草图。

前一天晚上，科拉与威廉·兰索姆一起走在路上时，被他用牧师的口吻（每次他想体现自己权威的时候就会这样）警告，不许鼓励孩子们谈论那个"麻烦"。处理克拉克内尔已经够棘手的了，还有班克斯，他坚持说捞不到鲱鱼，自己很可能要饿死了。让他们想太多，于任何事、任何人都没有任何帮助。当时她特别真诚地想：你说得对，威尔，你说得当然对。可是现在，面对十几张渴望答案的脸，看到那毫不掩饰的恐惧，她突然脑子一热。"总是有男人告诉我应该做什么，不是这个就是那个！"她想。

"有些动物可能确实活到了今天，比如我们在岩石中找到的那些，"她小心翼翼地寻找措辞，"毕竟，这世界上还有一些人类从未踏足的地方，而且水那么深，我们从未到达过最底部，谁知道我们可能错过了什么？在苏格兰一个叫尼斯湖的地方，有人目睹了一种在水里存活了一千多年的生物。据说曾经有人在游泳时被杀死了，圣科伦巴赶走了水怪，但它偶尔还是会浮出水面……"

卡芬先生咳嗽了好几声，瞪了一眼班上年龄最小的几个学生（一个穿黄色连衣裙的女孩嘴角下弯，害怕地做了个鬼脸），暗示同学们，科拉可能更喜欢继续介绍她包里的石头和骨头。

"没什么好怕的，"科拉说，"除了无知。那些看起来很吓人的东西不过是在等你照亮它罢了。想想卧室地上的一堆衣服也可能看起来像在朝你身上爬，但等你拉开窗帘，却发现那不过是你昨天晚上脱掉的衣服而已！我不知道黑水河里有没有东西，但有一点我很清楚：如果它上岸了，而且被我们看到了，那我们看到的不会是一个怪物，只是一个像你我一样真实存在的动物罢了。"穿黄色连衣裙的女孩显然更喜欢恐惧而不是被教育，用手掌捂住嘴巴偷偷打了个哈欠。科拉看了看手表。"好，我讲得够久了，感谢你们这么有耐心地认真听完。我想我们还剩一个小时，是吗，卡芬先生？接下来我很想看看你们的绘画水平怎么样。我见过你们的画了，"她指着画满蝴蝶的墙，"非常喜欢。你们愿意来选一样东西画吗？等你们画完，我会选出我觉得画得最好的一幅，获胜者将得到一份奖品。"

听到有奖品，教室里立刻沸腾起来。"请排成一队。"卡芬先生说。他看着科拉发了一些菊石和蟾蜍石，还有零星的几颗锋利的牙齿，还跑去取来一些水罐和画笔，还有硬粉颜料。

乔安娜·兰索姆一直平静地坐在座位上。"我们不上去吗？"娜奥米问，她很想去挑一块特别好看的石头，然后向西伯恩太太证明：她，也是值得关注的。

"因为她是我的朋友，你们这些小孩在旁边，我没法跟她说话。"乔安娜说，她说这话时本没有想表现出讨厌谁。但在科拉在场的情况下，旁边椅子上的老朋友似乎变得毫不起眼，而且愈发显得寒酸愚蠢——衣服破破烂烂，衣缝深处有一股烂鱼味，头发扎成一个丑丑的丸子，因为她爸爸永远也扎不好辫子。我怎么可能变成科拉？她想，如果我像娜奥米那样说话，像她那样坐着，像她那样蠢，连月亮围绕地球转都不知道？

虽然有雀斑遮掩，但娜奥米的脸已经变得煞白。她敏锐地感觉到被轻视，那感觉从未如此强烈。她还没来得及反应，乔安娜已经走到那个女人身边，吻了她的脸颊，说："我觉得你做得非常好。"她仿佛变成了一个大人，再也不会在以为别人看不到的时候用袖子擦鼻涕了！娜奥米那天没有吃东西，饥饿使得整个教室都围着她转起来。她想站起来，但卡芬先生走到她的桌子前，放下一瓶黑墨水、一张纸，还有一个看起来像是玄武石做成的花园里的蜗牛。

"哦，赶紧坐好，娜奥米·班克斯。"老师说，他的语气并不严厉，但认为西伯恩太太和她的怪兽们今天并没有达到他想要的效果。"你比我们这里大多数人画得都好，让我们期待一下你的作品。"

期待我的作品，娜奥米想着，放在右手里掂掂，又放到左手掂掂。她真想把纸揉了，扔到科拉·西伯恩脸上。她算老几？在她来之前，一切都很好，乔和她，还有她们的咒语和火焰。或许科拉是个女巫，她想，就算穿着那样的外套也骗不过自己。那个女人可能对埃塞克斯之蛇很熟悉，因为那就是她带来的。这个邪恶的想法突然让娜奥米兴奋起来。乔安娜回到座位上时，娜奥米正在墨水瓶里转着圈地蘸笔，一边转一边笑。或许那个女人睡觉的时候会把蛇拴在床尾，她想，或许还会骑它。她不停地搅动墨水，面前的白纸上已经溅上了许多墨点。可能晚上还会用自己的奶喂它！想到这里，她笑得更厉害了，只是不确定这笑是否真的跟她的那些想法有什么关系，因为她笑得特别大声、特别诡异，停不下来，即使看到乔安娜疑惑且略带愤怒地看着自己，也停不了。它可能就在这儿——台阶上——门外面，她想。我敢打赌，科拉吹吹口哨就能把它叫进来，就像农夫唤狗那样。她低头看着自己的手，每根手指上都连着白色的小肉囊，在她看来，那里面都是闪亮的海水,还有碎鱼的气味。她笑得整个人都晃动起来,声音也更尖锐了些,明显是恐惧的尖叫。她先往左肩后方瞥了一眼,然后又看向右边,但教室的门是关着的。墨水瓶里的画笔已经变得圆滚滚,好像有人在引导她的手,课桌跳了一下,一罐水翻倒了,洒在满是墨点的纸上。看,它来了。娜奥米想。她还在笑,还在使劲儿扭着头往后面看(它进来的时候,她肯定第一个看到!)。"快看!"她对乔安娜说,也可能是对卡芬先生说。卡芬先生此时又来到了她面前,紧紧抓住她的双手说了些什么,但她的笑声太过尖锐,她什么也听不见。"你们看不见吗?"她问。她看着被水浸泡的墨汁变成一朵朵花,变成一条盘绕的蛇,它的心脏在腹部薄薄的皮肤下跳动,还有一对张开的黑翅膀。他们肯定能看到!"马上。"她说,"马上——"她又朝身后看了看,一遍又一遍,坚信那蛇此刻就在门槛上。她能闻到,她当然能闻到,不管在哪里她都能闻出来……而且,其他人也能看到。然后是穿黄色衣服的哈莉特,她大笑着,头使劲往前伸,感觉脖子都快断了,然后是过道那边的双胞胎,她们平时几乎不说话,甚至彼此也不交流,此刻,她们的脑袋左右晃一下,又晃一下,然后前后扭一扭,一边扭,一边大笑。

  科拉吓坏了,看着笑声从红发女孩的课桌开始向外蔓延,除了乔安娜,那笑声仿佛水流遇到岩石般绕开了她。好像她们同时听到一个无声的笑话,但成年人听不到:有些女孩捂着嘴笑;还有一些仰头大笑,同时咆哮着捶打面前的课桌,仿佛她们都是中年妇女听到荤段子似的。这一切的始作俑者——娜奥米——已经笑累了,坐在座位上继续小声地咯咯笑,两只手放在刚刚洒满白纸的水和墨水渍里,还时不时地停下来看看身后,接着更大声地咯咯笑。那个穿黄衣服的孩子离门最近,已经笑得眼泪都出来了,几近癫狂,她没有回头看,而是直接把椅子转了过去,面对门口坐着,两手捂着脸,张大嘴巴一边大口吸气一边唱:"它来了,准备好了吗,准备好了吗?"

卡芬先生既愤怒又害怕,扯着领带喊:"快停下!快停下!"他生气地看看那个麻烦的客人——她脸色惨白,站在那里使劲抓着乔安娜的手。随后,一个女孩弯着腰笑得太厉害,碰翻了椅子,人也摔倒在地上,随着一声尖叫在混乱愚蠢的笑声中穿过,教室里的笑声逐渐停止。娜奥米把手放在脖子上,"好痛。"她说,"为什么会痛?你做了什么?"她环顾四周的同学,她们都在眨着眼睛,摇头晃脑,脸上还有莫名其妙的泪痕。小哈莉特拧着自己黄色的裙边,突然开始打嗝,翻倒的椅子旁,那个孩子正捧着肿起的手腕哭,一两个大点的女孩已经过去安慰她了。

"乔安娜?"娜奥米望着她的朋友,"发生什么事了?是我干的吗?这次我又做了什么?"

科拉·西伯恩
公地三号
凛冬村
5 月 15 日

卢克,我知道你此刻正声名大噪,忙于享受荣誉,但是现在,我们需要你。

卢克,这里有点不太对劲。今天,有什么东西像火一样迅速在孩子们中间蔓延,不是普通意义上的病,而是脑子出了点问题,她们就像多米诺骨牌一样一个接一个地中招。到了晚上,所有人都恢复正常,但到底是怎么回事呢,难道是我的错吗?

你对这种事情比较了解。我曾经不相信你能催眠我,但你做到了——我躺在沙发上,在梦里穿过石南丛走到父亲的房子前——你能来吗?

我并不是害怕。已经没有什么东西能让我害怕了,很久以前我的害怕就用完了。但这里有什么东西,有什么事情正在发生,而且不太对劲……

还有,你必须见见兰索姆一家人,尤其是威尔。我早就向他介绍过我的小鬼了。

能多给弗朗西斯带点书吗?拜托了,那种关于凶杀案的,越血腥越好。

爱你,
科拉

卢克·加勒特
彭顿维尔路
伦敦北一区
5月15日

科拉:

不必担心。难题已经解决了。

一句话：是麦角菌。还记得吗？一堆黑麦中的黑色真菌，许多女孩产生幻觉——萨勒姆绞死了女巫①。检查一下她们午餐是不是吃了黑面包，我下周五就到。

另：附上给玛莎的信，还有斯宾塞的问候。是关于住房的问题，他老来烦我，我不想听。

卢克

乔治·斯宾塞博士
女王门露台十号
5月15日

亲爱的玛莎：

希望你一切都好。春天的埃塞克斯怎么样？你想念城市的文明吗？看到维多利亚公园里"倾巢而动"的园艺师们，看到整洁漂亮的花圃，我突然想到你。我猜凛冬村应该没有种那种钟面形状的郁金香吧。

我一直在思考我们那天的谈话。很高兴你把自鸣得意的我唤醒，让我有机会去看看别处，也很惭愧让你这么做。你说的那些

---

① 萨勒姆女巫审判案，1692年，美国马萨诸塞州萨勒姆镇一个牧师的女儿突然得了一种怪病，随后与她平时形影不离的七个女孩相继出现了同样的症状。当时人们普遍认为，让孩子们得了怪病的真正原因，是村里的黑人女奴蒂图巴和另一个女乞丐，还有一个孤僻的从来不去教堂的老妇人。人们对这三名女人严刑逼供，"女巫"和"巫师"的数量也一步步增加，先后有二十多人死于这起冤案中，另有二百多人被逮捕或监禁。

我该读一读的东西我全都读过了。上周我去波普拉区，目睹了他们的居住状况、生活状况，以及那里的人如何赚钱养家。

我已经写信给查尔斯·安布罗斯，希望他会回信。他比我更有影响力，也更了解政府的运作方式，对我们来说会很有帮助。希望能说服他跟我一起去波普拉或莱姆豪斯，去看看你和我看过的景象。如果我说服了他，你会一起来吗？

附上《泰晤士报》的剪报，我觉得你看了可能会很开心：《工人阶级住房法案》的影响似乎终于超出了城市。未来正向我们走来！

祝好，

乔治·斯宾塞

卢克穿着一件新的灰色外套，得意扬扬地来到凛冬村。尽管他的成功并没有证明可以治愈自己的所有弊病，但无可否认的是，技巧和勇气使他显得格外高大。在贝思纳尔格林，爱德华·伯顿的心脏跳动得越来越有力，他最近喜欢上了画圣保罗教堂的穹顶，仲夏的时候应该就能返回工作岗位了。卢克觉得伯顿的心脏就在自己的心脏旁跳动，所以走起路来都带着双倍的活力。虽然他知道骄兵必败，但知道自己可能跌倒的感觉似乎也很新奇，他愿意去冒这个险。

从伦敦坐上火车，然后乘出租车前往科尔切斯特的路上，卢克一直在想科拉，并且把她的信放在膝盖上展平。"我们需要你。"她说。他皱着眉头，不知道她说的"我们"是指谁，也包括她的那位牧师吗？她的信里总是提到他，也是他把科拉从伦敦哄骗到了埃塞克斯的泥巴地里。在她丈夫弥留之际，卢克曾嫉妒地看着她俯身趴在他的枕头前亲吻他油腻的额头，但现在看到她亲笔写下那个名字，那妒火中烧的感觉竟比那时还强烈得多。第一次她写的还是"兰索姆先生"，这个称呼似乎还有些疏远；后来就变成了"善良的牧师先生"，有些亲昵的嘲讽，这已经让他觉得不安了；再然后，没有任何征兆且过于迅速地变成了"威尔"（甚至都不是威廉，虽然那就足够糟糕了！）。卢克仔细研究信中的每一个字，想找出科拉是否有超越令人兴奋的友谊之外的任何感情的蛛丝马迹（虽然很不情愿，但他必须承认她有结交其他朋友的权利），结果并没有发现。但即便如此，卢克还是一边望着窗外飞驰的田野，看着窗户上自己黑色的影子映在田野上，一边想，希望他又老又胖，一身土味和圣经腔。

公地的灰色房子里，科拉正站在门口等着。自从那天在卡芬先生的教室里经历了那件事后，她感觉这一切都是自己的错。威尔曾经警告过她不要对黑水河的恐惧添油加醋，事实证明他是对的：孩子的想象力是最强的，他们会一直丰富埃塞克斯之蛇的形象，直到它变得像叛徒橡树下吃草的奶牛一样真实。想想那些女孩放声大笑，前后扭动脖子的样子！真的太可怕了，现在只能寄希望于卢克，希望他能找出一个合理的解释。

那件事之后，乔安娜变得愈发沉默寡言。虽然她还是会夹着书本早早地去学校，但跟娜奥米·班克斯已经没有任何来往，每天回家后也是坐在厨房里学习，因为那里总有人在。更糟糕的是，在那之后她从来没有笑过，因为担心自己一旦笑起来就可能停不下来，无论弟弟们怎样插科打诨，她都没有一丝笑容。科拉一直担心新朋友们会因为这次意外,以及乔安娜忧郁的状态而责怪她,但威尔和斯特拉都没有看到。当她向他们转述时,他们只觉得小女孩都很奇怪,总是不知道为什么就咯咯地笑个不停。

最糟糕的是,曾经令科拉欢欣鼓舞的黑水河似乎也变了味。她当然不认为这是来自上帝的审判,但或许每个人都有自己软弱黑暗的地方,不应该被刺探。然后卢克来了,大步跨过公地,把行李箱抓在胸前,看到她站在门口,一下子就要跑起来。

那一周的晚些时候,乔安娜双手交叠放在大腿上,充满质疑地审视着这位黑头发的医生。"别担心。"他说。他说得很轻松,但乔并没有完全相信。"按照教给你的去做,你会没事的。告诉她吧,科拉。"科拉戴着那条绣着小鸟的丝巾,说:"没事的,之前我也做过一次,那天晚上是我好多年来睡得最好的一次。"

他们坐在科拉那栋灰色房子最大的房间里,没有开灯。外面阴雨连绵,没有暴风雨之后放晴的样子,乔安娜身上也不暖和。窗户下的大沙发上,母亲坐在科拉和玛莎中间,几个女人手拉着手,让人觉得她们是在参加迎神会,而不是比拔牙神秘不了多少(卢克说的)的过程。

只有玛莎不同意对女孩进行催眠,以搞清楚所谓"大笑事件"的真相。"在小鬼眼里,我们都是肉块,你竟然放心地让他窥探一个孩子的思想和记忆?"她一口咬掉苹果核说,"催眠!都是他编的。这个词甚至都不存在。"

在解决其他一些问题之前,没有人对催眠的问题提出质疑。卡芬先生担心自己的职业生涯,第二天就写了一份报告,列出这件事所涉及的女孩姓名、年龄、住址、父亲的职业和平均成绩,并且附上一张图,标明每个孩子的座位位置。他觉得科拉不应该出现在这个村子里,但他绝对不敢说出来。小哈莉特缩在母亲的大腿上,同意接受询问,然后非常详尽地描述了一条盘绕的蛇像开伞一样张开翅膀,她说话的样子特别像一个很不会说谎的乖孩子(在门口偷听的弗朗西斯心想:很不会说谎的人到底是不善于说谎还是善于说谎?)。娜奥米·班克斯,这一切的始作俑者,只是一个劲地说不知道自己当时在想什么,然后请求他们不要再来打扰她。父母们很高兴让他们的女儿接受伦敦医生的检查,然后听他一一宣布她们非常健康(除了有六个人得了皮癣,当场得到治疗,但女孩们都无法描述自己的癔症)。

午餐桌上,卢克被介绍给斯特拉·兰索姆(并且注意到了她两边脸颊泛红)。他说:"这件事有一个核心问题——大家共有的记忆或恐惧;但问题在于,如果女孩们不能或者不愿意分享,我们如何才能消除恐惧?"

斯特拉住手腕上缠着的蓝色珠子,很喜欢这位愁眉苦脸的伦敦医生。就是有点丑得吓人,她想。"科拉说你会催眠,我说得对吗?这个可能会对乔安娜有帮助?她会喜欢的,她喜欢一切新奇的事物。她的课本上记的全都是。"

卢克很想拉起斯特拉的小手告诉她"是的、是的",当然会有帮助;她的女儿会平静地讲述那天看到了什么、听到了什么(如果有的话),然后会重新变得开朗起来。但当那双蓝眼睛充满信任地望着他时,他的野心动摇了,只是说:"可能有帮助,也可能没有,不过起码不会有什么坏处。"坚持不懈的良心刺痛了他,"我从来没有在这么小的孩子身上试过。她可能会抗拒,笑话我。"

"笑!"斯特拉说,"但愿她会!"

"我被催眠的时候,"科拉倒了一杯茶说,"就像他们说的,我感觉自己像个烟囱一样被抽空了。那种感觉很平静,我基本上不怎么说话。没有什么可害怕的,没有什么好奇怪的,都是大脑的问题罢了。"茶水漫出来,溢到了碟子里,墙上的灯光渐渐消失。"我几乎可以想象,等她到了我们这个年纪,催眠可能已经很普遍了,商业街上每个药铺和鞋店旁边都有家催眠的。"(在她身后,没有进来的威尔正神情严肃地看着,没有人注意到他)

"窗台上放几棵盆栽,"斯特拉接受了这个想法,"还有穿白衬衫的前台。到时候谁也没有秘密了?——你们热吗?能开下窗户吗?——真盼着她能再次开心起来。"她突然想知道威尔会怎么想,他还没有见过这位医生,或表现出任何倾向,不过她猜威尔可能不愿意让乔接受一种她母亲连名字都说不清楚的治疗。但此时,科拉应该不会做任何威尔不喜欢的事情。想到自己的丈夫如此坚定、忠诚,真是令人欣慰。她这一生从未有过嫉妒,甚至无法想象那是什么感觉。"再把窗户开大点儿吧,"她说,"我这几天总觉得很热。"

科拉转向卢克,卢克已经颇为恭谨地拿起了斯特拉的手腕。她真希望斯特拉没有注意到卢克在给她号脉(是的,没错,正如他怀疑的,皮肤下的脉搏有些紊乱)。"好了,要不我们把乔叫来,问问她愿不愿意?"

她表示愿意("我会成为一个实验品吗?"),于是此刻,她躺在最舒服的沙发上,凝视着灰泥已经开始剥落的天花板。她很难把这件事看得很严肃,因为她曾听到科拉叫那位医生小鬼,而且忍不住想:这个称呼好恰当啊(他手里真应该拿柄叉子而不是格莱斯顿包!)。

卢克·加勒特博士拉过一张椅子在她旁边坐下,俯下身子,她闻到他衬衫上似乎有股柠檬味,然后他说:"接下来,你不会睡着,我也不会控制你,但你会体会到前所未有的舒适、轻松。我会问你一些问题——关于你好不好,关于那天的事——看看我们能了解到什么。事情是如何开始的,你是什么感受。"

"好。"她说。但是,那天、那场大笑,没什么好了解的,她想,否则我早就把知道的都告诉他们了。她抬眼去看母亲,斯特拉给了她一个飞吻。

"看到墙上那个标记了吗,就是火上面油漆剥落的地方?我需要你一直盯着它,不管眼皮多沉,眼睛多酸……"

还有一些其他指令,都是低声细语,仿佛从很远的地方传来:双手落下、头部下垂、慢慢呼吸、让思绪游荡到其他地方……一直睁眼盯着那个标记好难,当得到可以闭眼的指令后,她叹了口气,立刻闭上眼睛,躺在沙发上几乎有种如释重负的感觉。直到后来她才知道,她说自己在半梦半醒之间徘徊(后来他们告诉她,她说了一些关于娜奥米·班克斯还有利维坦的事,但似乎一点也不害怕)。她想起有礼貌的敲门声,然后在地毯上拖东西,接着是她之前从未听到过的父亲愤怒的声音。

威尔看到女儿趴在黑色沙发上,双臂悬在两侧,嘴半张着,同时一个什么人弯腰在她耳边低语。巡视完教区回家后,他发现家里空无一人,就喊斯特拉,结果在书房找到一张字条,说如果想跟他们一起的话,就到科拉家来。穿过公地的时候,想到科拉屋里亮着灯,斯特拉光滑的脑袋和科拉乱蓬蓬的脑袋同时映在窗户上,急切地盼着他快点来,他便不由得加快脚步。

他当然知道加勒特博士也来了,并且对其突然闯入非常不满。他觉得这个村里类似的事情已经够多了,因为那些伦敦人和蛇,这一年过得并不轻松。他们就不能稍微消停一会儿吗？随后他又想起科拉谈到加勒特时充满欣赏，而且曾自豪地宣布这位医生救了一个人的命，于是得出结论——这位医生肯定是他慢慢会喜欢上的人。走到叛徒橡树下时，他认定这位医生应该是个个子不高、身材瘦小、脾气暴躁的人；应该留着忧郁的长胡子，对吃喝十分挑剔。考虑到健康状况，或许这个可怜的家伙可以在乡下休个假。

玛莎一脸好奇地跟他打了招呼，不太敢看他的眼睛。这太不像她平日里直爽的样子，令他突然有些不安。过了好长时间门才开，然后他就看到一个黑眉毛的家伙蹲在女儿旁边小声说着什么。她躺在那里一动不动，像是被谁打晕了，她的脑袋微微向后仰着，半开的眼睛空洞地凝视着。有一瞬间，威尔又惊又心痛，整个人都僵住了。当看到斯特拉和科拉平静地坐在旁边的沙发上观望，显然也是同谋时，他发现自己陷入了一种狂怒，无论是埃塞克斯之蛇、克拉克内尔，还是最近迷茫的这几个月里的任何事情，都不曾激起他这样的怒火。他所想的事情正在这精心布置、窗帘吹起的房间里进行，之后他已经说不出话来，只觉得极其厌恶。那是他的女儿，她在喃喃自语——是拉丁语吗？——那样子如同砧板上待人宰割的鱼肉！威尔穿过房间，手指抓住那个蹲着的人的衣领，试图把他从椅子上拖下来。但是，我们的教区长还不够强壮，而医生很沉，俩人扭打起来，科拉一开始觉得很好笑，但很快就开始害怕起来，怕直脾气的威尔真的伤害到她的朋友。她想起那只在泥潭里挣扎的绵羊，以及威尔小臂上的肌肉线条，连忙站起来说："兰索姆先生——威尔！那是加勒特博士——他只是在帮忙！"

乔安娜吓坏了，仍然昏昏欲睡的她从沙发上滚到地板上，头撞在了椅子的硬座上。她抬头望着天花板说:"它来了。"然后用指关节揉揉眼睛坐起来。虽然寒风从开着的窗户吹进来,但斯特拉早就打起盹儿,此刻被惊醒后,她惊讶地看着自己的丈夫("亲爱的,不要弄脏科拉的地毯!"),然后跑过去看女儿。"你感觉怎么样,恶心吗?伤到头了吗?"

"没什么,就是太放松了。"乔安娜揉着额头说。她的额头上开始出现白色的肿块。她看看医生,又看看父亲,俩人僵直地站着,要是屋子够大,他们还能再站得离彼此更远一点。她不解地问:"发生了什么事?我是不是做错了什么?"

"不是你的错。"威尔说,但他的视线并没有从另一个男人身上移开。科拉很清楚他的怒气指向何处,不由得感觉喉咙一紧。她也顾不上什么礼节了,走到两个男人中间说:"卢克,这是我的朋友,威廉·兰索姆。"

我的朋友,卢克想,我从没听过她这么自豪地说"我的丈夫"或"我的儿子"。

"威尔,这位是卢克·加勒特博士,你们不握一下手吗?我们想帮乔安娜。自从学校发生了那件事后,她就像变了个人似的。"

"帮她?怎么帮?你们在做什么?"威尔无视卢克主动伸出的手,因为他觉得对方是冷笑着做出这个动作的,"她受伤了,瞧,你们应该庆幸她没把自己撞晕!"

"是催眠!"乔安娜自豪地说。她曾经当过实验品!以后她一定会写下来的。

"我们可以晚点再跟他说。"斯特拉拍拍外套说,这些声音太吵了!她头疼。

"很高兴见到你,牧师先生,这一点我非常确定。"卢克双手插在口袋里说。

威尔转身背对着他的朋友。"把外套穿上,斯特拉,你在发抖。他们怎么能让你着凉?——对了,乔,待会儿你好好跟我说清楚——下午好,加勒特博士,或许我们会再见面的。"随着一阵刻意的寒暄,威尔带着妻子和女儿离开了,整个过程中没有看科拉一眼。那一刻,科拉觉得,就算是被他瞪一眼,她也会甘之如饴。

"我是一个实验品!"他们听到乔安娜在门口说,"但是现在我饿了。"

"绝对是个有魅力的男人。"卢克说。这就是那位绑着护腿的胖牧师了,他想,看起来像个农民,但有着高于他地位的思想,头发也很好,他在场的时候,科拉·西伯恩——包括所有女人——像个孩子一样,因为觉得自己很丢脸而十分沮丧。玛莎一直默默地坐在沙发上看着这一切,此时也起身,不屑地看了医生一眼,走到科拉旁边。"本来就不应该离开伦敦。"她说,"我怎么跟你说来着?"科拉把脸靠在玛莎肩膀上休息了一会儿,说:"我也饿了。还有,我想喝酒。"

爱德华·伯顿坐在狭窄的床上,打开膝盖上的纸袋。一张高背椅上,在一幅圣保罗教堂的画下,他的客人大口地吃着薯条配果醋,那热乎乎的香味几周来第一次激起了他的胃口。她的头发编成一条漂亮的辫子盘在头顶,看起来像个天使在啄鱼肉,如果天使也会饿,并且忽略她下巴上的油脂和袖子上的一抹绿豌豆的话。

玛莎看着他稳定地进食,心里的自豪感一点也不亚于卢克缝合他伤口的那一刻。这是她第三次来看望,他的脸上已经红润起来了。给他们做介绍的是莫林·弗莱,她是伊丽莎白·弗莱[①]的亲戚,这次自愿过来看伯顿是为了给他愈合的伤口拆线。她也完全继承了弗莱家族的社会责任感:在她看来,护士的职责远不止绑绑绷带、清理血迹。她与玛莎第一次见面是在一次关于工会事务的女性集会上,随后喝着浓茶的两人发现,她们竟然都认识卢克·加勒特医生。("怎么会是他!"玛莎当时摇了摇头说。)当玛莎第一次陪弗莱姐姐来到贝思纳尔格林,走进爱德华和他母亲居住的房子时,她发现这里果然很小,还有卫生问题,空气中有一股尿臊味,但总的来说还算温馨。房子采光不好,只从晾着的衣服中间透过几缕光线,像是正在行进的军队举着的三角旗,但桌上洗净的罗伯逊果酱罐里总是插着花。

托马斯太太靠洗衣服、用碎布头缝制碎呢地毯谋生。三个小房间里都铺上了碎地毯,增添了几分生气。她从未想过她的爱德华可能无法完全恢复,无法回到当了五年职员的保险公司上班,所以一直非常坚忍地在照顾他。

第一次回访结果不是很好,爱德华·伯顿面色苍白,躲在角落里几乎不说话。一方面,伯顿太太庆幸儿子奇迹般地活了下来,但另一方面,又觉得从手术台上下来的这个人跟当初推进去的不是一个人,这令她十分苦恼。"他太安静了。"她拧着双手,问弗莱姐姐借了一块手帕说,"好像原来的爱德华已经随着血流干了,另一个人取代了他,我得先认识他,然后才敢说这是我儿子。"然而,接下来几天,玛莎发现自己很焦虑,她担心伯顿会吃不饱,

---

[①] 伊丽莎白·弗莱(1780—1845),贵格会成员,英国19世纪杰出的监狱制度改革家。

或者会走到马路上试试自己的双腿有没有力量,所以一周后,她带着一包鱼和薯条、一兜橙子和弗朗西斯不要的几本《斯特兰杂志》①又来了。

爱德华吃饭很稳当。对于玛莎——习惯了科拉无休止地说话、突然的兴奋或忧郁——来说,他在旁边很安静。不管她说什么,他都是微微歪着头,慢慢地思考,然后经常什么也不说。有时他被切断的肋骨处一阵剧痛,好像因为纤维试图交织导致肌肉绞痛似的。他会大叫一声,一只手捂住骨头被切掉后留下的空腔,等待疼痛过去。这种时候,玛莎也不会说什么,只是静静地陪他坐着,等他抬起头来说:"再跟我说说他们是如何建造黑修士桥的。"

那天下午,雨水聚集在陶尔哈姆雷茨街的贫民区,从屋檐上倾泻而下,爱德华说:"那个苏格兰人又来看我了。他和我一起祈祷,还留下一些钱。"那是约翰·高尔特,他在贝思纳尔格林的帐篷信教所给这座城市带来福音书和节欲,同时也改善了个人卫生。玛莎曾见过他拍摄的记录了这座城市最糟糕时刻的照片,并且为他脆弱的基督徒良知感到遗憾。"他祈祷,是吗?"她摇摇头说,"永远不要相信一个只会做表面功夫的好人。"她像往常一样,并不喜欢这种善良纯正与切实解决问题之间貌似必然的关联。

"他不光是做善事。"爱德华若有所思地说。他拿起一根薯条仔细看了看,然后放进嘴里。"我觉得他人也很好。"

"你没发现这就是问题吗?这不是善不善良的问题,而是责任问题!给你点钱,问问你墙潮不潮湿,然后把你留给不知道存

---

① *The Strand*,悬疑杂志,也是最初发表"福尔摩斯系列"的杂志。

不存在的上帝,让你自生自灭,你就觉得他善良了,可是活得体面本来就是我们的权利,不应该是富人的馈赠——哦!"她笑了,"瞧瞧这一切多么顺理成章!那些富人!为什么?就因为他们从来不会赌狗,也不会把自己喝成个蠢货!"

"那你打算怎么做?"他的话里埋藏着很深的幽默,只有玛莎能听出来。她吃完东西,用手背抹了一下嘴巴上的油说:"计划已经开始了,爱德华·伯顿,记着我的话。我已经写信给能帮忙的人了。最后归根结底还是钱的事,不是吗?金钱和影响力,天知道我既没有钱也没有太大的影响力,不过我会利用好我拥有的。"斯宾塞那略带怀疑地看着自己的样子,在玛莎脑海中一闪而过,令她觉得有些惭愧。

"真希望我也能帮上忙。"爱德华说着,收了收细瘦的腿。自从跑十步就气喘吁吁之后,他的两条腿更细了。有一瞬间,他看起来很绝望。他本来已经接受了自己在这个城市的处境,不再去想,直到这个头发像绳子一样的女人站在母亲做的碎地毯上,滔滔不绝地说话,为在街头看到的事情愤愤不平。现在,每次从贝思纳尔格林这头走到那头,他都忍不住会想,那些简陋的住房仿佛昏暗的迷宫,它们有自己的意识,靠所有住在里面的人维持。晚上母亲睡着后,他会拿出几卷白纸,画一些采光充足、高大宽敞、水流干净又清澈的房子。

玛莎从椅子下面取出雨伞打开,听着从窗台不断流下的雨水声叹了口气。"我也不知道,"她说,"我也不知道自己能做什么。但有些事情就要变了。你没有感觉到吗?"

他不确定自己能不能感觉到。随后,她亲吻了他的脸颊,握了握他的手,似乎无法决定哪种问候最适合他们。玛莎走到门口又停下了,因为他在身后大喊:"都是我的错,你知道的。"

"你的错?什么意思,你做了什么?"这样主动说话太不像他,她吓得不敢动,生怕惊到他。

"这个,"他轻轻摸着自己的胸口说,"我知道是谁干的,也知道他为什么要这样做。你知道吗,我活该。或者,如果不是这个,肯定也会是别的什么。"

她回到椅子上,没有说话,转身拨弄着袖子上松散的线。他知道自己这样做是为了放过那个人。他感觉自己受伤的心脏剧烈地动了一下。

"我就是一个普通人,"他说,"过着非常普通的生活。我有一点积蓄,打算自己找个住的地方,虽然我并不介意住在这里;我们一直都过得很好。我不介意我的工作,只是有时会厌倦,然后就画一些永远都不会建起来的建筑蓝图。但现在他们告诉我,我是个奇迹,或者说这些天为了我这个奇迹都做了什么。"

玛莎说:"世界上没有平凡的生命。"

"无论如何,都是我的错。"他说。随后,伯顿讲述了之前的他如何满足地过着自己的小日子:坐在霍尔本楼的办公桌前,等着钟响下班。现在的知名度是他不曾追求也不喜欢的,并且怀疑同行们都误以为他很伟大,拥有他根本不记得自己拥有的幽默和机智。大教堂影子下的这个爱德华已经不是玛莎认识的那个沉默寡言的男人了。之前那个男人总是嘲笑这个,嘲笑那个,个性急切、热烈,但情绪来得快去得也快。因为他自己的坏情绪会很快过去,所以他从未留意自己无心的话可能会造成持久伤害。他确实打击了别人,只是没有造成伤害。"只是说笑而已。"他说,"不要想了。他好像并不介意。霍尔那个人别人都看不懂。他总是看起来惨兮兮的,可是又有什么关系呢?"

"霍尔?"玛莎问。

"塞缪尔·霍尔。我们从来不叫他山姆。大家都这么说,不是吗?"

是的,他似乎并不介意,伯顿想,但现在告诉玛莎却让他羞得满脸通红。塞缪尔·霍尔既没有帅气的外表也不够幽默,上班前一分钟穿着浅灰色大衣进来,下班后立马就走;干活的时候干劲十足,没入人群中毫无特点。但是,他们曾经讨论过他,最后总是爱德华先笑。可能只是稍微讨论了一下,希望能挖掘出他身上一些大智若愚的地方。"他那不幸的样子总让我觉得哪里有点好笑。你能理解吗?就是没法认真地对待他。可能他只是坐在办公桌前耷拉着脑袋,我们就会哄堂大笑。"

后来,无聊的小塞缪尔·霍尔——透过模糊的眼睛愤愤地望着外面的世界——恋爱了。在堤岸地铁站附近一个昏暗的酒吧里,他们见到他,他开怀大笑,素色外套也换成了亮色;他吻了一个女人的手,对方并不介意。似乎没有什么事情比这个更有趣了,在灯光的映衬和啤酒的暖意下,没有什么更荒谬的了。伯顿不记得是怎么说的、谁先说的了,只是有那么一瞬间,他迷茫地发现那个女人在自己怀里。他勇敢地吻了她,一切都显得那么讽刺。

"我没有别的意思,只是想逗他们笑而已。那天晚上回家后,我甚至都说不出自己去了哪里。"但是之后那个星期,霍尔的桌子一直空着,没有人想过要问问他去了哪里,为什么没来。他们根本没有想过,就在那个只有一张椅子的单人房间里,霍尔生活中累积的所有怨恨,所有真实的和想象中的轻视,已经汇集成了对爱德华·伯顿难以消解的憎恨。

"我去了一趟圣保罗教堂,我一直很想知道那些穹顶是怎么装上去的,你不好奇吗?那里的台阶上有黑色的鸟,我记得小时候他们告诉我一只乌鸦是乌鸦,一群乌鸦是秃鼻乌鸦。然后有人绊倒了我,就是这样,好像是踩空了。我喊了一句'小心!',结果发现是塞缪尔·霍尔,他并没有看我,而是直接跑了,好像我让他迟到了似的。"他走到圣保罗教堂的影子里,突然觉得疲惫至极,他用一只手捂住衬衫湿了的地方,收回来时手上沾满了血。

房间很暗,他伸手取来一盏灯点上,在缓慢亮起的灯光下,玛莎看到那张瘦瘦的脸在羞愧中转过来,直到高高的颧骨处都是红的。

"这不是内疚和惩罚的问题,"她说,"也不是世界如何改变。如果我们都得到了自己应得的的话。"玛莎觉得他给了自己一件易碎的礼物。两人之间发生了什么变化——他对她这样信任,让她觉得欠了他的。"只要活着,就不可避免,"她说,"我指的是造成伤害。除非我们与世隔绝,不说、不做,可是那可能吗?"她想偿还他的信任,开始搜索让自己愧疚的事情,而脑子里第一个想到的就是斯宾塞的脸,而且挥之不去。

"如果我们都会得到自己应得的,我会等待自己的惩罚,"她说,"我想应该是更严重的惩罚。心脏上被插一刀根本不算什么,你不知道自己做错了什么,可是我知道,而且还在做!"然后,她向这位安静的同伴讲述了那个爱着她的男人("他以为自己隐藏得很好,但从来没有人……")。他很害羞,为了做善事而做善事,因为这可能取悦她。"斯宾塞有钱到令人发指,真的令人发指。他那么有钱,连他自己都不知道自己有多少钱!如果我允许他爱我,假装我可能会回应,以此促使他做善事——那我真的很坏吗?为了建设更好的城市让一个人伤心,这个代价很大吗?"

伯顿笑了,抬起一只手。"我赦免你了。"他说。

"谢谢您,神父。"她笑着说,"你知道吗,我一直认为这是信奉宗教最大的好处:克服罪恶感,消除罪恶感,然后继续犯下另一种罪恶。好了,"她指指窗外,然后指指远处低沉的天空示意,"我必须得走了,否则要赶不上火车了。"当她拉起他的手道别时,他没有松手,而是把她拉过来吻了一下。她第一次看到那细长的手指,以及毯子下露出的腿抖得那么厉害。

"下次再来吧。"他说,"快点来。"她走了之后,伯顿在她坐过的椅子上坐了好久,计划着要弄一个花园跟邻居们分享。

科尔切斯特的雨水十分温和,似乎只是悬在空中从未落下,仿佛整个城镇都被苍白的乌云笼罩。托马斯·泰勒已经装好防水帆布,心满意足地坐在下面与科拉·西伯恩分享蛋糕。科拉来镇上是为了找论文和书籍,以及可能比凛冬村的更好吃的食物。"面包和鲜鱼也挺好的,"她说,"只是没有杏仁糖泡约克郡的茶。"他怀疑,路人看到他身边有个这么富有的女人(虽然很邋遢)恐怕会既高兴又震惊,并且估计他下午会大赚一笔。与此同时,也免不了议论纷纷。

"玛莎怎么样了?"这个被他直呼其名的女孩每次来镇上都会大声跟他唱反调,但每次吵完之后他心情都很好。"还是那么多想法吗?"他舔舔手指上的碎屑,看着太阳羞答答地从云彩后面出来。

"要是这世界公平的话,"科拉说,"虽然你我都知道不是这样,她现在应该进议会了,而你也应该有自己的房子。"事实上,他有一个干净整洁的低层小公寓,那里属于曾经的科尔切斯特排屋中的一栋,是他用不菲的养老金和增长后的薪水买的,但这对他的朋友来说并没有什么不同。"如果愿望能实现,"他叹了口气,朝等下要载他回家的手推车翻了个白眼说,"我就能靠粪肥发财了。凛冬村那边的村民怎么样?埃塞克斯之蛇有没有爬上来,趁他们睡觉的时候把大家吃光?"他咬牙切齿地说,以为她会笑。相反,她皱了皱眉,额头拧成了一条线。

"你有没有觉得闹鬼了?"她指着废墟说,那边,湿漉漉的窗帘挂在那里,破壁炉架上有个镜子,照出里面什么地方鬼鬼祟祟的东西。

"没有那种事。"他开心地说,"我可虔诚了,你知道的,对那些超自然的东西毫无耐心。"

"晚上也没有?"

晚上,他会裹着厚被子躺在床上,女儿在隔壁打呼噜,而他肚子里满满的都是烤奶酪。"晚上也没有,"他说,"除了家燕,什么都没有。"

科拉吃掉最后一块蛋糕,说:"我认为整个村庄都闹鬼了。只是我觉得他们都是在自己吓自己。"她想到了威尔,自从那天她们让卢克给乔安娜催眠后,威尔就再也没给她写过信,而且他跟她打招呼的时候极为恭谨,每次都让她觉得不寒而栗。

泰勒对转移后的话题没什么兴趣,直接戳了戳科拉带来的报纸说:"要不给我讲讲世界上发生的事吧?我喜欢了解时事。"

她抖开报纸,说:"跟平时一样,三名英国军人在喀布尔郊外丧生,一场测试赛失败了。除了,"她拍拍叠起来的报纸,"异常气象,我说的不是这一直下个不停的雨!需要我读吗?"泰勒点点头,然后叉着双手闭上眼睛,像个等着被取悦的孩子。"'接下来几周,敏锐的气象学家应该将注意力从天气转向天空,期待见证一场不同寻常的大气现象。"夜光云"首次被观察到是在 1885 年,只有在夏季、北纬 50°—70°之间才能看到。届时,"夜光云"会形成只有在黄昏时才能看到的奇怪云层。观察者已经注意到有发光的蓝色,并且亮度波动很大,形成后特别像鲭鱼色的天空。关于这种"夜光"的起源众说纷纭,在某些领域,有人暗示第一次观察到这种现象是在 1883 年喀拉喀托火山喷发之后,这绝非巧合。'没了。"她说,"你有什么看法?"

"'夜光',"他摇了摇头,有些傲慢地说,"管他们接下来会怎么想!"

"他们说喀拉喀托的火山灰已经改变了世界——最近几年的严冬改变了夜晚的天空,都是因为几年前数千英里外的火山爆发。"她摇摇头,"我一直说世上没有奥秘,只有我们未知的事情。但最近我在想,即使是知识也无法消除这世上所有的怪诞。"她向他描述了与威廉·兰索姆一起看到的景象:埃塞克斯天空中的一艘幻影驳船,以及在船体下方飞翔的海鸥。

"只是光罢了,"她说,"老把戏了。但是我的心怎么知道?"

"飞翔的埃塞克斯人,哈?"托马斯充满怀疑地问。他想,如果幽灵船能到达大海,那么肯定能找到比黑水河河口更好的水域。还未等他多说,查尔斯和凯瑟琳·安布罗斯分别撑着一把绿色和红色的伞走了过来,因为他们的存在,整个小镇都亮起来。

科拉站起来跟他们打招呼:"查尔斯!凯瑟琳!快过来——你们肯定认识我的朋友托马斯·泰勒——我们正在讨论天文学。你们看到夜光了吗？还是伦敦的灯光太亮了？"

"还是老样子，亲爱的科拉，我不知道你在研究什么。"查尔斯握了握那位残疾人的手，拿出几个硬币看都没看就丢到了他的帽子里，然后把科拉罩在他的伞底下。"我收到威廉·兰索姆的信了。"他说，"你可真丢人。"

"哦。"

她看上去很后悔，但他还是继续说道："我知道，你坚持认为我们都必须面对现代世界，但先得到允许，可能会更礼貌。"他快说不下去了，因为科拉看起来很可怜，凯瑟琳也给了他一个警告的眼神。但查尔斯很爱威廉，上一封信里，他似乎比所能预料的更加震撼（"真希望你没有送她来，"威廉在信中写道，"事情一件接着一件，一直没消停过。"然后很快又来了一张明信片，他在上面用更开心地口吻写道，"请原谅我的坏脾气。我太累了。白厅有什么新闻吗？"）。

"你道歉了吗？"他说着，心中热烈地感谢上帝——不是第一次也不是最后一次——让他免受为人父母的磨难。

"当然没有，"科拉拉起凯瑟琳的手，感觉自己应该有个盟友，"我不会道歉的。乔安娜同意了，斯特拉也同意了。还是说只要男人没有提供书面认可，我们就只能干等着？"

"外套真不错。"凯瑟琳说着，相当绝望地看了一眼科拉身上的蓝色夹克，这件夹克代替科拉穿了一整个冬天的男士花呢外套，在她的灰色眼睛里掀起了暴风雨。

"是吧？"科拉心不在焉地说。她现在满脑子都是那位凛冬村的朋友躲在书房里想着她多坏的样子。她有太多话要告诉他，却没有办法说。她转身看看泰勒，后者正从大腿上捡起最后一点蛋糕屑,开心地看着他们三个的好戏,像是买了票似的。"我得回家了,"她握了握他的手说,"弗朗西斯要最新的《福尔摩斯》呢,他怕那是《大侦探》的最后一案,如果是真的,我真不知道我们会做什么,可能得自己写了。"

"那就给他吧。"泰勒说。他比科拉怀疑的更了解那个男孩,因为弗朗西斯以前常常从红狮旅馆溜出来,爬到废墟里去。他递给科拉一块碎盘子,后者看到上面有一只蛇盘绕在苹果树上。

"还有蛇,"查尔斯说,"好像很多东西都跟蛇有关。科拉,我跟你的事还没完呢。我们住在乔治酒店。我突然想起来你会喝酒。"

舒适地坐在乔治酒店的客厅里,他们讨论的不是威廉,而是斯特拉。她写给凯瑟琳的信充满了精神寄托("不,"查尔斯似乎吓坏了,"真是名副其实的牧师的妻子!")。她的上帝已经与西奈山上的雷霆闪电没多大关系了,她似乎开始崇拜一系列与蓝色有关的感觉。"她告诉我,她日日夜夜都在想,自己带着一块蓝色石头进入教堂,并且亲吻它;她只能忍受穿蓝色的衣服,因为其他颜色会使她的皮肤枯萎。"凯瑟琳摇了摇头,"她是生病了吗?我觉得她总是有点傻傻的,但她其实很聪明——她好像在故意装傻,因为大家都觉得傻是女性的必备品质,甚至会夸赞傻傻的女人。"

"她身上总是很热。"科拉想起上次见面的时候,斯特拉拉着她的手,那两只小手像是发烧的孩子的手。"可是她怎么会生病呢?我每次见到都觉得她比上次更漂亮了。"

查尔斯倒了一杯酒("我觉得,对于埃塞克斯的酒吧来说应该算是好酒了"),然后把酒杯举到灯光下说:"威廉说他给医生打电话了,因为斯特拉的流感一直都不好。威廉想把她送到暖和点的地方去,但是,就像那首古老的歌谣中唱的,夏天来了,她很快就可以晒到足够的太阳。"

科拉不太确定,卢克什么也没说(只是以最快的速度离开了凛冬村,好像威尔的手还抓着他的衣领似的),但她看到,当斯特拉亲切地聊着自己从一颗种子一直养到开花的矢车菊,以及耳朵上的绿松石耳坠时,他一直在悄悄观察,科拉也看到,他给斯特拉号脉的时候皱了眉头。"还有一次,斯特拉跟我说虽然她没见过埃塞克斯之蛇,但听到过它的声音,只是不知道它在说什么。"她喝完杯中的酒,继续说道,"她是不是在开玩笑,知道我怀疑可能真的有什么东西,所以故意逗我?"

"她太瘦了。"查尔斯对不吃东西的人都缺乏信任,"不过,很漂亮,有时候我觉得她特别像一个见到基督的圣徒。"

"能让她去卢克那儿看看吗?"凯瑟琳问。

"不知道。他是个外科医生,不是内科。不过我其实早就想过写信问他。"就在这时,雨停了,周遭突然安静下来,科拉突然意识到自己真的越来越喜欢那个女人了,她们几乎没有任何共同点。斯特拉注重仪表,重视家庭,对别人事情的了解超过对自己的,而且永远只有善意。我应该羡慕她吗?她想,我应该希望她消失吗?但是她没有,就这样。威尔的妻子给了他充分的自由,只要他还是她的。"瞧,"她说,"我必须得走了,你们知道弗兰基是如何计算时间的。不过我会写信给卢克——好的,查尔斯,是的。我会写信给善良的牧师先生——我会乖乖的,我保证。"

科拉·西伯恩
公地 2 号
凛冬村
5 月 29 日

亲爱的威尔：

  查尔斯跟我说，我必须道歉。好吧，我不会道歉。如果我不认为自己做错了，那就没法道歉。

  我一直在研究《圣经》，就像你曾经敦促我的，然后看到（参见《马太福音》18：15-22）你要想赶我走，得先允许我再犯四百八十九次错。

  而且，我知道你是如何跟我儿子讨论罪的。这事我可没跟你吵！难道我们真的要因为孩子开战吗？

  还有，为什么我的思想要向你的思想让步，或者你的思想要向我的让步？

你的，
科拉

牧师威廉·兰索姆

教区长住宅

凛冬村

5 月 31 日

亲爱的西伯恩太太：

感谢你的来信。很自然的，你被原谅了。实际上，我早就忘了你提到的那件事，而且很惊讶你竟然会提起。

愿你一切都好！

祝好，

威廉·兰索姆

第三部分

看好,别眨眼

六月

　　盛夏的黑水河上，几只苍鹭站在湿地上。流淌的河水比以前更蓝了，河口表面却依然平静。这天清晨，班克斯捕到了许多鲭鱼，并且高兴地发现两侧都有一道彩虹。利维坦上点缀着几株柳兰和一个迷迭香花环，船头上长着一片海蓬子。中午，娜奥米独自躺在利维坦黑色的肋骨上，裙摆紧贴臀部，口中念着夏至咒语。乔安娜在她的课桌旁待到很晚，说背不完人类头骨中的所有骨头名字绝不走。("枕骨"，娜奥米离开时她正在背，随后，这个红发女孩记下这个名字，准备哪天深夜念咒语的时候用。)埃塞克斯之蛇消停了一段时间，毕竟它怎么可能在这么好的阳光下活跃呢？

　　在娜奥米上方的小路上，斯特拉正缓缓走过，在路边拔婆婆纳。婆婆纳是蓝色的，她的裙子也是蓝色，手腕上的织带也是蓝色。她要回家找孩子们。她觉得他们应该饿了，但这个想法让她觉得一阵恶心，那么多柔软的东西进入他们张开的嘴巴，然后进入那个发光的洞。如果稍微想一想，还是很恶心的。她对任何可以吃的东西都没有兴趣。

　　威尔正在书房里睡觉。桌子上有一张纸，上面写着"亲爱的"。但也只写了"亲爱的"。他最近写了很多信,中指的关节处有个肿块,那是他时不时吮吸缓解疼痛的结果。醒的时候,他便自言自语"亲爱的……",想到脑内浮现的第一张面孔他就会笑,然后又不笑了。

玛莎正在剥鸡蛋。科拉打算办一个盛夏派对,查尔斯和凯瑟琳·安布罗斯要来,查尔斯最喜欢的就是鸡蛋蘸芹菜盐。卢克也会来。她对他是否喜欢吃鸡蛋一点也不感兴趣。还有威廉·兰索姆,他最近总是板着脸,还有穿着蓝色丝绸的斯特拉。

卡芬先生盘腿坐在操场上,两腿间夹着一块奶酪,写了一张字条:"现在的学校是我见过的最安静的时候。孩子们安静地学习,期望达到要求的标准。请参阅随附的请购单:订购二十本笔记本(横线、有边)。"

下午三点,威尔去看了克拉克内尔。老人的状况不太好,穿着靴子躺在沙发上。威尔知道等到圣诞节,他的心悸就会变成心慌。"克拉克内尔太太会建议晚上喝玫瑰果糖浆药酊,可是我甚至都不听那个死女人的劝告,牧师先生——那个瓶子,那边,还有勺子。"这是鼓足勇气的勇敢尝试,威尔笑了,但克拉克内尔却没有笑。"带走她的不是咳嗽,"他摸着教区长的手腕说,"是她躺进去的那口棺材。"

在科尔切斯特的地震废墟上,托马斯·泰勒正在给他那吓人的脚晒太阳。今天天气不错,他的生意也不错,帽子里沉甸甸的全是硬币。黄蜂们忙着在窗帘的褶皱里建蜂巢,那些纸质团块——其邪恶的精巧有序性对于游客来说非常有吸引力。空气微醺,黄蜂昏昏欲睡。那天下午晚些时候,那个黑发医生穿着高档黑色外套俯身蹲到他面前。他的手有些地方擦掉了皮,皮肤闻起来有股柠檬味。他（一点也不温柔）把弄着泰勒断过的骨头处愈合的皮肤说："做得真差，真希望我在场。我会做得让你骄傲。"

五十英里以南，燕子飞舞，伦敦正是最好的季节。她知道那里让人无法抗拒。孩子在摄政公园喂黑天鹅，在圣詹姆斯公园喂鹈鹕，林荫大道上的酸橙树在阳光下闪闪发光。汉普斯特德郊野公园变得像个乡村集市，没有人坐地铁。人行道上阳光暖融融的，莱斯特广场上出现了许多玩杂耍的人和魔术师。没人想回家。为什么要回家？酒吧和咖啡馆外，办公室里的年轻人们开始变得放纵，如果啤酒花和咖啡不是精心冲泡的，那几乎没有什么区别。

在白厅房间里，查尔斯·安布罗斯穿着专为夏至准备的新蓝衬衫，跟来访者打招呼。"斯宾塞，"他说，"我收到你的信了。有空一起吃午餐吗？有些人我觉得你应该认识一下。"对于斯宾塞突然关心起慈善事业这件事，查尔斯本人并没有什么特别的感觉。在他看来，不过是富人住城堡，穷人站大门，富贵各有命罢了。但他喜欢斯宾塞，凯瑟琳也喜欢他，而且一个人无聊的时候，也不妨做做善事。

斯宾塞这次来是为玛莎的诉求辩护，他希望自己能记住那些烦琐的数据，并且像玛莎一样既陈述客观事实又慷慨激昂。他想象着告诉玛莎好消息时她会是什么样子（"玛莎，聘请建筑师的时候你会来吗，因为你比较了解……"）。她会罕见地露出笑容，他想，她会看我。

他从查尔斯手里接过一杯喝的，说："谢谢您，我很荣幸。我想或许下周您可以跟我和玛莎一起？我们要去贝思纳尔格林看爱德华·伯顿，就是卢克给他做手术的那个人。玛莎跟他已经成了朋友，还说他是个完美的研究案例……"

研究案例！查尔斯想。他怜爱地看着斯宾塞。这个男孩太瘦了。午餐有羊肉吗？有野生鲑鱼吗？"你去参加科拉的派对吗？去看看那个开心的寡妇插朵花在头上扮演珀尔塞福涅？"但斯宾塞去不了，他得穿着白大褂留在皇家自治市医院，或许还得摆好手脚，但不必在玛莎的注视下注意自己的社交礼仪，也让他稍稍松了一口气。

埃塞克斯披上新娘的嫁衣。路边的峨参，公地上的雏菊，还有一身白色的山楂树；田间的小麦和大麦日渐丰满，树篱上点缀着朵朵旋花。科拉已经走了四英里，但她还不累。走到五英里的时候，遇到一个光着膀子的农夫，她也解开了衬衣扣子：他光着膀子都不丢人，她露一点皮肤怎么了？但路上有人，她又把扣子扣了回去，没有必要惹祸上身。

她来到一个长满玫瑰花的地方，很快这些花就会出现在别处谁家餐厅的花盆或花瓶里。一两英亩的花像彩带一样铺开，像一匹匹染了色等着晾干的丝绸。空气中弥漫着花香，她舔舔嘴唇，舌头上有土耳其软糖的甜味。

像这些天来经常发生的那样，她又想起威尔。她不能承认自己做错了，或者这么丢脸是她罪有应得。这么容易就发脾气，她有点瞧不起他。男人的自尊，她想，真是最脆弱、最可鄙的东西！但她的良心还是很痛——她真的很霸道吗？她想着半讽刺地屈尊道个歉，好看看他努力憋住不笑的样子，但是不行。她也得考虑自己的自尊。

她想念兰索姆家的所有人，詹姆斯曾答应要给科拉看他的潜望镜，那是他用一块碎镜子做的，斯特拉的八卦天赋是伦敦生活的最好替代。想到斯特拉，她的心头又笼上一层阴影。难道威尔没有发现他妻子最近的异常吗？她只穿蓝色，头上也只戴蓝花。为了找蓝色的海玻璃和发蓝的石头，在湿地里一待就是好久，还寄了梗插在墨水里的玫瑰花去科尔切斯特，盼着花瓣能变成矢车菊的颜色。她越来越瘦，但看上去却越来越精神，她脸颊绯红、动作忙乱、三色堇色的眼睛越来越亮。得跟卢克谈谈，科拉想，卢克会知道是怎么回事。

她抱着一大把奶黄色的犬蔷薇回到家，脸上又出现三个新的雀斑。她抱住玛莎的腰，想着这腰在玛莎宽宽的屁股上面生得真是合适，然后说："他们已经在路上了——所有爱我的人和所有我爱的人。"

在那个温柔的傍晚时分，斯特拉·兰索姆走过凛冬村的公地，右边是丈夫，左边是女儿。而在教区长住宅里，男孩子们正在娜奥米·班克斯的照料下吃着吐司玩蛇梯棋。那天早上散步回家的路上，科拉顺道来访，怀里抱着一把玫瑰，肘关节处还有几道划痕，嘴里说着："你会早点过来的吧？我可不要办个派对担心没有人来，留我一个人空坐一宿，只留下一地瓶子淹没我的悲伤。"

再早些时候，斯特拉站在镜子前整理裙子上的白色腰带，威尔还说："怎么，今天没有蓝色？"她低头看看，笑了，因为她看到的一切都是蓝色的。裙子的褶皱闪烁着蓝色，皮肤有一层蓝色影子，甚至连威尔的眼睛——曾经肯定跟男孩们每年秋天捡回来堆在窗台上的橡子一个颜色——现在也是蓝色的。有时她觉得是自己的眼睛蒙上了一层被墨水染了色的眼泪。

"我觉得我应该是蓝色血统。"她抬起手臂说。这手臂多么细、多么漂亮。威尔曾说"我从未怀疑过这一点，我的海洋之星"，然后吻了她两次。

他们继续往前走,看到家燕在草地上追逐昆虫,一些村民在花园和田野边燃起夏至篝火。诸圣堂的钟声响起,村民们大声地互相问候,多么愉快的夜晚!多么美好的夜晚!

威廉伸出一根手指松了松罗马领,他不愿见科拉,虽然他心里很想。他会想她整天在湿地里闲逛,指甲里嵌着埃塞克斯的黏土——他从来没有想过她。她是这世界上最差劲的女人——她是他的朋友。他感激地低头看了看斯特拉银色的小脑袋在阳光的环绕下闪闪发光,心想:这些年来,她从未有一次让我感到不安,一次都没有!她的小手在他手里转了一下,她的手很热,后脖颈上裙子开得比较低的地方有一层汗珠。是流感,那位科尔切斯特医生收起听诊器说:"流感会让她变得很虚弱。应该让她多休息,好好吃饭,好好睡觉。已经是夏天了。不用太担心。"

斯特拉看到那座灰色的房子灯火通明,每个窗台上都摆着一壶犬蔷薇。窗户后面有人在走来走去,还有弹钢琴的声音。没有什么比在一个温暖的夜晚参加派对更让她高兴的了。成为旋涡般的人群中平静的中心,知道自己受人钦佩,靠她对儿孙、疾病、财富得失的浓厚兴趣开导这个、开导那个。但她真的好累,仿佛走过这几百码就已经耗尽了她储备的所有能量。她想回家坐在自己搭的那个蓝色凉亭下,细数她的珍宝,举起包着一块龙胆皂的蓝色蜡纸在灯光下细瞧,闻闻那香味,或者用手指抚摸儿子五月的时候给她的罗宾鸟蛋。

医生曾对威尔说是流感,但斯特拉·兰索姆并不傻,在她看到手帕的白色褶皱被弄脏的那一刻就知道是肺结核。年轻的时候,她曾见过一个死于白死病的女孩(那时他们都说是白死病,好像给这个疾病命名就会染上这个病似的)。她也是慢慢地油尽灯枯,越来越瘦,心神恍惚,在结局来临的时候坦然接受,通过鸦片缓解身体内外的痛苦。去世前一个星期,女孩吐了很多血,染红了白色的床单。

斯特拉知道自己还没有病得很厉害,真到那个时候,她会把威尔叫到一边,让他把自己送到某个很高的病房里,然后坐在那里眺望远处的山脉,那些山峰都会是蓝色的。镜子上也曾出现过红色的薄雾——有天早上她正在梳头时,突然剧烈地咳嗽起来,咳了上百次之后,那片红雾就出现了。但只有那一次,而且很容易就擦掉了。(为什么喷出来的血是红色的?透过手腕上薄薄的皮肤看到的血管明明是蓝色的啊。这好像说不通。)

但是,她还不能离开,还不到时候,现在乔安娜还是那么沉默寡言,威尔还是频繁地摔书房的门,河流还在侵占村庄的土地,村民们仍旧默默地来到教堂,没有得到安慰就离开,她不能在这个时候走。海洋之星,这是威尔说的——这难道不正是圣母玛利亚的名字吗?她也是只穿蓝色。她笑了,心想:为我祈祷吧,圣母玛利亚,借我一件你的长袍。

随后他们便走到了门口,科拉正穿着黑色丝绸衣服等在那里,表情十分严肃又十分平静,有一瞬间,威尔差点忘了自己正当的愤怒。为了再次打乱对手的阵脚,他上前拉起她的手说:"科拉,你看起来很累,是不是路走得太多了?"

穿着昂贵的黑色礼服,她显得格外高大,或许还有点紧张,给他一种之前从未见过的错觉。她身上的那种疏离感让人想追在她身后跑,不管去哪里。他看着她跟客人们一一打招呼,那种优雅在他的想象中必须是在切尔西和威斯敏斯特的顶流社会中培养出来的。她似乎精确地知道自己该说什么，怎么说，跟谁应该用亲吻礼，谁更喜欢握她那像极了男人的手。她立刻把斯特拉迎到一个宽大的矮座上，上面还放了一个蓝色靠垫。"我上周在科尔切斯特看到这个，"她说，"就想着它应该属于你，一会儿走的时候记得带上。"她梳了头，像个女孩一样散着头发，只在耳朵上方别了两个银发梳，耳朵上戴着珍珠耳坠，耳垂泛红，似乎被耳坠坠疼了似的。

查尔斯·安布罗斯走了进来，新丝绸衬衫亮得晃眼，他挽起女主人的胳膊："我以为你会打扮得花枝招展呢，科拉，瞧你这寒酸样。"但他的目光中却充满赞赏。

"你已经足够耀眼了。"她说完，吻了吻他胖胖的脸颊，然后用手指摸了摸凯瑟琳的长流苏披肩（过不了多久我就会把这个偷过来，等着瞧吧）。

"她胖了。"查尔斯看着她走过布置着银器的小桌子，没有任何不满地说。然后卢克被拉过来隆重介绍（"这是小鬼，你们肯定已经知道啦！"），他的纽扣孔里插着一枝蔫了的黄花九轮草，黑发油光发亮。

"科拉，"卢克说，"我有东西要给你。我好多年前就有了，你也可以跟其他人一样拥有一个。"他漫不经心地递给她一个白色包裹，好像她喜不喜欢并不重要似的。当她打开时，凯瑟琳·安布罗斯看到一个小框架，上面有一层玻璃，玻璃后面是个迷你的绣花扇子，凯瑟琳不由得好奇这个男人到底用亚麻和彩色丝线做了什么。

玛莎穿了一身绿色，特别像一个在农村出生、在农村长大的女孩，当她烤了一条玉米捆似的面包和两只点缀着迷迭香、泛着油光的公鸡时就更像了。晚餐有鸭蛋和丁香火腿、点缀着薄荷的西红柿片、珍珠样的小土豆。乔安娜跟着她在厨房进进出出,求她让自己帮忙,最后终于被允许切点缀鲑鱼的柠檬卷。桌子上全是被重重的盘子压碎的薰衣草芽,导致整个空气都是甜的。查尔斯·安布罗斯从伦敦带来了好酒,开到第三瓶的时候,他把玻璃杯摆成一排,用湿手指敲着杯沿奏了首曲子。玛莎和乔安娜腿上盖着羊毛毯,一边吮着冰块,一边聚精会神地看文件、制订计划,看上去十分严肃,弗朗西斯蜷缩在靠窗的座位上,下巴抵着膝盖,默背着斐波那契数列中的数。

威尔现在最想做的,就是把科拉拉到一边,拉过两把椅子,告诉她这几周他心里积攒的那些话——他在自己的文件中发现了小时候写的一首诗,然后把它烧了,希望自己从来没写过;乔借来母亲的钻石戒指,为了测试它的硬度,在窗户上刻下了自己的名字;还有克拉克内尔舔着汤匙里的玫瑰果糖浆时说的那些话。但是他什么也做不了,她一直在其他地方忙,给草莓撒糖,劝斯特拉吃东西,害羞地跟弗朗西斯说,如果最近数字让他很困扰的话,她有几本书可以给他看。还有(威尔试图重新激起自己的怒火),他们正在吵架,没有人求饶,也没有人让步。

无论他如何酝酿,还是无法激起怒火。他忘不了那个男人弯着腰趴在女儿身边窃窃私语,但那毕竟只是加勒特医生,这个小鬼,说实话,他瘦小的身材,一个比一个塌得厉害的肩膀,倒是挺值得可怜的。自己的风度都去哪儿了?科拉对自己做了什么?

他走到那位医生面前,此时卢克已经取下纽扣孔里的黄花,正摆弄着花瓣。他听到自己说:"那天见面的时候,我很粗鲁,我不应该那样失控发脾气,您能原谅我吗?"他惊讶地看着手里的酒杯，好像刚才说话的是杯中的液体，不是自己。医生满脸通红，结结巴巴地说："没什么。"语气有些傲慢。随后，他脸上的红晕褪去，再次开口道："那个就是我偶尔会试一试的手段——科拉也做过一次，我们不认为会有什么伤害。"

"我无法想象有人能强迫科拉说她不愿意说的话。"威尔说。一时间空气有些冻住似的，两人都在想，对方没有任何权利评价科拉可能会做什么。

"她说你是个天才，"威尔说，"真的吗？"

"希望如此。"卢克说着，脸上露出笑容，"您的杯子空了，请允许我帮忙吧。告诉我，您对医学有兴趣吗？还是您的罗马领阻碍了您？"随后的几分钟，威尔唯一能做的就是对一个如此野心勃勃的男人心怀崇敬："在心脏本体上动手术当然是不可能的，即使能想到如何暂停血流。如果你想，可以隔离血流，但大脑也会缺氧，病人可能会死在手术台上——玛莎，给我们来点酒好吗？——瞧，你容易情绪不稳定吗？我给你讲讲……"小鬼拿出随身携带的笔记本，威尔看到上面画了一个婴儿，胸部的皮肤与骨骼分离，同时一根线将婴儿与熟睡的母亲连在一起。"你好像被吓到了，不要怕，未来就是这样！如果将母亲的血液循环连接到孩子身上，她的心脏就会为两者同时泵送血液，她的呼吸也会供应氧气，这样我就可以为那么多生下来就有心脏穿孔的婴儿做闭合手术，但是你知道的，他们根本不会让我试。你看上去好像要晕倒了。"威尔确实看起来像是要晕倒了，但让他烦恼的不是身体中的那些管道和流体，而是眼前这位活生生的外科医生说话的样子，像是万物生灵都要像母鸡一样被拔毛、清肠。"我忘记您是牧师了。"卢克说得很重，仿佛故意羞辱他似的。

桌子底下，弗朗西斯正在纸袋里剥一个从哈罗兹百货买来的橙子。他看到查尔斯·安布罗斯坐在斯特拉旁边，给了她一杯冷水。他听到他们说到科拉，说她真好看，把房间装饰得很可爱，像是把花园搬进了屋里。然后，斯特拉用手背擦了擦额头说："我们应该跳个舞欢迎夏天——没有人弹琴吗？"

"我会弹华尔兹，"乔安娜说，"别的就不会了。"

"一二三一二三，"查尔斯·安布罗斯数着拍子，踩到了妻子的脚趾，"要不把地毯卷起来？"

"快出来。"玛莎对躲起来的弗朗西斯说，然后开始拉他压在身下的地毯，露出底下的黑色木板。乔安娜挺直了背坐在钢琴前，挨个摁了一遍琴键，眨眨眼说："太难听了！声音太难听了。这架琴在这里放了太久，都潮了！"接着，她飞快地弹了一段旋律，然后很慢地弹了一遍。每隔几下就有一个键声音低到听不见，但大家都不介意。窗外的月亮圆圆的、低低的（"玉米地里长出来的月亮。"弗朗西斯自言自语道），河口两岸逐渐重叠，他们都知道现在正有什么东西悄悄地爬到湿地上，但大家都不关心。我想它可能会敲三下门，但没有人会听到。他想着，随即发现自己正站在门口留意外面的动静，想象着它眼皮耷拉着，眼睛里喷着火。

卢克·加勒特在室内的昏暗角落里翻阅着手稿，然后放下笔记本站在科拉的椅子旁。他像个大臣一样鞠了个躬，说："来吧，你跳得跟我几乎一样差劲，我们正好配一对。"但坐在敞开的窗户边的斯特拉却有别的想法："我太累了，没法跟我丈夫跳舞，能让我的朋友代替我吗？威尔！"她蛮横地笑着把他叫过来，"给科拉瞧瞧，让她知道你可不是个只会在家里看书的普通牧师！"

威尔不情愿地走上前来（"斯特拉！不要误导他们……"），

独自站在房间中央。没有讲坛或《圣经》,他似乎完全不知所措,略带羞涩地伸出双手。"科拉,"他说,"否定她没有用。我已经试过了。"

"小鬼说得对,"科拉迎上去,一边扣紧袖口的扣子一边说,"我跳舞可差劲了。我身上就没有音乐细胞。"她站在威尔面前,不知为何显得有些矮小,像是她站得比较远——自从离开福里斯街后,她还是第一次脚下这样不稳。

"你知道的,她说得对。"玛莎叹了口气,抖了抖绿色的裙子说,"她会把你的脚踩破的,她太重了,能不能让我替她跳?"

但斯特拉站在那里皱起眉头,像个舞蹈老师一样,把科拉的手放到丈夫的肩膀上。"瞧瞧你俩多登对!"她打量了两人一会儿,然后满意地回到敞开的窗户底下坐下。"好了,开始吧,"她抚摸着膝盖上的蓝色丝绸靠垫说,"该吃吃,该喝喝,好好享受,因为明天就要下雨了。"

威廉·兰索姆把手放在科拉的腰上,那正是她系衬衫的地方,弗朗西斯听到母亲叹了口气。她抬起头,两人静静地站了一会儿,屋里有片刻的安静,谁也没有出声。弗朗西斯一边观察,一边将一瓣橙子挤到舌头上。他看到母亲朝威尔笑了笑,但回应她的却是一个平静、冷酷的眼神。科拉的头像是不堪头发重量似的被往后拉了一下,他的手环住她的腰,拉住裙子的布料。

我一点也不懂,弗朗西斯心想,他看到玛莎退出,站到卢克旁边,还看到她的脸上完美地复制了他的表情:他们看起来好像有点害怕。

"我不能老是弹这一首曲子。"乔安娜坐在钢琴前,朝弗朗西斯翻了个白眼说。

"我不知道这首曲子！"威尔说，"我从来没听过——"

"要不试试这个？"说着，乔安娜手下的钢琴声开始变得缓慢、慵懒。玛莎说："不！不行。不要这个。"

"那我不弹了？"乔安娜抬起手，转而望着父亲。他们看起来好奇怪啊，虽然只是站在那儿！看起来好像约翰和詹姆斯，不知道他们是不是也沾点亲呢。

"不，继续弹，继续弹！"卢克说。他把自己变成了小丑，但在这样做的同时又想要退缩，他真想把那个钢琴合上。

然后，教区长开口了："不行，我跳不了，忘了怎么跳了。"乔安娜还在继续弹，时钟嘀嘀嗒嗒地走，但他还是没有动。

"我不认为，"科拉说，"我知道怎么跳。"她的手从他的肩膀上滑下来，后退一步说，"斯特拉，我让你失望了。"

"真不好看。"查尔斯·安布罗斯遗憾地盯着自己的空杯子说。

"我觉得现在最好不要弹了。"威尔转身对女儿说，并向她投去一个几乎充满歉意的目光。他向舞伴深深地鞠了一躬，说："如果换作其他任何人，你都会跳得比跟我好，但是我——我从未接受过这方面的训练。"

"哦，拜托，"科拉说，"都是我的错好不好？我唯一擅长的就是读书和走路。但是斯特拉，你在发抖，你冷吗？"她从威尔身边走开，弯腰捧起斯特拉的两只小手。

"我没感觉。"斯特拉说，她眸光一闪，"不过我想乔不应该待太晚。"

"是的！"威尔迅速接上，仿佛抓住救命稻草，"她当然不应该待太晚，而且我们得回去看看男孩们趁我们不在，把家里祸害成什么样了……科拉，能原谅我们先走吗？"

"确实,都快午夜了。"查尔斯瞥了一眼手表说,"钟声马上响起,我们都要变回白老鼠和南瓜了。凯瑟琳?我的凯特在哪儿!我的老婆在哪儿?"

"在这儿呢,我一直都在。"凯瑟琳·安布罗斯说。她把外套递给他,看到科拉又变得欢快起来,彬彬有礼,举止无可挑剔。她把蓝色丝绸靠垫塞给斯特拉("亲爱的,你一定要拿着,显然这就是专门为你做的……"),然后吻了乔安娜的脸颊("你知道,我一个音符都不会弹——你真是太聪明了!")。尽管如此,凯瑟琳依然没有被她骗到。在光秃秃的地板上跳个简单的华尔兹本来应该没什么问题,那礼貌熟悉的舞步应该不会让任何人惊讶。那个奇怪的时刻到底是怎么回事?为什么气氛突然就变了?那会儿就算突然打个雷大概也吓不到她。好吧,今天太晚了,毕竟威廉·兰索姆是个教士,不是朝臣。她耸耸肩,拉过丈夫亲了一下。

科拉打开门,黑水河的气味扑面而来。天空中弥漫着奇怪的蓝光,虽然空气很暖和,但她竟然发抖了。弗朗西斯躲在桌子底下,看到母亲在门口跟每位客人一一握手道别:"非常感谢——谢谢你,答应我下次再来!"她看上去精神抖擞,整个人发着光,似乎无论天多晚都不需要睡觉似的。

威廉·兰索姆左边被妻子挽着,右边被女儿挽着离开了,像是(弗朗西斯开始剥另一个橙子)穿上了一副盔甲。科拉甚至更加明艳动人,像是以某种方式把他们全都扫到了公地上。她关上门,满意地拍了拍手,但是在她警惕的儿子看来,却像是弹错一个音符,声音清晰得仿佛乔还坐在那架音调不准的钢琴前一样。为什么威廉·兰索姆出去的时候什么也没说,为什么母亲没有向他伸出手,玛莎和小鬼现在为什么要默默地打量她,好像她让他们失望了似的？算了，他从桌子底下爬出来，观察人类并试图理解他们有什么用？他们的规则太深奥了，就像风一样毫无定性。

等弗朗西斯背着斐波那契数列（其他孩子这时候可能会听个童话故事）上了床，玛莎和卢克开始着手清理桌子并铺好地毯，收拾散落在地板上的薰衣草花蕾。有一刻，科拉突然活力十足，"今晚是不是很美好，"她说，"乔真是个聪明的女孩，虽然以后她可能不会以音乐为职业。"然后便说她累了，想去睡觉。她的朋友们看着她赤脚跑上楼，她们在恐惧中变得相处融洽。"我觉得她可能都不知道。"卢克喝掉查尔斯带来的最后一点好酒说，"她就像个孩子，我不认为她明白，他们做了什么，整个过程中斯特拉一直在看着。"

"每天他的名字都出现，每一天。这个他会怎么想，那个他会怎么嘲笑，可是说真的，他们做了什么，什么也没有，其他人都没有看到。"

"她的信里也是，每一页都有！他能给她什么？一个害怕世界改变的乡村牧师而已。而且，他已经有一个傻老婆了，难道还不够吗，难道他非得让科拉也——"

"她在收集他。"玛莎把葡萄从葡萄串上揪下来，滚到桌子对面说，"就是这样。如果可以，她会把他放到玻璃罐里，用拉丁文给他的各个部分贴上标签，放在架子上。"

"如果可以的话，我会杀了他。"卢克说。这是真的，这个事实吓到了他，他弯起手指，仿佛手里握着一把手术刀，"她离我越来越远了……"

他们互相打量着，感到所有的反感渐渐消失，空气中弥漫着他们无助且无处发泄的渴望。在昏暗的房间里，医生的眼睛变得黢黑。他看着玛莎一只手放在头上，看到她的绿裙子拉到了手臂下面的接缝处。他朝她那边凑了凑。她转身走到楼梯口。"跟我来，"她向他伸出一只手，"跟我上楼。"

科拉房间的窗户是开着的，墙上的灯光逐渐暗淡，她说："可能有血。"然后他说："那最好，最好——"他吻的是科拉的嘴，那放在他最渴望的地方的是科拉的手。彼此都是仅次于最好的，他们像廉价的二手衣服一样彼此包裹着。

公地那边，诸圣堂尖顶的影子下，乔安娜穿着拖鞋睡着了，斯特拉也枕着她的新蓝色靠垫打着盹儿。稍远处，威尔一个人愤怒地朝湿地走去。欲望从来没有如此困扰他，他很早就跟斯特拉结婚了，而且过得很幸福，他们的欲望是纯真的，非常容易满足。哦，他知道自己爱科拉，那一刻他马上就意识到了，但这也没有使他感到困扰。不管她是个男孩还是个富孀，他都会一样爱她，一样赞美她那灰色的眼睛。他是个饱读《圣经》的人，知道不同的爱有不同的叫法。他对着教堂读圣保罗的话，那神圣的感情呼唤着科拉的名字：感谢神，感谢与你的所有回忆……

可是，在那个空气微咸、玫瑰盛开在每个角落的温暖房间里，有什么东西已经变了。他把手放在她的腰上，看到她说话时喉头一动一动的。是因为这个吗？还是因为她的丝巾滑落，他看到了她的伤疤，想问问疼不疼，怎么弄的？她是否介意？威尔想到自己抓着她，听到自己的指甲与她的裙子面料摩擦的声音，想到她目光平静地看了他好久。威尔觉得她可能有点怕他，但不是。她的目光变得幽深不是因为害怕，而是挑战，或是满意——她笑了吗？

他走到河口，不知道该如何处理自己的欲望，只知道不能让斯特拉察觉。他知道自己触碰到了她，第一次发现她很瘦、很脆弱。他脑子里现在更像在斗争，这吓到了他。威尔跑到河边，迅速扑到黑色的湿地上，像狗似的狂吠一声开始扑腾。

午夜过后很久了，这一年也很快过去一半，弗朗西斯·西伯恩此时走出了家门。左口袋里是从科尔切斯特的废墟上得到的银叉子，右口袋是一颗穿孔的灰色石头，他的小指正好可以放进那个孔里。楼上，科拉躺在床上，用手压着锁骨上的伤疤，希望能缓解疼痛。别处的某个房间里，卢克和玛莎正在伤心。没有人关心弗兰基去哪儿了。但凡想到他，他们肯定会首先觉得不安，然后会放心地想，那个神秘的孩子一定会保护好自己。

没有人试图理解弗兰基深夜散步的习惯，他们觉得这不过是另一个怪癖罢了。他受不了周围有人，但会在凌晨时分在卧室门口游荡，他一直就是这样一个令人捉摸不透的孩子。如果有人问起，他会说自己只是在试图理解这个世界和它的工作原理：为什么出租车车轮的转动方向似乎与前进方向相反？为什么东西落下的时候，先看到它落地，然后才听到声音？为什么他明明举起的是右手，镜子里的自己举起的却是左手？他看到母亲研究那些泥巴和岩石，而自己对之一点也不感兴趣。她总是低头往下看，而他是抬头往上看。她一点忙也帮不上。在遇到的所有男性和女性中，他只对斯特拉·兰索姆有耐心。他看到她是如何收集蓝色石头和花朵的，并且认定他们是知己。他也看到了她那过于明亮的眼睛，不知道为什么从来没有人说起这个。但这不就是他们的相似之处吗？看到却不评论。

在朦胧的月光下，他走到户外，看到光影平行落下，想知道为什么。今晚的混乱令他十分不安。他观察得非常仔细，却发现自己看到的一切毫无章法逻辑。一个人走在深夜，许多问题都会变得更容易。他想着或许自己可以去黑水河看看潜伏在河口的到底是什么。他突然想到，整个凛冬村的孩子里头，只有他还没见过那个怪兽，甚至做梦都没有梦到过，真不公平。穿过公地往东走，在叛徒橡树树荫的遮蔽下往高巷进发，四周全是喃喃低语和燃烧的篝火，以抵御那些勇敢置身于现代的生灵。有人在拉小提琴；两个白衣女孩从他身边经过；树篱上停着一只夜莺。到达高巷后，便看不见公地了，其上的喧嚣也渐渐消失。左边是木材燃烧的烟味，远处传来一声兴奋的尖叫，此外别无一物——这世上可能就剩他独自一人了。

弗朗西斯看到世界尽头的盐碱滩，想寻找天空中位置一成不变的北极星，或者看看月亮是如何反射光的，但看到的却是一块黑布上面缝了一张亮蓝色的网。仿佛他并没有抬头仰望苍穹，而是低头望着阳光照射下涟漪阵阵的湖面似的。从北到南，苍白的地平线上悬挂着细小的蓝光，中间是深蓝的天空。时不时地，仿佛被风吹动似的，天空缓缓移动，明亮的网闭合变宽了。那里的光不是借来的，完全是它自己发出的，像是一片被阳光镶了金边的白云；可能是很多细小的闪电被固定在那里，燃烧出难以解释的蓝色。弗朗西斯高兴极了。那种高兴那么突然、那么彻底地从心底散发出来，他唯一能做的就是放声大笑——他被自己这种陌生的兴奋感吓到了。

盐碱滩里的动静引起了他的注意，站在那里观察的时候，他使劲伸长了脖子，以至于早上母亲看到的时候，奇怪他为什么要那样抻着脑袋。蓝光使世界变得比原本明亮了许多，河口表面显现出油一样的黑色，水面上点缀着许多蓝色斑点。水边与岸边之间离利维坦的肋骨不远的地方，一个布捆在动。里面有声音，很轻，像是什么动物在打鼾，布捆在泥地里变长，然后便不动了。

弗朗西斯很好奇，转过身来借着微光偷偷查看。他认为，如果这就是黑水河里的怪兽，那真是个可怜的家伙，应该会被淹死。鼾声停了一会儿，布捆也同时慢慢朝利维坦挪动，然后又停了，只是最后那声明显是咳嗽，接着是慢慢喘了口气。

弗朗西斯并不害怕，而是又走近了些。布捆抽搐了一下，然后"呻吟"一声"站"了起来，弗朗西斯这才看到一层油腻的黑色外套和浓密的皮毛衣领——是一个头发蓬乱的老人，村民下葬的时候，他曾在教堂见过这个老人一两次。克拉克内尔——对，就是他，一个浑身臭味的老家伙，有一次弗朗西斯曾被他拉着袖子，去看匆忙奔走的蠼螋。呻吟声最后变成一阵咳嗽，他咳得直不起腰来，紧紧抓住外套，突然没了声音。

克拉克内尔穿着靴子站在河水边缘，因为视力不好，只看到一个黑发梳得很整齐的瘦瘦的男孩。他想出声呼唤，但空气像是刀刃似的，在他呼吸时卡在喉咙里，每次名字到了嘴边（弗雷迪，是吗？）都会引起一阵咳嗽。最后他终于调整好了呼吸，大声喊着"孩子！孩子！"并向弗朗西斯招手，在不到十五英尺远的小路上摇摇晃晃地走着。

"我不知道你在做什么。"弗朗西斯说。他在干什么？可能是快死了吧，但在这里等死也太奇怪了。父亲死的时候，身上盖着干净的白床单，一直到下巴底下。有一刻，他转身抬头看去——瞧，那个网又变宽了，有些地方都破了，蓝黑色的天空在一片片光之间显现出来。

"快去叫人。"克拉克内尔说，然后便开始不停地喃喃自语，一会儿生气,一会儿开心,用一种恳求又愤怒的目光盯着弗朗西斯。

弗朗西斯蹲下来,抱着膝盖开始饶有兴趣地打量克拉克内尔。一只飞蛾曾在他外套的皮毛衣领中筑巢,衣服的其他地方有一些白色的污点,可能甚至还有霉菌(霉菌能长在布上吗?他决心要搞明白)。"兰索姆。"克拉克内尔还不太想做最后的忏悔,但不介意最后看到的是一张友善的脸。他伸出一只手推了推男孩的外套——求你了,他本来想说,但这话太严重了。

男孩歪着头琢磨着听到的那个名字。"兰索姆?"他说。他觉得这就说得通了。过去几周,那个脖子上系着白布条的男人总共拜访了三位村民(他数过),其中至少有两个已经死了。是他带来死亡,还是他让死亡变得更容易?他猜是后者,但搞清楚到底是哪个非常重要。弗朗西斯检查了一下老人,发现他的嘴角有许多泡沫,胸部在外套里面空荡荡的。即使是在近乎无光的黑暗中,也能看到老人的肌肉像蜡一样,深陷的眼窝周围已经泛出蓝色。他的样子既可怕又正常,或许人快死的时候都是这样吧。

克拉克内尔发现自己已经说不出话来,张口不过是白白浪费努力靠冷空气维持的呼吸罢了。那个男孩在做什么?为什么那么平静地蹲在他身后,不时地抬头看看,每次看的时候都面露笑容?他的心脏在胸腔中缓慢地跳动,他现在肯定跑去找兰索姆了,兰索姆会提着灯,带着厚毯子过来,裹在他颤抖的四肢上吧?但弗朗西斯很清楚接下来会发生什么,他觉得这样浪费时间毫无意义。而且,他突然想到,与别人分享头顶上正在发生的奇观可能并不会减少他的快乐,反而会使快乐加倍。他俯身凑到老人面前说:"你看。"他拉了拉那耷拉着的脑袋上的一绺白发。克拉克内尔只好将目光从黑黑的河水移到头顶上他一直以为是天堂的地方。"瞧，"男孩说，"看到了吗？"他看到老人眯缝着的眼睛突然睁开，嘴巴也张得很大。随着黎明到来，闪闪发光的云朵碎片逐渐消失，汇集成一道苍白的弧线，将天空分裂开来，与此同时，他们看到一只云雀开心地唱着歌直冲云霄。

弗朗西斯躺在他旁边的湿地上，毫不介意渗到衣服里的泥水、老人身上的臭味，也不在乎清晨的寒意。两个脑袋时不时地碰在一起，后来，克拉克内尔开始变得迷糊，转过头来望着这景象，有时还试图唱一段赞美诗。"我心灵得安宁。"他唱道，此刻他对这一点无比确定。在生命走到尽头的那一刻，随之而来的是一次长久的畅通无阻的呼吸。弗朗西斯拍拍手说："好了，好。"他感觉十分满足，因为他喜欢事情按照他想的方式发展。

公地 2 号
凛冬村
6 月 22 日

亲爱的威尔：

现在是凌晨四点，夏天已经来了。我最近一直在观察天空中的异象。你看到了吗？他们说那是夜光。又是一个预兆！

很久很久以前，你说我这么年轻就失去了丈夫，真替我难过。我记得当时真希望你说的是他死了——我没有失去他，那不是我主动的。

你为什么要难过？你都不认识他，也不认识我。我想这些善意的话应该是他们第一次给你罗马领的时候教给你的吧。

可是那时候我也没法告诉你到底是怎么回事，不光是他死了这件事（瞧，说出来多容易！），还有之前的一切。

他死了，我很高兴，同时心烦意乱。你相信吗？人脑子里可以同时存在两种完全对立但又都完全真实的感情。我想你应该不信，我想你那种非黑即白的想法应该理解不了。

我心烦意乱，因为我不知道其他的生活方式。结婚时我还很小，我们见面时还很年轻，我几乎没有真实地存在过。是他让我变成一个活生生的人，是他让我成为现在的我。

但与此同时，真的是在同一时间！我觉得自己很幸福，我以为自己会幸福地死掉。我之前几乎不知道幸福是什么，我以为这样幸福地生活而不被熔化是很难的事。我们见面的那一天，我走在树林里，高兴到几乎无法呼吸。

有一次我遇到一个女人，她说丈夫待她就像对待一只狗一样。他会把她的食物扔在地上的盘子里。走路的时候，他让她跟在后面。要是说错话，他会卷起正在看的报纸直接砸在她鼻子上。她的朋友们看到了，只是笑着说他好有趣。

知道我听到这些的时候是什么感觉吗？我很嫉妒，因为从来没有人像对待狗一样对待我。我们养了一条狗，一个可怜的家伙。有一次我从它身上找到一个虱子，那虱子像浆果一样"啪"的一声被摁扁了。迈克尔会把狗的脑袋搂在膝盖旁，毫不嫌弃它的口水，还抚摸它的耳朵，而且一边摸一边看我。有时他会一遍遍地使劲拍它的身子，发出一种空洞的声音，狗会狂喜地翻身。迈克尔快死的时候，它寸步不离。他死了之后，那只狗也跟着去了。

他从未如此温柔地抚摸我。我看着那只狗，很嫉妒它。你能想象有人会羡慕一条狗吗?

我要回伦敦住一段时间。我不会去福里斯街,那里已经不是我的家了。查尔斯和凯瑟琳会照顾我的。

我不要你觉得必须回信。

带着爱,
科拉

PS:关于斯特拉,你应该会收到加勒特医生的信。请考虑让他帮忙。

这天早上,乔安娜去诸圣堂,在那里找到了她的父亲。那真是一个美好的夜晚,她想。她还记得自己和玛莎如何仔细研究了伦敦的新住房,铜水管里将会流出干净的水。她的琴弹得不错,穿的裙子也很漂亮,还吃了个橙子(指甲上还留着剥皮时染上的橙色)。确实,母亲那天累坏了,早上父亲也一言不发,但后来他说,他一直在思考很多事情。

她发现他在阴影处弯着腰,手里拿着凿子,动作飞快地凿着盘绕在长椅扶手上的那条蛇。多年过去,那埃塞克斯橡木已经骨化发黑,虽然那东西收起的翅膀已经没了,掉在石头地板上,但它还是露出牙齿,笑看着它的对手。

"不!"乔安娜大叫着,想象着摧毁那件东西会带来杀戮。她跑向长椅,拉住他的衣袖说:"你不能这样做!它甚至都不是你的!"

"我会负责的!我会做我认为对的事!"他说。他的声音听起来一点也不像原来的父亲,反而像一个没有得到满足的男孩。随后,他似乎也听出了自己的暴躁,理了理衬衣说:"没用的,乔乔,它就不应该在这儿。瞧,你看不出来它与这里格格不入吗?"

乔安娜已经站不住了,她抚摸着蛇的尾巴尖,看着它被斩断的翅膀,哭泣着说:"你不应该破坏东西!你没有这个权利!"

乔安娜很少流泪,如果不是今天,她的眼泪很可能会让他不忍再下手。但威廉·兰索姆感觉被敌人困扰已久,而至少这个是他能摧毁的。晚上他总是失眠,他们总会来找他:蹲着的黑眉医生,拎着鼹鼠皮的克拉克内尔,一屋子一个接一个哈哈大笑的女学生。黑水河分开,还有一脸严肃地站在泥巴里的科拉,在她身后,埃塞克斯之蛇的心脏在湿漉漉的皮肤下怦怦跳动……最后,他眨了眨眼说:"回去吧,乔安娜,去看你的课本吧,别来捣乱。"

乔安娜居高临下地站在他旁边,考虑要不要一拳打在威尔低着的头上,她生平第一次感觉到一个孩子因为知道自己比父母更明智、更公正,而产生的那种无助的愤怒。就在这时,身后教堂的门打开了,光照了进来,然后是一头炙热红发的娜奥米·班克斯。她上气不接下气地跑过来,双手到胳膊肘全是泥巴。"又来了!"她尖叫着,"它又来了。我跟你说过它会来的。我是不是跟你说过!是不是说过它还会来!"

当威尔到达湿地的时候,已经有一小群人聚集在那个布捆周围。克拉克内尔的头朝左边转得很远,伸着脖子向上,像是要看清摧毁他的那东西的脸——非常明显(他们说)他的脖子被拧断了。"等验尸官来再说吧,"威尔弯腰合上他眯缝着的眼睛说,"他生病有一段时间了。"老人的外套上,就在胃部的位置,两个破了的口袋之间,放着一把银叉子和一块穿孔的灰色石头。"这是谁放的?"他抬头看看人群,问道,"是谁把这些东西放在这里的,为什么?"但所有人都往后退,一个接一个,不承认任何事情,说他们知道有什么东西在那里,一直都知道。而且每次涨潮的时候,他们都会把门锁得牢牢的。一个女人在胸前画十字,牧师狠狠地瞪了她一眼,他早就跟他们说过不要迷信。

"他的一枚铜纽扣被撕掉了。"班克斯揉着女儿的头说,但没有人太在意。克拉克内尔还有纽扣,这本身就是个奇迹。

"我们的朋友去世了,这是因为他病了,现在去享受荣光了。"威尔说,并且希望最后一句话是真的,"他可能是夜里出去透透气,或者迷路了,而且有点犯糊涂。现在不是讨论蛇和怪物的时候,有人去叫医生了吗?——谢谢,是的,把他的脸盖上吧,让他安息吧——我们所有人最终期望的不就是这样吗?"

弗朗西斯·西伯恩站在一小群人外围,不时地拍拍夹克口袋,里面是一枚闪亮的纽扣,上面雕刻着锚。有人开始哭泣,但弗兰基已经不感兴趣了。他望着远处的地平线,那里,蓝色的云已经从四面八方堆积起来。那样子像极了慢慢隐入雾中的山脉,他觉得或许整个小村庄已经从埃塞克斯被拔除,继而被投放在异国的某处。

亲爱的科拉:

看到这张明信片我就想到了你——你喜欢吗?

来信收到。谢谢。我会很快再给你写信的。斯特拉说她爱你。

一如既往,

威廉·兰索姆

《腓立比书》1:3—11

卢克·加勒特医学博士，
写于皇家自治市教学医院
6月23日

亲爱的兰索姆牧师：

希望您一切都好。这次写信是关于兰索姆太太的事，我见过她两次。这两次我都观察到以下情况：体温明显升高，脸色发红，瞳孔扩大，心跳快且不规则，小臂上有皮疹。

我猜她应该还有轻度的精神错乱。

强烈建议您带兰索姆太太来皇家自治市医院，如您所知，这是我任职的地方。我的同事戴维·巴特勒医生提议对她进行检查。他是呼吸疾病方面经验非常丰富的专家。如果你们允许，我也会参与。肯定会有一些外科手术是你们愿意考虑的。

无须预约。我们将尽快为您服务。

真诚的，

卢克·加勒特医学博士

牧师威廉·兰索姆

教区长住宅，凛冬村

埃塞克斯

6月24日

亲爱的科拉：

希望你一切都好。虽然我想尽快回信，但未能如愿。发生了一些事情，克拉克内尔被带走了。

为什么这样说呢？我知道他病了。他死的前一天我还坐在他旁边。克拉克内尔想让我给他读书听，但整个房子里一本书都没有找到，除了我的《圣经》，他当然不想听。最后我背了一遍《胡言乱语》①，逗得他哈哈大笑。"长剑出鞘！"他说，觉得很好笑。

我们是在湿地发现他的。潮水涨上来，没过了他的靴子。他当时似乎在仰头看什么东西，但验尸官说没什么异常。他肯定是在那里待了一宿。没有他，世界尽头似乎正沉入泥土。乔安娜已经决定要把梅戈格留在我们家（也可能是戈格），她在它脖子上拴了根绳子，牵着它一路走回了家。它现在正在后花园里吃斯特拉的花。现在正在看我。我不喜欢它那双小眼睛。

村民们自然是一阵骚动，他们都把孩子关在家里。事情发生的那天晚上，他们说天上有奇怪的蓝光。一个女人（小哈莉特的母亲，还记得哈莉特吗？）不停地说面纱已被刺穿，而我又不能把她赶出教堂。但凡给她个机会，她都能站在讲坛上大放厥词。试想一下，如果她像我们一样看到莫佳娜海市蜃楼，那还了得！

---

① 原文为 Jabberwocky，意为"无聊、无意义的话"，最早出现在刘易斯·卡罗尔的儿童文学作品《爱丽丝漫游仙境》中，是刘易斯的自编词。

我们估计只能进疯人院了。

有人一直在叛徒橡树上挂马蹄铁，很可能是埃文斯福德，他一直以害怕为乐。还有个农夫烧了自己的庄稼。我不知道该怎么做。我们在被审判吗？如果是的话，我们做了什么？应该怎样赎罪？我接受了这个群体，并且努力做好一个牧羊人，可是有什么东西却把他们驱赶到了悬崖边。

你的小鬼医生写信了。光看信他是一个很好且值得信赖的人，我很难拒绝。下周我们将前往伦敦，尽管斯特拉现在看上去比前些日子好多了，起码能睡整宿觉。

但我还是十分头疼。加勒特医生向我表明了如果允许，他会对婴儿和妇女做什么，我觉得很恶心。我恶心的不是切割和缝合，而是他那漫不经心的样子。他说如果我相信灵魂不灭，就不应该把我的肉体看得比一只兔子更重要。我们都是过客而已，他说。他跟我说他尊重科学，敬畏组成我们身体的血管、血球和细胞，所以我才是真正的野蛮人！

自你走后，我一直像个学生一样努力读书。希望你不要认为我太过傲慢，不愿筛选、梳理自己的思想。洛克怎么说的来着？我们都目光短浅（近视）。我觉得现在比以往任何时候都更需要那镜片三英寸厚的眼镜。

我不会接受我的信仰是迷信的观点。我怀疑你有点为此鄙视我。我知道你的那位医生也是！我几乎希望自己可以为了取悦你而否认。但是，这是理性的信仰，不是黑暗，启蒙运动驱逐了所有黑暗。如果理性的创造者将星星放在正确的位置，那么我们就必须能够理解它们。我们还必须是理性的、有序的生物！

科拉，还有很多——除了计数原子，计算行星轨道，倒数哈雷彗星何时回归，还有很多。除了脉搏，我们身上还有其他东西在跳动。还记得那个将鸽子绑在底片上并割断它的喉咙，以为自己捕捉到了从伤口逸出的一缕灵魂的那个法国人吗？当然很荒诞，可是，难道你不明白他当时手里拿着刀，是如何想象接下来的场景的吗？

还有什么能解释这么多？当我转向基督时，还有什么可以解释我的全神贯注，我整个人如此充满爱？

还有什么能解释我对你的渴望？科拉，我很满足。我已经走到所有新事物的尽头。我已经没有什么储备的惊喜，而且也不再寻求惊喜了。我在实现自己的目标。而你就在那里，从你从未洗干净的头发到你的男士衣服，我从来都不喜欢你的样子（你会介意吗？）。可是，我似乎用心了解了你，似乎立刻就认识了你，立刻就忍不住把从不对别人说的话一股脑地全告诉你。这一切对于我来说就是"所期待的事物的实体，看不到的东西存在的证据"！我应该感到羞愧还是困扰？不，我拒绝。

你怎么想？是无神论者还是叛教者？是你将我推向上帝。

爱你——为你祈祷，无论你是否喜欢，

威尔

牧师威廉·兰索姆
教区长住宅，凛冬村
埃塞克斯
6月30日

科拉，还没有收到你的信。是我说话太随意了吗？还是不够随意？

我很担心斯特拉。有时候我觉得她思绪混乱，她会变成以前的自己，跟我说圣奥西斯有个新教区牧师，他还没有结婚，或者科尔切斯特开了家新店，点心是从巴黎直接运过来的。

她整天都在一本蓝皮书上写东西，但是不让我看。

明天我们就去伦敦。想着我们俩。

你的基督徒，

威廉·兰索姆

斯特拉在碰到听诊器的时候缩了一下，然后开始按照指示呼吸：尽量深呼吸，咳嗽不用管。她突然一阵咳嗽，虽然不算最厉害的，但也足够严重。她咳得趴在椅子上起不来，还有点儿尿失禁。她喊着要一块新手帕。

"也不是一直这么糟糕。"她擦擦嘴巴，感觉很对不起面前严肃观察自己的这三个男人：他们多么警惕！他们自己就没生过病吗？还有威尔，不知道是因为痛苦还是不舒服，几乎不看她的眼睛。还有那个小鬼，他站在远处的角落里，虽然隔着一段距离，但他黝黑的眸子不会错过任何细节。还有一个是巴特勒医生，那个年纪最大、最温和的人，因为在各色人等的床边待的时间最长，深谙如何缓解病人的焦虑。巴特勒医生收回听诊器，用手轻轻地帮病人把衬衫塞好。"毫无疑问，我认为是肺结核。"他看着女人绯红的脸（果然如卢克所说的）说，"不过按照惯例，我们会采集痰样本确认一下。"巴特勒医生的头顶很高,光溜溜的,全靠已经全白的胡子来弥补(他的学生说,由于他思考的速度很快,常年的摩擦导致头上不可能长出任何头发)。

"死亡队长[①]。"斯特拉拿起手帕,对着上面绣的勿忘我轻声说。这些都没用,但凡有人问起,几个月前她就会这样说。高高的窗户开着,可以看到外面白色的天空被分开,露出一片蓝色。"我自己承受。"她小声地说。

"确定吗?怎么会?"威尔说,不知道是房间的原因还是他心里太害怕,那一刻好像特别黑。斯特拉仍然面带微笑地躺在沙发上,他盯着沙发下面,想象着阴影中有什么东西在动,还带着河水的气味。"你们如何确定?他们整个家族中都没有人得这种病,一个也没有。斯特拉,你必须告诉他们。"可是,他为什么没有发现,难道凛冬村发生的事情真的蒙蔽了他的双眼吗?"医生说是流感,村子里的人已经得了一遍,所有人得流感之后都很虚弱……"

"家族病史跟这个没有任何关系。"卢克说,"这个并不是遗传病。只是结核菌引起的,仅此而已。"他对威尔的讨厌已经溢于言表,说话也是一针见血,"牧师先生,细菌是能够携带传染病的微生物。"

"我想再确认一下。"巴特勒医生目光复杂地看了他的同事一眼,虽然卢克一向没什么礼貌,但也很少这么鲁莽,"兰索姆太太,你能忍受再咳一次吗?一点点就好,吐到盘子里?"

"我都生过五个孩子了。"斯特拉带了点脾气说,"其中两个死

[①] 肺结核的别称。

了。吐点痰对我来说不算什么。"这次拿来的是一个铁盘,盘中清晰地映出一片天空。她痛苦地从肺里咳出来一些褐色物质,盖住了那片天空,然后礼貌地点点头,递给巴特勒医生。

"你们打算怎么办?"威尔说,"该怎么治?"还有,为什么她好像觉得这一切理所当然。她太冷静了!这不正常——这也是一种癫狂。难道她不应该哭着让他陪在自己身边,抓着自己的手吗?

"我们现在可以给致病细菌染色,这样就可以在显微镜下清楚地看到它们。"巴特勒医生说,因为激动他的语速也快起来,"也有可能是我们搞错了,兰索姆太太可能只是得了肺炎,或者其他不那么严重的病——"

显微镜!斯特拉想。乔安娜一直想要一个,想看看苹果和洋葱是如何用细胞建造起来的,就像用砖建造房屋一样。"我也想看看,"她说,"能让我看看吗?"

这个请求也不是很罕见,巴特勒医生想,不过通常都是年轻人,他们迫切地想看看敌人的队列。但谁也不会想到这个银色头发的娇小女人会如此乐观。虽然这也可能是精神错乱的一种表现。许多患者都曾达到过的那种奇怪的平和心态,竟然这么早就已经在她身上表现出来。

"麻烦您等一下,一个小时后之后我会带过来。"他说,同时看到她的丈夫已经准备要反对,"不过当然,我希望什么也看不到。"

"斯特拉,"威尔恳求道,"斯特拉,一定要看吗?"一切都发生得太快,仿佛不过几分钟前他还腰上别着克拉克内尔送的兔子,在冬日里从世界尽头走回家,看到家里的灯亮着,家里人都在等他，可这一刻一切却都化为泡影。他闭上眼睛，在黑暗中看到埃塞克斯之蛇闪闪发亮的眼睛，闪烁着兴奋的光芒。

"那就为我祈祷吧。"斯特拉悲悯地说，她也确实希望威尔为她祈祷。巴特勒医生端着盖住的盘子走了，小鬼跟在他身后，威尔跪在她的椅子旁边。但祈祷该置于何处？这里全是药瓶和镜片，所有的奥秘都不再神秘。他应该祈祷什么？那个病肯定早在他们耽于幸福时就潜伏在那里了，难道他要祈祷时光倒流吗？如果可以，为什么会停在那个节点？为什么不能要求凛冬村每个死去的人都起死回生？

斯特拉真的独特且珍贵到能让一向特立独行的上帝干预她的生死吗？但他知道礼拜日一个搞恶作剧的学生说的话——他们祈求的不是恩惠，而是顺从。"并非成就我所愿，只成就你所愿①，"他说，"上帝保佑我们。"

他们回来的时候神情肃穆。威尔被抛在一边，好像得病的是他，而不是她似的。他们像在玩传话游戏似的窃窃私语，轮到她的时候——"亲爱的，你的情况不太好，不过他们会帮你的"——真相已经不重要了。"肺结核，"听到这个消息，斯特拉活跃起来，"白死病。肺痨。淋巴结核。我知道它有好多种叫法。你手里拿的是什么？给我看看。"那是刻着她未来的玻璃片，在恳求一番后，显微镜也被拿来了，然后她说："就这些吗？好像大米粒。"

斯特拉再次咳嗽起来，咳得有些头晕，于是趴在了沙发粗糙的扶手上，她只能在一旁偶尔听两句自己未来会怎样。

"应该尽快将她隔离，病情恶化的时候得把孩子们送走。"卢

---

① 出自《新约·路加福音》22：42，原文是"Not my will, but thine be done（并非成就我所愿，只成就你所愿）"。

克惋惜地说，但这对于致命的疾病来说又有什么用呢？

"不急，牧师先生。我知道你听到这个消息很震惊，"巴特勒医生说，"但是现代医学可以做很多事情，我个人会建议注射结核菌素，这是罗伯特·科赫最近在德国引入的——"

威尔仍然有点茫然，想到针头刺入斯特拉脆弱的皮肤，努力忍住一阵恶心。他转向卢克·加勒特说："那你呢？你怎么说？要把刀拿出来吗？"

"如果出现治疗性气胸——"

"加勒特医生！"巴特勒医生感到震惊，"我不想听到这个。迄今为止只出现过两三例，而且本国没有一例，现在不是试水的时候。"

"我不希望你碰她。"威尔说着，想起小鬼蹲在乔安娜面前低语的样子，又是一阵恶心。

"兰索姆太太，我来解释一下，"加勒特转身对病人说，"其实很简单，我知道你会明白的。引入的空气会使被感染的肺部塌陷。就像胸腔中有一个没了气的气球，通过手术可以显著缓解这种症状，从而开始自愈——"

"她跟你的那些尸体不一样。她是我的妻子。你说话的样子好像她的内脏被挂在屠户的窗口似的！"

卢克已经失去了耐心，说道："难道你真的要让自己的傲慢和无知将她进一步推向险境吗？你就这么害怕自己身处的这个时代吗？你希望你的孩子都被天花折磨，水里全是霍乱病菌吗？"

"先生们，"巴特勒医生感到很头疼，"理智一点。兰索姆牧师，当你把她带到这儿来的那一刻，她就成了我的病人，我建议你考虑注射结核菌素。当然，你需要时间好好想想。只是宜早不宜迟，趁着还没有出现大出血。不过恐怕这是早晚的事。"

"那我呢？"斯特拉用胳膊肘撑起身子，往后拢了拢头发，皱着眉头说，"你们不打算问问我吗？威尔，这难道不是我的身体吗？得病的不是我吗？"

七月

凛冬村，娜奥米·班克斯失踪了。她是在发现克拉克内尔的那天走的，还留下一个字条，上面写着："它来了，不管你是否已经准备好了。"背面还印了三个吻。班克斯划着船在黑水河上寻找，谁也劝不动他。"先是妻子，然后是船，现在又是女儿。"他说，"我已经一无所有了。"他找遍了每家每户，但什么也没有发现，虽然杂货商说他每周的进款都少了一点，会不会是她一时误入歧途开始偷东西了？

村民们都很警惕。不管科尔切斯特来多少验尸官，他们也不会相信克拉克内尔的死是因为衰老的心脏停止了跳动。是埃塞克斯之蛇，肯定是它。他们到处寻找蛛丝马迹，果然被他们找到了：田里的大麦长得不太好，母鸡不下蛋，牛奶有变味的趋势。叛徒橡树上挂着太多重重的马蹄铁，一阵风或是某天天气恶劣的时候，枝杈随时有断裂的风险。甚至连那些从未见过夜光的人也能描述出那晚夜光的样子，挂在公地上空，在河口洒下点点蓝光。上游的圣奥西斯有人淹死了。"我说过吧，"他们说，"我跟你说过吧。"

大家制订了守夜值班表。他们坐在湿地上的小火堆旁,在日志上做上记号:02:00,东南风,能见度良好,潮汐低。02:46-02:49没有异常,只有些许研磨声和轻哼声。考虑到娜奥米是如何失踪的,以及班克斯最近越来越喜欢喝酒,他未被排入值班表。

凛冬村的孩子们并不甘心被关在室内。

一小片教区的一家农舍里,一个男孩在家里憋疯了,咬了母亲的手。"看,"她向威尔展示她的伤口,"知更鸟飞进来的那一刻,我就知道有什么不对劲。是他身体里的蛇跑出来了。"她朝教区长露出牙齿,发出咝咝声。

斯特拉在家每天写她的蓝色日记——我想在一个晴朗的蓝色夜晚,用蓝色的水再次洗礼——听到威尔进门就立刻把日记合上。她的病情时好时坏。客人们给她带来各种消息——有没有听说过这个女人、那件事情?是不是很有趣?她看起来还是那么漂亮,从哪儿找的那么亮的珠子——离开的时候都摇摇头,回去就用杀菌剂泡手。"她已经完全不是她自己了,"他们说,"她跟我说她睡觉的时候有时会听到蛇的声音!说那蛇知道她的名字!"然后是,"你不会真的以为她看到了吧?你不会真的以为她能看到什么东西吧?"

威尔发现自己踩在一条钢丝上。钢丝很细,随便哪边都会跌入万丈深渊。他不愿意听这种悲惨的迷信故事——听过这样有血有肉,还有骨头的谣言吗?遏制这种谣言是他的职责。他大声宣讲:"神是我们的避难所,是我们的力量,是我们在患难中随时获得的帮助。"但显然村民们对此深表怀疑。会众并没有减少,只是逐渐变得易怒好斗,经常拒绝唱诗。没有人提起那张长椅破碎的扶手,虽然上面还能看出残留的尾巴。总的来说,他们很高兴那东西消失了。

威尔躺在床上夜不能寐,斯特拉则远在走廊的那头,他不知道这是不是审判。上帝知道他一个人可以面临多项指控(他犹记得自己一个人站在湿地上,因为欲望直不起腰来)。他想知道埃塞克斯之蛇是否将他的名字写在了账本上。

科拉没有任何消息。他想她。有时威尔觉得她晚上悄悄溜进来,把她自己的眼睛放进他的眼窝里,所以他总在从她的角度看这个世界。看到花园里的一团泥巴,他就想揉碎了看看是不是有什么东西蜷在里面。他想告诉她一切,可是不能,这让他觉得整个世界都变得稀薄沉闷。"有只蜻蜓困在书房里的一个书架后面,"他写道,"我不忍听它拍打翅膀的声音。"但随后又把纸揉成一团扔掉。

科拉看了信,但没有回。她带着玛莎和弗朗西斯回了伦敦。"伦敦在每年的这个时候是最美的。"她大手一挥,住进一家高档酒店,吃着美味大餐,穿着自己不喜欢并且发誓再也不穿的鞋子。她和卢克·加勒特在堤岸附近的戈登酒吧喝酒,那里的墙皮直往蜡烛上掉,每次谈到她善良的牧师先生,科拉就蛮横地挥手打断他。但加勒特不是傻瓜,他更愿意她像以前那样开心地句句不离威尔。

卢克和玛莎曾以为在那个仲夏夜之后,他们会彼此相爱或敌视,结果却大大出乎他们的意料。两人现在相处得十分融洽,像是曾在同一个战壕里战斗过的战友。他们从未提起那天晚上的事,甚至都没有回想过。那是必要的,就这样。他们都默契地认为不应该让斯宾塞知道,卢克非常喜欢他,而玛莎还要利用他。他已经聚集了一些颇有政治影响力和财力的人,认为贝思纳尔格林可能会享受不附加任何道德义务的新住宅,而新住房的标准远高于最基本的容身之所。

当新西兰的船只在码头上卸下冷冻羔羊肉时,玛莎和爱德华·伯顿在莱姆豪斯分享薯条并制订计划。我们要这样这样做,他们舔着手指上的盐,热烈地讨论着,并没有注意到对方都假定未来的某一天彼此会在场。"我就是喜欢一抬头就能看到她。"他告诉母亲。母亲也有自己的疑虑:玛莎是个不错的伦敦姑娘,而且已经没有底层社会的市井气了,但有些自命不凡。

爱德华没有注意到的是,那天晚上,当他拿着一本玛莎的杂志走回家时,那个曾在圣保罗教堂的阴影下刺伤他的人正耐心地等待着。从爱德华出院回家的那一天起,塞缪尔·霍尔就一直在等待时机。他换了一件外套,但肋骨间夹着的还是那把容易滑落的短匕首。他已经不记得自己的仇恨因何而生了。是因为一个女人吵了一架?已经不重要了。在酒精的推动和漫无目的的游荡中,这已经成了他唯一的目的。无法复仇的他只能终日消磨时光,不耐烦地数着日子,直到能够完成自己的使命。这个爱德华·伯顿已经成为富人们的宠儿,他们天天来,每次来都待很长时间,这让他更加愤愤不平:他们都是敌人。他看着爱德华掸去袖子上的盐,把钥匙插进锁孔,跟正在等他的母亲打招呼。今晚不行,他想着,然后把刀插入鞘里。不行,不过不会太久了。

克拉克内尔的葬礼上来了许多人,因为死人是最受人爱戴的。乔安娜唱了《奇异恩典》,在场的所有人无不动容。科拉·西伯恩送来一个十分昂贵的花圈。

威尔开始散步,并且发现自己一直在想,要是他的脚能够按照统计学规律走过科拉走过的路就好了。他一边走,一边任思绪蔓延，然后被抛诸脑后，分解飘散。只要涉及科拉，他脑子里就无法安定下来。他一直很满足于自己对她的爱，他曾经以为那是一种使徒般的爱，仿佛他们在那片泥巴地里找到了天堂。但后来有什么东西变了。他仍然记得她活生生的肉体在他手底下的那种感觉，以及后来发生的事，他感到羞愧，虽然（他认为）并不是他应该感到的那种羞愧。

然后是斯特拉，她穿着蓝色的棉布睡袍，安详地坐在那里。身后的光照过来，像极了教堂彩玻璃上的圣徒。有时她会谈到牺牲，然后一动不动地静静躺着，仿佛已经身在祭坛上，然后又突然活跃，深夜起来写她的蓝色日记。他应该拿她怎么办？想到医生手里拿着针和手术刀，他整个人都缩了一下。他庆幸上天赋予人类理性，但不相信人类充满变数的各种技术。这就是他的理解：我们一直都有犯错误的习惯。想想伽利略提出地球围着太阳转时引发的争论，想想一个男人如何将一个蜷缩的侏儒放入妻子体内。科学满可以挺起胸膛说："这一次我们完全正确。"但那就意味着必须拿斯特拉当赌注吗？

威尔像以色列勇士基甸一样与上帝讨价还价。"如果让她忍受治疗不是您的意愿，那就用明确的方式阻止，显现征兆。"他祈祷着。他也意识到了其中的逻辑荒谬，但事实是，上帝也可以像使用其他东西一样运用逻辑。礼拜日，他爬上讲坛提醒会众，摩西曾在沙漠中举起缠绕着铜蛇的木杖，那木杖曾给人们带来希望。

到七月下旬，守夜人已经放弃了自己的岗位。

卢克·加勒特
彭顿维尔路
7月27日

现在已经很晚了，你可能会觉得我喝醉了，但我的手很稳。我可以把一个从喉头到肚皮被割开的人一针不差地缝好！

科拉，我爱你。听我说，我爱你。哦，我知道，我经常说，你也会微笑着接受，因为我只是个小鬼，只是你的朋友，没什么可烦恼的，甚至连一块打破你那平静湖面的石头都不算，你那可怕的平静，你对我的宽容——当我逗乐你，或者向你展示我做了什么聪明的事，像个叼着嚼过的东西取悦自己小情人的小狗时，你有时候可能会误以为那是爱……但是我必须让你理解，我必须告诉你，你如何在我体内生长，变成我应该用手术刀切除的一部分。它又黑又沉，而且很痛，它在我的血液中注入了什么东西，让我的每个神经末梢都酸痛。可是切除了它我就活不下去了！

我爱你。从你穿着脏衣服踏入那个明亮的房间，拉起我的手说别的医生都做不到时，我就爱上了你。当你问我能不能救他的时候，我就爱上了你，我那时就知道，你希望我救不了他，也知道我不会努力去救他……我说喜欢你穿丧服的样子是假的。当我看到你努力尝试爱你的儿子时，我爱你；当你抱住玛莎时，我爱你；当你因哭泣或疲倦而变丑时，我爱你；当你戴上钻戒扮演美女时，我爱你……你觉得还有其他人能像我这样了解每一个科拉，全心全意地爱每一个科拉吗？

我一直在不断地努力，想让我的爱成为一件美好的事。当迈克尔像邪恶的圣徒一样，在那个窗帘拉开的房间里慢慢死去时，我在努力；当他最终化为尘土时，我也在努力。我尝试过以一种不会毁灭自己的方式去爱你。我从未想过要占有你，我把你交给了你的新朋友，但我一直睡不着，因为我一闭上眼你就在那里，厚着脸皮对我提出各种要求。醒来的时候，我脑子里想着你，嘴巴里全是你的味道。可是这一次我也不过是把手搭在你的肩膀上……你认为我是个小鬼，但我一直是个天使！

不要回信。也不要来。我不需要。这也不是我写这封信的目的。没有你的施舍，你觉得我的爱会"饿死"吗？你不是觉得我不够谦卑吗？这就是谦卑——我告诉你我爱你，并且知道你不会回应我的爱。你觉得没有你的面包屑，我的爱会"饿死"吗？我就是在自取其辱。

这是我最能给的，但远远不够。

卢克

我叫斯特拉，他说我是星星！斯特拉，蔚蓝大海之星！

我为自己制作了一本祈祷书，这是我的圣书，用蓝色墨水在蓝色书页上写就，用蓝色的线缝起来，就像蓝色的血液静脉。

他们带走了我的孩子！

我那两个生下来就是蓝色的孩子，我那三个活下来的孩子，现在这个屋檐下一个也找不到了！

他们想在我身上用针、刀、点滴、茶匙，不是这个就是那个。不，我说不，这些我一个也不接受。不行，就让我生活在我的蓝色世界里吧。我身上的所有蓝色、我所有的钴珠、我的青金石、我发蓝的黑珍珠、我的蓝色墨水、我的蓝色颜料、我的靛蓝丝带、我的皇室蓝裙子、我那三色堇眼睛里越来越多的矢车菊蓝。

我还是可以很好地承受,因为我们都知道,虽然我趟过江河,水必不漫过我!

虽然我从火中行过,必不被烧!①

---

① 《旧约·以赛亚书》43∶2,原文是"你趟过江河,水必不漫过你;你从火中行过,必不被烧"。

八月

  没有什么比在贝思纳尔格林狭窄的街道上走一圈,更能让查尔斯·安布罗斯相信达尔文的进化论了。他在那里看到的不仅仅是因为运气和环境而与他隔开的同类,而是生来就装备不足,无法适应种族进化的生物。查尔斯看着他们瘦削苍白的面孔——通常带着一种酸酸的不信任,似乎随时可能被踢一脚似的——觉得他们就应该住在这里。他认为,那种想法——如果他们能从小学习文法、吃到柑橘类的水果,就终有一天也能坐在他旁边的加里克椅子上的想法——很荒谬。他们的困境不过是无法适应社会而难以生存的证明。为什么他们之中有那么多矮子?为什么他们要在窗户后面、阳台上尖叫怒吼?为什么中午有那么多醉汉?转进一条小巷后,他紧紧裹了裹上好的亚麻外套,感觉自己很像是隔着铁笼子在观察他们。这并不是说他没有同情心。即使是动物园里的动物,也应该把自己的笼子清理得像样点。

  那个八月的下午,爱德华·伯顿的房间里聚集了四个人:斯宾塞、玛莎、查尔斯和卢克。他们打算深入走访贝思纳尔格林,议会承诺要拆除这里的贫民窟和妓院,用干净漂亮的住宅取而代之。"《法案》很顺利就通过了，"斯宾塞说，他并没有意识到自己的样子像极了玛莎，"但在政策落地之前，婴儿死亡人数还得增加多少？我们需要的是行动，而不只是《法案》！"

爱德华的母亲端来一盘柠檬饼干，饼干上的女王头像直直地盯着他们，令人毛骨悚然，她焦躁地说她儿子累了。这么多人围着，爱德华一言不发，只是跟玛莎窃窃私语——是旧伤复发了吗？能让斯宾塞看看他一直在做的新地产计划吗？"非常可行。"斯宾塞说，尽管实际上他对此一无所知。他双手抚过一张白纸，纸上是爱德华用生疏的技巧，费尽心思画出来的草稿，那是一幢围绕花园广场建造的出租公寓大楼的蓝图。"这个我能带走吗？能给我同事看吗？你介意吗？"

与此同时，卢克已经吃完第五块饼干，对伯顿太太非常注意卫生这一点甚是满意。他开口道："除非看到伦敦塔山上建起托马斯·莫尔的乌托邦，否则玛莎永远不会开心。"他舔舔大拇指上的糖，愉快地望着窗外一排排的尖屋顶。给科拉写信就像挑开一个疖子。在一段时间内可能还是会感觉不舒服，但此刻唯一的感觉就是轻松。他写的都是事实，至少在他握着笔的时候是。他并不期待她的回应，没有讨价还价，也不认为自己欠她的。或许这种狂喜的状态不会超过一天，但在它没有消失前毕竟还是很让他沉醉，也让他变得仁慈起来。有时想到可能有一封信，正坐在邮差的自行车后座上朝他家门口奔去，他会变得焦虑。她会觉得好笑吗，她会感动吗，会无视这封信然后继续像以前一样没心没肺吗？以他对她的了解，最后一种情况极有可能。她的好脾气很难被刺穿，也很难被除了对大众的博爱之外的其他情感打动。

"那我们走吧，去忆苦思甜。"查尔斯兴高采烈地穿上外套，想起多年前也曾跟一个同伴晚上溜到贫民区,男扮女装在路灯下溜达,结果一个客人也没招揽到。

"可能会有人向你兜售坏了的牡蛎。"爱德华·伯顿说,他的身体还没有恢复到足以让他重返霍尔本楼办公室里的工作岗位,"不过带上脑子,你们都会安全回家的。"

他们出来的时候还没到下班时间,所以小巷里很安静,可以听到几百码外的铁轨上火车变道的声音。周围全是很高的公寓楼,挡住了阳光,挂在低处头顶上的衣服永远也洗不干净。虽然夏日的气候很温和,但被散落下来的几处阳光照射到的地方,似乎更热一些,所以没过多久,玛莎就觉得后背的衣服已经湿透了,人行道上全是掉落的食物残渣,发出甜腻腐烂的气味。曾经的大房子被小气地划分为许多小公寓,以完全不与租客可能的工资成比例的租金出租。房间一次次地被转租,大家早就忘了什么是家,只有陌生人为了杯碗茶碟和几英尺的空间争吵不休。不到一英里远的地方,就在市政府的狮鹫像那边,住着房东和他们的律师、裁缝、银行家和厨师,他们只关心账本上又多了哪些进项。

玛莎走在街上,总觉得会与谁擦肩而过,时不时地点头微笑,因为那些陌生人的面孔看起来都那么熟悉。一个穿着红色夹克的女人从花边窗帘后面出来,给窗台上的天竺葵浇水,顺便扔掉几朵开败了的花,花落下来,掉进一个破了的吉尼斯黑啤酒瓶旁的排水沟里。波兰劳工来找工作,发现如果迪克·惠廷顿[①]在伦敦的街道上走迷了路,至少冬天的气候会更温和,且码头彻夜不歇。

[①] Dick Whittington,英国商人,曾三次担任伦敦市长。传说和童话中的有名人物。传说迪克·惠廷顿是个贫苦的孤儿,他去伦敦是为了发财。在那里他通过把自己的猫卖到一个老鼠横行的国家而发家致富。

他们兴高采烈、吵吵闹闹,成对地倚靠在门口,帽子盖在头上,来回传阅一份波兰报纸。他们抽着黑纸烟,吐出带着香味的烟圈。一家犹太人嚷嚷着去赶公交车,女孩儿们穿着红色鞋子。片刻之后,一个印度女人从另一侧走过,每个人耳朵上都有一个金耳钉。

但即使玛莎也不得不承认,悲惨的场景比比皆是:一个年轻的母亲坐在门口,羡慕地看着两个孩子吃便宜的白面包和人造黄油,一群男人看着一只接受战斗训练的斗牛犬头被吊在一根高高的绳子上。有人把一本《名利场》丢在一边,封面上穿黄色连衣裙的女演员露出平静的笑容;旁边的排水沟里,一只目光精明的老鼠蜷缩着小手。经过那些男人和狗的时候,玛莎再也克制不住自己的厌恶。她毫不遮掩地对他们怒目而视。一个男人撸起袖子,高高地举起胳膊,露出乱糟糟的文身吓唬她,然后在她逃跑时哈哈大笑。卢克比大家所了解的更知道这个城市的阴暗面,斯宾塞表现出来的社会良知让他觉得有点好笑,他的骑士精神进一步被激发了,走得离玛莎更近了些。

"能行吗?——必须能行。"她指着与斯宾斯一起走在前面的查尔斯说。他在一堆烂水果中小心翼翼地找出一条令人恶心的路,一团小苍蝇应声而起。"必须让他看到这种情况不可持续,哪怕只是出于普通的人性!"

"怎么可能不行?我一直认为他有点蠢,不过人还不错——晚上好,亲爱的。"他朝一个带着假鬈发的女人笑着说。女人妩媚地倚在门口,在他经过时给了他一个飞吻。

"没用的,斯宾塞已经试过了。我已经无药可救。"前方的路上,他的朋友正朝一个极其狭窄的小巷打手势,巷子里飘出一股酸味。

"你知道，他做这一切主要还是为了你。如果你要求，他会给一个乞丐一大笔钱，可如果不是你，他可能根本不会注意——"

她想否认，但觉得小鬼已经通过一件又一件事情赢得了她的信任。"我是不是太坏了？我没有给他任何承诺。更重要的是，我也不是他们家人想象的那样！可是这个我自己做不到。我是个女人，而且很穷，他们可能会割掉我的舌头。"

他们来到一处很像庭院的地方，周围全是出租房大楼。卢克看着玛莎双手交叉站在那里，审视着伦敦无法解决的问题，以文静稳重的方式与安布罗斯交谈，安布罗斯只听了一半，就被一个穿着仙女服坐在门口抽烟的孩子分散了注意力。"他已经加入社会主义联盟，还说委托威廉·莫里斯做一些事情。玛莎，让他轻松点，好吗？"仙女小孩掐灭了手上的烟，又点上另一根。翅膀上的羽毛掉了一根，然后抖了抖。

玛莎心中被内疚折磨，生气地说："我就不能只是比较友好吗？这样不行吗？他又不是傀儡，自己会思考，听着——"

"所有的新住房都在泰晤士河堤岸上，"斯宾塞说，"他们会非常自豪，这是进步的象征。你看到了吗？比笼子好不到哪里去。他们挤在那里，而且越来越挤。有些房间没有窗户，就算是有窗户的房间，窗户也不会比邮票大多少。就算是养猎犬的狗窝也不会这么差。"他忍不住看了玛莎一眼。她又走近了些，努力克制自己的怒火。

"查尔斯，看看你，已经迫不及待要回家了，去找凯瑟琳和你的天鹅绒拖鞋，还有你那一口比他们一周的生活费都贵的红酒。你认为他们跟你不一样，而且是咎由自取，因为道德败坏或者太过愚蠢，就算给他们更好的东西，也会在一周之内被变成垃圾。

好吧，或许他们跟你是不同的物种，因为当你们这些人抱怨赋税太高时，这里的人虽然一无所有，却也要上缴你一半的赋税。不，卢克，我不会停下的。你不要以为科拉教会我用哪把叉子吃鱼，我就忘记了自己是从哪里来的？"

"玛莎，我亲爱的，"就算是更糟糕的情况，查尔斯·安布罗斯也能继续保持绅士风度，他在他们找他的时候就很清楚，"我们都明白你想说什么，也尊重你的观点。我已经看得够多了，如果你允许我回到自己的自然栖息地，我会尽我所能完成您的所有命令。"见自己夸张的鞠躬并不能缓和她的怒气，他又做出一副推心置腹的样子说，"《法案》已经通过了，你知道的。政策很快就会到位。只是下面几步的问题而已。"

玛莎努力露出最灿烂的笑脸，因为斯宾塞已经后退了一些，似乎突然不太确定，自己是不是真的喜欢这个可能在大街上吼叫的女人。卢克也不怀好意地偷偷乐起来。"下面几步！哦——查尔斯，对不起。他们跟我说应该先数到十——等等，你们有没有听到什么声音？是什么，我听到了什么声音？"

大家都转过身，一个狭窄的小巷深处传来演奏手摇风琴的声音。有人转动着手柄，不均匀的旋律逐渐加快，然后变成一首慷慨激昂的战斗曲。门口的女孩跑向传出音乐的地方，两个翅膀在身后抖动，演奏手摇风琴的人出现之后，许多人像是从砖头和泥浆里钻了出来，跟那个孩子一起围着演奏者。有人光着脚，有人穿着平头钉靴子，在奔跑时擦出火花；两个金发男孩怀里各抱着一只猫；一个穿白色连衣裙的女孩在后面跟着，假装不感兴趣。躲在角落里的查尔斯看到一个与他年纪差不多大的男人穿着残破军衣，胸前缝着阿富汗战争勋章的绿色和深红色缎带，空荡荡的左袖管固定在肘部。他用右手越来越快地转动手柄，自己也跟着上下颤动。穿白裙子的女孩开始转圈，笑着去抓加勒特的手；一个男孩高高举起小猫，唱着自己编的歌。玛莎看看斯宾塞，发现他很震惊，不由得有些鄙视。也许他认为他们就应该好好地过自己的悲惨生活，不管在任何地方都不能表现出快乐。"找好舞伴，"士兵吼道，"试试这个怎么样。"他之后演奏的不再是战斗曲，而像一个水手站在甲板上眺望陆地。玛莎把手递给路过的一个小伙子，小伙子把自己的猫放在门口，用细瘦的胳膊使劲将玛莎抡了起来。于是，斯宾塞看到她所有的头发散开了，小麦色的头发映在脏乎乎的砖墙上。"把我拉走吧，我坏坏的男孩，"白衣女孩唱道，"我要去南澳大利亚。"经过查尔斯身旁时，她点头示意，仿佛在接受他根本没打算给的夸赞。

爱德华·伯顿的敌人在不远处一条隐秘的小巷中观察着。在啤酒和仇恨的作用下，塞缪尔·霍尔每天早晨都被心中像刀子一样日益尖锐的仇恨唤醒。每天守在伯顿家门外不只让他看到了自己的敌人，还有经常出现在敌人家的那些一看就很有钱的人。仿佛伯顿进入皇家自治市医院的病房时还是个穷汉子，出来的时候却成了国王。他们知道伯顿有多残忍吗，知道他打破了霍尔幸福的唯一希望吗？更糟糕的是，《标准报》上关于手术的报道让霍尔觉得这世道太不公平。整整两栏，还有一张赞扬外科医生的照片，伯顿看上去就像一个闪光的恶魔。他加倍仇恨着伯顿，并且把仇恨宣泄到了另一个人身上。卢克有什么权利干涉上帝掌管生死的方式？刀子明明插进去，刺到了心脏，本来一切应该就此结束，自己也可以回归平静！

现在他就在这里，就是那个人，黑眉毛，略微驼背。还有他的三个同伴，一个女人，霍尔认识她，因为她总是把浓密的头发编成一个王冠，另外两个男人霍尔没见过。霍尔只能眼睁睁地看着他们敲开伯顿家的门，在伯顿房间的窗户上看着他们的影子。他们相互传递着盘中的食物，而霍尔却几乎吃不下饭。他们大笑，而此时的他除了凄凉没有任何其他感觉！他跟了他们一路，看着他们跳舞，而他却早已失去所有的快乐。霍尔把手伸到口袋里，用拇指戳了戳藏在那里的刀片。既然一直无法对爱德华·伯顿下手，那么至少在这里可能有机会报复。

士兵停止了演奏，他的胳膊累了，就在这沉默中，舞者们突然有些羞愧。出租屋和排水沟立刻显得更加肮脏、凄凉。卢克收回挽在女孩腰上的胳膊，鞠了个躬，似乎在道歉。"他们用鳕鱼骨梳头。"她朝士兵殷切地唱着，但他已经累了，不会再演奏了。

查尔斯瞥了一眼手表。表演很精彩，不过在他交给政府的报告中可能会隐去这一细节。他想吃晚饭了，在吃着晚餐愉快地结束这一天之前，他得先去洗至少一小时的澡。他略带一丝愧疚地想，可能要把今天穿的衣服烧掉。

"斯宾塞、玛莎，咱们看够了吗？我们的职责履行完了吗？不过瞧瞧这里，这是谁？加勒特博士，他似乎想找你，是你的朋友吗？"他指指右边，一开始卢克只看到散去的孩子和那个士兵，士兵正在数帽子里的铜板。随后，那个带着仙女翅膀的孩子大叫一声开始咒骂。有人突然用力把她推到一边，她撞到石头上哀号起来。"怎么回事？"查尔斯裹了裹外套。是扒手吗？凯瑟琳早就警告过他要小心！"斯宾塞？你知道发生什么事了吗？"一群孩子被分开，一只小猫挣脱束缚跳下来，在窗台上喵喵叫，查尔斯看到一个身穿棕色外套的矮个子男人低着头朝他们跑过来，一只手插在口袋里。玛莎以为这个男人遇到了什么麻烦，挺身上前伸出双手。"怎么回事？"她问，"发生了什么事，有什么我们能帮忙的吗？"

塞缪尔·霍尔没有回答，只是继续往前跑，他们突然明白了他的目标是卢克。他冲到那位外科医生面前，医生起初觉得有点好笑，轻快地把他推开。"我认识你吗？我们见过吗？"

霍尔开始喃喃自语，喷出的气中有一股酸啤酒味，整个过程中手一会儿插进口袋里，一会儿又拿出来，好像他自己也不知道接下来该做什么："你不应该干预我的事，这不公平。我要让你看看他是什么下场！"

此时，卢克已经烦躁起来，但用尽自己所有的力气也无法把那个人推开。他觉得自己在推一堵墙，只能摸着砖头胡乱扒拉。他想要寻求帮助，而且确实找到了。因为斯宾塞过来了，两只手放在男人的肩膀上将他拽离卢克。随后男人开始说胡话，还有点像在笑，翻着白眼说："又来，你能相信吗？！为什么被骗的总是我！"

"可怜的家伙，他已经疯了。"查尔斯看着那个跌倒在排水沟里的人说。随即看到他把手伸进口袋里掏出一把刀。"小心。"查尔斯往前走了一步，感觉后脖颈上所有的汗毛都竖了起来，"小心，他有刀——斯宾塞，退后！"

但斯宾塞此时已经背对着那个跌倒的人，因为刚才的打斗反应有些迟钝。他呆呆地看了看查尔斯，又看看他的朋友。"卢克？"他问，"你受伤了没？"

"有点气喘，"卢克说，"仅此而已。"就在这时，他看到霍尔挣扎着站起来，手中的刀子闪闪发光，霍尔抡起胳膊，像野兽般怒吼着冲向他的朋友。随后那漫长的一瞬间，卢克仿佛看到斯宾塞躺在太平间的台子上，漂亮的金发向后垂在木头上——那是他无法忍受的，他感觉到一股前所未有的恐惧席卷而来。卢克张开双手猛地冲出去，抓到了那个男人，也抓到了那把刀，两人一起翻滚到人行道上。塞缪尔·霍尔首先跌倒，摔得很重，头撞到马路牙子上，那声音像是开了个核桃。

士兵已经转到其他巷子去了，他们听到手摇风琴又响了起来，那旋律仿佛催眠曲，所以围观的孩子们以为那个刚刚与他们一起跳舞的黑发男人可能是睡着了，因为他躺在那里一动不动。但卢克既没有晕倒，也没有被砸晕，躺在那里一动不动是因为他知道自己现在是什么情况，不忍去看。

"卢克，能听到我们的声音吗？"玛莎温柔地抚摸着他。他醒了，然后朝他们坐起来，玛莎的脸上已经完全没了血色。他的衣领到腰带都是鲜红的，右手和手臂已经完全被鲜血覆盖。当查尔斯走近时——他先去看了一眼那个穿棕色外套的男人，确认他再也不会起来了——一开始他以为医生手里抓了一块肉，但那其实是卢克自己手上的肉。卢克抓住刀子的时候，被刀子割断了手掌，露出骨头。肉被剥下来，像个厚厚的肉瓣一样挂在手腕上，泛着亮光，下面灰色的骨头清晰可见，类似肌腱或韧带的什么东西被割断了，像被剪刀剪断的浅色丝带一样躺在血泊中。卢克似乎并没有感觉到痛苦，只是用左手抓住右手腕，盯着自己手上露出来的骨头，像念祷告文似的一遍遍地念叨着："舟骨——钩骨——腕骨——掌骨……"随后，他的两只黑眼睛往上一翻，倒在跪着的朋友们怀中。

在那昏暗的院子以西约一英里处，科拉口袋里放着一封信，朝圣保罗教堂的方向走去。在伦敦的日子过得很无聊，朋友来了又走，发现她淡漠疏远且心不在焉。而科拉却觉得他们都过于注重仪表，说话也过于谨慎；女人们的手柔嫩白皙，指甲锋利又有光泽；男人们要么脸蛋刮得粉嫩，像个孩子，要么留着滑稽的胡子。他们懂政治，了解丑闻，知道哪家馆子有最新的菜式，但科拉很想把桌子上的东西全扫掉，说："是的，是的，不过我有没有告诉过你，我曾经站在克拉肯威尔的一个铁栅栏旁，听着地下水流入泰晤士河。你们知道我丈夫去世的那天我都笑出声了吗？你们见过我吻我儿子吗？你们到底有没有哪怕一次讨论过任何有意义的事？"

凯瑟琳·安布罗斯是带着乔安娜一起来的。那是在斯特拉确诊后不久，凯瑟琳和查尔斯·安布罗斯负责照顾兰索姆家的孩子（巴特勒医生在等威尔下决定怎么治疗妻子，他要求保证安静和空气新鲜，把孩子们送到别处）。虽然查尔斯惊讶地发现自己往常安静的家里变得很吵，但他不自觉地总是早早回家，口袋里塞满了吉百利糖果和纸牌游戏，跟孩子们玩纸牌一直到深夜。他们都非常想念斯特拉，但都勇敢地忍耐着。乔安娜立刻钻进了安布罗斯家的书房里，还学会了用碎布把头发卷起来。詹姆斯画了一些极其复杂的装置，然后装在信封里用蜡封好寄给母亲。

"很高兴见到你。"科拉由衷地说。一个月的时间，乔安娜几乎已经长成了大姑娘，眼睛像母亲，嘴巴像父亲。她苦读查尔斯的书，打算做个医生或护士，或者工程师之类的，她还没想好。然后她会想起母亲，非常想念，想到那紫罗兰色的眼睛也蒙上了一层雾。

"科拉，你在伦敦做什么？"凯瑟琳咬了一小口黄油面包说，"是什么促使你在那么开心、见识了那么多之后离开的？如果说真的有人能揭开黑水河怪兽的神秘面纱，那个人肯定是你！仲夏的时候，我们都说你看起来就是个土生土长的乡下女孩，我们怀疑可能永远都不会看到你再踏上火车了。"

"哦，那里全是泥巴，乱七八糟的，"科拉轻快地说，但这压根儿骗不过她的朋友，"我就是只城里的老鼠，一直都是——那些疯女孩，那些关于蛇的传说，还有橡树上的那些马蹄跌。我觉得要是我再待久一点，怕是要疯掉了。还有，"她无精打采地撕碎一片面包，"我也不知道自己到底在做什么。"

"但是你很快就会回埃塞克斯，对吗？"乔安娜说，"你不应该在朋友生病的时候离开，因为他们这个时候需要你！"她的眼泪涌出来，便再也收不住了。

"哦，是的，"科拉有些自惭形秽，"乔乔，我当然会回去。"

过了一会儿，凯瑟琳问："到底发生了什么事，科拉？以前你总是提起威尔·兰索姆，我都有点害怕接下来会发生什么！可是后来我看到他跟你在一起，你几乎不说话，我以为你们根本不喜欢对方……那种友谊很奇怪，不过那时候你做事总是特立独行，跟我们都不一样。现在，斯特拉……"自从孀居后，科拉眼神里就再也藏不住任何情绪，她拉下百叶窗，只说了句："没什么奇怪的，有段时间我们喜欢身边有彼此陪伴，仅此而已。"

如果科拉知道到底哪里出了问题，她早就说了，但是她想了又想，想到半夜三更睡不着觉，早上一睁眼又开始想，却还是想不通。她曾经很珍视威尔的喜欢，因为他不可能像迈克尔那样要求自己。他的喜欢是有界限的，因为他还有斯特拉、他的信仰，还有她一直非常庆幸的一点,那就是他完全没把她当女人看。"在他眼里,我可能跟一颗泡在福尔马林里的脑袋没什么区别,"她曾经对玛莎说,"所以他喜欢给我写信而不是见到我。我只是一个思想,而不是躯体,我就像个孩子一样无害,你看不出来我也喜欢这样吗?"

她对此深信不疑。即使是现在,在她觉得一切都开始改变的那一刻,她仍然觉得都是自己的错,与他无关。她不应该那样看他的,她也不知道自己为什么会那样。当他那僵硬的手指弯曲着贴到她身上时,仿佛打破了她的什么东西,而他也发现了,因而无法再保持镇定。当然,他现在写信都很礼貌,但在她看来却少了些纯真。

接着卢克的信到了,这一次轮到她不镇定了。她不镇定不是因为没有注意到他爱她,毕竟他总是频繁且大声地把爱她挂在嘴边,但现在,她却无法大笑一声,喊着她也爱她的小鬼了。有些纯真没了。更糟糕的是,她觉得这封信有点强迫的意思,在那些本该是青春年少、无忧无虑的时光里,她一直是别人的附属品,而此刻,她才不过自由地使用了自己的名字几个月,就有人又想在她身上留下记号。我知道你不会回应我的爱,他说,可是如果真的不抱希望,他压根儿就不会写这封信。

穿过斯特兰一直走到圣保罗教堂,她找到一个信箱,略带鄙视地扔进一封写给加勒特博士的信。身后传来一阵音乐声,她看到大教堂的台阶上坐着一个穿残破军衣的人,正在摇手风琴。他的左袖管里空荡荡的,太阳照在他胸前的奖章上,亮得刺眼。他演奏的是一段非常愉快的旋律,这让她的心情也跟着好起来。她走到他坐的地方,在帽子里放了几枚硬币。

科拉·西伯恩
写于米德兰大酒店
伦敦
8月20日

卢克：

你的信我收到了。你怎么可以——怎么能够？

你觉得我应该可怜你吗？不。你已经把自己说得很惨了，连我的份儿都算进去了。

你说你爱我。好吧，我知道。我爱你。我怎么可能不爱你？可你却说这只是面包屑！

友谊不是面包屑，你也不会在别人拿走整条面包的时候到处搜集碎屑。我已经付出了全部。好吧，曾经我可能拥有的更多。但就目前来说，这就是我的全部。

好了，这件事到此为止。

科拉

科拉·西伯恩
写于米德兰大酒店
伦敦
8月21日

卢克，我的小鬼，亲爱的，我做了什么。我写信的时候还不知道发生了什么事，玛莎跟我说了你的事迹，我并不感到惊讶，你一直是我认识的最勇敢的人……

你为他做的那些我从来没有为任何人做到过，可我却大言不惭地跟你讨论友谊！

告诉我什么时候可以来。告诉我你在哪里。

爱你，亲爱的卢克——相信我
科拉

乔治·斯宾塞医学博士
彭顿维尔路
伦敦
8月29日

亲爱的西伯恩太太：

希望您一切都好。我必须现在就告诉你，卢克不知道我在给你写信。如果我告诉他，他肯定会大发雷霆，不过我想你应该知道他现在在承受什么。

我知道他给你的信里写了什么，也看了你的回信。我永远也想不到你会如此冷酷无情。

但我写这封信不是为了向你兴师问罪，只是告诉你我们去了贝思纳尔格林之后发生了什么。

你一定得知道我们如何遇到刺伤爱德华·伯顿的那个人，以及卢克如何跳出来保护我。最糟糕的是，他用手握住了刀刃，所以伤了右手。附近的人非常友善，一个女孩按照我的指示把裙子撕下来做成一条止血带，有人搬来一扇门当担架，好让我们把他从小巷中抬到商业街上，在那儿我们可以拦到出租车。幸运的是，我们离白教堂的皇家伦敦医院很近，而且那里的一位同事能够立刻为他处理。先是清洗伤口，因为感染是我们首先要担心的。这很痛，但他拒绝使用任何麻醉剂，说他的脑子是最宝贵的东西，绝对不允许对它有任何不良影响。

也许我最好告诉你他的伤到底是什么性质。你能承受吗？你喜欢研究埋在地底下的骨头，那活人的骨头呢？

刀子在靠近拇指根部切入他的手掌，那动作就像是把熟肉从鱼骨头上剔下来，因此剥落了他的手掌。肌肉被切穿，但更糟糕的是，控制食指和中指运动的两条肌腱被切断了。伤痕清晰可见，切口相当干净，要是有学生看过，可能立马就能通过解剖考试。

他让我动手术，而且再次拒绝麻醉，还谈到他一直在研究的催眠术，以及维也纳的一名医生如何在催眠状态下拔掉三颗智齿而毫不退缩。他跟我说他曾经对自己进行深度催眠，以至于掉到地板上都没醒。然后他再次说，他不相信在强烈的愉悦感（这是他正在研究的东西，我一直都无法理解）下痛苦会难以忍受，并且逼我做出承诺，除非他求我，否则绝对不能给他用麻醉。他说的话我每个字都记得清清楚楚。他说:"相比你的手,我更相信我的脑子。"

我不能找护士帮忙。这不公平。我相信,如果可以的话,他会以惯常的方式准备手术室,但现在他只能躺在自己熟悉的手术台上给出指示:我们俩都要戴上白色的棉布口罩。我还得竖一面镜子,这样当他从催眠状态被唤醒时,可以看到手术情况。

他的手术本来应该由欧洲最好的外科医生来做,而不是我。我的技术充其量算中等水平(事实上,自从我们成为同窗以来,他就一直在嘲笑我的技术)。每次拿起器械的时候我的手都会抖,导致器械在托盘里咔咔作响,我知道他会发现我害怕。他让我解开绷带,好在进入催眠之前检查伤口并给出指示,尽管我无法想象他遭受的痛苦。当布从肉上撕开时,他只能紧紧地咬住下嘴唇,脸色变得煞白。我掀开他手掌上的肉瓣,他仔细审视着被切断的肌腱,仿佛那只是我们曾经切断又缝起来的某具尸体的肌腱似的。他告诉我应该用什么针将肌腱的两端缝在一起,并确保鞘管完整。一旦伤口闭合,绝对不能让手掌的皮肤绷紧。然后他开始低声地喃喃自语,这让他舒服了些。卢克背诵了许多诗和化学名称,还有人体所有的骨骼。最后,他将目光转向门口,微笑着,仿佛看到一个老朋友来了,然后便陷入了催眠状态。

我背叛了他。做出承诺的时候我就知道我肯定不会遵守。我等了一会儿,然后轻轻碰了碰他手上的伤口,看到卢克好像确实没什么反应,我甚是满意,然后召护士进来一起给他注射了麻醉剂。

那台手术我做了两个多小时。我不会向你赘述手术的细节,只能惭愧地说,虽然我已经尽了全力,但还是不够好。没有人能像他那样技术精湛且大胆。如果这台手术是他自己做,我相信一年左右，别人就完全看不出来他曾受过这么严重的伤。我缝合了伤口，把卢克叫醒，当他感觉到喉管酸痛时，立刻就知道我做了什么，如果当时他有力气，肯定会掐死我。

卢克在医院住了两天，不见任何人。他坚持要除去敷料，以便检查我的工作。他说我的针脚比一个瞎了眼的孩子好不到哪里去，不过至少我还知道保持患部清洁，没有感染的迹象。当他恢复到可以回家的时候，我们一起去了他在彭顿维尔路的住所，然后在地垫上发现了你的信。

让我来告诉你吧。那把刀没做到的事情，你做到了。他垮了，你把他所有的灯都熄灭了！你打破了他所有的窗户！

三个星期过去了，还是没有任何好消息。控制食指和中指运动的肌腱被截短了一大截，导致两根指头朝手掌弯曲，看起来像个钩子一样。如果他能按照计划锻炼，可能可以进行更大范围的活动，但他已经心如死灰。你割走了他身上的什么东西。他已经没有信心，也没有斗志了。他现在的眼神就像我之前看到过的那些从小被主人摧残意志的小狗一样。

你的第二封信确实很友善，但你不了解他吗？为什么不能把你的怜悯留在心里？

我不会再给你写信了，除非他要求。

他写不了信。他连笔都拿不住。

祝好，

乔治·斯宾塞

第四部分

最后的叛逆时光

九月

秋天对凛冬村是仁慈的，厚重的阳光斜照在公地上，宽恕了众多罪过。犬蔷薇已经结出深红色的蔷薇果，孩子们砸开核桃，双手被染成绿色。成群结队的鹅在河口上散开，蜘蛛网丝罩住了金雀花。

尽管如此，一切却不是它本该有的样子。世界尽头沉入了沼泽，真菌在空荡荡的壁炉里生长。码头上静悄悄的，在萧条的冬季冒险好过在污染的水域起航。谣言从波因特克利尔和圣奥西斯传来，从维文霍和布赖特灵西传来：一天晚上，一位渔夫在涨潮时看见了黑水河里的那头野兽，吓得魂飞魄散；一个孩子被人发现时差点溺亡，她肚子上留着一个灰黑色的标记；一条狗被人扔到盐碱滩上，脑袋歪在一边。偶尔会有个敷衍的守夜人在利维坦旁点起火来，在航海日志上做个记号，但从来不会持续一整夜。

还是没有娜奥米·班克斯的踪迹。从来没人说过——她某天夜里一定去了沼泽地，在那里碰到那条蛇——但是人们普遍是这么认为的。班克斯的渔网因长久不用而缠结，红帆也腐烂了，而他本人因为吓到酒友，被禁止进入白兔酒吧。"准备好了没，我来了!"他在门阶上吼了一声,倒在了街上。

在位于彭顿维尔路的房间里,卢克的手已经包扎好。斯宾塞裹上纱布又解开,看着那弯曲的手指内侧,欣赏自己的针线活。此时,卢克平静地看向外面潮湿的街道,没说一句话。在科拉的第一封信上,从第一个字到她的签名他都记得:你怎么可以?你怎么可以?尽管她在第二封信上有所悔悟,卢克却没有回信。

玛莎给斯宾塞写了信。爱德华·伯顿和他母亲要无家可归了,她说房租已经让人不堪重负。在伦敦,并不是所有要洗的脏衣服和鲜亮的碎呢地毯都能让人维持生计。有人做任何努力了吗?查尔斯有什么需要告知的吗?她什么时候能带来好消息?斯宾塞在字里行间觉察到一种紧迫感,他将这归因于她温柔的心灵、她虔诚而强烈的负罪感。可是他没有什么要说的,也想不出来怎么答复。

在安布罗斯家高高的白房子里,孩子们已经长得几乎跟查尔斯一样胖乎乎的了。乔安娜知道元素周期表,知道直角三角形斜边的神奇之处,还能在一百码外发现一个后此谬误①。如果她决定周一进入议会,那么到周三就能把法律方面的事务敲定。不过这是一种理想状况。查尔斯不想让乔安娜知道,其实这两者都是不可能的。否则她也会像芸芸众生一样,逐渐失去希望。她时不时想起对娜奥米·班克斯施过的幼稚咒语,内疚使她心烦意乱。那位红头发的伙伴现在在哪里呢?她的鬈发会飘荡在整整五英寻底下的河口潮汐中吗?乔安娜还留着一幅娜奥米画的她们紧握双手的画,并问凯瑟琳能不能把它框起来。

---

① 后此(post hoc)是"后此,所以因此"(post hoc, ergo propter hoc)的缩写,源自拉丁文,整个短语的意思是:"在此之后,因而必然由此造成。"如果仅仅因为一件事发生在另一件事之前,就想当然地认为前者是后者的原因,就犯了后此谬误。

一天夜里，凯瑟琳醒来，听到哭泣声，发现兄弟俩在姐姐的怀里。他们想要母亲；他们想念那座村子；他们说好到这周结束就去埃塞克斯。还有，乔安娜说，还要想着梅戈格还拴在花园里，正在想念它的主人。他们得到的安慰是去逛哈罗兹百货，还有足够让人深陷其中的蛋糕。

科拉仍住在伦敦的酒店里，虽然她看不上那里的地毯和窗帘。她的口袋里装着一封斯宾塞的来信，信写得很客气，建议她不要来访，信纸握在手中却是凉凉的。玛莎看她从一个房间走到另一个房间，不知道该说些什么，才不会得到严厉的回答。科拉对自己的书和骨头毫无兴趣，而是感到无聊和暴躁，眉宇之间起了一道新的皱纹。她久久不能忘怀斯宾塞的责备，正在生闷气。科拉对自己的认知里从来不包括自私或残忍——她总是被如此对待，却从未想过报复。这是一次相当大的调整。她到处乱撞，无意制造麻烦，却闯了许多祸。

威尔的信件总被珍视，被经常阅读，却并未被回复。她该怎么回复呢？她可以从车站的摊贩那里买一张明信片，写上"我多希望你在这里"。可是，说出自己的心里话又有什么好处呢？他不在的时候——不能跟他一起在公地上散步，不可能在门口发现一个信封（信封被一只精巧的手拿着，她总觉得，她看到的仿佛是一只男学生的手）——世界变得枯燥无味，世上再没有什么值得快乐或惊喜的。然后，她受困于自己的愚蠢——因为无法跟某个与自己毫无共同点的埃塞克斯牧师交谈而感到如此沉闷！这太荒谬了，她的自尊心在反抗。最终，事情或多或少有了结果：她没有因为自己想回信就回信。

科拉努力把闲置的感情转移到弗朗西斯身上，就像她以前经常做的那样。母亲和儿子从对方身上获得的快乐怎么会那么少呢？她使出了浑身解数，谈他感兴趣的话题，尝试讲笑话和玩游戏；她尝试做烘焙，买自认为他肯定会喜欢的小说。有时候，科拉发觉他看起来很焦虑——或者她以为自己发觉了——就试图安慰他。他们经常乘坐地铁到他选的目的地去。他很少说话，更没什么感情。有时候，科拉觉得他为她感到抱歉，或者（更糟的是！）觉得她好笑。

玛莎发火了。"你真觉得你能这样过下去？你要的从来都不是朋友或爱人，你要的是侍从！你现在面对的是一场农民起义。""弗兰基，"她说，"我们去散步。"

威尔站在诸圣堂的讲坛上，望着信徒，发现自己说不出话来。他们时而疑虑重重，时而满是渴望；有时候，他们似乎准备好慌乱地投入那永恒的怀抱中。在其他时候，他们怀疑地看着威尔，仿佛那个"麻烦"都是他的杰作。有人在某处逾矩了，这是普遍的共识。如果牧师不可信任，无法根除作恶者，事情就会更加糟糕。

他一直觉得，自己像指南针一样，在南极和北极之间摇摆。深爱的妻子是他一切快乐的真正来源，而科拉·西伯恩不仅不能带来快乐，还只会带给他麻烦。他从查尔斯那里得知卢克遇到祸事，其他牧师也许会想，这位外科医生的职业生涯结束得这么快，都是神的旨意，仿佛是那只万能的手操控着那把刀，因为它让斯特拉从手术刀下脱险。当然，威尔的思想并没有这么落后，但与此同时，他也很难不觉得，他们的宽限期被延长了。加勒特曾经提出的残酷治疗方式——让病变的肺在肺腔内萎缩——现在变得不可能了，因为英格兰的其他外科医生都不会同意的。

没有科拉，他发现自己的想法缺少了方向。说到底，如果他没法告诉她，看见她大笑或皱着眉回应，那么观察这个、遇到那个的意义何在？他发现自己变得焦躁不安，经常为两人之间的事感到气愤，因为他只允许在良好的礼仪上失误一次（他是这样对自己说的），以斩断他们之间的"结"。也许，她对那位受伤的朋友太过着迷，想不起乡村牧师和他生病的妻子——给他带来丰富到没法吃的食物，学会包扎伤口，学会从皮肤上扯下缝合线。他让她套上白色的衣服，坐在医生的脚边，她的头低垂在医生那只断掉的手上。他惊讶地发现自己在吃醋。他想，不管怎样，很快就会有一封信，在城乡之间的这条路或那条路上经过，只是还要看看是谁先打开一张纸，舔起笔尖。

斯特拉·兰索姆的肋骨后面，正在形成结节。如果科拉能看见这些结节，她会想起收集在壁炉架上的蟾蜍石。它们派出清道夫细胞，感染开始了。她肺部的血管开始衰变，在蓝色手帕上呈现为鲜红的斑点。

他们所有人中，只有斯特拉是快乐的。肺结核病让她心情轻松，充满希望。她洋溢着无法形容的快乐和成就感，因苦难而感到幸福，虔诚地投入到各种蓝色物件上。她就像喜鹊装饰自己的巢一样，在身边汇集了各种护身符，包括龙胆种子药包、海玻璃和海军蓝线轴。在整个过程中，她的眼睛始终盯着天空，感觉双脚已经离开曾经深陷的泥沼。她在夜里醒来，因狂喜而轻度发烧，浑身被汗水浸透。她看到了蓝眼睛耶稣的面容。有时，她听到那条蛇召唤的耳语，却并不害怕。曾经有过跟它类似的另一条蛇。她认识那个宿敌。

她对丈夫和孩子的爱没有减少，而是越来越遥远。他们之间仿佛蒙上了一层美丽的蓝色面纱。威尔的爱非常体贴——他几乎在她身边寸步不离,看见她的双手皮肤干燥,就从科尔切斯特带回一瓶亚德利牌乳液。

有时候,斯特拉把他的头拉到自己的肩上,或抱在怀里,仿佛得这个病的是他。现在,她再也不是一个傻瓜了,看到他对科拉的感情越来越棘手,她很同情他。我亲爱的人属于科拉,科拉也属于他,她毫无恨意地在蓝色的笔记本上写道。"科拉什么时候回来?"那天晚上,她一边用蓝丝带玩着翻花绳,一边这样说,"她什么时候离开伦敦的?我错过了听你们一起说话。"

夜里,我在床上寻觅心爱的他。我寻觅他,却寻不着。

有一次,我们躺在一个枕头上。他说,斯特拉,我的宝贝,我的呼吸是你的,你的呼吸也是我的。现在,我的门和他的门相隔十五步远,这样他就不会被我的传染病影响。

啊,但他有一个更好的伴侣!让他用双唇亲吻她,因为他的爱比酒更浓,只有她能品尝!

我知道有一种叫群青的蓝色颜料,因为研磨这种颜料的石头产自海边。

一个女人独自走上麦尔安德聚会堂的舞台上。她身材瘦弱,眉毛黝黑,衣着暗淡,和气地打量着寥寥听众。在白色拱顶下,大约有一百位男女在窃窃私语中等待。稍后要上场的是爱琳娜·马克思·艾威林[①],而她的身份,可不仅仅是她父亲的女儿。

---

① 马克思的女儿。

爱德华·伯顿坐在他们中间，因为走路而上气不接下气，他感觉快在冬衣中把自己缩没了。玛莎在他旁边坐立不安："你知道吧，我曾经见过那个女人，"她眼神发亮地说，"她说可以像朋友那样，管她叫杜西。"

如果让伯顿自己决定，他也许不会出席一场社会主义联盟的公开会议，但是玛莎无法拒绝。"只听我说没有意义，"她说着，从冷却的壶里往外倒茶，"接受二手信息没有意义。我会跟你一起去。我们一起走过去，你不能永远和你的计划一起窝在这里。"

在伯顿康复的几周里，地球朝太阳倾斜的距离远了一点，现在的空气亮亮的，闪烁着光芒，仿佛他在透过一块锃亮的玻璃看世界。伯顿最近突然意识到，如果说自己的身体这些天已经疲惫，那么他的思想最终没有疲惫。多年来，他毫无怨言地待在分配的职位上，完全投入伦敦那一大摊子令人难受的事业中。他现在看见的自己是一个生病的躯体，退烧后还在抽搐——疾病在主干道上和运河中肆虐，毒物在大厅和工厂里淤积。他痛苦地醒着，焦躁不安地醒着；他吃着自己的面包，想着那些垂死的人们在面粉厂工作了多长时间；他看着母亲缝补着破布残片，知道她的价值还不如街上的砖块。房东给他们涨了房租，他认为这不是一种贪婪的个人行为，只是另一种生病的症状。伯顿想起塞缪尔·霍尔破裂的头骨，内疚被同情掩盖：霍尔和他们所有人一样，因为受到奴役而堕落。

这种全新的热情和他对玛莎的感觉是无法区分的，他也没有试图把两者分开。他很少跟女人同行。她们是值得为之争吵的珍品，不过也仅限如此。伯顿现在只找玛莎做伴，在霍尔本的那张桌子旁曾经簇拥左右的男孩和男人，他几乎叫不出名字。对他来说，她似乎既不是男性，也不是女性，完全是另一种性别。她站在窗边，一只手压着背部如铲子般的凹陷处。有一次，他看见汗水在她的肩胛骨之间，弄脏了裙子，这些让他感到口渴，让他担心永远也喝不够，永远无法让自己满足。但她也活泼好斗，对赞扬漠不关心，不会让步，会逗他大笑，从不试图取悦别人，不会耍诡计。爱德华知道自己在智力和武力上都处于劣势。她常常谈到科拉·西伯恩，时而愉悦，时而狂怒，这似乎完全符合她的性格。她不像他认识的任何人，他完全接受她。爱德华的母亲比较小心谨慎。"我从来都不知道！"她说，指出玛莎总是把他们的房间弄得比她认为的更整洁一点，"一个女人需要有自己的家，家里需要有一个男人。我说这是一种浪费，她非要一个人在这里吗？"

聚会堂的舞台上没有表演艺术，更不要说有《圣经》集会时牧师的激情。演讲者语气不带感情，可能还有一点疲惫。伯顿心想：她很难受，他很肯定这一点。"这是一个悲伤而可怕的故事。"爱琳娜·马克思说。对于这些观众而言，她似乎一边讲话，一边在长高，浓密的头发也散开了。"这是奴隶主、律师和治安法官对抗工资奴隶的邪恶联盟……"在他旁边，玛莎点头了一次——两次——在笔记本上做了笔记。在前一排，一位妇女抱着熟睡的婴儿，非常安静地坐着，落下了眼泪。一个反对的声音时不时地传来，又被一个眼神盯得不出声了。舞台上似乎挤满了被机器碾碎的女孩和被高炉剥皮的男孩，而肥胖的男人们站在一旁，抚摸着表链，望着他们的资本在积累。"这是艰难的时刻，更艰难的时刻将会到来，直到这混乱的秩序被取代。这不是我们斗争的终点。这是开始！"欢呼声四起，一顶帽子被扔到舞台上，没有鞠躬，只有一只举起的手。这是一种鼓励的告别手势。是的，爱德华·伯顿想着，站了起来，一只手放在疼痛的胸口上。是的，我明白。可是怎么办呢？

在一个小广场公园的长椅上，他蘸着醋吃薯条。孩子们身穿聚会盛装，站在马路边等待。在他们身后，《标准报》的售卖者正在大声吆喝着晚间新闻。"可是怎么办呢？"他说，"我读到和听到的所有信息有时候让我糊涂。我心里愤怒，却不知道怎么办。"

"他们就是这样对待我们的，"玛莎说，"工资奴隶是没有能力思考的。布莱恩特和梅工厂里的女孩们，采石场里的男孩们，你觉得他们有时间思考、策划和革命吗？这才是大罪恶，不需要给任何人绑上锁链，他们自己的思想已经足够当枷锁。我曾经以为，我们几乎跟拴在犁耙上的马儿一样，但情况要比这糟得多。我们只是他们机器里的移动零件，只是轮子上的螺栓，只是不停转啊转的轮轴！"

"然后要怎样呢？我必须工作。我逃不开机器。"

"还没到时候，"她说，"还没到时候，但是变化在缓慢地进行。世界甚至也在一寸寸地移动。"

疲惫的爱德华斜靠在长椅上。这位富如克洛伊索斯①的人抚摸着栗树、橡树和伦敦酸橙。玛莎在他旁边。"玛莎，"他说，"就这样吧，现在这样已经足够了。"

"你脸色苍白，"她说，"内德②，我带你回家。"她吻了吻他，她嘴上有一粒盐。

---

① 克洛伊索斯是古代吕底亚的国王，吕底亚位于小亚细亚，国家领土较大，经济富裕，因此，克洛伊索斯被当时的希腊人称为最富裕的人。
② 爱德华的昵称。

爱德华·伯顿

圣堂武士街 4 号

玛莎，你不愿意嫁给我吗？我们在一起不是很好吗，你和我？

爱德华

手写

亲爱的内德：

我不能嫁给你。我根本不能嫁人。

我不能对爱、尊敬和服从做出承诺。我只服从理智让我服从的一切。我只尊敬那些行为上值得我尊敬的人！

我也不能像妻子爱丈夫那样爱你。我看到科拉·西伯恩跟我绝交的那一天即将到来，但我永远也不会跟她绝交。

现在，你觉得正面临什么样的政治局面？你认为这只是一次临时演说和纠察线的问题，而不是我们私人生活的问题吗？

不要让我进入一种"把我囚禁，给你自由"的关系。除了这些国家认可的关系，还有其他的生活方式！让我们随心所欲地生活——自由而无畏——让我们只以感情为纽带，以拥有共同的目标为纽带。

如果你不能拥有一位妻子，你愿意接受一位同伴——你愿意接受一位同志吗？

你的朋友

玛莎

爱德华·伯顿

圣堂武士街4号

亲爱的玛莎：

我愿意。

爱德华

在大笑的女孩中，年龄最小的是身穿黄色衣服的小哈莉特。天还没亮她就醒了，吐在了枕头里。角落里的母亲轻轻动了一下，站起来安慰孩子。这位母亲呼吸着早晨的空气，呛到了，也吐了。伴随着温暖的西风，黑水河里的一股难闻的气味，从一块破掉的玻璃窗飘进来。它悄悄飘过"世界尽头"，在那里一无所获，于是越过那里，来到几乎没有灯光的凛冬村边界。它放下那位母亲怀里的孩子，来到班克斯的小屋，把目标对准微风，吹动码头上驳船的红帆。班克斯喝得酩酊大醉，睡得很沉，没有醒过来。但是黑暗中，有什么东西在折磨他，他喊了三次失踪女儿的名字。它继续往前，飘过白兔酒吧，在酒吧台阶上，一只流浪狗正在向早已离去的主人哀号。它飘过学校，卡芬先生已经起来，一边批改语法笔记，一边抱怨逗号的滥用。他发出厌恶的叹息声，然后跑去拿一杯水。秃鼻乌鸦开始聚集在公地上的叛徒橡树上，从恶臭的空气中嗅到一场盛宴的味道。在科拉灰色的房子里，它飘到了门上方，又飘到了门楣下；它渗进她的床单纤维里，没有找到她的踪影。它绕过诸圣塔，一直摸到牧师住宅的窗口：威廉·兰索姆在书房里睡不着觉,他想,地板下也许有一只正在腐烂的老鼠。他拿衬衫袖口捂住嘴,跪着搜寻桌子下面、空椅子旁和自己身旁,都没找到任何东西。斯特拉身穿一件蓝色的缎子衣服,出现在门口。透过衣服,她的肩胛骨像坚硬的小翅膀一样展开。"到底是什么?"她把一束薰衣草放到鼻子前,边笑边憋着气说,"到底是什么?"

"哪里有什么东西死了?"威尔说着,把自己的夹克披在斯特拉身上,生怕她又咳嗽起来,让瘦小的身体不停地抖起来,仿佛被食肉动物咬住了一样。"公地上的什么东西?一只羊?"

"我希望不是梅戈格,"斯特拉说,"我们永远也不会被原谅。"但不是它。可以看见,在花园的尽头,克拉克内尔家的最后一名成员正在无忧无虑地提前咀嚼一顿早餐。"威尔,我们要不要点一堆火——噢!噢,太难闻了,太恶心了——你去外面的公地上,会看到地面崩开,罪人们抬头仰望,骨头折断,渴得嘴唇开裂!"斯特拉的眼睛里闪着光芒,仿佛这个愿景让她高兴,而这比肮脏的空气更让威尔感到烦恼。他觉得,他几乎能品尝到空气中有一种恶臭的东西,背后带着一种可怕的甜味。他应该走出去,也许他真该出去——他当然要去。还有谁会去寻找村里发生这一切的原因呢?他生了一堆火,木柴的烟很快就把臭味驱散了。斯特拉把她的薰衣草扔到火里,有一股最近一个夏天短暂而浓烈的香味。"继续,"她说着,整理起他桌上的文件(这么多信!他从来没扔吗?),把外套递给他,"再过十分钟,我们就会听到钟声,某个地方就该有人找你了。"

威尔吻了吻她说:"也许是一艘渔船在盐碱滩上搁浅了,船上的货物洒了出来,有条鱼正在腐烂——现在的早晨已经够暖和了……"

"我多希望宝宝们在这里,"她说,"乔乔会不会在我们大家之前醒来,就拿着灯下去,亲自查看一下,而詹姆斯已经为报纸做了一番描述?"

外面的公路上聚集了一群人。卡芬先生头上裹着一块白布,好像受伤了。其他人用袖子捂着嘴,怀疑地盯着威尔,四处搜寻他臂弯里有没有藏着一本《圣经》或其他武器。直到这时——直到他闻到昏暗的空气中不仅有腐烂的味道,还有一种恐惧的味道——威尔才意识到,也许除了不幸之外,还有另一个原因导致了这种恶臭的出现。但是,哈莉特的母亲(她像往常那样在小声哭泣)做出画十字架的手势。班克斯还没清醒过来,他说他不去水里,怕那只野兽吐出一圈圈红发。埃文斯福德穿着黑色衬衫,看上去比以往任何时候都更像一个丢掉尸体的殡仪员。他站在那里,喜不自胜地吟诵《启示录》的片段。就连卡芬先生(威尔以为)也变得脸色苍白——卡芬先生每一年都会教导学生们,十月三十一日只是马丁·路德用锤子和钢钉钉住《九十五条论纲》的纪念日。

"早上好,又是一个美好的早晨,"他说,"是什么让我们都从床上爬起来的?"没有人回答。"好了,你们都知道,我不是海员,"他热心地拍着班克斯的肩膀说,"你们不要指望我了解任何情况。班克斯先生,您比我们所有人都要了解黑水河,您觉得这可怕的情况是怎么回事?"风吹起来,味道更浓烈了。威尔呕了一下说:"也许是从海外漂来的一些海藻?一群在碎石滩上搁浅的鲱鱼?"

"这东西我之前从没闻见过,也没听说过,"班克斯用外套袖子捂住鼻子说,"我知道,这不正常。"

"好吧,你这么说,"威尔说着,眼睛被呛得流眼泪,"你这么说,没有什么比死东西的味道更正常了,我猜一定是什么死了。时间一长,你和我闻到的东西都类似了。"那一小群人厌恶地打量着他,虽然威尔做出了正确的判断,但幽默是不适合这种场合的。好了,那就试试引用《圣经》:"因此,尽管水在咆哮,磨难重重,诸如此类,我们也无所畏惧!"

"我会告诉你它是什么,"哈莉特的母亲说,"不需要我告诉你吧,班克斯,需要吗?或者你,或者你……"她意味深长地朝卡芬先生点点头,又朝一两个女人点点头。她们似乎对空气的恶臭毫不关心,已经开始沿着大路徘徊,往黎明已经到来的黑水河走去。"它终于来了,河怪埃塞克斯之蛇,我们都没有准备好迎接它!它先来找了我的小宝贝——哦,当然了,当然了!它先来到她身边,她现在病得严重,我说什么也安慰不了小姑娘。"

埃文斯福德说,它毕竟是耶稣基督自己预示的,会哭泣、哀号和咬牙切齿。在这番评论的支持下,女人继续往下说:"这是那怪物的气息,我跟你说,这就是它的气息。这气息里带着它的颌间撕咬过的一切骨与肉——那个圣奥西斯男孩,那个被冲到我们海岸上的男人……"

"就像我们的父辈被教导的那样,那是一种难闻的瘴气,"卡芬先生说,"带着疾病而来——看!我发烧了。瘟疫!它已经开始了。"当然,他那学者的高额头上布满了汗珠。威尔看见他开始颤抖,嘴巴扭在一起,要么是要啜泣,要么是要大笑。

"大海放弃了海里的死者!"班克斯变得兴奋地说(如果把活着的娜奥米抱在怀里的希望已经破灭,那也许至少有幸可以给她一座坟墓),"死亡和地狱交出了它们的死者!"

"地狱!瘴气!"威尔说着愤怒起来,并发现不知是那种气味开始消退,还是他已经适应了那种恶心,"毒蛇!瘟疫!卡芬先生,你没有生病,你只是需要一杯茶。嗯!我知道你们都很聪明——班克斯,是你给我展示了六分仪的用法!卡芬,我见过你教我女儿如何计算一场暴风雨的距离!我们不是在黑暗时代,不是那些听着食尸鬼和恶魔故事的孩子,在黑暗中行走的人们看到了一道伟大的光!那里没有什么,没有什么可畏惧的,从来都没有。我们会走下去,发现只是从马尔登路冲上来一只羊,不是派来惩罚我们的某个恶毒的怪物!"

但是,想象一下,曾经把"红海"分开的智者不辞劳苦,给一个海上的埃塞克斯教区发来一个小警告,这不是很夸张吗?使徒保罗把他的手放在蛇窝里,并由于受到天兆的启示而免于中毒。当然,从那以后,世界上发生了成千上万次革命,但天兆和奇迹的季节真的结束了吗?为什么对他来说,河口处有东西在等待时机,为什么对他来说,这件事总是那么荒谬呢?问题的关键不是不信仰蛇,而是不信仰他的上帝,难道不是这样吗?人群中的恐惧随后涌上威尔的心头,他的舌头上有一股铜币的味道。这种恐惧不是害怕他们受到神的审判,而是害怕他们没有受到审判,也永远不会受到审判。科拉,他这样想。他发现自己抓住虚渺的空气,似乎可以召唤她有力的手:科拉!如果她在这里,如果她在这里,"那好了,"他说着,生气起来,试图掩饰这一点,"站在这里憋气和想象又有什么用呢?我要下去亲自看一看,你们想来就来,不过我告诉你们,等到太阳落山,这一切都会告一段落,不会再有人谈论毒蛇。"他沿着大路向东出发,朝着黑水河和让他们恶心的源头走去。一小群人在他身后嘟囔和争吵,哈莉特的母亲信任地抓住他的胳膊说,"我离开那孩子时,在门口跟她道别,不知道她是否会回家。"

在公地上,叛徒橡树落满了秃鼻乌鸦,就像一种长着羽毛果的作物。威尔走在树荫里,那群热心的秃鼻乌鸦沉默了。恶臭难闻得让人受不了。卡芬先生看到学校里亮着灯的窗户,脱下外套去找避难所,说他不该在这么偏僻而泥泞的地方谋职。但是,无论如何,他不能说没有收到过预警。然后,怜悯的风变缓和了,改变了路线。秃鼻乌鸦从橡树上飞了起来,看起来就像燃烧的纸张吹起的黑灰。伴随空气的变化,臭味开始消退,又被吹回到河口,那里的人们早起就会面临恶臭。班克斯鼓起勇气,唱了一小段船夫曲,喝了一小口朗姆酒。

然后是"世界尽头",每个人都转移了视线:他们已经看到长满青苔的小丘,克拉克内尔正躺在里面,等待给他的墓碑。尽管如此,人们很难想象他不会在斑驳的玻璃后,埋怨外套袖口上的地蜈蚣。现在来了几个人了,也就这些了,威廉·兰索姆左手扶着一位母亲,右手扶着一位河工。在他们身后,埃文斯福德仁慈地保持沉默。

两个女人走在前面愉快地交谈着,用手指着初生太阳染红的云朵,转过身来扒拉空气,仿佛想挡开那股臭味。随着她们靠近盐碱滩,那味道愈发浓烈。威尔的胃里因为厌恶和恐惧而翻腾。他不相信他们很快就会遇到埃塞克斯之蛇,它在石板上晒干薄薄的翅膀,倒嚼着一块骨头,嘴里发出嘎吱的声音——可是,哎呀,他感到不安。"科拉。"他大声地说着,被自己的声音吓了一跳,那声音带着一种男人咒骂的转调。旁边的班克斯困惑地瞥了他一眼。要不是前面有个女人在小路上停下来，向海岸伸出一只胳膊，并开始尖叫，他也许已经开口了。她的同伴被惊得踉跄了一下，踩到她衣服的下摆摔倒，无法站直身子，蹒跚着走下斜坡，吓得张大了嘴巴。

威尔后来回忆说，有一刻仿佛被定格在摄影师的底片上：班克斯向那个摔倒的女人移动时，突然停下了。他自己也无能为力，嘴里有一股从上升的河口潮飘来的甜腻臭味。接着，画面坍塌了。他永远也解释不清楚，他们为何全都到盐碱碎石滩上，站在利维坦的黑骨架旁，在恐惧和怜悯中看着大海所放弃的一切。

水波轻拍，漫过河岸的地方，躺着一具正在腐烂的动物尸体。它身长大约二十英尺，身体的另一端似乎逐渐变细，最后几乎成了一个尖。它没有翅膀，没有四肢，身体绷得像一面鼓皮，还闪着银光。脊椎骨上还有一根鳍的残留物，突出的部分更像一把伞的辐条，这些"辐条"之间的薄膜碎片被东风吹干，破碎散落。摔倒的女人无意撞到了它的脑袋，动物尸体两个直径如拳头般的眼睛像失明一样往外看，眼睛后面，一对鳃从银色的肉里裂出来，深处还露出一条深红色的肉褶边，就像是蘑菇的底部。它要么受到了袭击，要么撞上了一艘开往首都的泰晤士河驳船的船身。某处绷紧的兽皮被低垂的太阳照亮，在水面上泛着闪闪油光，露出没有血色的伤口。它沾上泥土和砾石的地方，就会留下一层油腻的残渣，好像皮肤里的脂肪已经开始掉出来似的。在它张开的嘴里，能看到非常精细的牙齿，它的嘴有点像雀鸟的钝嘴。他们盯着看的时候，一块肉毫无粘连地从骨头上脱落下来，就像用餐刀割的一样。

"看啊，"班克斯说，"就是这个，就是这个。"他摘下帽子，把它放到胸口，表情荒唐，就像他在埃塞克斯的黎明，偶遇了正要去议会的女王，"可怜的老家伙，我敢说，就是它在黑夜里迷路了，受伤了，被冲到沼泽里，又被潮水吸回来。"

它似乎真是一个可怜的老家伙，威尔想。尽管这条腐烂的鱼看起来像是从发光的手稿边缘脱落下来的，但即使是最迷信的人，也不会相信它是神话中的怪物。它不过是一只动物，就像他们所有人那样；它已经死了，就像他们所有人都会死那样。他们站在那里，在沉默中得出一个共同的结论——谜底没有揭开，先前的想法被否定了。很难想象，这只已经失明、正在腐烂的东西——离开了它的生活环境，在那里，它银色的胁腹一定柔韧又美丽——会引起人们的恐惧。除此之外，那可能存在的翅膀、露出爪子的强壮四肢又在哪里呢？也许，它曾在黑水河口湿漉漉地缠绕着克拉克内尔，但克拉克内尔穿着靴子，死在了干燥的岸上。

"我们应该做什么？"埃文斯福德说，他似乎为明亮的太阳升起、脚边尸体的惨状和审判之手的停留感到遗憾，"不能把它留在这里，会污染这条河的。"

"潮水会把它带走的，"班克斯自信地说，没人能像他那样了解死鱼，"潮水，还有海鸥。"

"有东西在动。"哈莉特的母亲说，她向前走了几步，站在那家伙的肚子鼓起、紧贴砾石的地方，"里面有东西在动。"威尔走上前去，看见那层皮下一阵颤抖和蠕动。它停了下来。于是威尔揉揉眼睛，怀疑自己的视力由于清晨和低垂的太阳而变得模糊；他又睁开眼睛，好像许多小纽扣突然开了，鱼肚沿着缝裂开，涌出苍白、缠绕的一大堆。这种恶臭令人难以忍受，每个人都像挨了一拳，踉跄后退，班克斯不由得奔向利维坦的残骸并呕吐起来。

他看不下去了，他看不下去了。他想象着，还在移动的白色碎片中，可能会出现一缕红头发。但是，有一个女人对这种场景无动于衷，用脚在那堆发光的东西上搅了搅说："是绦虫。看看它，几码长，还饿着呢。可能这头野兽正是被这样从身体内部饿死了。我以前就见过这种事——你不要来看一看吗，牧师大人？我发现你居然也有害怕的东西？"威尔歪着头看了一眼（他知道自己什么时候被打败了），有点晕头转向，他看到那虫子最后的动作，那古怪的样子就像一条白色的带子，被织成一堆不规则的丝线。造物主究竟是怎么想的，竟然造出这么令人厌恶的生物，而且它还靠寄生在其他生物身上过活？他以为这是有某种目的的。

"班克斯。"威尔说。他本想强调，用神圣的理由抵抗村民迷信造成的恐惧是正确的，但是抑制住了简短说教一番的冲动。"班克斯，我们要做些什么？"

"别管了，"班克斯说，他湿润的眼睛中，新血管破裂了，"等到十一点或在那之后，涨潮会把它带走的。自然有它自己的方式。"

"对鲱鱼、牡蛎养殖场都没害处？"

"看见海鸥了吗？看看白嘴鸥，从公地上跟我们来了？它们和海水很快就能搞定，周日再过来就看不见它了。"鹅卵石开始搅动，潮水缓缓逼近。他的靴子尖上出现一块黑色的污迹，边上也沾上了盐渍。

凯瑟琳·安布罗斯
写于凛冬村诸圣堂教区
9月11日

我们亲爱的科拉：

你听说了吗？你决定不再对贫穷陈旧的埃塞克斯感兴趣时（真的，我从来没见过你的热情去得那么快！），我敢说你还蒙在鼓里，所以这次我有幸告诉你一些你还不知道的事情。

他们发现了埃塞克斯之蛇！

现在，掸掉你身上的灰尘，去拿一杯茶来（查尔斯正在我背后看书，他说如果阳光照在桤桁上，你就得喝杯东西提神），我会告诉你一切。我现在就在凛冬村，所以这个消息我是从威廉·兰索姆牧师那里直接获取的。你和我都知道，他不可能过分到夸大事实的地步，所以你要把这个消息当成出自他本人笔下那么严肃而真实。

好了，事情是这样的。昨天早上，整个村子都被一股恶臭惊醒。我一开始觉得，有些人认为他们会中毒，因为严重到让他们卧病在床，你可以想象吧！

不管怎样，他们显然是鼓足勇气到了岸边，它就在那里，只是那只怪兽已经一命呜呼。它和人们担心的一样大，威尔估计它有二十英尺长，只是一点也不笨重。他说有点像鳗鱼，像银子或珍珠母一样闪闪发光（他上年纪以后变得诗意了）。看到它的那些人立刻就明白自己有多愚蠢，根本没有怪物，当然也没有翅膀。它看起来就像从你的腿上切下的一大块肉，但是它可以毫不费力地冲出水面，抓一只羊或一个孩子。我猜测，它是和某种寄生虫在一起度过了一段不愉快的时光。关于这一点我也不想多说，不过你也知道了。我想它是一种野兽，但并不比大象或鳄鱼更奇怪、更危险。

好了，我知道你想知道，它跟你挚爱的玛丽·安宁喜欢追问的海蛇之间有没有任何相似之处，我很遗憾地告诉你，没有。威尔说它没有四肢，尽管它那么庞大，那么奇怪，却毫无疑问是一条鱼。有人说已经通知官方——威尔给查尔斯发了一条信息，我们那会儿恰好在科尔切斯特——但是，当潮汐涌来时，它显然是被分解了，冲回了海里。噢，科拉！我不禁为你感到抱歉。多么让人失望啊！我对大英博物馆的那件案子寄予厚望，一条巨大的海蛇，体内塞满了玻璃义眼，你的名字就在墙上的一块铜牌上。对于期待审判日到来的人来说，这是多么令人失望的事啊！我想知道他们会不会为自己的忏悔而遗憾？我知道我会的！

第二天，我们来到凛冬村，有点希望亲自看看那个可怜的家伙，所以我在威尔的书房里给你写信。天气温暖柔和，窗户开着，我能看见一只山羊在草地上吃草。兰索姆家的孩子们不在这里是多么奇怪啊，明知道他们已经回到我们在伦敦的家里！整个世界颠三倒四的。我在这里的一堆东西里认出你的东西，是多么奇怪啊——你的信件（虽然我很想看，但我没看！），一只手套，我知道那是你的，一块化石（我想是一块菊石？），只可能属于你。我几乎觉得，我能闻到你的气味，总是像春天的第一场雨，好像你刚从我坐的椅子上站起来一样！威尔为一位牧师保管了一些古怪的书，有马克思和达尔文，显然这两人相处得很好。

凛冬村变化很大。今天早晨，当我们到的时候（坦白说，我一直觉得这是一个有点沉闷的村子），这里正在举办一个节日。孩子们又出来玩了，因为树篱后面没有遇到野兽的危险。女人们把毯子铺在草地上，互相倚靠坐着，说个没完。我们喝完了整个夏天的苹果酒（味道很美，比我在这个郡喝的任何酒都好得多），干掉了一整块埃塞克斯腌猪肉火腿。亲爱的斯特拉，我要发誓，她变得比我上次见她时更漂亮了（我真觉得这太不公平了），穿着一条蓝色的裙子，在小提琴手弹奏时跳了一会儿舞，但是很快就不得不上床睡觉。我从那以后就没见过斯特拉，尽管曾听见她在楼上踱步（不过她大多数时间躺在床上，在笔记本上写东西）。我把孩子们的礼物和信件带给她，但她还没有读。斯特拉不相信岸上那只奇怪的鱼曾是埃塞克斯之蛇，但她最近有很多奇怪的想法。我只是握了握她的手（那么温暖，那么小巧！），说当然不是，当然不是了，让她用一条蓝丝带给我绑头发。那是一种残忍的疾病，但这病对她足够仁慈。

那么现在，科拉。你必须准我摆摆年长者的脸面，容许我狠狠训你一顿。我从查尔斯那里听说，你还没跟卢克·加勒特见面，也没有给斯特拉或威尔写信，尽管你一定知道她生病了（人们不免会认为，她要死了。虽然，我们都在以自己的方式走向死亡），不得不离开她的孩子。

我亲爱的，我感到悲痛。我承认，我一直不确定，是什么把你带到迈克尔身边，他总是让我感到有点害怕（你介意我这么说吗？）。但是，一定是有什么特殊的东西。这种牵绊断了，你就没有了牵绊。现在看来，你似乎要切断所有的牵绊！科拉，你不能总是躲开伤害你的事物。我们都希望能躲开，但做不到。活着根本就是要受伤的。我不知道你和你的朋友们之间发生了什么，但我知道，我们都不是注定孤独的。你曾告诉我，你忘了自己是一个女人，我现在明白了，你觉得做女人就是要脆弱，你觉得我们是一对难姐难妹！也许是这样，但是在痛苦中走一英里，不就是比毫无负担地走七英里需要更大的力量吗？你是一个女人，也必须开始活得像一个女人。我这么说的意思是，鼓起勇气来。

爱你的，
凯瑟琳

PS：有一件怪事，这里充盈着那种宽慰、轻松感——有扣眼里插着一朵花的小提琴手、有美妙的食物——但是没人愿意费劲爬上叛徒橡树，拿下挂在那里的马蹄铁？太阳下山时，风起了，它们就出现了，在一股股丝线上转动、闪耀。你不觉得这样很奇怪吗？

科拉·西伯恩
写于伦敦米德兰大酒店
9月12日

我亲爱的凯瑟琳：

我真诚接受你的训斥，一如既往地爱你。我似乎让每个人都不开心，现在也习惯如此。我自怨自艾吗？好吧，我是这样，如果能找到原因，我会停下来！有时候，我看到了让自己困扰的东西，但在最后一分钟又转移视线，这似乎很荒谬。有谁听说过，一个女人因为失去一个朋友而如此低落？

所以，接着说，埃塞克斯之蛇被发现了。一个月前，我一直怒不可遏，但这些天来，我发现自己大体上变得平和。我确实会时不时地想，我会站在岸边，看见一条鱼龙的口鼻从河口探出来（上帝知道，我在那里见过更奇怪的东西！），但我记不起它了。这似乎很荒谬，这是另一个女人的白日梦。上周，我动身去了自然历史博物馆，站在那里数化石的骨头，试图唤起它曾带给我的奇迹，但什么也没有。

你也许知道我对加勒特医生有多残忍。凯瑟琳，我怎么会知道？他们不想我在这里。我写信了，他没有回复。我也不确定威廉·兰索姆想不想见我。我到处乱逛，我会弄坏东西，作为一个朋友，我并不比作为妻子或母亲更称职。

噢，看了我刚写的东西，多么自怨自艾啊！这对我没有好处。威尔会说什么？我们都辜负了上帝的光环，或者诸如此类的话。无论如何，他似乎从来不为别人的失败而烦恼，因为这全是人类的状况，是意料之中的事。如果是这样的话，他应该比看起来更能容忍我的缺点，或者至少让我明白，我的哪一个缺点最让他不高兴……

你看到我变成什么样子了吗？我从未像现在这样女孩子气，这么悲伤过！

甚至当我是一个女孩时！甚至当我哀悼时！

我会给卢克写信。我会给斯特拉写信。我会给凛冬村写信。

我会好起来的。我保证。

非常爱你，亲爱的 K——其实，你拥有我所有的爱，因为没有其他人想要它。

科拉·西伯恩

写于伦敦米德兰大酒店

9月12日

亲爱的斯特拉、威尔：

我知道像往常那样，以"我希望你们一切都好"开场比较好，但我知道你们不是这样。听说你病情加重，我非常难过，请接受我的关爱。你去看过巴特勒医生了吗？我听说他是最好的医生。

我要回埃塞克斯了。跟我说说要捎点什么。跟我说说你最喜欢吃的东西。要我带些书吗？酒店外有个人在卖牡丹花，我会尽可能带得塞满头等车厢。

我听说埃塞克斯之蛇被发现了，最后不过是一条大鱼，而且早就死了！凯瑟琳告诉我，整个凛冬村举行了庆祝活动。我多希望我在那里，能看到这一切。

爱你的，

科拉·西伯恩

"他不在这里，"斯特拉说着，合上她的蓝色笔记本，用丝带扎上。"他会因为错过你而难过的——不，不要坐到我旁边，我不太喜欢咳嗽，但有时候会在我想不到的时候咳嗽——这是什么？这是什么啊！你给我带了什么啊！"

宽慰和失望让科拉膝盖发软，她用微笑掩饰这一点，把一个包裹放在斯特拉的膝盖上说："只是一本我觉得你会喜欢的书，还有一些在哈罗德百货买的杏仁软糖,我们记得你很喜欢——弗兰基,过来问好。"但是弗朗西斯不知所措,只能站在门口,打量着这个房间。在他积累珍品的这些年,从没见过这样的场景。以为自己是艺术收藏方面的专家,但他知道现在自己被打败了。在挂着蓝色窗帘的开着的窗户之间,斯特拉·兰索姆躺在一张白色沙发上。她穿着深蓝色的睡袍和蓝色的拖鞋,上面装饰着绿松石的珠子。她手上戴着华而不实的戒指,每个窗台上都有闪闪发光的蓝色玻璃瓶,有雪利酒瓶、毒药瓶和用来装香水的小酒壶,还有从水沟里捡来的玻璃碎片和潮水冲上岸的不透明矿石。桌椅上,物品一律按颜色深浅整齐摆放,瓶盖和纽扣、丝绸片和折好的纸片、羽毛和石头,它们都是蓝色的。他惊叹地跪在远一点的地方说:"我喜欢你所有特别的东西。我也有特别的东西。"斯特拉把犹如三色堇般的目光转向他,毫无惊讶和责备地说:"那我们都有一种爱好,就是发现别人看不到的美好,"她压低声音,推心置腹地小声说,"我们无意中接待的天使也有这种习惯,最近周围有很多天使。"看到她把手指放在嘴边做保密的手势,又看到弗朗西斯做了回应的手势,科拉感到不安。科拉不在的时候,这个女人显然变得陌生了。是因为这场病吗?威尔为什么没写信告诉她?

然后,斯特拉又变回以前活泼的样子,猛拉了一下晨衣说:"现在好了,我有很多问题要问,有很多话要说。加勒特医生怎么样了?我听说的时候简直受不了,我永远也忘不了去医院那天,他是怎么接待我的。你知道吧,他不是一般的善良。他跟我讲话时,就像我跟他是一样的人——他不让他们瞒着我。他真的不能再做手术了吗,但是我现在觉得这是不可能的事。"

科拉发现,她一提起她的小鬼就会嗓子疼,就漫不经心地说:

"噢，斯宾塞告诉我，他恢复得很好。事情真有那么严重吗？他没有丢掉一根手指，只是一场当街殴斗，不足以让他失去理智。弗兰基，不行，这些不是你的。"那孩子已经开始从壁炉架上取下灰蓝色的石头，把它们放在地毯上。他没有理睬母亲，对着一块扁平的鹅卵石使劲吐了一口气，在他的袖子上擦了擦。

"没事，让他玩吧。我想，他理解我。"斯特拉说。她们一起看着他把石头摆成七角星的形状。他不时地抬头看斯特拉一眼，科拉惊讶地发现，那是一种崇拜的表情。

"他们把我的宝贝们带走了，"斯特拉忧郁地说着，一时失去了轻松的心情，"我当然记得他们的脸，我这里有照片，只是我忘了他们搂着我脖子的感觉，还有他们坐在我膝盖上的重量。我很高兴看到他，让他随心所欲地玩吧。"然后，她靠着椅子的弧形侧面，科拉看到她脸颊上的红晕更亮了。当斯特拉再次抬起头时，她的发根被汗水染黑了。

"不过，他们又要回来了。凯瑟琳·安布罗斯会把他们带到我身边。"她说着，摸了摸《圣经》，"圣父从来不会给我们无法承受的东西。"

"我猜是的。"科拉说。

"他们说，埃塞克斯之蛇被发现了，只不过是一条腐烂的鱼！"斯特拉探身向前，神秘地说，"但是科拉，不要被骗了。就在昨晚，一条脖子折断的死狗被冲到了布赖特灵西，至今也没有班克斯家女孩的踪迹……"

看她多高兴啊，科拉想。我相信，她几乎希望那条蛇回到黑水河里。

"我夜里听见它的低语声，"斯特拉说，"不过，我一直听不清它说什么……"

科拉握住朋友的手,但究竟要说什么呢?她的眼睛闪闪发光,仿佛看到的不是审判之手,而是救赎之手。斯特拉在笔记本上记了几笔,然后摇了摇头,好像从浅睡中醒来说:"玛莎怎么样了?我敢肯定,她发现自己回到凛冬村会很生气。"她还没改掉爱说闲话的毛病。一会儿工夫,他们把所有相识的人都说了个遍,而威尔一直没有出现在这个房间。

弗朗西斯坐在稍远的地方,用他以往的方式观察。他看到斯特拉紧握住笔记本,抚摸着蓝色的封面。她前一刻还热切地关注他母亲说的话,然后随着科拉变得恍惚和含糊,她的注意力也消散了。有时,她会说出一些奇怪的语句来:"事实上,我知道你也同意,这易朽坏的一定会变成不朽的,这必死的一定会变成不死的!"然后立马欢快地说,"梅戈格似乎对克拉克内尔的死一点也不担心,它产的奶跟以往一样好。"与此同时,他母亲的眼睛变得越来越黯淡,就像遇到麻烦时一样。她拍了拍斯特拉·兰索姆的手,点了点头,没有做任何反驳。她一边说着"再跟我说说,你是怎么把头发编得那么漂亮的?我试过,但从来都梳不好!",一边又倒了一杯茶。

"很快再过来一趟,好不好?"当科拉起身离开时,斯特拉说,"你没见到威尔,一定很遗憾。我会向他转达你的祝福。还有西伯恩少爷,"她说着,朝弗朗西斯转过去,伸出了双手,"我们应该成为朋友,你和我,我们彼此相互理解。再过来,把你的宝贝带过来,我们比一比,好吗?"弗朗西斯把手放在她手里,感受到她的手多么温热,比他自己的手小很多。他说:"我有三根松鸦羽毛和一只蝶蛹。如果你喜欢,我明天把它们带过来。"

科拉·西伯恩
凛冬村公地2号
9月19日

亲爱的威尔：

我回埃塞克斯了。房子里冷飕飕的，我写这封信的时候，坐得离暖气片很近，我的一个膝盖是烫的，另一个膝盖是凉的。墙面散发出有穿透力的湿气。它好像通人性。有时候，我想我在夜里能闻到像盐的味道、像鱼的味道，从窗户飘进来，只是味道很淡。尽管他们告诉我，那不过是一条被潮水冲上来的可怜的死鱼，但很容易让人想象，埃塞克斯之蛇就在那里张望和等待，也许就在门口想被请进来……

我处于一种丢脸的状态中。玛莎跟我生气，她给我端茶来的时候，总把茶摔到地上，溅到我身上。她想回伦敦，我不由得认为，她无论如何要离开我了。卢克叫我不要去看他，但斯宾塞已经带他到科尔切斯特透气了。我几乎觉得，我可以走过去看他。斯宾塞会写信，但他签名时写的"你忠诚的"，并不代表任何意义。凯瑟琳·安布罗斯已经习惯用一种我无法忍受的眼神看着我，这是一种善解人意的表情，好像她想让我知道，无论我做过什么，她都会站在我身边。坦白说，我更希望她给我一巴掌。

当然，我在弗兰基面前总是丢面子，但现在比以往更丢脸了。我相信，他一直在我身上寻找但没有找到的东西，在斯特拉身上看到了。他尊重她！他为什么不这样呢？我从没见过比他更勇敢的人。

无论你写得多么亲切，我经常觉得我可能在你面前丢脸。我怀疑我做的这么多事是否明智：让卢克不管乔安娜——六月那个奇怪的晚上——甚至是来到这里这件事！

　　玛莎说，我一直很自私。我试图把每个人和我拴在一起，而不在乎他们想要什么。我说，这就是我们所有人的生活方式，否则，我们就只能独自生活了。她"砰"的一声使劲关上门，打破了一块玻璃。

　　似乎只有斯特拉不跟我生气。我跟她待了一个下午——她告诉你了吗？——她亲了我的双手。我为她的想法害怕，她这一刻陷入绝望，下一刻似乎已经踏上天国之门。她真是一个美人，威尔！我从来没见过这样的美人，她的头发在枕头上摊开，目光炽热。我想，任何画家都会哭着跑去拿他们的画笔的。她不相信那条蛇已经被发现了。她听说了，说它发出了低语，但她也没说什么。

　　跟我说说你怎么样，还会在别人醒来前就早早醒来，穿着晨衣喝咖啡吗？你读完那本关于庞贝古城的可怕小说了吗？你看见一只翠鸟了吗？你有没有想念过克拉克内尔，希望能靠在他的大门上，看着他抠自己的痣？

　　我能很快见到你吗？

你的，
科拉

威廉·兰索姆牧师
凛冬村诸圣堂教区
9 月 20 日

亲爱的科拉：

斯特拉告诉我你来了。无论如何，我还是会知道的，还有谁会花许多钱买哈罗德百货的糖果呢？（谢谢你，顺便说一句，我正看着她吃呢。除了吃几杯保卫尔牌的热牛肉汁，她还能吃点别的东西，这让我很高兴。）她很喜欢弗朗西斯。她说他们是心灵伙伴，这跟她用零碎物件装饰房子的新爱好有关。我告诉她，我在给你写一张便条，她说弗朗西斯能不能赶快过来看看，因为她有事要告诉他。医生说她咳嗽得不严重时，可以有访客短暂来访。

你感觉到了吗，凛冬村空气里的那种变化？我知道，你已经听说，我们在岸边发现了那个死去的可怜家伙，以及它如何用恶臭让我们从床上惊醒的。我多希望你在那里，我记得当时就是这样想的，记得我好奇你是怎么离开的——

那天夜里好像是五朔节当天，收获节马上要来了。我们整晚都坐在外面的公地上，因此放松下来，唱唱跳跳。我自己也感受到它了，但我知道没什么可怕的！由于没有一个审判日可以期待，可怜的埃文斯福德看起来相当潦倒。每到周日，教堂里就会多几个空荡荡的长椅。好了，我问心无愧，不会怨恨任何人。

即使如此，还是很难不失望。这栋房子安静得就像一座坟墓。我已经不关我的书房门了，因为没人会进来。孩子们几乎每天都写信，下周还会过来。当想象他们在花园小道上奔跑时，我想挂起一个横幅，鸣一声礼炮！

斯特拉很高兴他们要来，但是她的心已经离开了。有时，她告诉我她会活下来，说这样的话来安慰我。然后，她说她在寻找永生，我想斯特拉在奔向墓地。我爱她。我们相爱许久，我做男人多久，就爱了她多久。我无法想象没有她的生活，就像无法想象没有四肢一样。如果她走了，我会变成什么样子？如果她不再看着我了，我还会在这里吗？我会不会某天早上照照镜子，发现我的影像消失了？

你要来的消息让我比期待中的任何时候都要开心，这怎么可能是真的呢？

每天晚上大约六点钟，我都要往西走一会儿，远离这沼泽和河口。即使现在，我几乎还觉得，我的鼻子永远也无法摆脱那股可怕的恶臭——我发现，我更喜欢背对水流，转身走进森林中。

我想见你。跟我一起出来。你也喜欢散步，对不对？

威廉·兰索姆

她穿着她的男式粗花呢大衣，一直张望着等威尔来。她竖起颈背的领子，在这样一个晚上显得太热了。秋天是不确定的，就像春天是温和的一样。但是科拉最近感觉不安，不仅是当她记起威尔的手掌按在她腰上时。她希望裹在厚重的衣服里，不想因为粗糙的布料和笨重的鞋子看起来不像女人。如果玛莎没有把剪刀藏起来，她可能会剪掉自己的头发，满足于把脸边的头发好好编起来，打扮得就像早晨的一个女学生。

她已经很久没见她的朋友了，几乎怀疑自己还认不认识他。由于为他打招呼的方式焦虑，她的嘴巴都干了。也许他会展现更加严厉的一面，一部分令人折磨，一部分感到失望？也许他会像从前那样言语温和，或者用让她感到紧张的害羞方式说话？风吹过黑水河，带来一股咸味；茂盛的草里长着蘑菇，它们的帽子像牡蛎壳一样带着珍珠的光芒。他来的时候悄无声息，就像一个咧嘴笑的小男孩偷偷溜了进来，一只巧手碰了碰她的胳膊肘上方，有个声音说："你不必为了我打扮。"那种慎重的节奏和乡间的慢音是那么熟悉，那么亲切，让她不明白为什么有点害怕，展开外衣的裙摆行了个屈膝礼。

他们相互打量了对方一会儿，忍不住一直微笑。威尔卸掉了他的罗马领，带着乡下人对季节的蔑视，没有穿外套。他的袖子卷了起来，好像干了一下午活儿，衬衫的领口没有扣扣子。他的头发比科拉上次见时变浅了，也变长了，在傍晚的灯光下，几乎变成了琥珀色。他脸颊上的伤疤像羊蹄的边缘，眼睛似乎由于看晚报时擦拭而弄脏了。他没有睡觉，科拉怀着可怕的温柔想着。

在他的注视下，科拉知道她从没这么难看过。夏天的大部分时间里，她把自己关在屋里，这让她脸色变得苍白无光，那被忽视的头发也在头上疯长。如果她同意照照镜子，就会平静地看到自己眼角起了细纹，眉毛之间也出现一道皱纹。她能敏锐地感受到这一切，并释然面对。无论仲夏时节的哪个错误时刻造成了他们的决裂，现在都不可能再容忍了：她不是男人心目中的情人。这个想法太荒谬，她一想到就如释重负地笑了。这声音使他很高兴，因为它抹掉了中间的那几个星期。当她第一次伸出手时，威尔又回到了那个温暖的房间。

"拜托了，西伯恩夫人，我们走吧，"他说，"我觉得有好多话要跟你说。"科拉非但没有感到折磨或压抑，反而觉得最近精神上的所有负担都烟消云散了。他们快速地走着，一步接着一步，把村子和海边的咸风抛在身后。经过诸圣堂时，两人都没把目光移开，因为他们都没想过，在傍晚的空气里散步有什么不妥。

两个人都藏了一大堆奇闻逸事、抱怨、荒诞不经的故事和半信半疑的理论，说了整整一个小时都没有停歇。每个人都细数了另一个人的种种，愉快地总结记忆犹新的手势或经常使用的短语，其中不乏克制或夸大的倾向，其中一个人突然转向新牧场，另一个就跟着跑过去。他们又像当初那样互相逗乐，不会觉得笑得那么频繁、那么开心，会有什么不体面的。就在这时，斯特拉正陷入蓝色丝绸靠垫里，她举起一小块棉花放到嘴边，收回时棉花上沾满了血。而在科尔切斯特，卢克·加勒特感到很茫然。他与斯特拉都觉得被另一半背叛了，这一点与其说是被原谅了，不如说是被遗忘了：他们把自己封闭起来——他们没有受到伤害。

"最后证明，只不过是一条死鱼！"科拉说，"有关埃塞克斯之蛇的消息也就这样了——它的翅膀和嘴！真的，我从未感到如此愚蠢。我去了阅览室做作业（我还以为会在那里见到你），就像任何优秀的女生那样，看到了三十年前冲上百慕大的皇带鱼，读到了它们快死的时候是如何在地表徘徊的。我必须为鄙视玛丽·安宁的性别和职业而向她道歉。"

"可是这样一条鱼，"威尔一边说着，一边向她描述它那闪闪发光的肚子是如何裂开的，肚子里的东西是如何在砾石上蠕动的。

当他们说到斯特拉时，科拉把脸转到一边：她以前曾在威尔面前流过泪，已经决心不再这样做。

"她要求看显微镜下的载玻片，"威尔这样说着，再次惊讶于妻子的勇气，"她看到带着死亡气息的身体组织，比我更勇敢地面对。我想，她几个月前就已经知道了，早就见过这一切了。"

"她是那种被人误解了的女人：人们认为，因为她长得漂亮，会穿衣服，爱说闲话，所以她就是在珠宝盒里转来转去的芭蕾舞演员。但是，我从她第一封信就知道，她身上带着一种严厉。我认为她没有错过任何东西，甚至是现在。"

"尽管有些事发生了变化，但她现在错过得比以前更少了。"他们走进一片树林的边缘，小道变窄了，寒鸦聚集在橡树间，荆棘扯着他们的衣服。浆果被留在树枝上腐烂，因为在"麻烦"发生的这几个月里，没人愿意独自带着篮子出去。"有些事发生了变化，他们告诉我会变化的，但我从没想过会这样。她当然是有信仰的，否则我也不可能会娶她——你吓坏了！但是，如果一个女人跟我信仰的不是同一个上帝，我怎么能要求她空出每周日和每周的一半时间给我呢？是的，她有一种信仰，但不像这样。它是……"他在寻找恰当的说法，"它比较注重礼仪。你明白吗？这是不同的，我发现它让我感到尴尬。她会唱歌。我夜里醒来，听到她在大厅里唱歌。我觉得，她把埃塞克斯之蛇跟《圣经》故事混淆了，并不是真的相信它离开了。"

"你听起来更像是一位公务员，而不是一位牧师！你不觉得去坟墓的女人——我忘了她们的名字——也许会有点像这样吗？被荣耀蒙蔽，已经半死不活，想尽快结束这段短暂的时光。不，我不是在嘲笑你，天知道我也绝不会嘲笑她。但是，如果你坚持自己的信仰，至少应该承认，这是一件奇怪的事情，与熨烫笔挺的长袍和礼仪规则没什么关系。"她觉得自己的火气慢慢起来了，她忘了他们是多么容易把对方激怒，想让这场谈话落到不稳定的地面，但这一切发生得太快了。"不过我明白，"她用一种和解的口气说，"我当然明白：没有什么比我们所爱的人发生变化更令人烦恼了。我经常告诉你，我做过一场噩梦。有一天，我回到家，看到玛莎和弗朗西斯，他们用手捂着脸，像揭面具一样把脸皮揭了下来，脸皮之下是令人厌恶的……"她发抖了，"可她还是你的斯特拉，你的海洋之星，爱不会随着变化而发生改变！你会做什么？她能得到什么样的治疗？"

他跟她讲了医院里那个令人焦虑的下午，巴特勒医生在一边客客气气，卢克在另一边冷嘲热讽。她给出自己的诊断，冷静地接受医生的处方。"巴特勒医生很谨慎，想再见到她，给她注射结核菌素，这是最近流行的方法。查尔斯·安布罗斯说他来付钱，我怎么能拒绝呢？我撑不起自己的自豪感，已经很长时间了。"

"卢克呢？"她一提到这个名字，脸上仍会呈现羞愧的迹象。

威尔本可以努力原谅这个小鬼，但在他的信仰中，不包括跟冤枉他的人实际发展感情。他说："原谅我，但我很高兴他没能做成手术——他想让她的肺衰竭，一次一个，说这样另一个肺才能康复！不要误解我，我对他的受伤也深表遗憾，但我真的不能不考虑斯特拉和她的幸福，这才是现在最重要的。"然后，他脸红了，好像被人抓住说谎了。"这才是最重要的，"他说，"应该是这样！应该是这样！"

"斯特拉怎么说？"科拉意识到一种很像嫉妒的感觉：是什么才能让人爱得如此彻底呢？

"斯特拉告诉我，耶稣要来收集他的珠宝，她已经准备好了，"威尔说，"不管怎样，我认为她不在乎。有时候，她说话的口气就像明年的这个时候，她会跟詹姆斯一起爬叛徒橡树一样。有时候，我发现她躺在那里，双手在胸前交叉，就像已经在棺材里一样。还有蓝色，那无尽的蓝色——她派我出去买紫罗兰，我告诉她现在季节不对，她几乎激动得要哭了！"

然后，威尔跟科拉讲了自己与上帝的契约，他很害羞，因为感到不好意思。还讲到如果遇到的是吉兆，他如何准备把妻子、他的针头和刀片都交到卢克手里。"加勒特受伤的消息传来，即便我不认为这是一个征兆，斯特拉也肯定这么认为——她看起来松了一口气。她告诉我，如果我认为应该做手术，她就会去做的，但斯特拉更喜欢把自己交给上帝。有时候，我觉得她想离开我们，想离开我！"

科拉偷偷看了威尔一眼，她这位朋友似乎很少不摆出一副指挥的派头，这让她吃了一惊。她说："我记得迈克尔第一次生病的时候，我们正在吃早餐，他卡住了喉咙，脸色发僵涨红，扯着桌布，然后拍打着喉咙。由于他从来没有惊慌失措或者放松警惕，从来没有那样过，我们知道事情不对劲。就在那时，一只鸟飞了进来。上帝做证，我从来都不迷信，但有那么一会儿，我想起了老妇人的传说——'屋里的鸟预示着死亡'。我的心为之一振，坐着看他窒息⋯⋯然后我清醒过来，我们给他喝水，他吐了。那个月晚些时候，他出血了，卢克来了。那是我第一次见到他，说实话，我有点怕他：这不是很奇怪吗，陌生人来到门口，你永远不知道他们可能会成为什么人⋯⋯噢！"她摇了摇头，"我不知道我在表达什么，我怎么能拿他和斯特拉比较，他们可能是不同的物种！只是这让我感到奇怪，所有这一切。"她伸出了双臂，他很感激：她有个多么奇怪的习惯啊！她几乎完全反对他了解和珍视的一切，但却主动表示理解。

夜晚很快降临，玫瑰色的太阳被一团乌云遮住了。光线只照在山毛榉树和栗树的下半部分，留剩余的部分在黑暗中。这看起来像一排排的青铜柱子，支撑起厚厚的黑色顶棚。他们来到一处微微隆起处，每隔一段距离，树根就横穿小路中间，形成一段又宽又浅的楼梯。到处都是厚厚的苔藓，路上仿佛铺了一块鲜绿色的地毯。

尽管他们谈笑风生，却少有信中的那种亲密感，能够轻松地聊起"你"和"我"。当树林把他们包围起来时，他们似乎才有可能接近问题的关键，只不过是试探性的、小幅度的。

"很高兴你能写信给我，"他羞怯地说，"我度过了难受的一天，然后你出现在了门外。"

"我很高兴，我放下了自己的骄傲，"她把脚放在绿色的楼梯上，停下来说，"卢克对乔耍了花招后，你冲我发脾气。如果是我活该，那我不介意任何人冲我发火，可我觉得自己不是那样的，只是在提供帮助！如果你看见我看的东西——那些大笑的女孩——她们哈哈大笑和把头扭来扭去的样子……"

他不耐心地摇了摇头。"现在不重要了，再说一遍又有什么用呢？"然后，他大笑着说，"我总是喜欢跟你吵架，但不是为了什么要紧事。"

"只是善与恶的事……"

"没错。看啊，我们进了一间大教堂。"在头顶的高处，树木弯下身子，形成了一个讲坛拱顶，附近一棵橡树的树枝被砍掉了，在一个深深的树架上方留下一个尖尖的洞。"看起来好像克伦威尔把锤子和凿子献给了一位圣人。"

"至少，我看见你在你的教堂里干掉了那条蛇，"科拉说，"我回来的那天就进去了，结果只剩下少量鳞片。什么让你失去了信心？"

威尔想到在仲夏的沼泽上，他把他们全部抛下后那个尴尬的时刻。他咳嗽了一下说："要不是克拉克内尔的消息及时传来，乔安娜会打我耳光的。你看,到处都是七叶树果,没有孩子把它们带回家。"他弯下腰捡起一把,递给科拉一个,果实裹在那绿色的外壳里。她用指尖撬开裂口,找到白丝皮里的坚果。"我那会儿生气了,"他说,"就是这样。现在,'麻烦'不见了,我几乎不记得它是怎么消失的。人们都待在家里,我们从来听不到孩子们玩耍的声音。我无论说任何事情,都不能让他们相信没什么可怕的、振作起来。"

"我一来就感觉它在村里,"她说,"空气发生了变化。我听见学校唱诗班的歌声,直到我回到家,才想起有一天他们笑个不停,然后就出了大问题。我想到,当我第一次来的时候,公地上几乎没有人。我此前还以为,会看到人们不信任地看着我,就像这全是我的错、就像这跟我有任何关系一样!"

"有时候,我也认为是这样。"威尔说着,放下双手,对着苔藓踢起来。他只是半开玩笑半认真的,用惩戒的眼神瞅了她一眼。

她笑着说:"'麻烦'也许不是我造成的,但我几乎也没帮上忙,还把其他事弄得一团糟。你在信里说——你最终会厌倦新事物,那时候,我才意识到自己是多么莽撞。我强迫自己陷进去了。我还不如打破一扇窗户!想象着说,你还没走到半英里远,我们就应该给对方写信!只是因为我们曾经说过话……"

"还有羊的问题。"威尔说。

"当然有这个问题了。"他们看了看对方,跨过前方道路上的裂缝,松了一口气。但是,裂缝变宽了,他们绊倒了,威尔说:"我的窗户已经打破了——我把它们拴在了门闩上——为什么?为什么当我拥有一个男人想要的一切时,遇见了你?从那时起我就因你感到高兴——"

"这对我来说不奇怪。"科拉把七叶树果从壳中取出来,在两个手掌之间滚动,"你真以为,就因为你爱过这里,就不能爱那里了吗?可怜的威尔,可怜的孩子!你以为你拥有的那么少吗?你看,这个我是该用水煮,用火烤,还是用醋腌呢?"她好像要把它扔给他,但他转过身,朝她上方走了一两步。

"你就像在跟小孩子说话,"他有些恼火地说,"我知道你私下是怎么看我的,甚至连你自己都不知道。我是一个天生糊涂的笨蛋,在你后面落了好几英里,好像你比我进化得更高级!"她忧郁地打量着他,嘴角隐约露出一丝消遣的意味,这使他更加固执地坚持自己的观点,超出了他的本意:"看看你!无论你是哪一个科拉,无论你是穿丝绸、戴钻石的那个,还是穿着克拉克内尔会扔掉的衣服的那个;无论你是总嘲笑我们的那个,还是向任何愿意倾听的人盟誓的那个,你把自己封闭起来,因为你和我一样清楚,在整个青年时期,你几乎从未得到过应得的爱——"

"别说了。"科拉说。在黑色的森林华盖下,她通过信件寻觅的所有亲密感都让人无法忍受。她想回归墨水和纸的安全领域,而不是在这里。在这里,她的脸色涨得通红。她觉得,在远处篝火的芬芳之上,她可以闻到他衬衫下的身体气味。这是不得体的——他最好的自己就封在一个信封里——他无疑是一个血肉之躯,使她无法忽视自己的血脉偾张。"下来吧,"她说,"回来。不要跟我吵了。我们吵得还不够多吗?"他有点羞愧,在一棵栗树旁,弯着腰在落叶中寻找七叶树果,再一个个地递给她。

"我多希望,我们是小孩子!"科拉说着,手指合十捧着它们,记起它们曾是可以用来交换和珍视的宝物。她向他靠近,坐在他旁边的青苔上。"我们为什么不能像小孩子那样,在一起玩……"

"因为你不天真了!"威尔说。他感到一种奇怪的眩晕感,仿佛他们被自己正在说的话抛向高处,却还没有掉下去似的。"你不天真了,我也不天真了。你在耍花样,你总是躲着我——"他有点粗鲁地拉了拉她的袖子,"你觉得就因为你穿了一件男式外套,我就会忘了你是什么样的人了?"

"你觉得我是为了你这样做的吗?"她说,"我忘了我是个女人,我把这件事抛在一边。上帝知道,我不是一个母亲,也永远不是一个妻子……你以为,我应该穿高跟鞋折磨自己,把雀斑涂掉,好叫你对我保持提防吗?""不。我觉得,你是在提防你自己。你曾经告诉过我,你只想成为脱离肉体的智者,不受自己骨肉的困扰——"

"我会的,我会的!我鄙视它,我的身体只是背叛了我:我没有活在那个身体里,我活在这上面,活在我的思想和语言中……"

"是的,"他说,"是的,我知道。是的,可是你也在这里。"他移开她上衣的皱褶,扯了扯她塞在腰间的衬衫,就是他曾经碰过她而感到羞耻的地方。但是,那种羞耻感这次躲得远远的。对他来说,现在与她保持距离似乎是不道德的。怎么可能找出她思想中的每一个动向,不再熟悉她独特的皮肤光泽、气味和味道呢?现在不碰她就是在违反自然法则。在渐浓的暮色中,她仰卧在柔软的绿色楼梯上,目不转睛地望着他,毫不惊讶地在激他。威尔撩起她的衬衫,发现衣服的黑布裂口处,她柔软的肚子非常白皙,上面有她儿子"画"的银线。他情不自禁地吻了它一下,她高兴地朝他滚过去。

太阳落山了,森林把他们围了起来,树柱上的铜色变成了铜绿色。镀金的神殿不见了,换成了叶子发霉、即将枯死的茂盛长草，以及路上被风吹落、正在开裂的苹果的气味。随后，她像往常一样平静地迎着他的目光，感到自己像一条泛滥的河那样冲过去见他。"求你了，"她说着，拉了拉裙子，"求你了。"他就像听到命令一样。他很轻松就抓到她，手在她身上滑动。她那聪明的头垂了下来，她沉默了。他把手给她看，她因为兴奋而双眼发亮。他把一根食指放在两人的嘴上，每个人平分一半。

那天晚些时候，在距离这里不到五英里的地方，卢克·加勒特独自走在大麦田旁，麦田里是一片收获的白色。他突然想去科恩河散步，把出发的时间定在黎明前。在那个时间，即使最轻的负担也让人无法忍受，期待的日出也遥远得可笑。

虽然月亮还没有落下去，但东方的天空已被阳光染红，田野里起雾了。有些地方，雾气厚重，变成了碎屑，在他走着的时候迎面吹来。碎屑湿乎乎地吹到他的脸颊上，然后像叹息一样消散了。前些时候，他在科恩河迷了路，既不知道也不关心在哪里扎营。如果他能做到的话，早已经彻底走出这副皮囊了。在他这个伦敦人的眼里，埃塞克斯的土地始终是陌生的。所有的田地都被犁成了黑色，在沉落的月光下，只有几处大麦茬泛着苍白的光，低矮的树篱里充满了生机。成排的橡树就像是坚定的守望者，看着他走过去：他是个欺世盗名的冒牌货。

他及时来到一个草木丛生的斜坡上，在那里可以望见一条起伏较缓的路，通往一个窝在洼地里的村庄。他在那里找了一棵橡树靠着休息。由于疾病或运气不好，这棵树的叶子很早就脱落了。即使在昏暗的光线下，槲寄生也在树枝间呈现出鲜绿色。他猜想，换作另一个男人可能会抬起头来，想起在圣诞树枝下被亲吻的双唇。但他知道这是一种寄生植物,会吸走宿主身上所有有用的东西。他想,那捆东西挂在光秃秃的树枝上,看上去就像长在肺上的肿瘤。他停了下来,承受了许多不同的痛。他的双脚不习惯走到市区一英里外的地方,被靴子磨破了皮;他被一块台阶绊倒,骂骂咧咧的,膝盖肿了起来。最糟糕的是,他把受伤的手松松地垂在身体侧面。这样一来,在愈合中的伤口处,汇集在那里的血液带来了阵痛。在手掌上被刀和手术刀划破的地方,伤痕看起来就像一张缝起来的薄嘴唇。"有一个歪歪扭扭的人,"他说,"走了歪歪扭扭的一英里路。"

但他几乎不能怨恨这些痛苦,因为它们分散了他的注意力,使他摆脱了一种无法控制的痛苦。自从他口袋里揣上科拉的信,带着一只残废的手从伦敦来到这里,这种痛苦就一直跟着他。"你怎么可以?"她这样说。他感受到她的愤怒,并理解这种愤怒:他怎么可以?她曾经说,没有任何东西是不美丽或无用的。而他既不漂亮,也没有用处。一个脾气差的矮胖子,一个像野兽的男人。而现在(他把左手的拇指塞进受伤的右手掌心,由于震惊而变得跟跟跄跄)更是毫无用处。

从那把刀插进去的那天起,他每晚醒来时都浑身是汗。汗水在他的锁骨凹陷处聚集,枕头也是湿的。没用,他一边说着,一边用紧握的拳头捶打太阳穴,直到把头都捶痛了,没用,没用。就几个小时的时间,带给他目标的一切都被夺走了。

有时,他醒来时会忘记这些。刹那间,整个世界在他面前又动人地展开:里面有他的笔记本,以及由腔室和血管组成的心脏模型;有爱德华·伯顿早先康复时写的信,旁边有一个信封,科拉在里面放了一块石头,还用她那像男学生的手批了一张注释。

然后,他会记起来,把这看成虚假的舞台道具,黑色的幕布也会落下。他不觉得忧郁,还可能会喜欢这种感觉,想象着在记忆的长凳上找到伴侣,可能享受一种逐渐消失的悲伤。相反,在痛苦的暴怒和一种奇怪的麻木之间,他转变了方向。这种麻木使他的各种感觉减少到只剩一个耸肩。

在即将到来的黎明中,他在橡树下变得平静。如果我没用,他想,我就不能抛弃自己了吗?我没有继续活下去的职责,没有再往前走一码的义务。没有过来谴责或安慰的上帝,因为他只为自己的智慧负责。

在东边,一盏珊瑚灯照在低矮的云层上。这时,卢克正在列举活下去的理由,发现每个理由都不够充分。曾经,他的野心迫使他继续经历贫穷和耻辱;现在,它已经属于一个逝去的时代。他现在糊涂且迟钝,再配上一只残废的手,这头脑又有什么用呢?曾经他对科拉的爱也许会支撑着他,但这个也被弄丢了。她的愤怒没有完全熄灭他的爱,只是把它变成了一种神神秘秘、鬼鬼祟祟的东西,让他为此感到羞愧。她会为他悲痛吗?他猜她会的,想象着她穿上一件黑衣服,衬得皮肤那么苍白;想象着威廉·兰索姆读书时抬起头来,看到她站在门口,嘴唇微微张开,一滴眼泪在脸颊上闪闪发光。哦,她当然会伤心的。毕竟,她之前做得那么好。

他想象着母亲的悲痛:嗯,她从来没有把他的照片放在壁炉架上——也许,她想在市场上找一个便宜的银相框,在玻璃后面塞一卷他婴儿时期的黑色头发。当然还有玛莎,一想到她,就让人不禁露出一个微笑。他们在仲夏夜做的事让他俩都很高兴,但那也只是一个可怜的替代品。真是一团糟,他想,我们弄得真是一团糟。假如爱情是一个弓箭手,那么当它被人挖了眼睛,跌跌撞撞,盲目地射出箭,便永远也射不中目标。

不,没有理由继续下去,当他想落幕的时候,就让幕布落下吧。他抬头看了看橡树枝,它们结实得可以当绞刑架。

然后,伴随着雾气升起,就在地上再待一会儿。既然不需要避开地狱,也不需要进入天堂,他会指甲里带着埃塞克斯的黏土,身上满是清晨的气息出去。他吸了一口气,四季都在其中:草地上呈现春天的绿色,一棵犬蔷薇在某处盛开,粘在橡树上的真菌散发出神秘的香味。在橡树下面,所有更尖锐的东西在等待着冬天的到来。

一只雌狐走近,用煤气灯似的眼睛盯着他,然后退回去,坐在那里打量了他一会儿。它歪着头,端详他在自己领地上的位置,断定他可能会留下来,于是嗅着胸前的白色毛发,失去了兴趣。然后,它因为饥饿变得热切而快乐,蹦蹦跳跳地向山下跑去。有时候,它会躬起身子,弯起前爪,在草丛中窥探着什么东西,高举尾巴,消失在斜坡上。卢克感到对它心生爱意,这几乎让他哭出来。他知道,没有人比他拥有更好的告别。

就在卢克在埃塞克斯橡树间挑选自己的绞刑架时,班克斯正坐在砾石上升起的火堆旁,靠近利维坦黑骨架的地方,在航海日志上写写画画:可见度,差;风,东北风;涨潮时间,上午六点二十三。尽管目睹了一条腹部裂开、躺在盐碱滩上的银色大鱼,但是班克斯知道,这种确信已经开始抹掉所有其他的可能性——埃塞克斯之蛇还没有被找到。这怎么可能呢?他每天夜里醒来,脸颊上都有它的气息。他期望着醒来时,看见自己被包围在它潮湿的黑色翅膀中。当整个凛冬村都在庆祝,滚出苹果酒桶来,喝得一滴不剩时,他一个人坐在远处,想着失踪的可怜女儿和她珊瑚色的头发。"只有我一个人在外面,与被抛弃的残骸做伴,"他说,"她身上还有蛇的标记。"噢,那边是有东西的,他曾经看见过它,记录过它:它一身黑色,某些地方有脊状隆起,它的食欲得不到满足。班克斯把自己的悲伤淹没在劣质的杜松子酒中;酒水挡开了最可怕的夜间景象。但在那里,当他面对上涨的潮水时,那些景象却栩栩如生地向他扑来:黑水河里的那条蛇长着青灰色的眸子和钝钝的鼻子。它用爪子抓住他女儿时,她在浅水里无声地滚动。

"我做了能做的事,让她远离水。"班克斯说着,泪流满面,四处寻找一位见证者,却没找到一个人。娜奥米刚出生时带着胎膜,她母亲在她出世后就死了;他做了任何一位好水手都会做的事,把一小块胎膜放进一个锡制的盒式吊坠里,让她每天都戴着以抵御水精灵。"我做了我能做的事。"他说。雾气滚滚涌来,在火前放慢了脚步。

班克斯从口袋里掏出一个瓶子,把酒喝光;酒精刺痛了喉咙,令他不停地咳嗽起来。当抬起头的时候,他看见那个伦敦女人的黑头发儿子正平静地隔着火打量他。那个女人已经开始和教区长交往了。

"现在对你来说太早了,不是吗?"他说。那孩子凝视的双眼和一遍遍拍口袋的习惯总使他感到不安。如果那个野兽要带走任何一个孩子,那也该是这个孩子,因为这孩子一出现,他颈背上的汗毛都竖起来了。有一次,他看见这孩子从村里商店的柜台后面偷了五颗蓝色的糖果!

"但对你我来说,这不是同一个时间吗?"弗朗西斯·西伯恩说,"你看见它了吗?"

"你在说什么,你想要什么?"班克斯说着,选择否认那条蛇的存在,"那边什么也没有,小伙子,什么也看不见。"

"我觉得你不是这么想的,"弗朗西斯说着,靠近了一些,"因为如果你是这么想的,那你为什么在这里,你在日志上写什么?这是明摆着的。"

"能见度差,"班克斯一边说,一边把航海日志拍给那男孩看,"还在变得更差。我几乎看不见你,更不要说黑水河了。"

"我看得见,"男孩说着,从口袋里掏出一只手,朝东边指了指,就是雾气在盐沼上堆积起来的地方。"我的视力很好。就在那边,你看不见吗?"

"你母亲在哪里?她不是让你待在家里吗,回去,好不好?你要去哪里?"

弗朗西斯离开火堆,进入白雾腾腾的空气中。有那么一瞬间,班克斯又变成一个人了;然后,一个瘦长的身影从他左边稍远的地方出现,再次说道:"你那会儿不是看见它了吗?你听不到吗?"

"不——不,那里什么也没有,"班克斯说着站了起来,把盐砾石踢到火上,"那里什么也没有,我要回家了,放开我的手!只有一个孩子握过我的手,她现在走了,不会回来了!"

他手中那只冰冷的手有一种与其完全不相称的力量;男孩拉着他,使劲把他拉到即将到来的潮水边说:"仔细看看,好好看看,你看见它了吗?"

班克斯甩开了他,越来越害怕,不是害怕那边躺在湿泥上的东西,而是害怕这个执拗地回瞪他的孩子。"我现在要回家了。"

班克斯说着，转过身去，接着附近传来什么东西移动的声音。那是一种低沉的奇怪声音，被浓浓的雾气减弱；它就像一块下颌骨在慢慢地摩擦，或是岸上争着买东西的声音。接着是一声呻吟，那声音相当尖锐，最后类似一声尖叫，浓厚而苍白的空气在风中飘起，班克斯看见一个黑色东西弓着背，露出低矮而悠长的弧线。那东西有的地方光滑发亮，有的地方凹凸不平。它朝砾石上挪动，呻吟声再次响起；班克斯大声喊那个男孩，但浓雾仿佛把他裹在了苍白的裹尸布里，他什么也看不见。余火的光芒向他招手，他朝火光跑去，在泥泞和沼泽地高高的草丛中绊了一跤；他一摔倒，就感到膝盖骨在皮肤下面移了位；然后，他半瘸半拐地回家。尽管班克斯心里害怕，但是一边走，一边高兴起来：我是对的，哦，但我是对的！

与此同时，弗朗西斯坚持自己的立场。他认为自己很害怕，因为手心变得湿漉漉的，呼吸变得急促。但对他而言，这并不是转身离开的理由。他很少想起科拉——不是因为轻蔑，而是因为她始终是那样的，所以似乎不值得为之烦恼。但是，他那时候想起她了，想起她经常朝一块岩石俯身，把它画下来；想起她如何招呼他过去，告诉他她发现的东西叫什么。也许在这里，他也可以这样做，或类似这样做：观察这个地区最近处的一个现象，做一个报告给她看。这个想法让他很满意，他继续往前走，在苍白的雾幕后面，太阳升起来了，雾气开始变薄。湿漉漉的泥土闪着金光，河水开始潺潺地流向砾石，摩擦的声音再次传来，一个黑影在几码远的地方移动，缓慢地出现在眼前，仿佛是那一刻刚在空中形成似的。弗朗西斯往前走。一阵低矮的强风从东边刮来，猛烈地拍打着雾气。有那么明亮的一瞬间，他看清了被冲到岸上的是什么东西。

他像清点珍宝一样，准确地罗列自己的感觉：先是感受到解脱，呼吸变慢，心跳也减弱；接着是失望；紧随其后的是欢乐。他大笑起来，停不下来。他必须克制笑声，就像这是一场咳嗽发作，好像他得了一场病了似的。过了一会儿，笑声消失了，他又恢复正常，用袖子擦干眼泪，考虑该怎么做才好。他看见的东西现在消失了，藏到了一片新鲜的雾气后面，或者在拍打的潮水上再次显现出来，下一步他该怎么做很重要。他当然应该告诉某个人，他首先想到的是科拉。但不行，他不应该一大早出门。他想象着，她不管他的描述，转而说起他做错了事，想到这里就让人无法忍受。弗朗西斯记起了斯特拉·兰索姆，想起自己在蓝色卧室里看她，斯特拉让他摸自己珍藏的宝贝，她很容易就能理解他的口袋里放着一枚弯曲的硬币、一块海鸥蛋壳和一只空橡果杯。他已经习惯了别人对他带着困惑和怀疑，因此她直率的喜爱赢得了他的绝对忠诚。弗朗西斯会告诉她自己看到了什么，而她会告诉他该怎么做。

亲爱的兰索姆夫人：

我想告诉你一件事。请允许我在方便的时候拜访。

你忠诚的
弗朗西斯·西伯恩（少爷）

PS：为了节省时间，我会把这封信塞进你的门里。

加勒特医生找到了一根树枝，能承受住一个矮胖男人的重量。上吊无疑是让人不开心的，他宁愿从高处摔下，折断脖子，也不愿喉咙长时间地承受缓慢的压迫。但是他了解是怎么回事，他知道自己的舌头会耷拉，肠子会松弛，血管会在他的眼白上结满猩红色的蜘蛛网。对于他了解的任何事情，他从来都不感到害怕。他摸索着皮带的扣环，照顾着那只受伤的手（好像现在重要的是当心这会造成什么样的伤害，或者他应该怎样拉扯缝线！）当他把皮带穿过银扣，形成一个套索时，他的拇指在形成标志的隆起处移动。它就在那里，那条盘绕的蛇，那是他职业的象征：快速吐出的芯子和眨着的双眼被雕刻家的工具勾了出来。这是一种嘲讽——他无权拥有它——想一想他曾带着神和女神的标志，骄傲地走着！更糟的是，它让人想起了斯宾塞——他那张焦虑的长脸，他的忠诚，他似乎总是习惯于为了躲避某种灾难而紧追着自己。这是多么特别的事啊。他一直靠在自己选择的绞刑架上，细数他活下去的理由，并把每一个理由抛在脑后，从来没想到过斯宾塞。他的出现似乎如此频繁，如此理所当然，以至于几乎没有人注意到。卢克再次摸着那个标志，对它的闯入感到不满，也试图把斯宾塞放在一边。毕竟，他是个成年人了，口袋有多深，心就有多大。——初次见面时，他显得迟钝，但大家都喜欢他。斯宾塞会想念卢克，但不会比他去了另一个国家更想念。可是，卢克知道这不是真的。自从他们在大学的长凳上并肩而坐，切断的双手被剥得能看见骨头和肌腱，斯宾塞就赋予了他比任何兄弟都更万无一失的友谊。他耐心地忍受每一次冷落和侮辱（这种情况曾出现过很多次），运用财富和礼貌来转移家庭教师和债务人的愤怒，默默地支持了卢克向目标迈进的每一小步。他们慢慢地建立起一种亲密关系,这比他们与任何一个爱人建立起亲密关系要更容易。卢克记得,有一次斯宾塞喝多了酒,懒洋洋地靠在自己的肩膀上。尽管胳膊变得僵硬和酸痛,但卢克却一动不动,生怕吵醒斯宾塞。卢克想象着,现在,他也许在乔治旅馆里醒来,穿着口袋上有交织字母图案的滑稽条纹睡衣,金黄色的头发快要谢顶,他可能首先想到玛莎,然后是在隔壁房间的朋友;他会穿得整齐,悄悄地下来吃鸡蛋,想着卢克什么时候会醒来;然后,他会变得不安,过来敲门——他会去找警察,还是亲自来搜查呢?他会发现,朋友挂在那里,皮带扣勒住耳后的肉——他也许会抓住树枝,把自己放下来吗?

不,难以想象自己会造成这样的伤害,这样也不公平。难道他真的要为了乔治·斯宾塞而麻木地挣扎下去吗?多丢脸啊,让他的脖子从套索中挣脱出来的可能不是职业荣誉的希望,也不是拥有科拉·西伯恩,而只是一位朋友。多丢脸啊——又一次失败,甚至是在最后!他感受的平静退去了,取而代之的是旧时熟悉的愤怒。他使劲用皮带抽打草地,抽起来一块块泥浆,而在他身后的橡树枝上,某个东西因为看见了太阳而移动。

午后不久,斯宾塞紧握双手,站在乔治旅馆门口,看见一辆出租车停了下来。司机打开车门,伸手接上钱,然后卢克出现了,那只受伤的手搭在肩上,黑色的头发全部竖着。斯宾塞看到另一个男人盯着他。那人露出瞳孔周围的眼白,脸颊上有擦伤,好像摔倒了,斯宾塞理直气壮的狂怒也消退了。

"我的上帝啊,你干什么了?"他说着,伸手把卢克拉进来。卢克像个任性的孩子一样甩开他,从他身边挤进了大厅。出租车司机数了数硬币,"他之前在哪里?"斯宾塞说,"你们从多远的地方来的?"但是,司机没有回答,只是摇摇头,轻轻敲了他的脑袋一侧:那个人疯疯癫癫的。楼上有一扇门砰的一声关上,把窗框里的窗户震得嘎嘎作响,斯宾塞怀着恐惧和希望上了楼。

他的朋友靠窗站着,俯视科尔切斯特的街道。他整个宽阔的身体都是僵硬的,斯宾塞想象,他可能会翻出去,在光秃秃的地上摔得粉碎。"发生什么事了?"斯宾塞靠近了说,"一切都还好吗?"

当另一个男人转身看自己时,那阴郁的目光露出的痛苦让斯宾塞身上发冷。"还好?"卢克说。他咬牙切齿,看上去好像要大笑,然后,摇摇头,哼了一声,左手朝斯宾塞扑过去,狠狠地打在斯宾塞的太阳穴上,把他眼睛上方的皮肤都打裂了。斯宾塞撞到了一个丑陋的五斗橱,骂了出来,他的视野里布满了星星。在星星后面,卢克愤怒而痛苦地说:"要不是为了你,事情现在都做好了,都该完成了。上帝啊,不要看我了,我不想你在这里。"接着,仿佛绑住他的绳子突然断了一样,他倒在紧闭的门上,蜷缩在那里,抱着自己缠着绷带的手。他没有只是简单地哭泣,而是发出一声低沉而有节奏的呻吟。这呻吟更像动物的悲恸,而不是人的悲恸。

"对不起,"斯宾塞有点害羞地说,"这样不行。你知道,我不会离开的。"他小心翼翼地坐到朋友身边,与对方保持着英国人的距离,拍拍卢克的肩膀,准备好再挨一次打。停了一会儿,斯宾塞开始用力摩擦卢克的肩膀,仿佛那是一条受辱的狗的皮毛。他说:"我不会离开的——好好哭一场,我会在这里。然后,我们一起吃早饭,你就会觉得好多了。"然后,他满脸通红,弯腰吻了吻他朋友黑鬈发分缝的地方,站起来说,"你把自己收拾干净,我会在楼下等你。"

斯特拉·兰索姆
诸圣堂教区
9 月 22 日

亲爱的弗朗西斯：

　　谢谢你的便条。我从没见过这么好看的字体！

　　你一定要尽快来，因为我一直在家，我非常期待听到你要告诉我的事。

　　如果你在见到我之前，发现了任何蓝色的东西，我很乐意拥有它。

爱你的，
斯特拉

科拉·西伯恩
凛冬村公地 2 号
9 月 22 日

亲爱的威尔：

　　你一个人在外面黑暗的山毛榉下待了多久？你回到家后睡着了吗？你感到困扰了吗？那种内疚感来了吗？如果可以的话，你尽量躲得远远的。我没有感觉到。

现在是早晨,浓雾把一种奇怪的光线带进房间,随之而来的还有河口的味道。我有时候想,我永远也逃不开那种气味,好像我已经被它淹没了。雾气紧紧地贴在窗户上,我觉得整个房子都已经被吹成一大团云。

我跟你讲过我父母的果园吗?那些果树由一种木结构支撑,整齐地排成排,我记得当时在想,这些果树被折磨得都改变了天然的形状,整整两个夏天我都不吃它们结出的果实。

我记得有一天下午在那里吃午饭。我当时一定还是个孩子,因为我能看到自己的头发搭在肩上,梳着两条长长的辫子。我的发色很浅,就是我小时候的样子。那时一定是春天,因为花儿吹进了我们的茶杯和盘子里,我还想做一个花环。我们那天接待了一位客人,名字我忘了,那是我父亲的一个朋友,那样一个满脸皱纹、脸色发黄的男人,看起来就像一个苹果,只不过是一个放在盘子里太久没人吃的苹果。

他很喜欢我,看到我总是埋头读书,整个下午都在说让我高兴的话:怎么用梵文说"将军",意思是"王国是无助的";纳尔逊如何再也没从晕船中恢复过来。

我记得最清楚的是这个。他说:"英语中有两个单词,拼写和发音都一样,但意思却相反。这是哪两个单词?"我找不到答案,当然这使他非常高兴。他说是 cleave(做出魔术师从袖子里扯下丝巾时的那种夸张动作)。"cleave to something 就是全心全意地抓住某件东西,"他说,"而 cleave something apart 就是把某件东西拆开。"

昨天整个晚上,我清晰地想起了这个词,就像这不过是几个小时前你对我说的一样——记忆里混着五月的落花、草地上的苹果、我们在小路上发现的七叶树果，还有你衬衫缝上的裂口——我一直没法解释，在我们的信里，或者当我们一起坐在温暖的房间里时，或者我们在树林里散步时，都存在着什么。我不确定这有必要，即使我现在仍感到你在我心中的印记，也没有必要……但是现在，我只能说这个词了……

我们被粘在一起——我们被分开——把我吸引到你身边的一切，也是把我赶走的一切。

我会让弗朗西斯带上这张字条，他说有事要告诉斯特拉。他有礼物要送给她——一张来自科尔切斯特的蓝色巴士票，一块绑着蓝色带子的白石头。玛莎说，她会把他送到公地上，还要带来一罐李子酱。

科拉

"你看上去不错。"玛莎真诚中带着一点害怕地说。斯特拉·兰索姆因为太过活力四射而面色发烫。"我们没打扰你吧？弗兰基想过来，说他有礼物带来。科拉带来了果酱，不过恐怕还没凝固，她做的果酱从来都不凝固。"

斯特拉坐在她的蓝色沙发上，裹了许多层毯子。她已经看见他们穿过公地过来了，先是上下晃动的电筒光穿过迷雾，然后，两个人被一束光环绕。有那么一会儿，她以为是有人在叫她回家，但最后得出结论，她的召唤天使不太可能来敲门。另外，那个黑头发的男孩不是说，他有事情要来告诉她吗？"我感觉很好，"她说，"我感觉，心跳得又快又强，头脑就像一朵蓝花在开放。我在世上停留不了多久，很想活得淋漓尽致！弗兰基，"她看见这个男孩很高兴，"坐在这里，窗户边上，让我能看见你。不要太近，我最近有一点咳嗽，不过不太严重。"

"我有东西给你。"弗朗西斯说着，跪在了恰当的距离外，摆出车票、蓝边石头和一张罗宾鸟蛋蓝色的锡箔糖纸。

"海军蓝、蓝绿色、凫蓝色，"他说着，依次触摸每一种蓝色，然后，他把手放在另一个口袋里，掏出一个白色信封，"我还要把这个给你，这是我母亲给你丈夫的一封信。"

"蓝绿色！"斯特拉高兴地记下来：蓝绿色！凫蓝色！这个男孩真是魅力无边。她自己的孩子明天要回到她身边，他们也能明白吗？她怀疑不能。"把你的宝贝放到窗台上——那边，我留了一个间隙——我们会把信给威廉，他会高兴的。她不在的时候，他很想念她。"她把目光转向玛莎，玛莎很好奇他们看见了什么，没看见什么。

"他在这里吗？"玛莎好奇地说。科拉在凉爽的傍晚漫步回家，恍惚得像喝了酒一样。不过，她的呼吸上体现不出任何变化，她说"我们走了好久的路"，就蜷在椅子上，很快就睡着了。

"如果他能在雾里看见梅戈格，就是在花园里喂它——乔明天回家，会直接到外边，问梅戈格早饭吃了什么，以及是否还想念克拉克内尔——你为什么不过去找他，把便条给他？"斯特拉朝弗朗西斯微微眨了眨眼，她明白这位新朋友希望他俩单独待着。

"我有事要告诉你。"当玛莎离开后，他这样说。弗朗西斯恰好站在让他站的地方，没有往前靠近一点。他非常直率、严格地强调要表达的内容。

"我明白了。"斯特拉说。让小孩子到我身边来！她自己的宝贝们要来了,与此同时,这里是另一个孩子。如果可能的话,她会紧紧地抱住他。有时,她低头看着自己的双臂,觉得看到了爱从每个毛孔里渗出来!"那是什么事?你知道,我不会在这里待太久的,所以你得赶快告诉我。"

"我没听母亲的话。"弗朗西斯有点谨慎地说。他并不认为这是一种罪过,但他注意到,在大多数地区,人们对这种行为都持模糊的态度。

"啊,"斯特拉说,"我不会让它困扰你的。说到底,基督到来本不是召义人,乃是召罪人悔改。"

弗朗西斯听不懂那句话,但看到没有人责备自己,他松了一口气,挪近了一点,用手指和拇指在口袋里转动那枚铜纽扣。"今天早晨我五点三十分起床,去了盐沼地,那个叫班克斯的男人在那里,还起了很大的雾。我想看看能不能看见它。那条蛇。那个'麻烦'。他们说的那个东西在水里。他们告诉我,他们曾经发现过它,但我不确定,因为很显然,我没有看见它。"

"啊!埃塞克斯之蛇——我的老对手,我的敌人!"斯特拉的眼睛闪闪发光,脸上兴奋的颜色向上扩散,她向前探过身子,信任地说,"我听见它的声音了,你知道吧。它总是低语。我都写下来了。"她翻了翻蓝色笔记本,把它拿了出来。弗朗西斯看到,上面一遍一遍地写了整整两列字:"准备好了没有。""没事的,"斯特拉说着,不知道她有没有吓坏这个小伙子,"你我相互理解,就像我一直说的那样。他们被骗了,弗朗西斯。我了解这个敌人。它可以被安抚,以前也被安抚过。"她低头看自己的手掌,仔细地端详,当智慧线越过记忆线时,当然会出现伤痛吧?她举起手掌,但弗朗西斯什么也看不见。

"嗯，"他继续说，"雾太大了，我看不太清楚，但我随后听到一声巨响，它就在那里。"他伸出手臂，就像埃塞克斯之蛇也许会从餐桌后面爬出来似的。"就在那里，黑色的庞然大物正在移动，如果我愿意的话，我本来可以朝它扔一块石头！嗯，我看了又看，努力地告诉班克斯，可是他不愿意来。然后，雾气散了一点，太阳出来了，我看到了它的样子。"他告诉她看见了什么，他是怎么大笑的，随后雾气和潮水是怎么把它吞没的。"噢……"她不相信地说，就像他担心的那样，他有一点失落，然后又是一声"噢……"她也大笑起来，停不下来。弗朗西斯看着，回忆起他父亲曾伸手去抓自己的喉咙，好像那样可以哄他的喉咙安静下来。他关心父亲的病情，没有感到不安。但当斯特拉的眼泪流下来的时候，他的眼睛也湿润了——他应该帮她吗？他走过地毯，递给她一杯水。那阵大笑过去了，她感激地抿了一口，然后把双手放在膝盖上说："那么好吧。好了，弗朗西斯。你打算怎么处理它？"

"我们应该带他们看看，"他说，"我们应该去那边，带他们看看。"

"带他们看看，"她说，"没错，看看所望之事的实底，未见之事的确据……"她轻轻拍了拍唇缝里的汗珠，"在黑暗中行走的人会看到一道巨光！我们会把他们从恐惧中解救出来。把笔记本给我，还有笔，我是一个现成的作家！来，"她拍了拍身边的空座位，弗朗西斯跪到那里，斜靠在她的胳膊上，望着她翻看被蓝墨水弄脏的书页，"我会给你看看我们要做什么，我和你。"她开始写写画画，忘记了一时的虚弱，小小的身躯散发出活力和决心。"我的时间到了，"她说，"沙子在下沉——我听见它在呼唤！——我在蓝色的海水里，到脚踝都是湿的……"弗朗西斯不知道他该不该感到不安,或者要不要叫玛莎回来,这个女人苍白的双手在颤抖,她写的字是一串凌乱的亮珠子,黑色的瞳孔已经扩散到边缘。她伸出手臂,把他拽到身边。弗朗西斯——他无法忍受母亲害羞的抚摸——靠着斯特拉,感觉到热量从她的肩膀和脖弯处上升。"没有你我做不到,"她信任地说,"我自己一个人做不到。还有谁理解我,弗兰基?还有谁能帮我?"

她把自己的想法告诉了他。换成其他任何一个孩子,也许会被吓坏,或者把头靠在她肩膀上哭起来。但是,当她在笔记本上写写画画,告诉他该扮演什么角色时,弗朗西斯第一次意识到被人需要,而不是出于职责。一种新的感觉涌上心头,他仔细检查了一下,决定等他后面一个人的时候再思考一番。他觉得,这种感觉也许是骄傲。

"我们什么时候行动?"弗朗西斯说。她从笔记本上撕下几页纸(他很佩服她整齐地列出了他们要做的事,认真地计划了一切),放进了他的口袋里。

"明天,"她说,"等我再见一次我的宝贝们。你会帮我吗?你可以保证吗?"

"我会的,"他说,"我保证。"

玛莎在花园里望着威尔在试图给梅戈格戴上回家的花环。那只山羊吃着残羹剩饭,变得壮实起来,一遍遍地甩开花环,恶狠狠地瞪了他一眼。他俩都明白,克拉克内尔做梦也想不到会有这样的侮辱。梅戈格眨了眨窄窄的眼睛,退到雾蒙蒙的花园尽头。

"孩子们什么时候回家?"玛莎说,"你一定很想他们。"

"我每天都为他们祈祷,"他说,"自从他们走了,一切都变得不对劲。"他看上去很年轻,身上的衬衫肩上染上了泪痕,头发里挂着从丢弃的花环上落下的红浆果。他放弃了布道时的嗓音,转而用起他的乡音。这产生了一种奇特的效果,使得人们的目光愈发关注他赤裸的双臂。"明天中午的火车。"玛莎端详了他一会儿——她敢问他昨晚跟科拉去了哪里吗?从那以后,他是不是有一点不太正常,有一点不耐烦?也许,只是因为他的孩子要回家了,而此时的斯特拉正在她的蓝色房间里燃烧。

"我很期待见到他们,"她说,"不管怎样,我给你捎来了这个。"她把信给了他,他毫无兴致地看了一眼。"放在那里吧,"他说,"我最好去把梅戈格牵来。"他奇怪地鞠了一躬,带着一半讽刺,一半滑稽,走进了白色的雾气中。

她回到屋里准备带弗朗西斯回家,却在门口呆住了。弗兰基甚至在婴儿时期都不愿意让人抱着,此刻叉开双腿坐在斯特拉的大腿上,双臂搂着她的脖子。她用一块蓝色的布盖住他俩,布下在轻微地前后摇晃。

后来,玛莎回忆最后几个雾蒙蒙的日子,是那样的生动无比:威廉的妻子和科拉的儿子就像碎片一样,严丝合缝地结合在了一起。

> 那个黑色眸子的男孩过来给我指路。

> 噢,我的心啊!你要称颂上帝!
> 凡是在我内心的,都要称颂他的圣名!

> 不要叫这杯子离开我,因为我渴了。
> 噢,我的舌头干燥。

"真是个糟糕的早晨。"托马斯·泰勒说着,仔细查看灯火通明的科尔切斯特大街。他举起外套袖子,看见每一根纤维上都有一颗水珠,在煤气灯的微光中闪烁。海雾已经是第二天了。这座城市不像凛冬村那样,没有被咸味的浓雾包围,但街道上却静得出奇。时不时会有路人绊倒在路边,或者跑进一个受惊的陌生人怀里。在他身后的废墟中,一圈圈的薄雾飘过地毯,挂在空荡荡的铁栅栏上。红狮酒吧里,异想天开的客人们发誓说,他们看见在最高的窗户前,有一个头发花白的女人正在拉窗帘。

这些天来,泰勒身边来了一个学徒,正盘腿坐在石板上。他是个红棕色头发的怪小伙,身材瘦弱,沉默寡言,总是严肃地接受指导。此外,每到天气好的早上,他会对着路过的游客画一些令人愉快的漫画。游客们很乐意掏钱购买,常常回来买更多的漫画。

"什么玩意也看不见,"学徒说,"没人知道我们在这里。我们还是回家吧。"

泰勒一个月前发现了这个孩子。当时,他蜷缩在曾经的餐厅所在地,用掉落的砖石当枕头。他问再多的问题,也无法确定这孩子从哪里来,或是要到哪里去,他提到了一条河,走过一段漫长的路。当然,他脚上和膝盖上有许多水疱和瘀伤,说明他确实经历了一段旅程,而且是一段艰难的旅程。泰勒在门槛上左右摇晃身子,催促他从废墟中出来,多次警告他擅闯的危险,然后打发他到街上去喝了两杯茶,吃了一个自认为能吃到的最大的培根三明治。"钱我是再也收不回了。"他这样认为,望着那瘦弱的孩子拖着一只受伤的脚走开。但是,他回来了,手里拿着一个纸包和两个热气腾腾的杯子。"我想,你是新来的吧?"他说,但没有得到任何回应。他望着这小伙子开始吃早餐,一口一口吃得既美味又果断。茶饭起了作用,孩子在泰勒的许多毯子里挑了最干净的一条,勉强找到一块多少还算安全的小地毯,在那里睡了几个小时。泰勒很高兴地发现,一个脸颊上有污渍的孩子正在熟睡,没有什么比这更拨动人的心弦了。泰勒让他的收入在一个下午就翻了一番。天生的贪婪与他自己的善心打起了架,这孩子醒来后,泰勒再次试图弄清他从哪里来,父母可能在哪里,并隐约提到当地的警察。这些问题获得的回应分别是沉默和恐惧,因此,泰勒觉得让这男孩一起经营一份兴旺的生意,并给他提供食宿,理由是非常充分的。为了表示诚意,他拿出了日薪的一小部分。这孩子惊讶地观察了几分钟,才谨慎地数好钱,放进口袋里。

"告诉你吧,我有个女儿,"泰勒安慰他说,"你不用照顾我,但帮我推推那辆旧马车也不会有差错,因为我的手指都得了关节炎。我料想她会喜欢你来的,因为她还没有成家呢。愿意告诉我你的名字吗?不想啊?好吧,如果你不介意的话,我用以前那只公猫的名字——'金杰'——称呼你吧,我们会相处得很好的。"结果也证明,他们确实相处融洽,泰勒的女儿已经接受了更恶劣的怪癖。此外,她认为,鉴于他手脚有些畸形,应该允许他偶尔出现判断失误。金杰从来没有展现出泰勒所谓的口才,可一旦给他提供铅笔和纸,他似乎就能心满意足。只不过,他偶尔会胡写乱画,画出一些令人烦恼的素描,让泰勒永远也看不懂。

"还是回家吧。"男孩说着,朝雾里望过去。随后有一群人从圣·尼古拉教堂的尖顶下走过,沿着人行道走过来,发出喋喋不休的吵闹声。泰勒也准备好了。"天气不好就关门,是个差劲的生意人。"他说着,拨了拨帽子。那群人走近了,他听见了他们的声音——就花几分钟看看他怎么样了,好不好?詹姆斯,别磨蹭了,我们要赶火车。我饿了，你答应过，你绝对答应过……"

"那是不是我的老朋友们！"泰勒说着，瞥见一件深红色的双排扣长礼服，还有一把铜尖顶的雨伞在高处摇摆，发出微弱的光芒，"是不是安布罗斯先生——"不过，随后传来开关门的声音，一行人一个个地消失在乔治旅馆发光的窗户之间。"该死的，金杰，"他说着，四处寻找男孩，却没找见他，"那位非常慷慨的先生——他叫什么来着，小伙子？你去哪里了？"他徒弟已经默不吭声地迅速离开了岗位，蹲坐在大理石底座后面，噘着下唇，想忍住眼泪，却没能成功。孩子们！泰勒这样想着，朝上翻着白眼，发了一块巧克力：他养一条狗都比这强得多。

"天啊。"查尔斯·安布罗斯打量着斯宾塞和卢克·加勒特说。前一位的右眉毛裂了一道口子，用上好的膏药条粘在一起；后一位除了右手缠着厚厚的绷带，还脸色苍白，身体变得瘦削，高高的眉骨让他看起来愈发像一只猴子。他俩肩并肩地站着，看上去就像被恶作剧捉弄的男学生。凯瑟琳发出慈母般的声音，吻了吻他们每个人的脸颊。她甜蜜地对卢克耳语着什么，卢克涨红了脸，转过身去。他们带来了孩子们，每个孩子都感觉空气中有一种特别的沉重感，便尽力放松气氛。"有什么吃的吗？"约翰说着，熟练地扫视房间。

"约翰，你就是一头猪。"乔安娜说，"加勒特医生，你的手怎么样了？我能看看吗？我想看看缝线。你知道吧，我要成为一名医生。我认识了我胳膊上的所有骨头，回家后给爸爸看，肱骨、尺骨、桡骨——"

"那就不当工程师了。"凯瑟琳说着，把女孩从卢克身边拉开，卢克还什么话都没说，只是有点退缩。好像女孩说了些脏话似的，他带着一半的羞愧,本能地想把受伤的手拿开。

"我有点要下定决心了,"乔安娜说,"我还要很久才能上大学呢。"

"也许根本上不了。"詹姆斯·兰索姆恶意满满地说。由于乔突然从涉猎自然魔法转向他觉得同样毫无意义的科学领域,他感觉自己那家族之光的地位被剥夺了。"来看看,"他从口袋里掏出一张纸,转身对斯宾塞说,"我设计了一种全新的抽水马桶阀门。我觉得,你可以在新房子里用。如果您喜欢,可以免费给你用,"他感觉自己很大方地补充道,他无法不受玛莎的马克思主义影响,"一旦你完成安装工作,我会申请专利的。"

"那真是太好了。"斯宾塞一边说,一边细看那些设计图。设计图确实非常详细,就像他之前看过的那些一样。但查尔斯·安布罗斯吸引了他的目光,因为对方脸上几乎带着父亲般的感激之情。

"收到过玛莎的来信吗?"查尔斯说着,坐在了火炉边。与此同时,凯瑟琳把卢克·加勒特拉到一边,温和地说着无关紧要的话,试图把他哄出去。斯宾塞有点脸红,就像每次听到玛莎的名字时一样。"她写过两次信,她告诉我,爱德华·伯顿和他母亲要无家可归了!房东几乎一下子把房租翻了一番,邻居们已经被赶出去了。与此同时,我们行动得这么慢!她人多好啊,那么关心一个她几乎不认识的人。"

"我已经竭尽所能了。"查尔斯实话实说。他全心全意地推动《住宅议案》变成一砖一瓦,不是因为良心和争论,而是卢克·加勒特在水沟里受伤的情景。他知道,一辈子的雄心壮志突然破灭是无法补救的,但至少他们看到,这并不是完全的浪费。"议会里热情四溢,但是,在下议院里算作热情的东西,在别处看起来却像偷懒。"

"我多希望带来她的好消息。"斯宾塞扭搓着双手说,像往常一样无法掩饰他做好事背后的个人动机。他那长长的脸害羞得通红。他用手轻轻摆弄着自己的一绺金发。查尔斯非常喜爱这个年轻人,因为他心地善良,天真无邪。他自己也和玛莎有书信往来。他感觉自己的内心充满了怜悯。他应该告诉这小伙子风往哪个方向吹,生生掐灭他手里的蜡烛吗?也许他应该这么做,只不过他也不太清楚这个可气的女人在想什么,而且怀疑她还有更多令人震惊的举动。他看了孩子们一眼,发现他们正在别处忙活,便温和地说:"我听说,玛莎为伯顿的房租烦恼不仅仅是因为好心,她还把自己的命运跟他绑在了一起。"这打击落下来,斯宾塞往后退,好像要躲开另一次打击。他说:"伯顿?可是——"他像一只发昏的狗一样摇摇头,查尔斯也出于好心贸然地伸出手来。"我们都跟你一样震惊!她是科拉十年的伙伴了,把一切都投入在三个房间和一顿鱼肉晚餐上!你要注意,婚礼日期还没定,而且很难想象她戴上面纱的样子——"

斯宾塞默默地做了一两次口型,好像试图说出玛莎的名字,但没说出来。他看起来很憔悴,困惑地低头看着自己的双手,似乎不知道该把手放在哪里。查尔斯把目光移开,知道这个人很快就会振作起来;约翰在角落里找到一包饼干,专心致志地吃着,乔安娜和詹姆斯愉快地吵着是谁先发现一幅病变的髋关节图。查尔斯转过身来,看见斯宾塞正在扣紧他的夹克,像是在收拾可能露出来的东西。"我会写信祝贺她,"斯宾塞说,"这一次,真是好消息。"他双眼噙着泪水,朝卢克闪着泪光,呆呆地盯着凯瑟琳旁边的地板。凯瑟琳变得绝望起来,觉得自己只能要求他好好吃饭了。

"是啊。"查尔斯说,他为自己的同情感到难堪,催促着时钟的指针走得快些。凛冬村向他招手,然后他就回到了一个宁静的家。"是啊,这一整年都不好过。但说实话,我们才过了三个季度。"

斯宾塞即使反应不快,也想明白了,扭搓着双手,缓缓地说:"我一直不知道,她为什么为了爱德华·伯顿的房租上涨而烦恼。从更广泛的角度上说,这似乎是一件小事……卢克,你知道吗?你听说过吗?"他转过身面对他的朋友,一如既往地想先看看那里,让他指点一下,或者嘲笑一下,可是卢克走开了。"好吧,"斯宾塞转向查尔斯,强装快乐地说,"你会跟我保持联系吗?"大家握了握手,同情、决心和尴尬交织在一起。孩子们被人从四面八方叫了出来。他们问卢克在哪里,再次问候了他那只手;约翰说,他很抱歉自己太能吃了,指出如果得到了答应给他的蛋糕,事情也不会变成那样。他一拿到零花钱,就把那包饼干放回去。

"我担心我们亲爱的小鬼,"凯瑟琳说着,握住斯宾塞的手,注意到他脸色苍白,认为这是为他的朋友担心。"他去哪里了?就像灯被吹灭了一样。"她所有的母性本能,被兰索姆家的孩子们慢慢唤醒,现在都集中在这位外科医生身上。他坐在她身边,把右手藏在左手下面,仿佛曾在一次可耻的行为中把它抓出来了。"他吃东西吗?喝东西吗?他见到科拉了吗?"

"还没到时间呢。"查尔斯一边说,一边帮妻子穿上大衣,一直把扣子扣到下巴处。在过去的半小时里,他忧郁得超过了应有的程度,慌着把孩子们带回家。"到圣诞节他就恢复了。斯宾塞,快来吃午饭,我们再把所有计划过一遍——乔安娜、詹姆斯,谢谢斯宾塞抽出时间来。我们很快就会再次见到加勒特医生——那就再见了！"约翰在门口停下来，突然记起来，说道："我们要去见妈妈了！"他张开双臂，搂住了姐姐，"你觉得她现在好点了吗？她还是很漂亮吧？"

在外面的大街上，薄雾在低垂的太阳下变得稀薄，乔安娜想起了她母亲，感觉胃里在翻腾。她开始想念时，一块旧伤就在不断地隐隐作痛，一切都脱离了既定轨道。凯瑟琳·安布罗斯一直都很善良，但跟斯特拉的那种善良不一样；她的房间很舒适，但斯特拉不会用这种方式布置。晚餐上得太早，用的盘子也不对，窗台上没有非洲紫罗兰。凯瑟琳嘲笑错误的东西，不会嘲笑正确的东西。他们晚餐喝热牛奶，而不是甘菊茶。早先，她每天都给母亲写信，要吸不止一次墨水。晚上，如果不把一个身穿蓝边连衣裙、白皙瘦弱的人叫到楼下的厨房里来，她就睡不着觉。但是，这些画面很快就褪色了。回信中爱意热烈，措辞怪异，几乎没有提到乔安娜说过的任何话。后来，信件就变少了。那些来信就像在牛津大街车站外，穿着长长的棕色厚袜的女人分发的宗教小传单，让她感到尴尬。几周时间内，她就成了一个伦敦人，自在地乘坐地铁和公交车，能直视哈罗德百货女孩的眼睛，很清楚在哪里买笔记本和铅笔。凛冬村在逐渐缩小，变得泥泞不堪，无精打采。埃塞克斯之蛇是个笨得毫无存在感的土包子野兽。她想念父亲，但感到愉快，觉得这对他们两个都有好处。她读过《小妇人》，觉得如果乔·马奇可以凑合一段时间，那她当然也可以。她有年轻人的坚强，这对她有好处，除非她看见一根掉下来的乌鸦羽毛，或者一只蜘蛛把一只苍蝇放进裹尸布里。然后，她记起了她的魔法时代和红头发同伴，顿时被内疚和悲伤打败。

当她望向对面的废墟,看见那里的残疾人时,她也会这样。那个衣衫褴褛的孩子盘腿坐在大理石台子上,俯身在一张张纸上。她吸了一口气,耸了耸肩膀,挣开弟弟的手,不管不顾地跑过马路。一时间她被一辆公共汽车的灯光照亮,然后跟在一群前往城堡博物馆的老年游客后面。"乔安娜!"凯瑟琳叫着,立刻感到不舒服,在路边慌作一团。她想要抓住那个女孩,同时又要防着两个男孩跌到马路上。查尔斯坚定地相信,埃塞克斯的任何一辆车都不会想让他的深红色外套沾上泥。他慎重而从容地走到废墟旁,惊讶地发现乔安娜朝那位残疾男人吼了起来,像下雨一样打他的肩膀。"你对娜奥米做了什么!"她说,"看看你把她漂亮的头发弄成什么样了!"

查尔斯站在两人中间,手臂被轻拍了一下。"乔安娜,"他说,"我第一个站出来佩服你的直率,可是恐怕你这次过分了——先生,我很抱歉我的……真的,乔,我要怎么称呼你?……我很抱歉,你受到这样不像话的攻击!也许我可以弥补?"硬币像雨点般落入泰勒那顶朝天的帽子里,两人握了握手。"那么好吧,"查尔斯说着,热切希望自己在别处,"你怎么回事,孩子?"乔安娜没有听,只是站在那里,在泰勒和一个穿着脏夹克的瘦小伙之间来回打量。她的脸色变得非常苍白,脸上似乎闪烁着介于女人的愤怒和孩子的痛苦之间的表情,而那个男孩却一直站在那里盯着地面。查尔斯感到困惑,朝乔安娜伸出一只手。她吸了一口气,差点哭出来,说:"他们都说,你一直从商店里偷东西,但我告诉他们,你永远也不会那样做。然后,当你不在的时候,我们以为那个'麻烦'把你抓走了,可你一直在这里。娜奥米·班克斯,我应该揍你一顿!"女孩寻觅了一会儿,似乎真的可能那么做。

不过,她却扑向了那个孩子。查尔斯这才意识到,那不是一个男孩,而是一个瘦弱的女孩,留着短短的头发,脏兮兮的鬈发闪着红棕色的光。她站得离乔安娜很远——乔安娜现在几乎哭得歇斯底里——交叉双臂,露出一副傲慢的表情。

"什么'麻烦'?"泰勒说着,再次想起他可能养的狗,"偷东西吗?我的金杰?我承认,"他说着,摆弄起帽子里的硬币,"我很困惑。"

"我想,我们可以推断出,"查尔斯说,"你的雇员一直在骗你,她是个叫娜奥米的女孩,是乔安娜的朋友。"他最后总算弄明白了,因为没人想到告诉他船夫的孩子失踪了。红发女孩放下骄傲跑过来,用哽咽的哭声回应了乔安娜的拥抱。"我想回家,真的,可我太害怕了,不敢去河边,反正也没人想要我!"她退后一步,严厉地看着乔安娜,睫毛上挂着泪水,"因为我在学校里做的事,还有水里的那个怪物,你不想再做我的朋友了,所有人都害怕我,可我不是故意的。我甚至不知道发生了什么事,只是止不住大笑,我因此很害怕……"

"金杰?"泰勒说着,竭尽所能地总结了当前的情形,"我照顾得不够好吗?"他狡猾地看了看查尔斯,查尔斯又往那顶贪得无厌的帽子里加了一两枚硬币。

"都是我的错,是不是?都是我的错,我一直都是个差劲的朋友……"

"都是那个女人,"娜奥米说,她的雀斑在泪痕中明显地展现出来,"那个女人来了,一切都不对劲了。她把它带来了!她把那个怪兽放进了河里!"

"你没听说吗?"乔安娜说着,发现自己已经长得足够高,可以把女孩的脑袋拉到自己的肩膀上,"它走了,埃塞克斯之蛇走了,那里什么都没有,那里从来都没有任何东西——只是一条可怜的老鱼、一条大鱼,它死在了水里。回来吧,娜奥米——"她亲了亲女孩的手,感觉嘴上沾上了废墟的尘土和城市的污垢,"你不想见见你爸爸吗?"说到这里,娜奥米的最后一丝骄傲崩塌了,她哭了起来,哭得不像一个孩子那样歇斯底里,而是带着一个女人不变的绝望。凯瑟琳·安布罗斯一手拉着约翰,一手拉着詹姆斯来了,她看见乔安娜坐在圣母怜子像的大理石底座上,腿上坐着一个瘦弱的女孩。乔安娜抱着女孩,低声吟唱着什么,听起来很像孩子的咒语。

"恐怕,"查尔斯说着,看了看手表,"我们似乎又多了一个人。"

斯特拉坐在蓝色卧室里,听见孩子们过来,伸开了双臂。她听出约翰的鞋子轻叩门阶的声音,还有詹姆斯体贴的脚步声;她知道乔安娜会扔下外套,迈着长腿猛冲过来。威尔出现在她门口,一副男人带着礼物得意扬扬的微笑:"亲爱的,他们来了。他们回来了,长得像电线杆一样高。"然后,他又悄悄地对乔安娜说,"走路小心点,她比表面上虚弱。"

乔安娜曾经害怕看见母亲懒洋洋地躺在病床上,脸色憔悴苍白,无精打采地拨弄着一张毯子。但是,斯特拉在这里却像个明星,眼睛闪闪发光,还涂了一点胭脂。为了迎接他们的到来,她在脖子上戴了三圈绿松石珠子,披了一条上面绣着蓝翅蝴蝶飞舞图案的披肩。"乔乔。"斯特拉没法下床迎接他们,只能竭尽全力地对着他们。"我的乔安娜,"她说着,口中吐出他们的名字,"詹姆斯、约翰。"她是多么熟悉他们的特殊味道,约翰的头发总有一种暖暖的燕麦粥味，詹姆斯身上有一种更浓的味道，像他的智慧一样厚重。乔安娜摸到了披肩下脆弱的骨头，浑身都在颤抖；她母亲也感觉到了，两人默契地交换了眼神。

"我喜欢你的项链，"约翰羡慕地说完，拿出半块巧克力，"我给你带来一份礼物。"斯特拉知道这是一次牺牲，就吻了吻他，转向了詹姆斯。自从詹姆斯跨过门槛以来，他就一直在谈论卡蒂萨克号帆船和地铁，以及他如何下去查看巴查尔格特设计的下水道。"一个一个说，"她说，"一个一个说，我不想错过任何事情。"

"别累着她了。"威尔站在门口说，他的喉咙因喜悦和悲伤而疼痛。他本来可以站在那里一个小时，看着斯特拉把他们抱在怀里——他想感受他们在自己怀里，暖暖地、紧紧地扭来扭去。他一直不知道该怎么跟科拉描述这件事，写信还是直接说，她该多开心啊，她那阴沉的双眼该模糊了。上帝保佑我，我被割裂了，他想，但不是的——并不是说他一部分在那里，一部分在公地对面的那座灰色房子里。他完整地出现在两个场合中。"别累着她了，"他走上前说着，发现自己被小手拉了进去，"时间有点长了，就让她睡吧。"

"你们现在都来了，"斯特拉说，"你们现在都来了。宝贝们，在我走之前陪陪我。"

他带我入筵席所
以爱为旗在我以上

他派蛇入伊甸园的蓝花园，他现在派它来。忏悔必将获得回报。因为一人的不服从，凛冬村的罪人必将受到审判。因为我的服从,他们将得到救赎。

上帝的蛇仆人在蓝色的黑水河里,已经来收我们的税了。
我要交上他们的税费,让它从哪里来,就回哪里去。
而我
要进入
荣耀的大门!

码头上,班克斯呆呆地坐在撞毁的船旁,细数自己的损失——妻子、船、孩子,全部都像海水一样从他手中溜走。海雾后面,河口随着涨潮膨胀,他想起那天早上火堆旁的黑发男孩,曾将自己拖拽到岸边。"什么都看不到,"他对着昏暗的空气说,"他妈的什么都看不到。"但他的脑子里确实有什么东西——奇怪的消息、埃塞克斯之蛇:体形臃肿、箭尾、趴在砾石上。白雾时不时地散开,小渔船和驳船上的灯在暮色中闪烁,然后窗帘落下,又剩他一个人了。他哼唱着船夫的歌安慰自己,夜晚的右舷灯是绿色的,右舷灯在你右边……但是,当深处有什么东西在静待时机时,彩色玻璃后面的火焰又有什么用呢?

当感觉到有只小手搭在自己的肩膀上时,他没有害怕也没有躲开,因为那只手真的很温柔。那触摸不仅熟悉而且是专有的,没有其他人会那样触摸他,酒精的麻醉和厚厚的迷雾让他心头涌起种种回忆。"回家吗,孩子?"他试探性地问道,然后伸出一只手摸索着拍拍,"要回到你家老头身边吗?"

娜奥米裹着乔安娜丢弃的外套,低头看着父亲比记忆中更稀疏的头发,一种从未有过的新奇且意料之外的温柔涌上心头。有那么一刻,他不再是她的父亲,反而更像是自己的延伸,她几乎没有想过他。娜奥米第一次明白,父亲也会感到害怕和沮丧。他也有希望、有痛苦、有欢乐。这触动了她,推着她跨过了这些年。她像以前一样盘腿坐在他旁边,拉过一张渔网。她熟练地用手指拉过渔网,流着泪说:"如果您愿意的话,这张我来弄吧。"这曾经一直是她很讨厌的工作,使得她手指之间的结带红肿,被海水浸泡得肿痛,但她的手还是找回了以前的节奏,并且感觉很舒服。"对不起,我不该走的。"她说着,把碎掉的线头攒到一起,并且转过身留他一个人悄悄地流泪,"我当时很害怕,但现在都好了。"她伸手给他系上外套扣子,"我完全靠自己挣了一些钱!等回家你可以帮我数一数。"

下午两三点钟,海雾从东面集结并逼近凛冬村。它爬过窗台,汇集在沟渠和空洞中,连诸圣堂的钟声也不那么响了。科拉行色匆匆地走在公地上,目光呆滞地望着太阳,看着太阳表面的斑点,那是太阳黑子风暴。除了他,我现在还能跟谁说?她想,我说的那些不可能的事还有谁会相信?

"我累了,"斯特拉在她的蓝色房间里说,"现在要躺下睡觉了。"蜷缩在角落里玩牌的詹姆斯和约翰抬头看了看,又低下头,像重新回到自己窝里的动物一样毫不好奇且怡然自得。乔安娜拿着牛顿写的一个段落读了好几遍,还是没有明白,她看到母亲的额头上有亮亮的汗珠,头发紧贴在上面,觉得有点害怕。斯特拉还是像以前一样明察秋毫,她招呼孩子们过来,说:"我知道你发现了,乔乔。我知道你发现了他们没发现的事。不过我很高兴。有时候,甚至你们都不在,房间里鸦雀无声的时候,我都会想:我现在比任何时候都幸福。你们相信我吗?要是没有这份痛苦,我一个小时也受不了,因为它升华了我,它让我看到了生命之路!"她摊开裙子,开始一一细数她的珍宝,蓝色贻贝壳、玻璃碎片、公交车票和薰衣草枝,并把它们放到叠起来的布中。"我应该整理一下的。"她环视房间,"都给我,乔,那边的瓶子、所有的石头和丝带,我想把它们都带在身上。"

书房里,威尔在科拉的信旁铺上一张干净的白纸,却无从下笔。不要内疚!她说,好像真的可以把内疚挡在外面,好像她有什么好主意似的!她已经完全脱身。她不知道这不是一般意义上的犯错,而是非常私人且特别伤人的。他手上和脚上的钉子又钉入了几分,可能不亚于把一段荆棘紧紧缠绕在斯特拉的眉头。罪魁祸首是我,他想。可是,他难道没有以此为荣吗,在上一个罪恶上又加了一重罪恶?他想科拉,并且轻轻松松就可以刻画出她的样子——颧骨处的雀斑、平静的灰色目光、笔直站立的样子、破外套也能穿出女王的气势——有一刻被愤怒蒙蔽了双眼(瞧,又是一宗罪。把它记到控诉书上,钉在石板上!)。从多年前打开安布罗斯信的那一刻起,他就知道风已经变了,他本应该扣好外套扣子,关紧窗户,而不是转身面对气流。但不管怎样,科拉(他大声喊着她的名字)还是会出现,从第一次握手开始他们就变得亲密。不,还要往前追溯到他们在泥潭里搏斗的时候。她既乐观又易怒,既慷慨又自私,从没有人像她那样嘲笑他。科拉,在只有他在的时候会哭!愤怒退去,他想起自己的嘴贴在她的肚皮上,那么温暖,那么柔软,像一个放松的小动物。那时他并没有觉得在犯罪,现在几乎也是一样,那是恩典,他想,恩典。是他不曾寻求也不配得到的礼物!

"你一个人在那里待了多久?"她写道。那是很长的一段时间,他去了小河口,去了利维坦的黑色骨头那儿,还在黑水河河口眺望,期待蛇从深处爬出来吞掉他,就像约拿①一样。我在埃塞克斯的河流旁坐着哭泣,他想。楼上,斯特拉房间的门轻轻关上了,地上有脚步穿过的声音。他的心开始痛苦地循环:那是斯特拉,他明亮又特别的星星,璀璨耀眼;他怕她会被留在一个黑洞里,而他只能绝望地跌入那黑洞。他想上去找她,和她一起躺在床上,像以前一样背对背一起入睡,但这是不可能的。她现在总想一个人待着,写她的蓝色日记,目光也总是游离在别处。他坐在那黑暗的房间里,无法起笔,也无法祈祷,只能望着红边的太阳,想着科拉是否也在别处的什么地方这样眺望。

公地那边,弗朗西斯·西伯恩盘腿坐在地上,盯着钟表。他的口袋里放了许多蓝色石头,导致他怎么调整都不舒服。母亲则在别处心不在焉且不停地围着房子闲逛,偶尔进来看看他,一声不吭地吻吻他的额头。他手上拿着斯特拉·兰索姆的字条,上面是用蓝色墨水写得非常清晰的说明,以及一张令他感到恐惧的照片,虽然那照片看起来其实很可爱。他把那张纸折了又折,分针移动得很慢,但他有些希望它能走得更慢。他并不是怀疑自己睿智的命令,只是不知道自己是否有勇气一直看到最后。五点整,弗朗西斯走到客厅里,拿起整齐地放在那里的靴子和夹克,走入迷雾中。他抬起头想找找升起的猎月②,但它已经藏起来了,下次出来要一年以后了。

母亲睡下之后,乔安娜就去找朋友了,想像以前一样跟她一起闲聊、念咒语,并向她展示盐碱滩早已摆脱了蛇的阴影。但她

---

① 《圣经》人物,因躲避耶和华被抛入海中,被鱼吞下。
② 猎月(通常在秋分前后出现)后的第一个满月。

们很快就发现,那些魔法岁月只是遥远的童年回忆,无论谁想起都会觉得脸红。尽管如此,步调一致地在以前的路上走走仍然很美好。"克拉克内尔,我发现他的时候,就在那儿,"娜奥米指着一条细细的小溪旁一段清晰的砾石说,"头朝一侧伸着。我走过去,想着他可能是摔倒了——他年纪那么大了,对吧?老人的确容易摔倒——但他的眼睛睁得大大的。我看到他眼睛里有很暗的东西,想着或许那就是他最后看到的,或许就是那个怪兽,但后来就没有了,只剩下我,好像我在看一面镜子似的。他们说是因为他年迈多病,搞笑的是,我们都觉得凶手是那条蛇!"

她们走过利维坦,感觉脸上的空气湿湿的,黑水河两岸的雾很厚,像小颗粒,全是珍珠样的晶粒。稍远处,守夜人肯定是生了一堆火后离开了自己的岗位,余烬上飘起黄烟,随着风吹动雾气随之摇摆。

"都过去了。"乔安娜说,"根本就没有什么好害怕的,除了我的心脏依然在跳动——我能听到!你害怕吗?还要继续走吗?"

"是的,"娜奥米说,"走。"害怕是为了获得勇气,这是父亲在驳船的桌子上教给她的。"继续走吧,小心,越来越深了。"她对盐碱滩了如指掌,知道这里的每一条小溪和高高的湿地草丛,"挽住我的胳膊,相信我,"她说,"潮汐已经在一小时前转向了。我们很安全。"她很高兴能再次和朋友在一起,只是一切都变了。她不再是可怜的娜奥米,读书很慢、唯唯诺诺、敬畏教区长的女儿——这些都是她的属性,她觉得现在由自己掌控了。今天同样是一个昏暗不安的夜晚。海雾中露出一片片小湿地(薄雾分开,一只白鹭在雾中等待),然后又关上,都是一个个孤立的小岛。有一瞬间,阳光穿过薄雾照进来,她们发现周围全是嘶鸣潜水的鹧鹕。

"跟我们一样迷茫。"乔安娜笑着说,她真希望自己此刻在家里。"我们回去吧。"她说,"要是迷路了怎么办?"她紧紧抓住娜奥米,有点怪她带路,跌跌撞撞地撞在牡蛎床腐烂的柱子上,大叫起来。

"要是它还在这儿怎么办?"娜奥米半是揶揄地说,"如果它真的还在这儿,回来找我们了怎么办?"出于可耻的报复心,她抽回手臂,后退几步走入雾中,两只手捂在嘴巴上发出一种召唤声。"我要召唤它,怎么样?"她说。她也被吓到了,但不想停下。"小心!它来了!"

"不要说了。"乔安娜强忍着不该留下的泪水,"不要再说了!快回来,我找不到路……"娜奥米再次出现,自己也觉得有些羞愧,一下撞在乔安娜的肩膀上。"你太可怕了,太可怕了,我可能会走到河口淹死,都是你的错……干吗?怎么了?娜奥米,不要再玩了,你很清楚,那就是一条巨大的鱼……"娜奥米站在她旁边一动不动,战战兢兢地伸出一只手。她看的并不是黑水河翻滚着与科恩河汇合的河口方向,而是身后的岸边,透过雾气,那里的篝火仍然发出珊瑚色的亮光。"怎么了?"乔安娜问,她舌头上有铜便士的恐惧味道[1],"你看到了什么?到底是什么?"

娜奥米抓在她袖子上的手一下握紧,把朋友拉过来,嘴巴凑到她耳边。"嘘……"她说,"嘘,不要出声……看,利维坦那边,看到了没?听到了没?"乔安娜听到了,或者说她觉得自己听到了,一种呻吟或者磨牙的声音一阵一阵地传过来,没有原因也没有固定模式。那声音一下沉寂,一下又响起,似乎越来越近。一股可怕的寒意从她的头皮直到指尖,令她动弹不得。它在那里,

---

[1] 据说人在恐惧时舌头上会有金属溶解的味道。

一直都在，它在等待着，等待——想到她们最终没有受骗，她竟然有一丝轻松。

随后，白雾飘散，它出现了，与她们相距不到五十码：黑色、鼻子短平上翘，比大家想象的更庞大；它没有翅膀，也没有休眠，尾巴粗短，表面丑陋，全是疙瘩，并没有光滑圆润的鱼鳞或蛇鳞。娜奥米一边尖叫一边大笑，转身把脸埋在乔安娜的肩膀上。"我跟你说过！"她发出咝咝声，小声地说，"我是不是跟大家都说过？"乔安娜朝它走近一步，不知为何一点也不觉得害怕。然后它动了，磨牙声再次响起，像是巨大的牙齿因为饥饿而上下打架，她尖叫一声跳了回来。它再次隐入雾中，眼前只留下越来越模糊的一个影子。

"我们得走了，"乔安娜努力忍住恐惧，没有喊出声，"你能不能找到回去的路？瞧，岸边的火堆还在燃烧。朝那边走，娜奥米，盯着那里，不要出声……"但篝火的余烬渐渐熄灭，火光也渐渐暗淡，有一阵子，她们绝望地踩着砾石跌跌撞撞地摸索，但为了尊严，都强忍着没有流泪。"准备好了没，准备好了没。"娜奥米嘟囔着寻求安慰。随后，下沉的太阳穿过弥漫着雾气的河岸射过来，她们才发现自己差点跟它迎面撞上，她们的脚几乎已经要踩到它湿黑的侧面。乔安娜大叫一声，又立刻捂住嘴巴。是它，就在那儿，现在距离她们只有一臂之遥——看不见，可能在睡觉，也可能是在岸上太笨拙了。所以按照它的天性，在水里会更灵活吗？

是不是潜入海浪底下它就会变得闪亮光滑？有人曾说过，它的翅膀会像伞一样张开，是被剪掉了吗？会是谁剪的呢？还有它的肚子上有蓝色印记，那印记有点熟悉，在薄薄的雾中差点认出来。

娜奥米直挺挺地站在她旁边，双手举起，马上就要发出那让学校女生都疯了的笑声。她指着那个印记，张嘴无声地说了什么。磨牙声再次响起，她缩了一下，但还是继续往前凑。"妈妈，"她说，"妈妈……"有一瞬间，乔安娜以为她在呼唤躺在墓地最便宜的墓碑下的母亲。"看，"娜奥米轻声说，"看那里，我认识那些字母，虽然是颠倒的。格蕾西，那是我妈妈的名字，也是我会写的第一个名字，我永远都不会忘记，再过十年也不会忘记。"她在砾石上、在升起的雾中飞奔过去，乔安娜想叫她回来。但朋友已经不知恐惧为何物，这带走了她的恐惧，以至于她也去追那个在湿地上移动的黑影。

阳光越来越强，照亮了一片砾石，在那明亮的一瞬间，两个女孩都看到了被冲上岸的东西。是一艘用熔渣造的黑色小船，应该已经沉在黑水河中很长时间了，表面有一层厚厚的藤壶，使得船看起来凹凸不平，粗糙且有疤痕。翻转的船体已经腐烂并开始下沉，所以让人感觉好像是个粗鼻子在岸上嗅着什么；它在最后一波退去的潮水中挪动，木头磨着砾石，木料时不时地发出沉闷的呻吟。在墨角藻和糖海带下，能看到用蓝白色油漆写的格蕾西的名字——是班克斯的船，已经丢了很久，大家都放弃了，原来它一直都在湿地里被一波波的潮水冲刷，却让整个村子的人都失去了理智。

她们抓住对方，不知道是该笑还是该哭。"原来它一直都在这儿，"娜奥米说，"他以为船是在码头被偷走的，我说不是，他老是不把船拴好，仅此而已……"

"想想西伯恩太太，拿着她的笔记本跑过来，最好再带上相机，想着可以摆到大英博物馆——"说着，乔安娜开始大笑起来，又觉得这是对朋友的背叛，虽然科拉肯定也会觉得很好笑。

"还有那些挂在叛徒橡树上的马蹄铁，那些站岗的，大人不让孩子出去——"

"我们应该告诉我父亲，"乔安娜说，"我们应该让大家都来这里看看。只是如果我们回来的时候它不见了怎么办，毕竟是潮水把它推上来的，那样就没人相信我们——"。

"我留下。"娜奥米说。这太难让人相信了，与此同时，低斜的太阳给全是水的湿地镀上了一层铜色。"我留下。毕竟这其实是我的船。"格蕾西，她想，无论在哪里我都能认出它。"去吧，乔乔，趁着天还没黑，能跑多快就跑多快。"

"太有趣了。"乔安娜转身朝砾石上方的小路走去，"底下有什么蓝色的东西伸出来，你看到了吗？可能是矢车菊吧，虽然现在已经过季了。"

相隔一段距离处，弗朗西斯·西伯恩正坐在利维坦的肋骨之间，把一块深色碎片摁入自己的手掌中，弗兰西斯·西伯恩一直在观察，两人都没看到他，也没人从他身边经过。

威尔在书房里小憩了一下，没有做梦。当他醒来时，他的思想和生动的回忆令其非常不安，一时之间，他难以分辨出哪里是梦，哪里是现实。桌子上是那张白纸，但是现在还有什么用？他无法告诉科拉，那些塑造了他的深埋的根基都在改变、破碎、重建。脑子里每想到一句话，立刻就会蹦出另一个同样真实但截然相反的矛盾想法：我们打破律法——我们遵守律法；希望上帝让你一直远远地待在伦敦，感谢上帝让我们生活在同一片时空！最后的效果是归零，他无话可说。忧伤痛悔的心、你必不轻看①，他想，在这种情况下，他只希望自己的心能更彻底地忧伤、痛悔。

一阵声音把他惊醒——脚步声、门打开关上的声音，他想到斯特拉在楼上醒来，像往常一样，或许想见他，他的心情又轻松起来。他"啧"了一声将科拉的信推到一边，这是最坏的污点，也是最好的分心方法，他所有的想法都应该集中在他爱的那个一只脚在这个世界，另一只脚已经踏入另一个世界的人身上。但结果却是乔安娜，她从盐碱滩回来，外套上还残留着那里的气息。她两眼放光，调皮而快乐。"你一定要去看看。"她扯着他的袖子说，"你一定得去看看我们发现了什么。我们会让大家都看看，让他们知道一切都很好。"

怕吵到斯特拉，他们轻手轻脚地出了门，穿过公地，蓝色的黄昏下，叛徒橡树投下一道长长的影子，薄雾也已散去。"等着瞧吧。"乔安娜说。她让他跑起来，但拒绝回答他的问题（"我累了，乔乔，就不能告诉我吗？""等下看到就你明白了"）。然后，他们上了公路，天色渐晚，路上因潮湿而闪着亮光。到达诸圣堂时，他们看到弗朗西斯·西伯恩像个普通男孩一样飞奔回家。接着就到了世界尽头，没有克拉克内尔，这里仿佛也失去了灵魂，几乎已经完全变成了埃塞克斯的黏土。"马上就到了。"她拽着他继续往前走，"利维坦那边，娜奥米在等着呢。"终于到了，娜奥米·班克斯的鬈发闪着亮光，远处一圈石头中生起一堆篝火。

他听到海鸥在呼喊，看到清晰的陆地松了一口气，在河床上呼吸着有牡蛎甜味的咸空气。翻石鹬在小溪里忙活着，麻鹬在水

---

① 《旧约·诗篇》51:17。

底歌唱。就在这时，娜奥米大喊着朝他们挥手，随即他便明白她们发现了什么：晴朗的夜空下停着一艘毁掉的船，被厚厚的藤壶和墨角藻所覆盖。它被冲上岸的方式（在砾石上蠕动）让人觉得它似乎是活的；他又走近了些，看到船体上赫然印着"格蕾西"。"原来在这儿。"说着，他转身面向娜奥米，"真的只有你父亲的船吗？"她非常自豪地点点头，仿佛这一切都是她的功劳似的，然后鞠了个躬。他依次握了握每个女孩的手。"做得很好。"他说，"你们应该得到这个教区的自由。"他迅速地在心中全心全意地祈祷：就让一切这样结束吧——恐惧、窃窃私语，还有那些在课桌前半疯癫的女孩子们！"我们去把你父亲叫过来，娜奥米，一切到此为止。想想我们有两条埃塞克斯之蛇，但它们连一只苍蝇都伤害不了！"

"可怜的东西，"乔安娜在船旁弯下腰，敲了敲木头，指关节被尖锐的藤壶刺了一下迅速缩回来，"可怜的东西，就这样结束了，它本来应该驶向大海的。瞧，"她说，"石头里有蓝色的花，好像是谁特意放在那里似的，还有一点蓝色玻璃。"她捡起被海水磨圆的玻璃，放进自己口袋里。"回家吧。"威尔拉起她往前走，"天一会儿就黑了，我们得让班克斯知道这事。"他们像朋友一样手挽着手，感觉自己这一天干了一件大事，然后便背对着黑水河越走越远。

正在看书的科拉抬起头来，其实她并没有看进去，弗朗西斯出现在门口。他是一路跑回来的，这很明显。他的刘海儿紧贴在额头上，瘦瘦的胸膛在夹克底下翕动着。她从未见过他情绪如此低落，吓得赶紧从椅子上站起来。"弗兰基？"她说，"弗兰基？

你受伤了吗?"

他规规矩矩地站在门口,似乎担心自己不该进去,接着从口袋里拿出一张折好的纸,小心翼翼地打开,用袖子擦了擦。他抓着那张纸贴在胸前,转过头来用一种她从未见过,可能永远也不会再见到的恳求的眼神望着她说:"恐怕我做错事了。"此刻他的声音比以前更像个孩子,但没有孩童的抽泣和哽咽,他开始非常安静地哭起来。

科拉觉得自己身体里有什么东西升起,仿佛之前受过的所有痛苦全都积攒到一起爆发。那痛苦扼住她的喉咙,让她好一会儿说不出话来。"我真的没有故意,"他说,"她说需要我的帮助,她看上去很友善,我就把我最好的东西给了她——"她极力克制住冲过去把他搂在怀里的冲动,以前她曾经这样做过很多次,但都被断然拒绝。最好的方式是让他主动来找她。她坐回椅子上,开口道:"弗兰基,如果你只是出于好意,怎么会做错事呢?"然后,他突然坐到了她的腿上,黑黑的脑袋恰好靠在她的脸和肩膀之间,手臂搂着她的脖子。她感觉到他温热的泪水,也感觉到他贴在自己胸前的心跳得很快。"好了,"她说,双手捧起他的脸,有点担心他退缩,然后再也不回来,"跟我说说你做了什么,让我看看我们应该如何补救。"

"是兰索姆太太,"他说,"我很想给你看,但我不能!我很想给你看,但我跟她说过不会给你看!"自己承诺的跟自己想做的事情无法和解,这让他很迷茫。无论他选择哪个,总会有些事情脱离正轨。他抓着纸的手慢慢松开,纸被她拿了过去。一张蓝色的纸,上面用蓝色墨水写着:"明天,六点,我的愿望会实现!"下面是孩童的手笔画的一张妇人像,长头发、面带微笑,躺在翻滚的水波下。斯特拉·兰索姆签下了她的名字,并在下面写道:"穿上外套,可能会很冷。"

"斯特拉,上帝啊。"科拉叫道,但她不能吓到弗朗西斯,或者把他从腿上推下去冲到门口。要是他再也不找她了怎么办,那可是她的儿子。他张开双臂,瞪大眼睛寻找她的视线?一阵恶心袭来,她咬住了嘴唇,像聊天一样,好像没有什么大事似的说,"弗兰基,你和她一起下水了吗?你帮她下去了吗?"

"她告诉我,有人在召唤她回家,"他说,"她告诉我,埃塞克斯之蛇想要她,我告诉她那里什么也没有,可是她说上帝的行动方式很神秘,她已经滞留太久了。"他双手捂住脸,开始哆嗦,仿佛是太阳落山后,他还在砾石上似的。

"好了,"科拉说,"现在没事了。"她安慰着他,惊讶地发现他竟然接受了,而且实际上竟然把脸转向她。她抱住他,既是安慰他,也是安慰自己;她喊玛莎,后者来了,虽然最近一直冷落科拉,但这种冷落很容易就被打破了。

"带他走吧。拜托了,玛莎,"科拉说,"我的上帝啊,我的上帝,我的外套在哪儿?靴子在哪儿?弗兰基,你只是尽力做了自己能做的,现在轮到我了。不,不——留在家里,我一会儿就回来。"

威尔在乔安娜和娜奥米的陪伴下走在公路上。她们多自豪啊!他微笑着想,然后像往常一样,想着该如何把这件事告诉科拉,怎样才能让她最高兴。但也许现在不可能了,一切都被打碎,重新制作,他已经无法辨认出事物的形状。就在这时,乔安娜挥着手大喊道:"科拉!"他看到科拉从那边的路上跑过来,或者说几乎是跑过来。不一会儿（他情不自禁地喊出了声），他以为她可能是来找自己的，她无法忍受再被关在门外一个小时了。

"发生了什么事？"娜奥米停下脚步，摸着她的小锡盒坠子寻求安慰。肯定出什么事了，科拉的脸颊是湿的，嘴巴痛苦地张开，手里攥着一张纸，一边举着一边朝他们走过来，好像那是什么他们都破译不了的信号。她走到他们面前，几乎没有停顿，只是拽了拽威尔的袖子说："我想斯特拉应该就在底下，水下面——我觉得出事了。"

"但我们就是从那边过来的啊，那里什么都没有，只有班克斯丢失的那艘船——"但是科拉此时已经走了，她把纸片塞给威尔，纸片落在湿湿的小路上，有一瞬间，他动不了也说不出话。确实出事了，是的，是的。他本来应该立刻发现的，就在他眼皮子底下，他没能完全理解。乔安娜弯腰捡起那张纸。一开始她也没看明白，但随后她的脑海中出现了一幅奇怪又可怕的画面，她抬起双手，似乎想把它挥走。"爸爸，"乔安娜忍不住哭出声来，"她不是在睡觉吗？我们离开的时候她不是好好地待在楼上吗？"威尔已经面色煞白，有些踉跄地说："可是我听见她的声音了啊，她的脚步声、门关上的声音，她说她想休息……"他们看到科拉跑到路下沉到盐碱滩的地方，脱下外套更快地跑向湿地。威尔紧随其后，他暗骂一声，身体突然变得迟缓，不肯动弹，仿佛这是另一个人的身体，他只是占据了灵魂。他是最后一个到达沉船那里的，科拉跪在地上，使劲拽着船体，背上的肌肉在裙子底下一颤一颤的。旁边是两个女孩，也跪着，仿佛在恳求一个丑陋恶毒的神，但所有的祈祷注定都不会得到回应。他看到（他怎么会错过？）石头像蓝色的带子一样布置在船周围，浅色碎缎带若隐若现,蓝色玻璃瓶竖直地放在砾石上。"她说她累了,是时候让她休息了——"他茫然地说——她们在干什么,为什么在泥巴里——她们的裙子上全是泥巴,低着头使劲在干什么?"斯特拉,斯特拉。"她们的手在湿湿的木头上滑动,三个女人抬起船,其实那船并不很沉,在被抬动的时候散了架。

斯特拉·兰索姆默默地躺在阴影中,周围摆放着她所有的蓝色物件。看到她的那一瞬,威尔哭了起来,科拉也哭了。她放开船,船掉在湿地上,摔成了两半。白天最后的阳光照在斯特拉身上,单薄的蓝色裙子下露出她臀部和肩膀上所有漂亮的骨节。她抱着一束仍然散发着香味的薰衣草,周围是她那些蓝色的玻璃瓶、碎麻纱和碎棉布,头枕着一个蓝色丝绸垫子,脚下是她的蓝色笔记本,因为潮湿卷曲起来。她的皮肤蓝得吓人,连嘴唇也染上了蓝色,皮肤下的血管清晰得像大理石的花纹,斯特拉闭着眼睛,眼皮也有一抹紫色。威廉·兰索姆跪下来抱起妻子。"斯特拉,"他吻着她的额头说,"我来了,斯特拉,我们来带你回家。"

"不要离开我们,亲爱的,还不到时候。"科拉说,"不要走。"她拉起女人白皙的小手,捂在自己的两手之间擦了擦。乔安娜拽了拽母亲的裙边,给她盖住裸露发蓝的脚,"听,她的牙齿在打战,你们没听到吗?"乔安娜脱下自己的外套,然后从威尔肩上拽过他的外套,像个茧一样把她裹起来,不让她受冻。

"斯特拉,亲爱的,能听到我们的声音吗?"科拉说。她那深情的绝望中夹杂着一种痛苦且不习惯的愧疚。哦,是的,可以。她能听到,她暗淡的眼皮动了动,然后睁开了,露出明亮的眼睛,还是那令人熟悉的三色堇色。"在他的荣耀下,我完美无瑕,"斯特拉说,"我站在他的宴会厅门口,他给我的旗帜是爱。"她的呼吸很浅，然后突然一阵剧烈的咳嗽，在嘴角留下一滴血迹。威尔用拇指擦掉血迹，说道："但还没到时候，还得再过一段时间。我需要你，亲爱的，我们承诺过永远不会丢下对方的，你不记得了吗？"他现在感觉很高兴，脑子里想的全是她。这是又一次的恩典！他想，对于罪魁祸首来说不敢想象的恩典。

"我们会在同一天离开，就像窗户打开后被熄灭的烛火，"她微笑着说，"我记得！我记得！——可是你看，我听到他们叫我回家，而且水里有东西，它总在晚上低语而且很饿，我就想，我得下到河里，为了凛冬村也要让它平静。"说到这里，她在威尔怀里转过头望着河口，晴朗的天空下夜晚的星星格外耀眼。"它是来找我的吗？"她焦虑地问，"它来了吗？"

"它已经走了。"威尔说，"你像狮子一样勇敢，所以它走了。现在跟我们回家吧，我们回家。"乔安娜和娜奥米在脚边帮忙，他很轻松地抱起了她，她真轻啊，感觉好像已经开始消散在蓝色的空气中似的！

"科拉，"斯特拉伸出一只手，小声喊道，"你真暖和，而且一直都这么温暖。告诉弗兰基我的石头送给他了，其他的小玩意儿就留在那里吧。把它们撒进河里，把黑水河变成蓝的。"

十一月

倾斜的世界转了几道弯，猎人披星戴月地走到埃塞克斯的天空下，身后跟着他的狗。秋天挡住了急于到来的冬天，因而秋高气爽，天气暖和，一切都有种野蛮的美。凛冬村的公地上，橡树在阳光下闪耀着金色光芒，树篱上挂满了红色的浆果。燕子已经迁走，但盐碱滩上的天鹅还在朝小溪里的狗和孩子们叫唤。亨利·班克斯在黑水河岸边烧毁了那艘破船。潮湿的木头噼啪燃烧，黑色的油漆鼓起了包。"格蕾西，"他说，"你一直都在。"娜奥米笔直地站在他旁边，警觉地看着转向的潮水。她感觉自己不能动了，一只脚在水里，一只脚在岸上停了一会儿。现在怎么办？她想。在连接拇指和食指的那块肉膜里，她藏了一块船体的黑色碎片：那是她的护身符，她摸着这块护身符，整个人因手上的动作心生敬畏。

伦敦认输得太快，还"挂起了白旗"，才十一月中旬，斯特兰的公交车玻璃上就结了白霜。查尔斯·安布罗斯发现自己又像个老父亲了，乔安娜，总是趴在他的办公桌上，看他那为数不多符合她胃口的书。詹姆斯吃早餐的时候，从排水沟里捡到一副破眼镜,晚餐的时候就用它做了一个显微镜。他刻意掩饰自己对约翰的偏爱——可后者那好胃口和安静美好的样子让查尔斯看到了自己的影子。约翰趴在他肚子上玩牌,在盖伊·福克斯之夜[①]把鼻涕和眼泪蹭到他的外套上,但他毫不在意。晚上,他和凯瑟琳互相对视,彼此摇了摇头,这三个孩子出现在他们整洁雅致的房子里比河里的任何怪兽都要奇怪。伦敦与凛冬村之间的往来信件迅速且频繁,他们开玩笑说铁轨旁肯定有一辆夜班车专门等着他们。约翰信了,还问能不能烤个蛋糕让火车司机继续开。

查尔斯收到斯宾塞的来信。信中已经没了早期的斗志昂扬。当然,他在道德上仍致力于改善住房政策,但目前正专注于谨慎地投资他多到成为负担的财富。或许是地产吧,他说(他含糊其词,虽然本来也没必要解释),最近一直在忙产业的事,但查尔斯根本不信。他敢打赌,贝思纳尔格林肯定换了新房东,而且是一个热心肠但没什么商业头脑的人。

爱德华·伯顿尚未返回工作岗位,忙于图纸的他抬起头,看见玛莎坐在桌子旁。科拉·西伯恩送给她一台打字机,咔嗒咔嗒地很吵,但他并不介意。他怎么可能介意?一个月的时间,他从差点无家可归到现在得到一定程度的安定,以至于他早上醒来时总有些茫然。整个公寓大楼已经被房东收购,他雇了两名文员对每个房屋进行审计。他们带着相机来,连茶也不喝。他们注意到潮湿的窗框、弯曲的门、吱吱作响的第三级楼梯。不到一周,这些东西就都修好了,街道上散发着白色涂料和石膏的气味,吃早餐和晚餐的时候,工人、护士、文员、母亲和老人们都准备好了

[①] 又称"篝火之夜"(Bonfire Night)或"焰火之夜"(Fireworks Night),是英国的传统节日,时间为每年的 11 月 5 日。

要涨租金，但并没有。现在，邻居们聚集在楼梯间，都摸不着头脑，他们一致认为，这个房东是个傻子。也有些人公开表示不满——我不需要施舍，不止一个租客这样慷慨激昂地说——但一关上门，他们就会念叨着他的名字，让上帝保佑他，如果他们知道他的名字的话。

玛莎的口袋里有一张叠好的字条，那是斯宾塞给她的，说祝她幸福。"有很长一段时间我一直在想自己有什么用，我唯一拿得出手的只有钱。我当外科医生是因为这是一种体面的打发时间的方式，在我小的时候有一次突然想当外科医生，但我从来没有真心地投入，上帝知道，我根本不是卢克·加勒特。是你让我找到了目标，让我敢看镜子里的自己而不会厌恶。我真的希望你曾爱过我，但我还是要谢谢你帮我找到一种爱你的方式，并且试图纠正我对你的误会。"这封信如此卑微、如此友善，有那么一瞬间，她怀疑与他并肩前行会不会是更好的选择。但是不行，没有科拉的时候，她想见的是爱德华·伯顿，她想念他的近乎沉默和灵巧的双手，他是她的同志，也是她的朋友。

奇怪的是，在贝思纳尔格林，她对科拉的思念并不比在福里斯街、科尔切斯特和凛冬村公地的灰房子里更多。那思念像北极星一样永远存在，根本不需要去找。对于这么多年的陪伴，她毫无怨言，也知道时间会改变一切，曾经的必需品也会变得不再被需要。只是（她从打字机上抬起头，看到爱德华皱着眉头在思考他的计划，又摸摸最近刊登了她作品的那本杂志）那个可怜的女人，唯一值得被爱的就是她的野心，而自己，还有更重要的事情要做。

在彭顿维尔路卢克·加勒特的房间里，两个真正智慧的头脑开始结合。有很多时候，他们真心希望对方躺在黑水河底，但从泰晤士河的一端到另一端，再也找不到像他们这样深爱彼此的伴侣。

十一月初，斯宾塞离开位于女王门的家（住在那里让他觉得越来越尴尬），搬来跟朋友一起住。卢克认为自己必须表现出一定程度的抗议（他不需要保姆，谢谢；他不想见任何人，永远都不想；他发现斯宾塞真是越来越烦人了），但说实话，他其实很高兴。更重要的是，斯宾塞发掘了一句关于挽救生命的古老格言，并且时不时地指出，既然自己的死亡为卢克阻止，那斯宾塞就既是他的财产，也是他的责任。"实际上，我是你的奴隶。"斯宾塞说，并且在伊格纳兹·塞梅维斯的肖像旁挂上了他母亲的照片。

那只残废的手没有明显好转的迹象，线已经拆了，疤痕跟预想的差不多，也没有丧失感觉，但两个手指决绝地向内弯成钩子，如果拿比叉子更细的东西会很费劲。虽然脾气暴躁，卢克还是尽职尽责地完成一系列橡皮筋锻炼，但希望多于期望。科拉的影子总在他眼前浮现。他总抱着两种想法——虽然都不太可能发生：第一，他的手坏死，他变成一个化脓发臭的可怜人，而她会愧疚一生；第二，他找到一种方法来治疗自己，并立即进行这种大胆的手术，然后一夜成名，赢得她无助的崇拜，但他公开鄙视。虽然他曾经做出种种承诺，但缺乏斯宾塞那样爱得卑微安静、不求任何回报的能力，而卢克之所以能坚持下来，更多是因为他对科拉难以克制的恨，而非斯宾塞坚持让他能够体面地吃早餐（"你太瘦了，这样对你没好处……"）。斯宾塞比任何人认为的都聪明，理解了卢克没有理解的：爱与恨的区别就像是餐巾纸的完好与稀碎,科拉只需要轻轻一摸,就可以戳到另一面。

但让卢克取来猪排当晚餐也不只是靠感情和忠诚,斯宾塞或多或少也会强迫他的朋友出去学习或用餐。他们的安排有一个实用的方面是,斯宾塞哄着卢克回到皇家自治市医院,在那里他既是外科医生也是患者,并且提出解决方案。他在外科手术方面的灵敏度永远赶不上卢克,这是真的,但也足够好,比许多人都强。斯宾塞缺乏的(他高兴地承认)是他朋友的勇气和洞察力。对他而言,每一个伤口和疾病都不是威胁,而是令人兴奋的一展身手的机会。既然如此,他说他们是不是可以合二为一,用他的手做卢克的手?"我保证绝对不思考,"他说,"你总说我在这方面不太擅长。"随后,他扬扬得意地推开手术室的门,希望看到卢克按捺不住的样子。事实的确如此:石炭酸消毒水的气味、铁盘里闪闪发光的手术刀、洗过的棉布口罩堆,看到这些,卢克感觉自己的脊柱底部仿佛被电击了一般。自从手被缝合之后,他就再也没有踏入过手术室,他以为来到这里会像一个饥肠辘辘的人看着一盘食物却吃不到,但没有。来到这里仿佛激发了他生命的活力,一直在他脚边晃动的绞刑架仿佛消失了,半驼的身体似乎再次充满潜藏的能量。就在这时,罗林斯进来了,他摸着胡须,望着斯宾塞的眼睛,仿佛突然想到了什么,居高临下地说:"刚进来一个胫骨复合性骨折患者,恐怕有点糟糕,而且那人没钱付医药费。你们俩应该不想去吧?"

礼拜日到了,威廉·兰索姆站在讲坛上。他看到西面的窗户上有块窗格破了,记在了本子上;看到那张扶手坏了的深色长椅,移开了视线。会众稀稀疏疏,没有人窃窃私语,恐惧地走到施恩的座位上,而是个个兴高采烈。大家欢然颂扬主,他们唱着,希望向邻居们表达友善。叛徒橡树上的马蹄铁已经被拿走了,只留下一个挂在特别高的树杈上,似乎会一直挂在那里,直到没人记得当初为什么要把它挂上去。他只提过一次蛇,对蛇的双重幻觉,那错误的恐惧,隐藏在一次友善的关于伊甸园的布道演说中。离开时,他们都知道自己曾经非常愚蠢,但可以理解,并且下定决心以后绝对要管好自己的舌头。

他沿着狭窄的讲坛台阶走下来(左膝不太能用力,因为最近早上的时候总是疼),向那些等在门口、驻留在停柩门的人礼貌地打招呼:"礼拜三,下午,我当然会来——不,不要《诗篇》46,或许你想说的是23?——她说代她问好,她希望自己也能在场。"但是一切都得到原谅。此时的他比以往任何时候都更宽容。他们仍然在谈论那个伦敦女人,不久之前还天天出现在他们家门口;他们知道他如何在湿地上抱住妻子。他们觉得他不像以前那样有光环了,而这更突显出他的珍贵:他不是冷酷无情的钢,而是柔软的银。此外,他们知道教区长住宅的门里是什么,以及他为什么急着回家——他那蓝眼睛的妻子,她差不多每周都要在公地上转一圈,把自己裹得严严实实,只露出耳朵以上的部分,呼吸空气,兴高采烈地跟邻居们打招呼,然后气喘吁吁地回到被窗帘遮住的房间。他们在门口留下玫瑰果糖浆,在果壳里放上坚果;他们留下卡片和小手帕,虽然手帕那么小,什么用也没有。

威尔解下罗马领,扔掉牧师黑袍。最近这些天他总是这样不耐烦,不过穿上的时候也是同样的急不可耐。斯特拉在等他,她像个小猫一样缩在毯子底下,伸出双臂。"告诉我你见了谁,他们都说了什么。"她像以前一样用闲聊的口吻说。她拍拍床,示意他走近一些,仿佛他们又变回了孩子,或者几乎变成了孩子。他们大笑着,无视所有人,开始说一些记忆中隐约有些印象的话,如果有人偷听,可能会觉得他们在说胡话。但没有人偷听,房子里空荡荡的,孩子们走了有一段时间了,他们不在的这些日子,取而代之的是许多故事。"记住乔,"他们说,"记住约翰和詹姆斯。"他们愉快地忍受想孩子们的痛苦,因为这甜蜜的痛苦只需一张火车票或特快邮票就可以缓解。小小的房间和低矮的天花板总是让威尔窒息,肌肉因为缺乏锻炼而酸痛。现在他既是仆人也是母亲,有时会系上围裙,烤个肉,洗个床单,水平之高令两人都感到惊讶。巴特勒医生专门从伦敦过来,声称自己很高兴:现在只是控制的问题了,只要多加注意,在这里比在别处都好。他用石炭酸肥皂洗了手,说:"记住你也要这样做。"

斯特拉依然是两个人中更乐观的那个,她感觉自己逐渐没了束缚,迎风远航。她想孩子们想到痛,有时,她也不知道到底是爱还是疾病让自己紧紧抓住床沿,关节发白,大口喘气,但是她说自己数过孩子们头上的每一根头发;如果他们的天父知晓每一只麻雀的跌落,那他是不是更应该看着,不要让约翰跑到伦敦的公交道上去?

想到埃塞克斯之蛇时——她确实会想,虽然很少——她会觉得有点可惜,会忘记它本来就不存在,只是些肉、木头和恐惧罢了。可怜的野兽,她想,跟我比还是差远了。有时她会变得焦躁不安,寻找她那个写满蓝色字迹的蓝色笔记本,但它已经被河口的潮水带走了,所有纤维和细丝都溶解在黑色的黑水河中。

威尔每天都会在田间走走,田里的冬小麦抽出苗壮生长的细嫩幼苗,他也可以在这一段段绿色天鹅绒之间行走。他认为通过努力,以后或许可以让自己的心脏停止跳动,只要在凛冬村的屋檐下,他就不会想起科拉,等走到开阔的森林中、科尔切斯特的路边、黑水河的湿地上,他又会把她拎出来。他把她拿出来,仿佛一直把她藏在大衣底下似的,然后在白天的阳光下,在珍珠般的秋日月光下思量她、转动她。对于威尔来说,她到底算什么呢?他也想不通。他并没有想念科拉,因为她好像一直都在,在包裹着光秃秃的山毛榉树枝的黄色地衣里,在他曾看到的那只掠过橡树林、抖动着展开尾巴的茶隼中。来到绿色楼梯前——现在已经褪色了,地毯上全是泥巴——威尔想起她不耐烦的手放在裙边,想起她的气味,他失控了,他当然会失控;但这不是全部或高峰。那将是多么简单,又多么可鄙!但事实是(他仍然是真理的门徒),如果要找一个最适合形容她的词,他觉得最准确、最诚实的回答只能是:"她是我的朋友。"

尽管如此,他还是没有写信,觉得没什么必要。科拉借着头顶上高高的马尾,借着她学来又教会别人的某些短语,借着他脸上弯曲的疤痕向他发送信号;同时他也想象着自己以类似的方式向她发送信号;他们的对话在悬铃木翅果的下摆中无声地继续。

科拉·西伯恩
福里斯街 11 号
伦敦西一区

亲爱的威尔:

我又回到了福里斯街,而且是一个人。

玛莎已经去找爱德华了,她既是他的妻子,也是他的伙伴——但她还在这里,我枕头上的柠檬味、盘子堆叠的方式,那都是她。弗兰基去了学校,他开始写信了,以前从没写过。他的信很短,字迹干净得像新闻纸,而且署名总是写"你的儿子"弗朗西斯,好像觉得我会忘了似的。卢克已经痊愈了,虽然更多的是斯宾塞的功劳而不是我的。真希望能快点见到他们所有人。

我从一个房间走到另一个房间,扯下家具上的防尘布,用手抚摸每一张椅子和桌子。我的主要活动空间在厨房,那里的炉子一直烧着:我在厨房里画画、写字、给我的埃塞克斯宝贝们编目录。都是些可怜的东西,菊石、碎牙齿、全白的牡蛎壳——不过谁捡到归谁:它们都是我的。

我的晚饭是一个鸡蛋配吉尼斯黑啤,我读了勃朗特和哈代、但丁和济慈、亨利·詹姆斯和柯南·道尔。我边读边做标记,回头看的时候,发现标注的都是觉得你也会标注的地方;然后我在边缘画了埃塞克斯之蛇,还给它画上了可以翱翔的坚固翅膀。

独居很适合我。有时我会穿上我的旧靴子和男士外套,有时我又会穿上丝绸,没有谁比谁更聪明,当然我也不是。

昨天早上我去了克拉肯威尔,站在舰队河畔的铁栅栏旁,听着、想象着我知道名字的所有河流的水在流淌——汉普斯特德的舰队河源头,我小时候经常在那里玩,还有广阔的泰晤士河和黑水河,带着没什么值得留下的秘密。

然后我随着它来到埃塞克斯岸边,走过所有的湿地和砾石,我舔了舔嘴唇上咸咸的空气,很像牡蛎肉的味道,我觉得自己的心在裂开,就像当初在黑暗的树林中,我站在绿色台阶上的感觉,亦如我现在的感觉:有些东西被割断了,而有些东西又融合了。

温暖的阳光透过窗户照在我背上,我听到一只苍头燕雀在歌唱。我被撕裂了又被修补好了——我什么都想要，又什么都不需要——我爱你，但没有你我也很满足。

即便如此，还是盼你快来！

科拉·西伯恩

后记

非常感谢许多作品为我打开了维多利亚时期的大门，那个时期与我们现在很像，我几乎相信自己有那个时期的记忆。

马修·斯维特的《创造维多利亚时代人》(*Inventing the Victorians*，2002年）挑战了宗教和繁文缛节强加给我们的一个十分拘谨的时代的观念；相反，他向我们展示了19世纪的百货商店、大品牌、性欲和对陌生事物的迷恋。

一位匿名的埃塞克斯教区长写了一本很晦涩的书——《圣经和科学史的世界人类史》（*Man's Age in the World According to Holy Scripture and Science*，1865），书中暗示一名神职人员不认为信仰和理性是互斥的。想到这本书放在威廉·兰索姆的书架上，我就觉得很开心。

大卫·鲁宾斯坦在《维多利亚时代的家园》（*Victorian Homes*，1974）中整理了当时有关住房危机、贪婪的地主、难以忍受的租金和政治诡计的描述；这些东西放在明天的报纸上也不会显得丝毫突兀。《伦敦弃儿的恸哭》（*The Bitter Cry of Outcast London*，1883）由安德鲁·梅恩斯牧师编写，已经可以在线阅读。它在贫困与缺乏道德美德之间得出了虚假的相似之处，可能使读者觉得与现代的政治修辞颇为相似。

那些习惯于认为维多利亚时期的女性总是在留着小胡子的丈夫的注视下，时不时地忧郁症发作的人，最好去读一读雷切尔·霍姆斯的传记《埃莉诺·马克思》(*Eleanor Marx*, 2013)。作者在书的前言中写道："女性主义始于 19 世纪 70 年代，而不是 20 世纪 70 年代。"

对于肺结核治疗的研究，尤其是肺结核对大脑的影响，非常感谢海伦·拜纳姆，她的信和书《吐血》(*Spitting Blood*, 2012) 都给了我很大帮助。同时，理查德·巴奈特的《病玫瑰》(*The Sick Rose*, 2014) 展示了在疾病和痛苦中发现的那种病态的美。

罗伊·波特的伟大作品《对人类的最大好处：从古代到现在的人类医学史》(*The Greatest Benefit to Mankind: A Medical History of Humanity from Antiquity to the Present*, 1999)、对外科史的概述《血与肠》(*Blood and Guts*, 2003)，以及彼得·琼斯的《外科革命》(*A Surgical Revolution*, 2007)，在塑造卢克·加勒特医生的思想和工作方面都是无价之宝。如果本书在医学方面，以及任何其他方面有任何不准确和忽略的地方，当然都是我自己的问题。

斯特拉·兰索姆的结核病人极度兴奋的特性深受玛吉·尼尔森的《蓝》(*Bluets*) 影响，这本书透过忧郁症的镜片，微妙地对欲望和痛苦进行了深刻思考。

《埃塞克斯奇闻》(*Strange News Out of Essex*) 是一本小册子，警示亨汉姆山村的村民出现了埃塞克斯之蛇，这本小册子是真实存在的。在英国国家图书馆里可以同时看到 1669 年的原稿和 1885 年米勒·克里斯蒂的传真版；该传真的副本在埃塞克斯萨伏伦沃尔顿的图书馆中也有收藏，第一本就是在那里印刷的。本书四部分的标题均取自这本小册子的中的内容。

玛丽·安宁的"海龙"陈列在伦敦的自然历史博物馆中。

图书在版编目（CIP）数据

埃塞克斯之蛇 /（英）莎拉·佩里著；张源译 . — 北京：北京联合出版公司 ,2023.5
ISBN 978-7-5596-6572-0

Ⅰ.①埃… Ⅱ.①莎… ②张… Ⅲ.①长篇小说－英国－现代 Ⅳ.① I561.45

中国国家版本馆 CIP 数据核字 (2023) 第 011477 号

北京市版权局著作权合同登记 图字：01-2022-0499
Copyright © 2016 by Sarah Perry, first published in Great Britain in 2016 by Serpent's Tail, an imprint of Profile Books Ltd.
Published in agreement with Lutyens & Rubinstein Literary Agency, through The Grayhawk Agency Ltd.
All rights reserved.

埃塞克斯之蛇

作　　者：[英] 莎拉·佩里
译　　者：张　源
出 品 人：赵红仕
责任编辑：高霁月
出版统筹：慕云五　马海宽
项目监制：王　鑫　孙淑慧
策划编辑：大　风
封面设计：朱　琳

北京联合出版公司出版
(北京市西城区德外大街 83 号楼 9 层　100088)
北京联合天畅文化传播公司发行
三河市中晟雅豪印务有限公司印刷　新华书店经销
字数 258 千字　880 毫米 ×1230 毫米　1/32　11.5 印张
2023 年 5 月第 1 版　2023 年 5 月第 1 次印刷
ISBN 978-7-5596-6572-0
定价：59.00 元

版权所有，侵权必究
未经许可，不得以任何方式复制或抄袭本书部分或全部内容
本书若有质量问题，请与本公司图书销售中心联系调换。电话：010-64258472-800